ro
ro
ro

rororo

LIV HELLAND

DAS INSELKRANKENHAUS

Gezeitenwechsel

ROMAN

Rowohlt Taschenbuch Verlag

Originalausgabe
Veröffentlicht im Rowohlt Taschenbuch Verlag, Hamburg, August 2021

Redaktion Anne Fröhlich
Covergestaltung HAUPTMANN & KOMPANIE Werbeagentur, Zürich
Coverabbildung Tetra Images – Mark Edward Atkinson/Getty Images;
Symbiont/iStock
Satz aus der Calluna, InDesign,
bei Pinkuin Satz und Datentechnik, Berlin
Druck und Bindung CPI books GmbH, Leck, Germany
ISBN 978-3-499-00311-0

1

Mark!»

Greta lief auf den einsamen Strandkorb zu, sah die weißen Zahlen auf dem himmelblauen Korbgeflecht der Rückseite in der Sonne leuchten. Der Korb stand viel zu dicht an der Wasserkante, die Wellen der hereinkommenden Flut erreichten ihn schon fast. Doch Greta achtete nicht weiter darauf. Alles, woran sie denken konnte, war Mark. Er saß in dem Korb, da war sie ganz sicher, und sie wollte zu ihm. Sie musste endlich mit ihm reden.

Ihr Herz klopfte wild, während sie sich durch den tiefen Sand kämpfte, der ihre Füße festzuhalten schien. Sie blickte an sich hinunter und stellte fest, dass sie ihre Schwesternuniform trug. So war sie eigentlich nur bei der Arbeit im Krankenhaus gekleidet. Aber auch das hinterfragte sie nicht, sondern lief weiter.

Endlich erreichte sie den Strandkorb, doch zu ihrer Verwunderung war er leer. Verwirrt blickte sie sich um, während die kalte Nordsee ihre nackten Füße umspielte. Sie wollte sich gerade fragen, wieso sie keine Schuhe trug, da sah sie einen Mann, der in der Ferne an der Wasserlinie entlang auf sie zukam. Er war groß und dunkelhaarig, hatte breite Schultern und trug einen weißen Arztkittel. Neben ihm ging noch jemand, aber Greta hatte nur Augen für ihn.

«Mark!»

Sie winkte ihm erleichtert zu, doch das Lächeln auf ihrem Gesicht erlosch, als sie plötzlich erkannte, wer da neben ihm ging. Es war die blonde Rieke Steffens, die ihren Arztkittel offen über einem schicken blauen Kostüm trug. Sie hatte sich bei Mark eingehakt und lachte über etwas, das er sagte.

Mark und Rieke, dachte Greta und spürte einen schmerzhaften Stich in der Brust. Natürlich ...

«Greta?»

Etwas legte sich um ihren Arm, und das Bild vom Strand verschwamm vor ihren Augen.

«Wach auf, Schatz!»

Erschrocken fuhr Greta hoch und sah sich um, merkte, dass sie in ihrem Zimmer im Bett lag.

Es war ihr ehemaliges Kinderzimmer, in das sie nach ihrer Rückkehr auf die Insel wieder eingezogen war. Die weiß lackierten Möbel, die hübsch gemusterten Vorhänge, die medizinischen Fachmagazine und Bücher, die aufgeschlagen auf dem Tisch lagen – all das wirkte vertraut und sehr real, genau wie ihre Mutter Heike, die neben dem Bett stand und sie mit gerunzelter Stirn musterte.

«Hast du schlecht geträumt?»

Greta dachte an die Szene am Strand und begriff, dass all das nur in ihrem Kopf stattgefunden hatte. Stöhnend nickte sie und ließ sich wieder in die Kissen zurücksinken. Ihr Herz hämmerte immer noch wild, während sie versuchte, sich wieder zu beruhigen.

«Alles in Ordnung?» Ihre Mutter ließ sich auf die Bettkante sinken. «Du hast nach Doktor Ritter gerufen.»

Erschrocken sah Greta sie an, und für einen kurzen Moment hätte sie das gerne abgestritten. Aber ihre Mutter kannte sie viel zu gut – und hatte außerdem mitbekommen, was zwischen ihr und dem Chefarzt der Chirurgie vorgefallen war.

«Ich ... habe von der Arbeit geträumt. Das passiert mir manchmal», sagte sie ausweichend und war dankbar dafür, dass ihre Mutter nicht weiter nachhakte, sondern nur kurz ihre Hand drückte und sich dann wieder erhob.

«Wie spät ist es?», fragte Greta.

«Erst kurz nach sieben», erklärte Heike. «Aber ich könnte deine Unterstützung brauchen.»

«Natürlich.»

Sofort richtete Greta sich wieder auf und schwang die Beine aus dem Bett. In der Pension «Krabbe», die ihre Mutter schon seit vielen Jahren betrieb, war immer irgendetwas zu tun, und Greta hatte schon als Jugendliche gelernt auszuhelfen, wann immer es nötig war. Jetzt, mit Mitte zwanzig, war es ihr längst in Fleisch und Blut übergegangen.

«Wo brennt es denn? Soll ich mich um das Frühstücksbuffet kümmern?»

Heike schüttelte den Kopf. «Nein, das ist alles fertig. Es hat gar nichts mit den Gästen zu tun. Es geht um Papa. Er hat heute Nacht so unruhig geschlafen. Rede doch noch mal mit ihm. Vielleicht kannst du ihn ja überzeugen.»

Greta betrachtete ihre Mutter, sah die Sorge in ihrem Blick.

«Er braucht die Operation, oder?», fragte Heike. «Auch wenn er das nicht einsehen will?»

Greta nickte. «Ich komme gleich runter und spreche noch mal mit ihm.»

Heike lächelte dankbar und ging wieder, während Greta rasch durch den Flur ins Bad lief, um zu duschen. Als sie ein paar Minuten später vor dem Waschbecken stand und ihr nasses Haar bürstete, hielt sie einen Moment inne und betrachtete ihr Spiegelbild.

Ihr dunkles Haar fiel ihr über die Schultern, und ihre blauen Augen blickten müde. Man konnte ihr ansehen, dass sie in letzter Zeit schlecht schlief, und das lag nicht nur an den Sorgen, die sie sich um die Gesundheit ihres Vaters machte.

Es lag auch an Mark.

Sie bekam ihn einfach nicht aus dem Kopf, sosehr sie sich das auch vornahm, und er verfolgte sie nicht nur heute bis in ihre Träume. Das musste endlich aufhören! Denn aus ihnen würde kein Paar werden, auch wenn sie das kurz geglaubt hatte. Es war lächerlich gewesen, sich überhaupt Hoffnungen zu machen, und mit einer Konkurrentin wie Rieke Steffens konnte und wollte sie es nicht aufnehmen.

Rieke mochte vielleicht nicht mehr offiziell mit Mark verlobt sein, aber seit die schöne Hamburgerin vor zwei Wochen bei ihnen am Krankenhaus als Anästhesistin angefangen hatte, sah Greta während ihrer Dienste, wie gut Mark sich mit ihr verstand. Es war sicher nur noch eine Frage der Zeit, bis die beiden wieder zusammenkamen, genau wie Greta es im Traum gesehen hatte. Und warum auch nicht? Die beiden passten perfekt zusammen, schließlich war Rieke auch Ärztin und kannte sich aus in Marks Welt. Sie war Teil der Hamburger High Society, in die er eigentlich gehörte, während Greta fast ihr ganzes Leben auf der Insel verbracht hatte. Rieke Steffens war viel weltgewandter als sie, und das ließ sie Greta bei jeder Gelegenheit spüren.

Aber viel schlimmer als Riekes Herablassung war Marks distanziertes Verhalten. Er ging Greta aus dem Weg, sprach nur mit ihr, wenn es sich nicht vermeiden ließ, und dann natürlich nur über berufliche Dinge. Die Patienten oder den Dienstplan. Selbst als sie die weitere Behandlung ihres Vaters besprochen hatten, war er sachlich geblieben. Kaum ein Lächeln, und wenn, dann so kühl, dass es ihr jedes Mal ins Herz schnitt.

Es war, als hätte es die Momente der Nähe zwischen ihnen nie gegeben, und auch wenn es Greta sehr verletzte, bestätigte es ihr, dass sie sich nicht getäuscht hatte. Mark hatte es nie ernst gemeint mit ihr. Für ihn war sie nur ein kurzes Abenteuer gewesen. Oder sie wäre es geworden, wenn sie mehr zwischen ihnen zugelassen hätte. Doch für so etwas war sie einfach nicht gemacht. Nicht, wenn es jetzt schon so weh tat.

Daran bin ich selbst schuld, dachte sie. Warum musste ich mich auch ausgerechnet in den Chefarzt verlieben?

Hastig band sie ihr Haar noch nass zum Pferdeschwanz. Dann schlüpfte sie zurück in ihr Zimmer, um sich anzuziehen. Ein paar Minuten später trug sie Jeans und T-Shirt und zog sich noch eine Strickjacke über, bevor sie die Treppe nach unten lief und den Frühstücksraum durchquerte.

Das Buffet war auf dem langen Tisch an der Wand

aufgebaut und wartete auf den Ansturm der Gäste. Im Moment saß allerdings erst eine Familie an einem der Tische am Fenster. Greta kannte sie, es waren die Schillings aus Bayern mit ihrem Sohn Felix und ihrer Tochter Amelie, die schon seit zweieinhalb Wochen in der «Krabbe» wohnten.

«Guten Morgen!», rief Greta lächelnd und wollte weitergehen. Doch Melanie Schilling, eine blonde Frau Anfang dreißig, hielt sie auf.

«Ach, Frau Paulsen, könnten Sie sich vielleicht mal kurz unseren Felix ansehen? Ich weiß, ich sollte Sie damit nicht behelligen, aber Sie arbeiten doch an der Hansen-Klinik und wissen vielleicht ...»

«Natürlich», unterbrach Greta sie, schon auf dem Weg zum Tisch, wo sie den Sohn der Familie aufmerksam musterte.

Felix war gerade neun geworden, das hatte Greta mitbekommen, weil die Familie direkt nach ihrer Ankunft in der Pension seinen Geburtstag gefeiert hatte. Seine Schwester war jünger, Greta schätzte sie auf fünf.

«Na, Felix, was ist denn los mit dir?»

«Nix.» Felix erwiderte Gretas Lächeln nicht. Stattdessen starrte er seine Mutter wütend an. Offenbar war es ihm unangenehm, plötzlich derart im Mittelpunkt zu stehen.

«Er hatte heute Nacht starke Magenschmerzen», erklärte Melanie Schilling. «Jetzt ist es wieder besser, sagt er, aber ich finde ihn sehr blass. Denken Sie, wir sollten mit ihm zum Arzt?»

Bevor Greta antworten konnte, schüttelte Felix vehement den Kopf.

«Ich will zum Strand», forderte er. «Es geht mir wieder gut, und du hast es versprochen, Mama. Das ist wichtig.»

«Ich weiß nicht.» Seine Mutter blickte Greta hilfesuchend an. «Was meinen Sie?»

Greta betrachtete Felix und versuchte sich daran zu erinnern, wie sie ihn bis jetzt erlebt hatte. Er hatte während seiner Zeit in der Pension bereits einen guten Freund gefunden, den gleichaltrigen Marvin, der ebenfalls hier wohnte. Die beiden waren viel unterwegs, auch im und um das Haus herum, aber Greta dabei nicht negativ aufgefallen. Im Gegenteil. Aufgeweckt, fröhlich, lebhaft – das wären die Adjektive gewesen, mit denen sie die Jungs beschrieben hätte.

Heute jedoch saß Felix blass und still neben seiner Mutter und wirkte beinahe in sich gekehrt. Was nicht unbedingt etwas heißen musste, vielleicht hatte er wegen der Magenschmerzen einfach schlecht geschlafen. Dennoch …

«Ich würde das abklären lassen», sagte Greta. «Sie können Felix bei uns vorstellen oder bei Doktor Niermann anrufen, das ist der niedergelassene Kinderarzt hier auf der Insel. Seine Praxis finden Sie in …»

«Du blöde Kuh!» Felix streckte die Arme aus, legte seine Hände an Gretas Hüften und gab ihr einen Schubs. «Hau ab.»

«Felix!», rief seine Mutter und sah Greta erschrocken an. «Tut mir leid. So ist er sonst nicht.» Sie griff nach dem Arm ihres Sohnes. «Entschuldige dich bei Frau Paulsen!»

Der Junge schüttelte den Kopf und griff sich gleich darauf an die Stirn, so als hätte er dort Schmerzen.

«Ich will zum Strand», jammerte er und musterte Greta feindselig.

«Schon gut», sagte sie, weil sie die Situation beruhigen wollte. «Wenn ich du wäre, dann würde ich den Strand auch vorziehen.» Sie lächelte Melanie Schilling und ihren Mann an, der ebenfalls peinlich berührt wirkte. «Vielleicht bekommen Sie ja beides hin?»

Sie erwähnte das Wort Arzt bewusst nicht mehr, aber als sie weiterging, hoffte sie, dass die Schillings sich durchsetzen und Felix untersuchen lassen würden. Sie hatte ein ungutes Gefühl, was ihn anging. Wenn sie ihn nicht schon erlebt hätte, dann hätte sie gedacht, dass er einfach unerzogen war. Doch diese plötzliche Aggressivität passte nicht zu ihm.

Ach, wahrscheinlich siehst du Gespenster, dachte sie und öffnete die Tür zur Küche, die nur vom Personal betreten werden durfte.

Ihre Mutter stand an der Spüle und reinigte den Siebträger des Kaffeeautomaten. Als sie Greta sah, deutete sie auf die Hintertür.

«Papa sitzt draußen.»

Greta nickte und betrat die Terrasse. Die frische, salzige Morgenluft tat gut, ließ sie tief durchatmen. Die Sonne wärmte zwar noch wenig, aber an dem klaren Himmel war zu erkennen, dass ein weiterer schöner Spätsommertag vor ihnen lag.

Die Hortensien, die in Schalen an den Rändern der Terrasse standen und der ganze Stolz von Gretas Mutter waren, leuchteten mit dem Blau des Himmels um die Wette. Und auch der Rest des weitläufigen, sehr gepflegten Gartens bot einen schönen Anblick. Der Rasen war gemäht, die Apfelbäume trugen bereits Früchte, und die Rosen an der Hauswand verströmten einen wunderbaren Duft.

Das alles musste einem eigentlich ein Lächeln auf die Lippen zaubern. Aber Greta war ziemlich sicher, dass ihr Vater im Moment keinen Blick für die Schönheit seines Zuhauses hatte. Er saß am Terrassentisch, hatte sich in seinem Stuhl zurückgelehnt und starrte mit ernster Miene vor sich hin.

«Papa?» Greta setzte sich ihm gegenüber an den Tisch. «Alles okay?»

Asmus Paulsen blickte auf. Er war Ende fünfzig, und sein früher blondes Haar war inzwischen ergraut, genau wie sein Vollbart. Dass er fast sein ganzes Leben als Krabbenfischer auf der Nordsee verbracht hatte, sah man ihm an, er hatte ein breites Kreuz und kräftige Hände mit Schwielen. Doch seine Krankheit hatte ihn deutlich gezeichnet und von seiner früheren Stärke nicht mehr viel übrig gelassen.

Ihren Vater so schwach und blass zu sehen, schnitt Greta immer noch ins Herz, deshalb streckte sie den Arm über den Tisch und legte eine Hand auf seine.

«Mama sagt, du hast schlecht geschlafen? Hattest du Beschwerden?»

Er nickte und klopfte sich frustriert mit der Faust auf die Brust. «Dieses verdammte Herz, Lüttje! Warum kann es nicht einfach wieder so funktionieren wie früher?»

«Das würde es, wenn du dich operieren lässt, Papa!» Greta sah ihn eindringlich an. «Bitte, lass den Eingriff machen!»

Asmus entzog ihr seine Hand. «Die wollen mir den

Brustkorb aufreißen und mein Herz stoppen! Und falls ich das überlebe, muss ich mein Leben lang Medikamente nehmen!»

«Wenn du es nicht machst, dann stirbst du», erinnerte ihn Greta. «Ist das besser?»

Asmus wich ihrem Blick aus.

«Papa, ich weiß, dass dir das alles unheimlich ist. Aber heutzutage sind das Routineeingriffe.»

Ihr Vater schnaubte. «Für dich vielleicht. Aber du musst dir ja auch nicht ...» Er hielt inne und hustete, rang einen Moment nach Luft.

Sofort sprang Greta auf und lief um den Tisch herum zu ihm. «Alles okay?»

Er wehrte sie ab. «Es geht schon wieder.»

«Ja, jetzt noch! Aber es wird schlimmer werden!», schimpfte Greta. «Du hättest eigentlich im Krankenhaus bleiben müssen. Und du müsstest auch schon längst operiert sein! Du riskierst dein Leben, nur weil du Angst vor etwas hast, um das du am Ende doch nicht herumkommst.» Sie kehrte auf ihren Platz zurück und musterte ihn aufmerksam. «Es ist deine einzige Chance, Papa. Bitte, sei vernünftig!»

Nicht zum ersten Mal wünschte sie, ihr Vater wäre nicht so ein schrecklich schwieriger Patient. Es hatte ewig gedauert, und es war ein Notfall nötig gewesen, um ihm vor Augen zu führen, dass seine ständige Abgeschlagenheit eine körperliche Ursache hatte, die behandelt werden musste. Als sturer Insulaner hielt er nämlich nichts von Ärzten und hatte sich lange geweigert, sich untersuchen zu lassen.

Jetzt stand die Diagnose endlich fest: Er litt unter einer Herzinsuffizienz, ausgelöst durch einen Defekt an der Aortenklappe, der zum Glück operabel war. Die gesamte Familie war unglaublich erleichtert gewesen über diese Nachricht, doch nun schreckte Asmus vor der Operation zurück.

«Der Eingriff ist nötig, Papa, sonst kommst du nicht mehr auf die Beine.»

Asmus verzog den Mund zu einem schiefen Grinsen. «Ja, ja, ich weiß. Ich lasse es ja auch machen.»

«Was? Aber ich dachte ...» Überrascht starrte Greta ihn an. «Wirklich?»

Er nickte.

«Okay. Dann mache ich dir gleich einen Termin. Drüben auf dem Festland gibt es eine sehr gute Klinik. Du weißt schon, die, von der Doktor Ritter gesprochen hat. Da können sie dir ...»

«Ich gehe nicht aufs Festland», unterbrach Asmus sie. «Operieren lasse ich mich nur hier auf der Insel.»

«Was?» Greta schüttelte den Kopf. «Aber ...»

«Kein Aber!», erklärte ihr Vater. «Die doktern an meinem Herz rum, Lüttje. Was, wenn dabei etwas schiefgeht? Ich habe mein ganzes Leben hier auf der Insel verbracht, und wenn schon, dann will ich auch hier sterben. Und nicht in irgendeiner Spezialklinik irgendwo auf dem Festland. Das kommt nicht in Frage.»

Greta schüttelte den Kopf. «Und wie stellst du dir das vor? Hier auf der Insel ist so ein Eingriff nicht ...» Sie hielt inne, weil ihr plötzlich klarwurde, worauf ihr Vater hinauswollte. «Du willst, dass Doktor Ritter dich operiert?»

Asmus nickte. «Er ist ein toller Arzt, das hast du selbst

gesagt. Außerdem ist er ehrlich, er macht mir nichts vor. Das mag ich.»

Die Tatsache, dass ihr Vater lobende Worte für ein Mitglied der ärztlichen Zunft fand, hätte Greta normalerweise erleichtert. Aber musste es ausgerechnet dieser Arzt sein?

«Das geht nicht, Papa.»

«Natürlich geht das. Doktor Ritter ist Chefarzt der Chirurgie bei euch an der Klinik», beharrte Asmus. «Und er hat gesagt, dass er mit solchen Operationen Erfahrung hat. Also kann er das.»

Greta seufzte innerlich, weil sie dieses Argument nicht entkräften konnte. Mark war tatsächlich mehr als geeignet für den Eingriff. Mit Mitte dreißig galt er als chirurgischer Überflieger und hatte schon an renommierten Kliniken wie dem Lenox Hill Hospital in New York gearbeitet. Deshalb verwunderte es viele, dass er sich entschieden hatte, zu ihnen auf die Insel zu kommen. Die Stelle bot ihm nicht die Möglichkeiten, die er anderswo gehabt hätte. Und genau das war auch das Problem an Asmus' Ansinnen.

«Selbst wenn Doktor Ritter es wollte, ginge es nicht. Die Hansen-Klinik ist ein Akut-Krankenhaus. Und ein sehr kleines noch dazu. Wir behandeln Notfälle und sichern die medizinische Versorgung für die Insulaner und die Touristen. Aber wir halten nicht die Ausrüstung für jede Art von Behandlung vor. Für deinen Fall gibt es ...»

«Spezialisten, ich weiß.» Asmus verschränkte die Arme vor der Brust. «Irgendwelche Fremden. Die will ich nicht. Dein Doktor ist der Einzige, der mich operieren darf. Und er hat gesagt, dass er ...»

«Er ist nicht ‹mein Doktor›», unterbrach Greta ihn und ignorierte den Stich, den seine Worte ihr versetzt hatten. «Er ...»

Sie hielt inne, weil in diesem Moment ein großer Mann mit schwarzen Haaren und auffallend grauen Augen die Terrasse betrat.

«Ich hoffe, ich störe nicht», sagte Mark Ritter, und als ihre Blicke sich trafen, geriet Gretas Herz kurz aus dem Takt.

2

Doktor Ritter!» Asmus stand auf und ging mit einem strahlenden Lächeln auf den Besucher zu, schüttelte ihm die Hand. Dann deutete er auf den Stuhl neben Greta. «Sie stören nicht! Bitte, setzen Sie sich.»

Mark zögerte und schien auf eine Reaktion von Greta zu warten. Doch sie war wie festgefroren. Was machte er hier? Und wie viel hatte er mitbekommen von ihrem Gespräch? Greta wurde heiß und gleich wieder kalt bei dem Gedanken, dass er das «Er ist nicht *mein* Doktor» gehört hatte.

Nur mühsam gelang ihr ein schiefes Lächeln. «Ja, bitte.» Sie deutete ebenfalls auf den Stuhl und versuchte, ihren rasenden Herzschlag wieder zu beruhigen, während Mark neben ihr Platz nahm.

Dort hatte er schon einmal gesessen, vor gar nicht allzu langer Zeit, als sie gemeinsam versucht hatten herauszufinden, was Asmus fehlte. An diesem Tag hatte Greta nicht mehr leugnen können, dass sie viel zu viel für Mark empfand. Und auch jetzt brachte seine unerwartete Nähe sie gehörig aus der Ruhe.

«Wie schön, dass Sie Zeit hatten vorbeizukommen!» Asmus setzte sich wieder auf seinen Platz ihnen gegenüber und strahlte Mark glücklich an.

«Ach, ich dachte, es ist besser, wenn wir das noch mal persönlich besprechen», erwiderte Mark. «Die Sache brennt Ihnen ja sehr auf der Seele.»

Greta brauchte in ihrem verwirrten Zustand ein paar Sekunden, bis ihr klarwurde, dass die beiden offenbar schon eine Unterhaltung geführt hatten, die sie jetzt fortsetzten. Und sie ahnte auch, um was es ging, auch wenn sie es nicht wirklich fassen konnte.

«Die Sache mit der OP?», fragte sie und sah ihren Vater an.

Asmus nickte. «Das wollte ich dir gerade erzählen, als Doktor Ritter kam. Ich habe mit ihm gesprochen und ihm erklärt, dass ich, wenn überhaupt, hier auf der Insel operiert werden will. Von ihm, weil er der Einzige ist, dem ich vertraue. Und er hat gesagt, dass er sich etwas überlegt.»

Greta spürte, wie ein Teil ihrer Anspannung nachließ. Sie war zwar wütend auf ihren Vater, weil er hinter ihrem Rücken Kontakt zu Mark aufgenommen hatte. Sein Ansinnen blieb jedoch absurd, und wahrscheinlich war Mark genau deswegen gekommen: um Asmus die fixe Idee mit der Operation auf der Insel ein für alle Mal auszureden.

«Aber es geht nicht, oder?», fragte sie, jetzt an Mark gewandt. «Auf der Insel ist der Eingriff nicht möglich.»

«Im Moment nicht, nein», bestätigte Mark. «Das wird sich allerdings bald ändern.»

«Dann klappt es?», erkundigte sich Asmus erfreut.

Mark nickte. «Es sieht zumindest gut aus.»

«So, hier ist eine kleine Erfrischung!»

Heike kam mit einem Tablett in den Händen auf die Terrasse und brachte zwei Tassen Kaffee und einen Becher Tee an den Tisch.

«Ich dachte, ein bisschen Koffein kann nicht schaden so früh am Morgen», erklärte sie lächelnd und stellte ihrem Mann den Tee hin. «Natürlich nicht für dich. Du kriegst meine Kräutermischung. Du weißt ja, was Doktor Ritter gesagt hat. Keine Aufregung in nächster Zeit.»

Sie lächelte Mark an, der den Kaffee entgegennahm, und auch Asmus griff nach seinem Becher. Nur Greta rührte sich nicht.

«Und wie soll das funktionieren?», fragte sie Mark, nachdem ihre Mutter den Kaffee vor ihr auf den Tisch gestellt hatte und wieder gegangen war. «Wenn du meinem Vater hier auf der Insel eine neue Herzklappe einsetzen willst, dann brauchst du eine Herz-Lungen-Maschine. Die haben wir aber nicht.»

Mark betrachtete sie aufmerksam, und Greta wurde mit Schrecken klar, dass sie ihn geduzt hatte. Sie war nicht sicher, ob sie das noch durfte, schließlich gingen sie in der Klinik jetzt wieder sehr förmlich miteinander um. Falls es ihn störte, ließ er es sich jedoch nicht anmerken.

«Das ist mir bewusst», antwortete er. «Aber wir werden eine anschaffen.»

Fassungslos starrte Greta ihn an. «Und woher willst du das Geld dafür nehmen? Das Ding kostet ein kleines Vermögen, und man braucht außerdem geschultes Personal, um es zu bedienen. Das kriegst du bei der Verwaltung niemals durch, dass sie nur für meinen Vater den OP aufrüsten.»

«Nein, vermutlich nicht», erwiderte Mark. «Gegen eine Spende wird die Klinikverwaltung allerdings kaum etwas einzuwenden haben.»

Greta schwieg für einen Moment, während sie versuchte zu begreifen, was er vorhatte. «Dann ... willst du das Gerät privat anschaffen? Aber das ist doch viel zu teuer!»

Marks Mundwinkel hoben sich zu einem schiefen Lächeln. «Zu teuer, als dass ich es mal eben aus der Portokasse bezahlen könnte, meinst du? Das stimmt leider. Allerdings kenne ich jemanden, der es sich leisten kann. Ich habe gestern mit ihm telefoniert, und er übernimmt die Kosten. Sämtliche Kosten, auch die für den Kardiotechniker, den wir dann brauchen werden. Tatsächlich besteht er sogar darauf. Immer vorausgesetzt, dass alles schnell genug klappt und der Zustand deines Vaters sich in der Zwischenzeit nicht verschlimmert, könnte ich ihn also tatsächlich hier operieren.»

«Ich wusste, dass Sie das hinkriegen!», rief Asmus, sichtlich erleichtert. Ihm schien gar nicht klar zu sein, über welche Beträge sie hier sprachen.

«Du kennst jemanden, der bereit ist, dem Krankenhaus einfach so eine Herz-Lungen-Maschine zu spenden, mit allem Drum und Dran?» Greta schüttelte den Kopf. «Wer zur Hölle kann denn so etwas stemmen?»

«Jemand, der so reich ist, dass die Summe für ihn nicht ins Gewicht fällt», erklärte Mark, doch das reichte Greta nicht.

«Und wer ist das?»

Es war offensichtlich, dass Mark diese Frage nicht beantworten wollte, aber Greta hatte nicht vor lockerzulassen. Und das schien er ihr anzusehen, denn er seufzte.

«Ein amerikanischer Geschäftsmann. Henry Benson. Ich habe ihm während meiner Zeit in New York mal geholfen, und seitdem möchte er sich dafür gerne erkenntlich zeigen. Er hat mich schon fast damit bedrängt, mir einen Wunsch zu erfüllen, egal, was es kostet. Jetzt habe ich sein Angebot angenommen.»

«Da hörst du es», sagte Asmus, dem es peinlich zu sein schien, dass Greta Mark derart mit Fragen löcherte. Doch Greta achtete gar nicht auf ihn.

«Und was genau hast du für ihn getan?», hakte sie weiter nach, weil sie ahnte, dass mehr an dieser Geschichte dran sein musste, als Mark bisher eingestanden hatte.

«Ich habe meinen Job gemacht, mehr nicht», erwiderte er, aber Greta sah ihn an, bis er weitererzählte. «Wir saßen zufällig im selben Flieger nach New York. Henry ist Allergiker und erlitt einen anaphylaktischen Schock. Hühnchen mit Erdnusssoße, die nicht nach Erdnusssoße aussah. Ich konnte verhindern, dass er erstickt.»

Greta runzelte die Stirn. «Indem du ihm Adrenalin gespritzt hast?»

Nicht, dass es keine Leistung war, den Mann zu retten. Aber irgendwie kam es ihr komisch vor, dass dieser Henry Benson so unglaublich großzügig war, nur weil Mark ihm die notwendigen Medikamente verabreicht hatte.

Mark verzog den Mund. «Das hätte ich gerne getan, glaub mir. Tatsächlich hätte Henry das auch selbst gekonnt. Er hat seinen EpiPen eigentlich immer dabei und kann damit umgehen. Nur dass er ihn ausgerechnet an dem Tag in den Koffer gepackt hatte anstatt ins Handgepäck. Man wird eben nachlässig, wenn länger nichts passiert ist. Als man mich hinzurief, bekam er schon kaum noch Luft.»

«Im Notfall-Set des Fliegers muss doch was Entsprechendes gewesen sein!», sagte Greta.

«Ja, das würde man annehmen. Aber wir konnten nichts finden», erklärte Mark. «Ein Fehler der Fluggesellschaft, wie sie später eingeräumt haben. Und notlanden konnte der Pilot auch nicht, weil wir uns gerade über dem Atlantik befanden.»

«Oh.» Langsam dämmerte Greta, wie dramatisch die Situation tatsächlich gewesen war. Ohne ein abschwellendes Medikament hatte Mark nur noch eine Möglichkeit gehabt, um die Atemwege des Mannes wieder frei zu bekommen. «Also ein Luftröhrenschnitt?»

Mark nickte. «Ich musste ein bisschen improvisieren. Aber es ist gutgegangen.»

Greta schluckte. «Dann verstehe ich seine Dankbarkeit. Selbst eine Milliarde Dollar nützen einem nichts, wenn man plötzlich keine Luft mehr bekommt.»

«Ich bin Arzt, das ist mein Job», erinnerte Mark sie. «Ich fand das nicht der Rede wert. Deshalb wollte ich eigentlich auch nichts von ihm annehmen. Henry besteht jedoch darauf, sich erkenntlich zu zeigen. Er lässt einfach nicht locker. Und für das Gerät ist das Geld ja gut angelegt.»

«Das finde ich auch», bestätigte Asmus und sah Greta warnend an. Offenbar wollte er verhindern, dass sie Marks Entscheidung noch einmal hinterfragte. Doch ihr fiel ohnehin kein Argument mehr ein, dafür war sie viel zu verwirrt.

Mark hatte also einen Wunsch bei einem Milliardär frei gehabt, und anstatt das für sich selbst zu nutzen, sorgte er dafür, dass sich der Wunsch ihres Vaters erfüllte? Und sie hatte ihm vor gar nicht langer Zeit noch vorgeworfen, dass er sich nicht genug für seine Patienten einsetzte!

Greta schluckte und schaffte es nicht, den Blick von Marks Gesicht zu lösen. In den letzten drei Wochen hatte sie immer vermieden, ihn zu lange anzusehen. Sie war ihm aus dem Weg gegangen, so gut es ging, und bei Besprechungen und an Patientenbetten, wo das nicht möglich war, hatte sie den Blickkontakt so gering wie möglich gehalten und sich auf irgendetwas anderes konzentriert. Beobachtet hatte sie ihn nur aus der Ferne – und sich eingeredet, dass sie dabei war, ihre Gefühle für ihn zu überwinden.

Jetzt jedoch merkte sie zu ihrem Entsetzen, dass gar nichts besser geworden war. Wie eine Süchtige, die endlich wieder eine Dosis ihrer Droge bekam, saugte sie jedes Detail an ihm in sich auf. Das stürmische Grau seiner Augen, seine Lachfältchen, der Bartschatten auf seinen Wangen, das dunkle Haar, das sich so weich anfühlte, wie es aussah, und die kleine Narbe an seinem Kinn, die sie schon geküsst hatte, damals, als sie …

«Ich muss wieder los.» Mark erhob sich so abrupt, dass Greta erschrocken zusammenzuckte.

Er machte einen Schritt zurück, fast so, als wollte er bewusst Abstand zwischen sie bringen. Seinen Blick löste er jedoch nicht von ihrem, und Greta konnte kaum glauben, was sie in seinen Augen las. Er wirkte genauso aufgewühlt wie sie. Aber das konnte nicht sein, oder?

«Sie wollen schon gehen?», fragte Asmus.

Mark nickte. «Ich muss weiter zur Klinik. Aber ich melde mich, sobald es etwas Neues gibt. Bis dahin lassen Sie es weiter ruhig angehen, verstanden, Herr Paulsen? Wenn Ihr Zustand sich verschlimmert, müssen wir Sie sonst doch noch aufs Festland ausfliegen.»

Asmus versprach es, und nach einem kurzen Abschiedsgruß verließ Mark die Terrasse. Greta sah ihm nach, dann bemerkte sie, dass ihr Vater sie musterte.

«Ein feiner Kerl, dein Doktor», sagte Asmus und grinste schief. «Sehr schade, dass du ihn nicht willst.»

Wer sagt, dass ich ihn nicht will, dachte Greta und vergaß, sich zu ärgern. Mechanisch erhob sie sich.

«Ich bin gleich wieder da.»

Sie lief ins Haus, durchquerte die Küche, vorbei an ihrer Mutter, die ihr überrascht nachsah, und dann das inzwischen gut gefüllte Speisezimmer.

Mark schien es eilig zu haben, von hier wegzukommen, denn er ging mit großen Schritten und hatte den Empfang vorne am Eingang schon fast erreicht, als Greta ihn einholte.

«Mark! Warte!»

Er blieb stehen, und sie ging zu ihm, blickte unsicher zu ihm auf.

«Danke.» Ihre Stimme klang heiser, und sie musste sich räuspern, bevor sie weiterreden konnte. «Das ... bedeutet Papa viel, dass du das für ihn möglich machen willst.»

In seinem Blick flackerte etwas auf, das Greta nicht deuten konnte. Dann wandte er abrupt den Kopf ab.

«Es ist eine gute Investition für die Klinik», sagte er steif. «Dann haben wir mehr Möglichkeiten.»

Gretas Lächeln erlosch. «Natürlich.»

Sie senkte den Blick, damit er nicht sah, wie sehr sein kühles Verhalten sie traf, und wollte sich abwenden. Doch Mark griff nach ihrem Arm und hielt sie zurück. Seine Finger fühlten sich warm an auf ihrer Haut, und die Berührung nahm ihr sehr effektiv den Atem.

«Greta, ich …»

«Hilfe!» Ein Schrei ertönte aus dem Speisezimmer. «Mein Sohn braucht Hilfe! Bitte! Schnell!»

3

Greta und Mark reagierten sofort und rannten ins Speisezimmer.

Dort herrschte Chaos. Die meisten Gäste waren von ihren Stühlen aufgesprungen und starrten auf den Jungen, der neben einem der Tische am Boden lag und sich stöhnend wand. Es war Felix.

Seine Mutter kniete neben ihm, und die Sorge um ihr Kind war ihr anzusehen, als sie entsetzt zu Mark und Greta aufblickte, die sich entschlossen den Weg durch die Menge der Schaulustigen bahnten.

«Was ist passiert?», fragte Mark, während er schon nach dem Puls des Jungen tastete.

«Er wollte auf die Toilette, und dann ist er plötzlich zusammengebrochen», berichtete Felix' Vater, der die weinende Amelie auf dem Arm hielt. «Was ist mit ihm? Kann das der Blinddarm sein?»

Greta und Mark tauschten einen Blick. Es war immer schwierig, Angehörigen zu vermitteln, dass sie vorläufig noch nicht viel sagen konnten außer, dass die Bauchdecke hart war, wie Greta bereits ertastet hatte. Außerdem waren Herzschlag und Atmung zu schnell, und der Junge reagierte nicht, als Greta ihn ansprach, schien neben sich zu stehen. Das alles waren beunruhigende

Symptome, die sie jetzt noch nicht zuverlässig interpretieren konnten. Es gab nur eins, was sie sofort tun mussten.

«Ihr Sohn muss ins Krankenhaus», erklärte Mark. «Dort können wir ihm helfen und herausfinden, was die Schmerzen auslöst.»

Er blickte Greta an, die sich schon erhoben hatte und ihr Handy zückte, um den Rettungswagen anzufordern.

«Die Kollegen sind unterwegs», informierte sie Mark, als sie telefoniert hatte, und kniete sich wieder neben Felix, der sich immer noch wand.

«Mein Kopf», stöhnte der Junge und verdrehte die Augen. «Es tut so weh!»

«Es wird alles gut.» Greta strich ihm über das Haar, während Mark Frau Schilling bat, Felix' Beine leicht anzuwinkeln und hochzuhalten. Das würde den Blutfluss ins Gehirn begünstigen und verhindern, dass der Kreislauf des Jungen noch weiter wegsackte.

«Mein Gott, so tun Sie doch was!», brüllte Felix' Vater. «Sehen Sie denn nicht, dass mein Sohn Schmerzen hat?»

Seine Hilflosigkeit äußerte sich in Wut, das hatte Greta schon oft erlebt. Es war nur ein Ausdruck großer Sorge, und sie verstand das. Aber mehr als Felix für den Moment zu stabilisieren, konnten sie nicht tun, deshalb war Greta froh, als sie nach einigen Minuten das Martinshorn des näher kommenden Krankenwagens hörte.

Heike, die bereits dafür gesorgt hatte, dass die anderen Gäste das Speisezimmer verließen, ging den Rettungsassistenten entgegen, um ihnen den Weg zu zeigen.

«Der Krankenwagen ist jetzt gleich da», informierte Greta die besorgten Eltern.

«Woher kann denn so etwas so plötzlich kommen?» Melanie Schilling hatte Tränen in den Augen. «Gestern ging es Felix doch noch gut?»

Mark runzelte die Stirn und tastete noch einmal Felix' Bauch ab. «Hat Ihr Sohn seit gestern Abend irgendetwas Außergewöhnliches gegessen?»

Melanie Schilling blickte ihren Mann an und schüttelte dann den Kopf. «Nein. Gestern Abend waren wir in der Stadt in einer der Fischbuden. Aber Felix hat sich ein Fischbrötchen mit meinem Mann geteilt, weil er nicht so viel Hunger hatte. Das kann nicht schlecht gewesen sein, mein Mann hat ja keine Beschwerden. Und heute Morgen hatte Felix was vom Frühstücksbuffet. Ein Brötchen mit Wurst, glaube ich.» Entsetzt starrte sie Mark an. «Denken Sie, die Wurst war nicht mehr gut?»

«Nein, das kann nicht sein», erklärte Greta sofort, froh darüber, dass ihre Mutter diesen Verdacht nicht gehört hatte. «Die Sachen sind immer frisch. Daran kann es nicht gelegen haben.»

Melanie Schilling hörte ihr jedoch gar nicht zu.

«Ach, herrje», jammerte sie. «Und ich habe ihn noch gezwungen, das Brötchen aufzuessen, weil ich wollte, dass er etwas im Magen hat. Wenn ich gewusst hätte, dass er davon ...»

«Nun mal langsam», schaltete sich Mark ein. «Noch wissen wir nicht, was die Bauchkrämpfe Ihres Sohnes verursacht hat. Wir warten erst mal ab, was die Untersuchungen ergeben, dann sehen wir weiter.»

Mit seinen ruhigen, aber sehr bestimmten Worten brachte er die Eltern zum Schweigen, denn auch Felix' Vater, der gerade angesetzt hatte, etwas zu sagen, behielt seine Bemerkung für sich und tröstete stattdessen seine immer noch weinende Tochter.

Einen Augenblick später betraten zwei Rettungsassistenten, ein junger Mann mit kurzen dunklen Haaren und eine Frau mit blondem Pferdeschwanz, den Raum. Den jungen Mann hatte Greta erst zwei Mal gesehen, er war noch neu auf der Insel. Die Frau kannte sie dagegen gut, es war Carola Meyer.

«Na, dann brauchen wir ja keinen Notarzt», sagte die Rettungsassistentin, und Greta stöhnte leise auf, als sie ihren vielsagenden Blick auf Mark bemerkte.

Sie dachte an den Notfall vor ein paar Wochen, als ihr Bruder mit einer Unterzuckerung beinahe ins Koma gefallen wäre. Damals war Greta auch mit Mark zusammen gewesen, als die Rettungsassistenten – darunter Carola – eingetroffen waren, was in der Klinik für viel Gerede gesorgt hatte. Wie es aussah, würden sie damit wohl wieder rechnen müssen.

«Was haben wir?», fragte Carola, während sie dem Jungen mit routinierten Handgriffen einen Zugang legte. Mark schilderte ihr, was passiert war und welche Untersuchungen sie in der Klinik veranlassen sollte.

«Können wir mitfahren?», bat Melanie Schilling, als die Rettungsassistenten den jetzt viel ruhigeren Felix auf die Liege legten. Offensichtlich wirkte das Schmerzmittel bereits.

«Selbstverständlich.» Carola nickte. «Aber nur einer.»

Herr Schilling ließ seiner Frau den Vortritt, setzte sich allerdings sofort mit der kleinen Amelie in sein Auto und folgte dem Krankenwagen.

Beim Anblick des sich entfernenden Blaulichts musste

Greta unwillkürlich an ihr Gespräch mit den Schillings während des Frühstücks denken, als Felix' Mutter sie auf die Bauchschmerzen des Jungen angesprochen hatte. Hätte sie da schon entschiedener reagieren müssen? Denn eins war jetzt klar.

«Das ist was Ernstes.»

Erst als Mark sie überrascht ansah, merkte sie, dass sie ihren Verdacht laut ausgesprochen hatte.

«Ich fahre hinterher», sagte er. «Mal sehen, was wir rausfinden.»

Greta nickte beklommen und überlegte kurz, ebenfalls zum Krankenhaus zu fahren. Aber sie hatte ohnehin bald Dienst, dann konnte sie sich nach Felix erkundigen.

Sie lächelte unsicher. «Dann bis nachher.»

Er nickte nur und ging zu seinem Wagen. Greta sah ihm nach und versuchte, das Ziehen in ihrer Brust zu ignorieren.

Nachher, dachte sie. Wenn wir wieder Doktor Ritter und Schwester Greta sind. Zwei Fremde, die zusammen arbeiten und sonst nichts miteinander zu tun haben.

«Was für ein Schreck am Morgen!» Heike trat aus dem Haus und stellte sich neben Greta. «So was habe ich auch noch nicht erlebt! Was hat der Junge denn bloß?»

«Ich sehe nachher nach ihm», antwortete Greta ausweichend. Sie war sicher, dass nicht das Pensionsessen schuld an Felix' Zustand war, und wollte ihre Mutter mit Frau Schillings Verdacht, dass es sich um eine Vergiftung handelte, nicht unnötig aufregen.

Als sie gerade wieder ins Haus gehen wollte, hielt der alte orangefarbene Volvo-Kombi ihres Bruders vor dem Haus, und Erik stieg aus.

Er kam vom Hafen und trug noch die wetterfeste Kleidung, die ihn bei den Ausfahrten mit dem Krabbenkutter vor Regen und Kälte schützte. Seine etwas längeren, dunkelblonden Haare fielen ihm in die Stirn, was ihm etwas Verwegenes gab, und die gummierte Hose, die groben Stiefel und die grell orangefarbene, schon reichlich ramponierte Jacke betonten seine breiten Schultern und seine kräftige Figur. Man sah ihm an, dass er viel körperlich arbeitete, und Greta fand immer, dass er sehr gut als Model für einen dieser Outdoor-Kataloge getaugt hätte.

«Oh, ein Empfangskomitee?», rief er ihnen entgegen und grinste breit. «Was verschafft mir die Ehre?»

Als er näher kam und die ernsten Gesichter seiner Mutter und seiner Schwester sah, wurde er jedoch wieder ernst.

«Ist was mit Papa?», erkundigte er sich besorgt.

Greta schüttelte den Kopf und erzählte ihm, was passiert war.

«Ach, Mensch, der arme kleine Kerl. Dann war das ja ein Glück, dass Doktor Ritter hier war und ihr beide gleich helfen konntet.» Erik runzelte die Stirn und sah Greta neugierig an. «Weswegen war er denn hier?»

«Das kann Papa dir erklären. Er sitzt auf der Terrasse», antwortete Greta, ein bisschen zu hastig. «Ich gehe hoch. Ruft mich, wenn noch was ist, ja?»

Abrupt wandte sie sich um und floh zurück ins Haus, bevor ihr Bruder ihr noch mehr Fragen stellen konnte.

Erik blickte seiner Schwester nach und schüttelte den Kopf. «Ich dachte, Greta und Ritter hätten nichts mehr miteinander.»

Heike verschränkte die Arme vor der Brust. «Haben sie auch nicht. Aber wenn du mich fragst, dann ist diese Sache noch nicht ausgestanden.» Sie seufzte tief. «Und schade ist es allemal. Die beiden würden so gut zusammenpassen. Wenn man doch nur irgendetwas tun könnte!»

«Misch dich da bloß nicht ein, Mama», warnte Erik. «Du kennst Greta und ihren Sturkopf. Da erreichst du im Zweifel bloß das Gegenteil. Außerdem wissen wir nicht, wie lange dieser Ritter überhaupt noch auf der Insel ist. Das hätte vielleicht ohnehin keine Zukunft mit den beiden.»

«Darüber habe ich noch gar nicht nachgedacht», gestand Heike. «Ach, du hast recht. Das geht uns nichts an. Also warten wir es ab.»

Sie drehte sich um und wollte zurück ins Haus gehen, hielt jedoch noch einmal inne. «Sag mal, bei dir und Leonie ist aber alles in Ordnung, oder? Ein Kind mit Liebeskummer reicht mir nämlich.»

«Keine Sorge, bei uns ist alles bestens», erklärte er und lächelte, als Leonies Bild vor seinem inneren Auge auftauchte.

Manchmal konnte er noch gar nicht fassen, wie eng ihre Beziehung innerhalb kürzester Zeit geworden war. Sie waren noch kein halbes Jahr zusammen, doch er bereute seinen spontanen Heiratsantrag trotzdem nicht. Im Grunde hatte er schon in der Sekunde, in der er die Freundin seiner Schwester das erste Mal gesehen hatte, gewusst, dass sie die Richtige für ihn war. Und er hatte recht gehabt, denn glücklicher war er noch nie gewesen. Leonie plante schon ihre Hochzeit, die im nächsten Frühjahr stattfinden sollte, und auch sonst lief es toll zwischen ihnen. Das Einzige, was jetzt noch fehlte, war ein passendes Zuhause, denn ihre jeweiligen Wohnungen waren eigentlich zu klein für zwei. Deshalb suchte Erik schon eine Weile nach etwas Größerem, und er war ziemlich sicher, jetzt endlich die Lösung gefunden zu haben.

«Ich zeige Leonie morgen das Haus», sagte er zu seiner Mutter, während sie beide wieder reingingen «Drück mir die Daumen, dass es ihr genauso gut gefällt wie mir.»

Mark trat aufs Gas, als er die Landstraße erreichte und Dinkersen, den kleinen Ort, in dem die Pension lag, hinter sich ließ. Bis nach Westerwyk, der größten Stadt auf der Insel, war es nicht weit, und er konnte es kaum noch abwarten, sich in der Klinik in die Arbeit zu stürzen, um sich abzulenken.

Er bereute seinen spontanen Entschluss, persönlich in der «Krabbe» vorbeizufahren. Er hätte Asmus Paulsen bitten sollen, in die Klinik zu kommen, schließlich machte er sonst auch keine Hausbesuche. Aber es war ihm wichtig gewesen, dem alten Seebären die Nachricht, dass die Operation jetzt sehr wahrscheinlich doch auf der Insel stattfinden konnte, so schnell wie möglich zu überbringen. Schließlich hatte Paulsen erklärt, dass er den Eingriff sonst verweigern würde, und nach den Erfahrungen der letzten Zeit zweifelte Mark nicht daran, dass dies keine leere Drohung war.

Und natürlich war ihm klar gewesen, dass er vielleicht auch Greta begegnen würde, als er nach Dinkersen abgebogen war. Er hatte nur nicht damit gerechnet, welche Wirkung es auf ihn haben würde, sie in ihrem privaten Umfeld wiederzusehen. In der Klinik war es kein Problem, da ging er ihr aus dem Weg. Aber auf der Terrasse dicht neben ihr zu sitzen und viel zu lange in ihre blauen Augen zu blicken, hatte ihn ziemlich aus der Fassung gebracht.

Er dachte daran, wie sie ihn angesehen hatte, mit skeptisch gerunzelter Stirn. In puncto Sturheit stand sie ihrem Vater in nichts nach, und wie erwartet hatte sie ihn nicht davonkommen lassen mit der Erklärung, die er ihr für seinen Deal mit Henry Benson geliefert hatte. Sie hatte so lange nachgehakt, bis er ihr gestanden hatte, was er eigentlich lieber für sich behalten hätte: dass er für sie und ihren Vater über seinen Schatten gesprungen war.

Wie viel Überwindung es ihn gekostet hatte, Henry Benson anzurufen und auf das Angebot zurückzukommen, dass er eigentlich niemals hatte annehmen wollen, brauchte sie nicht zu wissen. Doch wie immer hatte sie ihn durchschaut. So war sie, ihr konnte er nichts vormachen. Was genau der Grund war, warum sie ihm immer noch unter die Haut ging. Und als sie ihm dann nachgelaufen war und sich bei ihm für seinen Einsatz bedankt hatte, war da für einen kurzen Moment wieder diese Spannung zwischen ihnen gewesen.

Mark war nicht sicher, was genau er eigentlich hatte tun wollen, als er sie festgehalten hatte. Irgendetwas sehr Dummes vermutlich. Wie sie an sich ziehen und küssen zum Beispiel. Das war ihm zumindest durch den

Kopf gegangen, bevor man sie zu dem Notfall gerufen hatte.

Mark drosselte die Geschwindigkeit, als er den Stadtrand erreichte, und fuhr durch die inzwischen vertrauten Straßen von Westerwyk in Richtung Zentrum.

Er ist nicht ‹mein› Doktor. Das hatte Greta gesagt, als er auf die Terrasse hinausgetreten war. Er war ziemlich sicher, dass er damit gemeint gewesen war, und das hatte ihm einen Stich versetzt. Denn offenbar hatte sie ihre Meinung nicht geändert. Für sie kam eine Beziehung zu ihm nicht in Frage. Das hatte sie ihm schon einmal gesagt, damals, nachdem sie ihren Bruder am Deich gerettet hatten. Und Mark hatte sich eingeredet, dass sie recht hatte. Wohin sollte das zwischen ihnen auch führen? Selbst wenn er jetzt mit vollem Einsatz in der Hansen-Klinik arbeitete, er würde nicht ewig hierbleiben. Die Insel war und blieb eine Zwischenstation auf seinem Weg, von dem er noch nicht wusste, wohin er ihn führen würde. Also war es gut, dass sie wieder zu einer beruflichen Routine zurückgekehrt waren, wo keiner von ihnen mehr irgendwelche Linien überschritt. Und dabei hätte er es, verdammt noch mal, belassen sollen, anstatt bei ihr zu Hause aufzutauchen.

Mark bog auf den Krankenhausparkplatz und stellte den Mercedes in dem Bereich ab, der für die Ärzte reserviert war. Dann ging er auf den zweistöckigen Klinkerbau mit den auffällig gelben Fensterrahmen zu.

Als er die Hansen-Klinik das erste Mal gesehen hatte, war er beinahe erschrocken darüber, wie unscheinbar das Gebäude aussah. Wäre das Schild über dem Eingang nicht gewesen, dann wäre er sicher nicht darauf gekommen, dass sich hinter den Mauern ein vollwertiges Krankenhaus befand, mit einer Abteilung für Chirurgie und einer für Innere Medizin. Mit nur zwanzig Betten gehörte es zu den kleinsten Krankenhäusern Deutschlands, aber gerade das war die Stärke des Hauses. Da verlor man nicht so schnell den Überblick und war näher dran an den Patienten. Das war das Besondere am Inselkrankenhaus …

Mark verzog das Gesicht, als ihm klarwurde, dass das Gretas Worte waren, die ihm da gerade durch den Kopf gingen. Genau das hatte sie gesagt, damals, als sie sich das erste Mal darüber gestritten hatten, dass er sich in der Klinik zu wenig einbrachte. Und es hatte gewirkt, denn erst danach hatte er angefangen, sich auf der Insel einzuleben. Was vielleicht genau der Fehler war.

Du bist nur hergekommen, um zur Ruhe zu kommen, erinnerte er sich, während er den Zahlencode in das Kästchen an der Wand neben dem Hintereingang eintippte. Aber daraus würde zumindest an diesem verrückten Montagmorgen nichts werden, an dem es noch eine Menge zu erledigen gab.

Okay, eins nach dem anderen, dachte Mark. Jetzt musste er erst einmal dafür sorgen, dass der kleine Junge aus der Pension wieder in Ordnung kam. Das hatte Priorität. Deshalb stieß er entschlossen die Tür auf und betrat das Krankenhaus.

4

Helena trat aus der Haustür und blickte suchend über den Hof. Die Sonne stand hoch am Mittagshimmel und wärmte immer noch, obwohl man durch den Wind, der vom Meer herankam, schon den herannahenden Herbst spüren konnte.

«Niklas?»

Es kam keine Antwort, und für einen kurzen Moment zog Helenas Herz sich angstvoll zusammen. Sie hasste es, wenn sie nicht wusste, wo er war.

Mit schnellen Schritten ging sie über das Kopfsteinpflaster auf den Stall zu, der rechts an das Haus grenzte. Die hölzerne Schiebetür, die über eine alte Eisenschiene lief, stand offen, doch als Helena hineinsah, entdeckte sie nur Micki, die in der Stallgasse stand und gerade dabei war, Helenas Fuchsstute Esperanza zu striegeln.

«Hast du Niklas gesehen?», fragte sie die junge Frau mit dem dunklen, schulterlangen Haar, das an den Spitzen in einem auffälligen Lilaton gefärbt war. «Ich wollte ihn abholen, aber im Haus ist er nicht.»

«Er hat mir vorhin gesagt, dass ich die Pferde von der Weide holen und striegeln soll», erklärte Micki. «Geholt habe ich sie schon, jetzt fange ich mit Striegeln an.» Sie runzelte die Stirn. «Ist das falsch?»

«Nein, alles gut», sagte Helena, weil sie wusste, dass genau das Mickis größte Sorge war. Die junge Frau wollte nichts falsch machen, weil sie fürchtete, sonst den Dreesen-Hof wieder verlassen und in ihre Wohngruppe nach Hamburg zurückkehren zu müssen. Sie war überglücklich gewesen, als Niklas ihr – auf Helenas Drängen hin – gegen Kost und Logis einen Job als Pflegerin für seinen Schimmelhengst Karino und Helenas Fuchsstute Esperanza angeboten hatte. Das war erst einige Wochen her, doch Micki hatte sich in der Zeit völlig verändert. Aus dem renitenten, sehr schwierigen Teenager war eine zufriedene Achtzehnjährige geworden, die alles, was man ihr auftrug, mit viel Elan erledigte. Sie lächelte jetzt sehr häufig, es sei denn, sie befürchtete, etwas falsch gemacht zu haben, so wie jetzt.

«Ich weiß nicht, wo er ist», sagte sie, sichtlich zerknirscht. «Hätte ich ...»

«Nein, schon gut», wiegelte Helena ab, weil sie Micki nicht auf falsche Gedanken bringen wollte. Es wäre ihr zwar sehr recht gewesen, wenn das Mädchen mehr auf Niklas geachtet hätte, schließlich ging es, falls er zusammenbrach, um Minuten. Das war auch der Grund gewesen, weshalb sie so gerne gewollt hatte, dass Micki auf den Hof zog, denn dann war Niklas nicht so viel allein, wenn sie selbst in die Praxis musste. Aber sie war auch sehr sicher, dass Niklas nicht pausenlos von seiner jungen Angestellten überwacht werden wollte. «Er kommt sicher gleich. Er weiß ja, dass wir jetzt gleich losmüssen.»

«Ja, das weiß er», sagte eine dunkle Stimme hinter ihr.

Mit einem erleichterten Lächeln drehte Helena sich zu Niklas um.

Er hatte sich umgezogen, trug nicht mehr die groben Arbeitssachen, mit denen er heute früh in den Stall gegangen war, sondern ein frisches weißes Hemd unter seiner Lederjacke und eine Jeans, die sich perfekt um seine schlanken Hüften schmiegte. Sein braunes Haar schimmerte noch nass von der Dusche, und seine Wangen, die sonst ein Dreitagebart zierte, waren glatt rasiert, was seine ebenmäßigen Gesichtszüge noch klarer zur Geltung brachte.

Wie immer, wenn sie ihn ansah, konnte Helena kaum fassen, wie attraktiv er war. Dass sie noch einmal einem Mann wie ihm begegnen würde, hätte sie noch vor wenigen Wochen nicht mehr für möglich gehalten. Er war ihr Traummann, in jeder Hinsicht, und der Gedanke, ihn wieder zu verlieren, nahm ihr jedes Mal den Atem. Wie konnte jemand, der so gesund aussah, todkrank sein? Es schien unmöglich, aber tatsächlich hing Niklas' Leben an einem seidenen Faden. Weshalb es Helena auch schwerfiel, ihn aus den Augen zu lassen.

«Wo warst du denn?», schimpfte sie. «Ich habe mir Sorgen gemacht.»

«Tut mir leid.» Er strich ihr eine Strähne ihrer langen blonden Locken hinter das Ohr und sah sie dabei mit dieser Intensität an, die ihr jedes Mal ganz weiche Knie machte.

«Ich war kurz draußen auf der Koppel und habe mir die Zäune angesehen. Micki kennt sich damit noch nicht aus, und ich dachte, ich überprüfe lieber noch mal, ob alles in Ordnung ist, bevor ...»

Er sprach nicht weiter, und Helena schluckte gegen die Angst an, die sich erneut wie eine kalte Hand um ihr Herz legte. Sie wussten beide, wie viel von dem Gespräch abhing, das sie gleich führen würden. Und was es bedeutete, wenn Mark Ritter keine guten Nachrichten für sie hatte ...

«Komm.» Helena nahm Niklas' Hand und wandte sie sich noch einmal zu Micki um. «Wir fahren dann. Du kümmerst dich um alles, ja?»

«Klar.» Micki grinste schief. «Ich ... drück ganz fest die Daumen.»

«Danke», erwiderte Niklas.

Helena nickte nur, weil sie nicht sicher war, ob ihre Stimme ihr gehorchen würde.

Auf dem Weg zum Auto ließ sie Niklas' Hand nicht los, und keiner von ihnen sagte etwas, als sie den Motor startete und den schwarzen Nissan Pathfinder durch das Tor auf den Feldweg lenkte.

Der Dreesen-Hof, den Niklas gemietet hatte, gehörte zu den wenigen Aussiedlerhöfen im Marschland, die noch bewohnt waren. Hier draußen war die Natur weitgehend unberührt, es gab Wildvögel, und die wogende Graslandschaft mit den vereinzelten «Inseln» aus Baumgruppen schaffte es eigentlich immer, Helena zu beeindrucken. Heute jagte sie jedoch über die Feldwege, ohne wirklich auf ihre Umgebung zu achten.

«Hey, nicht so schnell! Sonst sterbe ich noch, bevor ich die Klinik überhaupt erreiche», beschwerte sich Niklas, als sie auch auf der Landstraße das viel zu hohe Tempo beibehielt.

«Tut mir leid.» Helena ging erschrocken vom Gas und

sah Niklas an, der schief grinste. Sie schaffte es allerdings nicht, sein Lächeln zu erwidern.

Seine Bemerkung war ein Versuch gewesen, die Stimmung ein bisschen aufzulockern. Er scherzte manchmal über seinen Zustand, aber heute hatte Helena keinen Humor.

Natürlich hatte sie die ganze Zeit über gewusst, dass dieser Tag kommen würde. Der Tag, an dem sie erfahren würden, wie Niklas' Chancen standen. Doch seit Mark Ritter heute Morgen angerufen und Niklas und sie mittags in die Klinik bestellt hatte, fühlte Helena sich dennoch wie gelähmt. Dabei musste sie stark sein, das schuldete sie Niklas. Es war schließlich ihr Wunsch gewesen, dass er kämpfte. Nur ihretwegen hatte er noch einmal eine zweite Meinung eingeholt und erneut Tests über sich ergehen lassen, hatte Untersuchungen wiederholt, die er eigentlich schon hinter sich hatte – alles in der Hoffnung, dass sich ein Weg finden würde, die beiden angeblich inoperablen Aneurysmen in seinem Gehirn zu entfernen. Falls sich herausstellen sollte, dass das tatsächlich zu gefährlich war … nein, daran mochte Helena nicht mal denken!

Sie versuchte, ruhig zu bleiben. Doch als sie Westerwyk erreichten und sie mit dem Pathfinder ein paar Minuten später auf den Parkplatz des Krankenhauses bog, zitterten ihre Hände so stark, dass sie, als der Wagen stand, einen Moment brauchte, bis sie das Steuer loslassen und aussteigen konnte.

Niklas entging das nicht. Er zog sie an sich, als sie neben dem Auto standen, und hielt sie ganz fest.

«Selbst wenn sich nichts geändert hat, ist es jetzt anders», flüsterte er an ihrem Haar. «Weil du bei mir bist. Das ändert alles, hörst du?»

Helena schluckte und schmiegte sich eng an ihn, für einen Moment überwältigt von ihrer Liebe zu ihm. Dann machte sie sich wieder los und blickte zu ihm auf.

«Sie können dich operieren», sagte sie mit so viel Nachdruck, wie sie aufbringen konnte, und legte eine Hand an sein Gesicht, betrachtete seine Züge, die ihr inzwischen so vertraut waren. «Du hast eine Chance, und die werden wir nutzen.»

Dieser Satz war in den letzten Wochen ihr Mantra gewesen, und sie wiederholte ihn im Kopf immer wieder, während sie mit Niklas auf die Türen des Haupteingangs zuging, hinter denen die Anmeldung lag.

Sonst nahm sie meist den Seiteneingang, der am nächsten zu ihren Behandlungsräumen lag. Als niedergelassene Gynäkologin hatte sie nicht nur ihre Praxis ganz in der Nähe, sondern auch zwei Belegbetten in der Hansen-Klinik. Deshalb verbrachte sie oft ganze Tage im Krankenhaus und kannte die Räumlichkeiten in- und auswendig.

Doch heute war sie eben nicht als Ärztin hier, sondern als Angehörige eines Patienten. Das gab ihr eine ganz neue Perspektive, und als die Glastüren aufglitten, hatte sie einen dicken Kloß im Hals.

Zusammen mit Niklas betrat sie den Vorraum, von dem aus es links zum Warteraum für die Patienten ging. Rechts durch die Glastür kam man in den Behandlungsbereich, und gleich das erste Zimmer rechts war die Anmeldung.

Verena Boden, die Verwaltungskraft, die dort eigentlich saß und die Patienten in Empfang nahm, war nicht in ihrem Zimmer, sondern stand ein Stück den Flur hinunter bei einer Rettungsassistentin, die Helena flüchtig kannte. Ihr Name – Carola Meyer – fiel ihr allerdings erst nach kurzem Überlegen ein. Die beiden Frauen waren so vertieft in ihr Gespräch, dass sie Helena und Niklas gar nicht bemerkten, und normalerweise hätte Helena abgewartet, bis sie fertig waren. Doch heute fehlte ihr dafür die Geduld, deshalb ging sie zu den beiden Frauen hinüber.

Als sie näher kam, fing sie ein paar Fetzen von dem auf, was Carola Meyer gerade sagte.

«... Ritter hat den Notfall versorgt, als wir kamen. Zusammen mit Greta Paulsen. Er war schon dort, verstehst du. Und das um die Uhrzeit. Ich meine, da kann mir doch keiner erzählen, dass er da nicht übernachtet hat. Die beiden sind garantiert ...» Die Rettungsassistentin hielt inne, als sie Helena entdeckte. «Oh, hallo, Doktor Folkert.»

Auch Verena Boden drehte sich um. Mit ihrer silberblonden Bobfrisur und der pinkfarbenen Brille fiel sie optisch auf, und die kühlen Farben passten zu ihrem Temperament. Die Kliniksekretärin, die Helena auf Anfang dreißig schätzte, war zwar nicht unfreundlich, allerdings auch kein besonders überschwänglicher Mensch. Was die Organisation der Patientenkontakte und die Verwaltung anging, machte ihr jedoch niemand etwas vor, das erledigte sie unschlagbar effizient.

«Sie wollen zu Doktor Ritter?» Ihre Frage war eher eine Feststellung.

Helena nickte. «Er hat uns für ein Uhr bestellt. Aber

wenn es gerade einen Notfall gibt, dann warten wir natürlich.»

Für einen Moment wirkte Verena Boden verwirrt, dann schien sie zu begreifen, dass Helena auf die Bemerkung von Carola Meyer anspielte.

«Ach so, das! Nein, nein, das, worüber wir gerade sprachen, ist schon gestern Morgen passiert», erklärte sie. «Notfall in der Pension Krabbe. Kleiner Junge mit Vergiftungserscheinungen.»

Helena wartete darauf, dass sie noch mehr sagte, doch Verena Boden schwieg. Wahrscheinlich wollte sie vor einem Mitglied der Ärzteschaft nicht den Krankenhaustratsch ausbreiten. Dabei wusste Helena längst von dem Gerücht, dass Mark Ritter und Schwester Greta eine Affäre hatten. Es kursierte schon eine Weile, und obwohl Helena egal war, ob es stimmte oder nicht, ärgerte es sie, dass in diesem Haus grundsätzlich nichts unkommentiert bleiben konnte. So schön es war, einem so kleinen Kosmos wie dem der Insel anzugehören, so anstrengend konnte es manchmal sein. Keine Entwicklung blieb anonym, und wenn die Leute nicht ohnehin Bescheid wussten, dann spekulierten sie gerne.

Ob sie über Niklas und mich auch reden?, dachte Helena. Ein ehemaliger Pilot, der gerade erst hergezogen war und ganz allein so weit draußen im Marschland wohnte, regte sicher die Phantasie der Insulaner an. Und wenn er dann noch das Herz der einzigen Frauenärztin im Sturm eroberte …

Helena stöhnte innerlich, weil sie sich gar nicht vorstellen mochte, was da für Geschichten über sie im Umlauf waren. Doch das spielte keine Rolle. Im Moment war nur Niklas wichtig, deshalb konzentrierte sie sich wieder auf das, was sie hergeführt hatte.

«Dann ist er da? Doktor Ritter, meine ich?»

Die Kliniksekretärin nickte. «Er wartet auf Sie.»

Helena ging mit Niklas an den beiden Frauen vorbei in den Flur, an dem unter anderem die Arztzimmer lagen. Vor Ritters Tür blieben sie stehen, und Helena atmete noch einmal tief durch. Dann klopfte sie und wartete auf das «Herein», bevor sie eintrat.

«Ah, da seid ihr ja.» Mark erhob sich und kam um seinen Schreibtisch herum, um sie zu begrüßen. Er sah blass aus und lächelte nur kurz, was Helenas Angst sofort zurückkehren ließ. Aber sie zwang sich, ruhig zu bleiben, als Mark sie einlud, auf den beiden Stühlen vor seinem Schreibtisch Platz zu nehmen, während er selbst dahinter zurückkehrte.

«Danke, dass ihr so kurzfristig kommen konntet», sagte er, an Helena gerichtet. «Ich wollte euch jetzt, wo die Ergebnisse endlich alle da sind, nicht mehr unnötig warten lassen.»

Er hatte Helena, nachdem er in den ersten Wochen nach seiner Ankunft auf der Insel eher unnahbar und abweisend gewesen war, inzwischen das Du angeboten. Überhaupt war er viel zugänglicher geworden, was es Helena leichtergemacht hatte, ihn zu bitten, sich Niklas' Fall noch einmal anzusehen. Sie vertraute seinem Urteil, weil er sich auskannte und gute Verbindungen hatte. Wenn jemand wusste, wer Niklas helfen konnte, dann er. Falls es denn Hoffnung gab …

«Und?» Helena schluckte beklommen und sah kurz zu Niklas, der blass neben ihr saß und ihre Hand umklammert hielt. Dann richtete sie ihren Blick wieder auf Mark und versuchte vergeblich, in seinem Gesicht zu lesen. «Wie stehen Niklas' Chancen, wenn er die beiden Aneurysmen operieren lässt?»

5

Mark lehnte sich in seinem Stuhl zurück. «Gut.» Helena und Niklas sahen sich an.

«Meine Chancen stehen gut?», fragte Niklas vorsichtig nach. Offenbar fiel es ihm genauso schwer wie Helena, diese neue, viel bessere Einschätzung zu glauben.

«Meiner Meinung nach schon», erklärte Mark. «Das ist natürlich kein kleiner Eingriff, schließlich reden wir hier von einer Kopf-Operation. Und die Tatsache, dass es sich um gleich zwei Aneurysmen handelt, ist eine Herausforderung, keine Frage. Aber wenn das ein erfahrener Neurochirurg übernimmt, dann ist das Risiko nicht höher als bei anderen Operationen dieser Art. Deshalb denke ich, dass Sie auf jeden Fall ...»

Helena stieß einen ersticken Laut aus. Tränen schossen ihr in die Augen, weil ihr Verstand endlich begriff, was Mark da sagte.

«Niklas!», flüsterte sie, unendlich erleichtert, und lächelte ihn durch den Tränenschleier überglücklich an. In ihrem Kopf schwirrten tausend Fragen, doch sie konnte noch keine davon formulieren.

Niklas schien der guten Nachricht noch nicht zu trauen. «Aber wie kann es sein, dass ich derart falsch informiert wurde?», fragte er, sichtlich erschüttert. «Als die

Aneurysmen entdeckt wurden, hieß es, dass die Wahrscheinlichkeit einer Gehirnblutung riesengroß sei. Es klang, als hätte ich keine Chance, ohne bleibende Schäden davonzukommen.»

Mark zuckte mit den Schultern. «Ich will den Kollegen nichts unterstellen, aber vielleicht wurden die Risiken überbewertet? Es ist nicht immer leicht, die Gefährlichkeit eines Aneurysmas richtig zu beurteilen, und eine Garantie kann auch ich Ihnen nicht geben. Allerdings weiß ich, was möglich ist, und ich denke, dass Sie gute Chancen haben, da gesund rauszukommen.» Er blickte kurz zu Helena hinüber. «Ich würde es tun, wenn ich Sie wäre», fügte er mit einem Lächeln hinzu.

«Und wer kann so etwas?» Helena wischte sich über die Augen, konzentrierte sich wieder auf Mark. «Hast du eine Empfehlung?»

Mark nickte. «Ich werde mich mit der Parkklinik in Hamburg in Verbindung setzen und sehen, ob ich einen Termin für euch bekommen kann. Lange rausschieben sollten wir den Eingriff nämlich nicht mehr.»

«Die Parkklinik? Ist dein Vater dort nicht Chefarzt?», erkundigte sich Helena überrascht. Sie wusste wenig über Mark, weil er nicht viel von sich erzählte. Aber diese Information war bei ihr hängengeblieben. «Da hast du doch auch schon gearbeitet, oder?»

Mark nickte. «Und ich bin aus privaten Gründen dort weggegangen. Es lag nicht an der Klinik. Herr von Holten wäre dort sehr gut aufgehoben. Außerdem würde ich meinen Vater als Operateur empfehlen. Er zählt zu den besten Neurochirurgen Deutschlands. Wenn einer diesen Eingriff kann, dann er.»

Das Lob hatte Mark Überwindung gekostet, das konnte Helena ihm ansehen. Also war vermutlich etwas dran an dem Gerücht, dass er sich mit seinem Vater überworfen hatte. Die Tatsache, dass er Ritter senior dennoch empfahl, sprach also dafür, dass dieser wirklich eine Koryphäe auf seinem Gebiet war ...

«Soll ich einen Termin für euch machen?», hakte Mark nach, weil weder Niklas noch sie bisher geantwortet hatten.

Helena sah zu Niklas, und sie nickten fast zeitgleich.

«Ja, das wäre großartig. Danke!» Helena legte ihre gesamte Erleichterung in ihr Lächeln. «Wirklich – tausend Dank!»

«Keine Ursache.» Mark winkte ab. «Ich sage Bescheid, sobald ich mit meinem Vater gesprochen habe.»

Er stand auf und brachte Helena und Niklas zur Tür. Dort wollte Helena ihm die Hand reichen, doch das genügte ihr auf einmal nicht mehr. Deshalb umarmte sie Mark stattdessen.

«Ich weiß, das klingt unglaublich abgedroschen», sagte sie. «Aber das vergesse ich dir nie!» Sie gab ihm einen Kuss auf die Wange, den er überrascht zur Kenntnis nahm.

Auch Niklas verabschiedete sich, dann verließen sie die Klinik. Als sie wieder draußen vor dem Eingang standen, fiel Helena Niklas um den Hals.

«Siehst du, ich wusste es!», sagte sie mit zittriger Stimme. «Du hättest dir gleich eine zweite Meinung einholen sollen, anstatt einfach aufzugeben!»

Niklas hielt sie ganz fest, und als er sie wieder losließ, schimmerten seine Augen verdächtig.

«Dann wäre ich dir aber nie begegnet», sagte er. «Außerdem wissen wir immer noch nicht, wie es ausgeht. Was, wenn es ...»

«Dir passiert nichts», fiel sie ihm ins Wort. «Es wird alles gutgehen, das weiß ich.»

Wenn es doch nur so einfach wäre, dachte der vernünftige Teil von ihr, dem natürlich klar war, wie lächerlich diese Aussage aus medizinischer Sicht klang. Es gab tausend Dinge, die schiefgehen konnten. Nichts an dieser Situation konnte Helena wirklich kontrollieren, aber wenn sie sich das eingestand, dann würde sie vermutlich durchdrehen.

Gideons Gesicht tauchte kurz vor ihrem inneren Auge auf. Sie hatte schon einmal einen Mann, den sie über alles geliebt hatte, an eine heimtückische Krankheit verloren. Noch einmal würde sie das nicht ertragen, deshalb durfte sie diesen Gedanken gar nicht erst zulassen ...

Ihr Handy gab in ihrer Tasche den Ton von sich, der anzeigte, dass eine Nachricht eingegangen war, und Helena holte es heraus. Sie ging davon aus, dass die Praxis sie zu erreichen versuchte. Sie hatte die Nachmittagssprechstunde abgesagt, weil sie nicht sicher gewesen war, wie das Gespräch ausgehen würde, und meist lief so etwas nicht reibungslos. Doch als sie sah, was auf dem Display angezeigt wurde, stieß sie überrascht die Luft aus.

«Ein Notfall?», fragte Niklas.

«Nein, mein Bankberater will mich sprechen. Er sagt, es ist dringend.» Helena blickte auf und lächelte. «Wahrscheinlich will er mir sagen, dass der Finanzierungsplan für das Kapitänshaus abgesegnet ist. Er meinte, das wäre jetzt nur noch eine Formsache. Und die Zeit drängt ja inzwischen auch wirklich.»

Mit einem Seufzen dachte sie daran, wie viel bürokratischer Aufwand es gewesen war, überhaupt so weit zu kommen. Wenn sie das gewusst hätte, als sie die hübsche alte Villa damals entdeckt hatte, dann wäre sie vielleicht vor dem Projekt zurückgeschreckt. Aber es war immer ihr Traum gewesen, mit ihrer Praxis in Räumlichkeiten umzuziehen, in denen auch noch Platz für ein Geburtshaus war. Sie bedauerte, dass das Inselkrankenhaus schon vor einigen Jahren den Kreißsaal aus Kostengründen hatte schließen müssen, und wollte den schwangeren Insulanerinnen gerne wieder eine Möglichkeit bieten, ihre Kinder hier zu bekommen und nicht auf dem Festland.

Zum Glück war Helenas Freundin Marlene Jensen, die als Hebamme auf der Insel arbeitete, genauso begeistert von der Idee gewesen und hatte sich mit ihr zusammen in die Planungen gestürzt, die jetzt endlich konkret wurden. Ganz zuletzt wäre das Projekt noch fast an zu hohen Umbaukosten gescheitert, doch da hatten sie spontan noch einmal nachjustiert und auf einige Details verzichtet, sodass es mit der Finanzierung wieder gepasst hatte. Sobald der Hauskauf über die Bühne war, würden sie mit der Renovierung anfangen und dann hoffentlich schon ganz bald in das neue Geburtshaus einziehen.

«Wäre es schlimm, wenn ich schnell bei der Bank vorbeigehe, wo wir schon mal in der Stadt sind?», fragte Helena. «Ich würde das gerne erledigen, damit wir vorankommen. Aber dann müsstest du dich für eine Weile in irgendein Café setzen und auf mich warten.»

«Ich habe mein Leben lang auf dich gewartet. Da ist eine halbe Stunde kein Problem», sagte Niklas grinsend und legte den Arm um sie, während sie zum Auto gingen.

Mark schloss die Tür zu seinem Arztzimmer und setzte sich wieder an seinen Schreibtisch. Es hatte ihn berührt, wie aufgewühlt seine Kollegin gewesen war, als er ihr gesagt hatte, dass die Chancen ihres Freundes gut standen. Mark hatte keine Ahnung, wie lange die beiden sich schon kannten, aber man spürte sehr deutlich, wie viel sie füreinander empfanden.

Schon deshalb war er sehr froh gewesen, dass er gute Nachrichten für sie gehabt hatte. Er mochte Helena, die ihm immer freundlich begegnet war, auch als er selbst noch Probleme gehabt hatte, sich auf der Insel einzuleben. Sie hatte es ihm nicht übelgenommen, dass er anfangs so abweisend gewesen war, und er wollte ihr gerne helfen. Deshalb, und nur deshalb, würde er jetzt seinen Vater anrufen – etwas, das er sonst wie die Pest mied.

Er griff nach dem Hörer und wählte die Nummer, die er trotz allem immer noch auswendig kannte. Es war die direkte Durchwahl zum Schreibtisch seines Vaters.

«Ja, bitte.» Herbert Ritter ging fast sofort dran. Seine Stimme klang ruhig, und die Unnahbarkeit, die darin mitschwang, versetzte Mark einen Stich.

«Ich bin's, Mark», sagte er. «Hast du kurz Zeit?»

Ein paar Sekunden lang herrschte Schweigen in der Leitung.

«Mein Sohn ruft mich von sich aus an. Welch seltene Ehre!», sagte Herbert Ritter dann, und Mark lauschte auf einen sarkastischen Unterton. Doch tatsächlich schien sein Vater sich über den Anruf zu freuen. «Was kann ich für dich tun?»

«Es geht um einen Fall, den wir hier bei uns in der Klinik haben. Es betrifft den Freund einer Kollegin», erklärte Mark und redete schnell weiter, ohne auf eine Reaktion seines Vaters zu warten. In wenigen Worten schilderte er, wer Niklas von Holten war, und ging dann auf die Problematik ein, die mit der Operation verbunden war. «Ich denke, für dich wäre es kein Problem, ihm zu helfen. Deshalb würde ich ihn dir gerne schicken.»

Wieder vergingen ein paar Sekunden, ehe Herbert Ritter sich räusperte.

«Dein Vertrauen ehrt mich», sagte er, aber Mark konnte hören, dass er enttäuscht war. Was hatte er denn erwartet? Dass sie jetzt einen entspannten Plausch miteinander führen würden? Nach allem, was zwischen ihnen vorgefallen war, musste er doch wissen, dass Mark daran kein Interesse mehr hatte.

«Hast du Zeit, dir den Fall anzusehen?», erkundigte er sich.

«Ist dir der Fall wichtig?», entgegnete sein Vater.

«Natürlich ist er das», erwiderte Mark. «Sonst würde ich dich ja wohl kaum anrufen!»

«Nein, vermutlich nicht.» Schwang da Traurigkeit in der Stimme seines Vaters mit?

«Also?», fragte Mark, viel schroffer, als er eigentlich wollte. «Kann ich dir die beiden schicken?»

«Moment.» Mark hörte ein Klicken und wusste, dass sein Vater auf ‹Halten› gedrückt hatte, um mit einer Sekretärin zu sprechen. Es dauerte nicht lange, dann war er wieder da. «Die beiden können morgen zur Vorbesprechung kommen. Elf Uhr. Ist das schnell genug?»

Mark war froh, dass sein Vater zu dem kühlen Tonfall zurückgekehrt war, mit dem sie seit Marks Weggang aus der Parkklinik meistens kommunizierten. Er war es schon so gewohnt, seinen Vater zu hassen, dass es ihm so lieber war. Dann musste er sich nicht mehr damit auseinandersetzen, wie gut ihr Verhältnis früher mal gewesen war. Damals, als er noch hatte glauben können, dass Doktor Herbert Ritter ein Herz hatte.

«Ja, natürlich. Danke», sagte er und wollte gerade ansetzen, sich zu verabschieden.

Sein Vater kam ihm zuvor. «Du denkst daran, dass am Wochenende die Gala zu Evelins Ehren stattfindet? Du bist als Redner eingeplant, ich hoffe, das hast du nicht vergessen.»

Mark biss die Zähne zusammen.

«Nein, natürlich nicht», knurrte er und wünschte sich wieder, er könnte diesen Termin absagen. Doch er würde alles für das Andenken an seine Mutter tun, und das wusste sein Vater ganz genau. «Ich werde da sein. Aber das ändert nichts. Also mach daraus bitte keine ‹Der verlorene Sohn kehrt heim›-Show für die Presse.»

«Keine Sorge.» Diesmal klang Herberts Stimme beißend. «Ich respektiere natürlich, dass du dein Talent jetzt lieber in einem Feld-Wald-und-Wiesen-Krankenhaus irgendwo im Nirgendwo verschwendest. Alles, was ich erwarte, ist ein bisschen Respekt für deine Mutter. Wo du schon nicht da warst, als sie gestorben ist.»

«Ich konnte nicht da sein, weil ich in New York am OP-Tisch stand», rechtfertigte sich Mark.

«Und warum warst du dort? Wieso bist du nicht in Hamburg geblieben? Es hat dich niemand gezwungen, nach Übersee zu gehen. Das war allein deine Entscheidung, Mark. Evelin wollte nicht, dass du gehst. Sie hat immer gesagt, wie sehr sie dich vermisst, vor allem am Ende, als sie ...»

«Hör auf!», herrschte Mark ihn an. «Du weißt, warum ich nicht bleiben konnte. Ich bin deinetwegen gegangen. Du hättest das alles verhindern können, wenn du mir geglaubt hättest. Aber nein, du vertraust ja lieber diesem Wischnewski. Der Kerl lügt, Papa. Er wollte mich bei dir diskreditieren. Deshalb hat er damals behauptet, ich hätte die Patientin falsch behandelt. Dabei war er es, der ...»

«Herrgott, Mark, jetzt lass uns nicht schon wieder über dieses leidige Thema streiten», unterbrach ihn sein Vater. «Du hast einen Fehler gemacht. Das passiert uns allen mal. Wieso zur Hölle kannst du ihn nicht einfach zugeben?»

«Das würde ich, wenn ich ihn gemacht hätte», beharrte Mark und spürte, wie die altvertraute hilflose Wut in ihm aufstieg. Er war schon so oft gegen diese Wand aus Unverständnis angerannt, und immer vergeblich. Es hatte einfach keinen Zweck, es noch mal zu versuchen. «Ach, weißt du was, vergiss es einfach. Wir sehen uns bei der Gala.»

Er knallte den Hörer auf und war froh, dass gerade kein Gegenstand griffbereit lag, den er hätte werfen können. Der wäre sonst nämlich vermutlich an der Wand zerschellt.

Wie konnte sein Vater es wagen, ihm immer wieder die eine Sache vorzuwerfen, die ihn ohnehin für den

Rest seines Lebens verfolgen würde? Es stimmte, er war nicht da gewesen, als seine Mutter gestorben war. Er hatte nicht mal gewusst, wie schlecht es ihr ging. Niemand hatte das gewusst, weil Evelin Ritter immer ganz hervorragend darin gewesen war, die Zähne zusammenzubeißen. Sie hatte ihre Symptome ignoriert, und als sie dann endlich die Diagnose Brustkrebs erhalten hatte, war es längst zu spät gewesen. Die Ärzte hatten nichts mehr für sie tun können, und sie war innerhalb von nur einer Woche gestorben. Dass es so schnell gehen würde, hatte keiner von ihnen ahnen können. Mark am allerwenigsten. Sein Rückflug war schon gebucht gewesen, aber er war trotzdem zu spät gekommen – und das würde er sich nie verzeihen ...

Es klopfte an der Tür, und Mark hätte am liebsten nicht geantwortet, weil er noch viel zu aufgewühlt war. Er rief trotzdem «Herein».

Rieke Steffens betrat den Raum.

«Kann ich dich sprechen?», fragte sie, für ihre Verhältnisse fast zögerlich, was Mark wunderte. Normalerweise war Riekes Selbstbewusstsein kaum zu erschüttern, doch heute wirkte sie anders als sonst, irgendwie aufgewühlt.

«Was ist los?», fragte er, eher irritiert als besorgt.

«Das ganze Krankenhaus redet über dich, das ist los!», erklärte sie und nahm auf dem Besucherstuhl Platz. «Sie sagen, du warst gestern Morgen schon ganz früh in der Pension von Greta Paulsens Mutter drüben in Dinkersen. Im Morgengrauen, sozusagen. Es heißt, du hättest die Nacht mit Greta verbracht.»

Mark stöhnte. «Was zur Hölle ist an meinem Privatleben eigentlich so unglaublich interessant?», brummte er.

«Hast du die Nacht in der Pension verbracht oder nicht?», beharrte Rieke.

«Nein.» Mark erhob sich und trat ans Fenster. Mit vor der Brust verschränkten Armen blickte er durch die Lamellen des Sichtschutzes hinaus auf den Parkplatz.

«Dann musst du das richtigstellen!», sagte Rieke hinter ihm. «Hörst du, Mark? Das ist wichtig!»

«Ich gebe nichts auf Gerüchte», sagte er und merkte zu seiner Überraschung, dass ihn dieses spezielle tatsächlich gar nicht wirklich störte. Sollten die Leute eben glauben, dass da etwas war zwischen Greta und ihm.

Rieke sah das offensichtlich anders. «Du solltest das ernst nehmen, Mark. Es ist nicht gut, wenn sie im Haus über dich reden. Denk doch an deinen Ruf.»

Mark nahm aus dem Augenwinkel eine Bewegung wahr und sah, dass Gretas alter dunkelroter Golf gerade draußen in eine der Parklücken bog. Die Bremslichter erloschen, und einen Augenblick später stieg sie aus, ging mit eiligen Schritten auf einen der Seiteneingänge zu und verschwand wieder aus Marks Blickfeld.

Sie hatte jetzt Dienst und war überpünktlich. Wahrscheinlich macht sie sich Sorgen um den kleinen Felix, dachte Mark. An dem Fall hatte sie ganz klar ein persönliches Interesse, aber im Grunde hielt sie sich auch sonst nicht immer an die Dienstzeiten, wenn es um die Patienten ging. Das hatte Mark ihr anfangs zum Vorwurf gemacht, doch inzwischen wusste er, dass es einfach ihre Art war. Greta konnte nicht anders, als sich zu kümmern. Und er konnte nicht mehr anders, als ihren Einsatz zu bewundern …

«Oder denk wenigstens an mich», fuhr Rieke hinter

ihm fort. «Weißt du, wie ich mich fühle, wenn ich so etwas höre?»

Mark drehte sich um und ging wieder zu seinem Schreibtisch, blieb dahinter stehen.

«Wir sind nicht mehr verlobt, Rieke», sagte er. «Und deshalb geht es dich auch nichts an, mit wem ich meine Nächte verbringe.»

Rieke wurde blass. «Es stimmt also doch? Du hast was mit Greta Paulse...»

Es klopfte erneut an der Tür, und bevor Mark irgendetwas sagen konnte, betrat Bent Rebien sein Arztzimmer.

Bent war Assistenzarzt in der Chirurgie und gebürtiger Däne. Seine skandinavischen Wurzeln sah man an seinem hellen Haar, aber nordisch-kühl war Bent überhaupt nicht, eher im Gegenteil. Er galt als absoluter Charmeur, duzte grundsätzlich alle Kollegen, so wie es in Skandinavien üblich war, und hatte eigentlich immer ein Lächeln auf den Lippen, was ihn nicht nur beim weiblichen Teil der Belegschaft beliebt machte. Jetzt jedoch blickte er sehr ernst. Zu ernst.

«Was gibt es?», fragte Mark, der schon ahnte, was das Problem war. «Geht es um den Jungen mit den Vergiftungserscheinungen?»

Bent nickte. «Die zusätzlichen Laborwerte, die du angefordert hattest, sind da.» Er deutete auf Marks Computer, über den er die digital geführten Patientenakten abrufen konnte. «Das musst du dir unbedingt ansehen!»

6

Eine akute Bleivergiftung?» Greta starrte Mark ungläubig an. «Bist du …», sie hielt inne und korrigierte sich, weil außer ihnen auch noch Bent in Marks Arztzimmer war. «Ich meine, sind Sie sicher?»

Mark reichte ihr den Ausdruck mit den Laborwerten. «Der Bleiwert im Blut liegt weit über dem Toleranzwert. Ich denke, das erklärt die Symptome des Jungen.»

Mit einem flauen Gefühl im Magen betrachtete Greta die Ziffernkolumnen, die Marks Worte bestätigten, dann ließ sie das Papier wieder sinken.

«Wie sind Sie darauf gekommen?», fragte sie.

Mark zuckte mit den Schultern. «Die Bauchkrämpfe des Jungen wurden einfach nicht besser, aber wir konnten keinen Grund finden», erklärte er. «Und dann noch diese merkwürdige Verwirrtheit. Ich hatte schon von Anfang an den Verdacht, dass es auch eine Vergiftung sein könnte, deshalb habe ich die Bluttests erweitert. Er bekommt jetzt Infusionen, die das Blei binden, das sollte ihm helfen. Und dann können wir nur hoffen, dass er keine bleibenden Organschäden davonträgt.»

«Aber wie kann denn das sein?» Greta konnte es immer noch nicht fassen. Sie war heute extra früher ins Krankenhaus gefahren, um nach Felix zu sehen, und sie war darüber erschrocken, dass der Junge tatsächlich immer noch im Intensivzimmer lag. Bevor sie sich nach seinem Befinden hatte erkundigen können, hatte Mark sie zu sich gerufen, und jetzt kannten sie zum Glück die Diagnose.

Die Frage war jedoch, wie es überhaupt so weit hatte kommen können. Eine Bleivergiftung war eine sehr ernste Sache. Gelangte zu viel von diesem Schwermetall in den Körper, dann konnte das schwere Organschäden verursachen, die im schlimmsten Fall zum Tode führten. Vor allem bei Kindern reichten schon geringe Mengen, um Symptome auszulösen, und die Wahrscheinlichkeit, dass sie Hirn- oder Organschäden erlitten, war weitaus höher als bei Erwachsenen.

Früher war Blei häufig in Farben enthalten gewesen, weshalb Maler nicht selten mit den Spätschäden einer Vergiftung zu kämpfen hatten. Und auch Rohre oder Alltagsgegenstände hatte man aus Blei gefertigt. Das war zumindest hier in Deutschland schon lange vorbei, da man die gesundheitlichen Folgen inzwischen erkannt hatte. Deshalb war es für Greta unerklärlich, wie so viel Blei in kurzer Zeit in Felix' Körper gelangt sein sollte.

«Und es ist sicher keine chronische Vergiftung? Wenn er kleine Mengen über einen längeren Zeitraum eingenommen hätte, dann würden die gleichen Symptome auftreten.»

Mark schüttelte den Kopf. «Das könnte dann nur im familiären Umfeld passiert sein, und dann hätte die kleine Schwester auch Probleme. Der geht es aber gut. Wir lassen die Werte der Familie natürlich noch überprüfen, allerdings hat bisher nur Felix Symptome. Und Frau

Schilling sagt, dass er vor ein paar Tagen noch topfit war. Deshalb handelt es sich mit hoher Wahrscheinlichkeit um eine akute Vergiftung.»

«Vielleicht hat er etwas Bleihaltiges verschluckt», mutmaßte Greta. «Eine kleine Bleikugel oder so etwas. Das kommt vor.»

«Wir haben ihn geröntgt», erklärte Mark. «Es befinden sich keine Fremdkörper in seinem Verdauungstrakt. Also hat er das Blei vermutlich über die Nahrung oder die Atemwege aufgenommen. Er muss mit einer Bleiquelle in Kontakt gekommen sein, und zwar hier auf der Insel.»

Gretas Herz schlug ihr plötzlich bis zum Hals, weil ihr klar war, warum Mark sie so ernst ansah.

«Aber nicht bei uns in der Pension! Das gesamte Haus wurde kernsaniert, bevor meine Mutter die Pension eröffnet hat. Alle Wasserleitungen sind in dem Zuge erneuert worden, und bei den übrigen Materialien hat sie extra auf die Umweltverträglichkeit geachtet.» Sie stemmte die Arme in die Hüften und funkelte Mark böse an. «Haben Sie mich etwa nur herbestellt, weil Sie glauben, meine Familie wäre schuld am Zustand des Jungen?»

Marks Gesicht blieb unbewegt. «Nein, das glaube ich nicht. Wir müssen nur in alle Richtungen denken. Und hergebeten habe ich Sie, weil ich Sie bitten möchte, noch mal mit dem Jungen zu sprechen und ihn zu fragen, ob er vielleicht irgendetwas zu sich genommen hat, von dem er uns noch nichts erzählt hat. Ich habe nämlich den Eindruck, dass er etwas verschweigt. Vielleicht kriegen Sie ja mehr aus ihm heraus, Sie haben schließlich schon bewiesen, wie gut Sie mit Problempatienten umgehen können.»

«Okay.» Überrumpelt von dem Kompliment, versuchte Greta, in seinem Gesicht zu lesen. Aber er fixierte sie nur weiter mit kühler Miene.

«Und würden Sie Felix' Eltern zu mir schicken?», fuhr er fort. «Ich muss den beiden die Diagnose noch mitteilen.»

«Natürlich.» Greta drehte sich um und ging zur Tür.

«Warte, ich komme mit!» Bent folgte ihr in den Flur, doch Greta achtete nicht wirklich auf ihn.

«Meine Mutter ist immer sehr um das Wohlergehen der Gäste besorgt», murmelte sie angespannt. «Sie würde niemals etwas tun, das deren Gesundheit gefährdet!»

«Genauso sieht Ritter das auch», meinte Bent.

Greta, die gerade die Treppe erreicht hatte, die hoch zur Station führte, blieb stehen und schnaubte empört.

«Nein, er glaubt, dass Felix sich die Vergiftung bei uns zugezogen hat. Du hast seine Fragen doch gehört!»

«Er wollte nur sichergehen, und das ist auch richtig so», erwiderte Bent. «Aber als ich ihm die Laborwerte gebracht habe, war seine Reaktion genau wie deine. Er hat es sogar ganz ähnlich formuliert.» Er senkte die Stimme und machte Marks Art zu sprechen nach. «‹Die Paulsens würden das Wohlergehen ihrer Gäste nicht gefährden.› Das waren seine Worte.» Er grinste. «Auf dich und deine Familie lässt er nichts kommen, da kannst du sicher sein.»

Diese Information löste ein warmes Gefühl in Greta aus, das sie jedoch sofort wieder ignorierte.

«Die anderen sehen das vielleicht kritischer», sagte sie unglücklich. «Wenn sich herumspricht, dass der Junge an einer Bleivergiftung leidet, werden die Leute sich fragen, woher er sie hat. Die Pension lebt von ihrem guten Ruf, für den meine Mutter hart gearbeitet hat. Und so eine Sache … das ist einfach nicht gut.»

«Das verstehe ich», sagte Bent, und wieder einmal fiel Greta sein skandinavischer Akzent auf. «Aber ich glaube, da machst du dir zu viele Sorgen. Über so etwas reden die Leute nicht. Da gibt es andere Themen, die sie interessanter finden.» Er hob vielsagend die Augenbrauen, und Greta spürte, wie Röte in ihre Wangen schoss.

«Du meinst vermutlich Ritter und mich?» Sie hatte befürchtet, dass nach dem Notfall in der Pension Gerüchte über sie und Mark die Runde machen würden. Als Bent nickte, war sie trotzdem schockiert. «Was sagen die Leute denn?»

«Ich gebe nichts auf Gerüchte», erwiderte Bent. «Da hätte ich viel zu tun, denn ich wette, über mich sind auch viele im Umlauf.»

Das konnte Greta nicht leugnen. Bents ständig wechselnde Frauengeschichten waren tatsächlich immer mal wieder Thema auf der Station, und als zuletzt die Assistenzärztin der Anästhesie nach einer kurzen Affäre mit Bent gekündigt hatte, waren die Gerüchte richtig hochgekocht. Offiziell war die Kollegin nicht seinetwegen gegangen, doch er galt seitdem als Herzensbrecher. Das schien ihm allerdings nichts auszumachen, und um diese entspannte Haltung beneidete Greta ihn.

«Ich will aber nicht, dass die Leute über mich reden», erklärte sie. «Mein Privatleben geht niemanden etwas an!»

Bent lächelte. «Die Leute reden immer über irgendetwas, das kannst du nicht ändern.» Er trat einen Schritt näher, sodass nur noch Greta ihn hören konnte. «Und ganz ehrlich: Ich fände es nicht schlimm, wenn es stimmt. Mark und du, ihr beide passt richtig gut zusammen.»

Greta wollte etwas erwidern, doch sie verstummte, als sie Rieke Steffens durch die Glastür direkt neben der Anmeldung kommen sah. Die Ärztin rauschte mit einem gemurmelten Gruß und einem knappen Kopfnicken an ihnen vorbei, und der Blick, mit dem sie Greta bedachte, hätte eisiger nicht sein können.

Als sie außer Hörweite war, stieß Greta seufzend die Luft aus.

«Doktor Ritter und ich passen überhaupt nicht zusammen», widersprach sie. «Vor allem, weil er nachweislich eher auf blonde Frauen im Arztkittel steht. Deshalb sollten die Leute lieber darüber spekulieren, wann er sich mit Doktor Steffens versöhnt. Da wären sie auf der richtigen Spur.»

Sie merkte selbst, wie verletzt sie klang, und ärgerte sich darüber.

Bent schüttelte den Kopf. «Rieke ist Marks Exverlobte. Und wenn du mich fragst, hat er nicht vor, etwas daran zu ändern.» Er hob grinsend die Hände. «Mehr sage ich dazu nicht. Wenn ihr so fest entschlossen seid, euch unglücklich zu machen, dann ist das eure Sache. Und ich muss jetzt auch los, da warten noch ein paar Ultraschall-Patienten auf mich.»

Er ließ Greta stehen und verschwand in den Flur, an dem die Untersuchungszimmer lagen.

Greta sah ihm kurz nach, denn setzte auch sie sich wieder in Bewegung. Doch in Gedanken war sie noch bei dem, was der Assistenzarzt gesagt hatte. Konnte es sein, dass sie sich irrte, was Marks Gefühle für sie anging? Die

Vorstellung ließ ihr Herz schneller schlagen, aber gleichzeitig hatte sie auch schreckliche Angst, der Hoffnung nachzugeben. Sie war schon zu nah dran gewesen, sich von Mark das Herz brechen zu lassen, als dass sie in dieser Hinsicht noch einmal etwas riskieren wollte.

Auf der Station war es ruhig. Das Mittagessen war vorbei, die Übergabe an die neue Schicht erledigt, und da nicht alle Betten belegt waren, blieb die Arbeit überschaubar. Das konnte sich zwar jederzeit ändern, aber Greta war froh darüber, denn es gab ihr Zeit, nach dem kleinen Felix zu sehen.

Auf dem Weg ins Intensivzimmer kam sie an der geöffneten Tür des Schwesternzimmers vorbei und stieß beinahe mit Susanne Walter zusammen, die es gerade verließ. Die Mittfünfzigerin mit den dunkelblonden Haaren und der fülligen Figur hatte die Pflegedienstleitung in der Hansen-Klinik inne und war im Haus wegen ihrer Herzlichkeit und Kompetenz sehr beliebt.

«Hey, nicht so stürmisch!» Susanne lächelte kurz, wurde aber direkt wieder ernst. «Aber gut, dass ich dich sehe. Stell dir vor, unsere Operationssäle werden aufgerüstet! Gerade kam die Nachricht, dass wir eine Herz-Lungen-Maschine bekommen. Angeblich hat Doktor Ritter das angeleiert. Und Doktor Ehlert ist natürlich dagegen, so wie gegen alles, was von Ritter kommt.» Sie dachte kurz nach. «Ich weiß noch gar nicht, wie ich das finden soll. Das ist schon krass, vor allem, weil es doch sonst immer heißt, dass wir sparen müssen. Ich meine, wofür braucht Doktor Ritter denn plötzlich so ein teures Gerät?»

Sie hielt inne, weil in diesem Moment die Lampe über der Zimmertür ganz am Ende des Flurs zu blinken begann. Gleichzeitig ertönte ein Alarmsignal aus dem Schwesternzimmer.

«Oh, das ist Herr Pfitzer. Der klagt schon den ganzen Tag über Übelkeit, da sehe ich besser gleich mal nach», sagte Susanne und eilte über den Flur.

Mit einem beklommenen Gefühl im Magen sah Greta ihr nach. Einerseits freute sie sich, dass es offenbar konkret wurde mit Marks Plänen. Andererseits war es ihr unangenehm, dass er dadurch erneut in Streit mit Karsten Ehlert geriet. Der Chefarzt der Inneren Abteilung hatte Mark, der viel jünger war als er selbst, von Anfang an abgelehnt, und es gab ständig Ärger zwischen den beiden. Ehlert würde ganz sicher alle Register ziehen, um das Projekt zu verhindern, und sei es nur, um sich gegen Mark durchzusetzen.

Wie es aussieht, läuft also nicht alles so problemlos mit der OP meines Vaters, dachte Greta und betrat das Intensivzimmer. Frau Schilling saß, mit einem Kittel über ihrer Kleidung, am Bett ihres Sohnes und blickte Greta besorgt entgegen.

«Wieso bekommt mein Sohn jetzt Infusionen?», fragte sie. «Was ist denn mit ihm?»

«Das würde Doktor Ritter Ihnen gerne selbst erklären», sagte Greta. «Sie sollen zu ihm kommen, am besten zusammen mit Ihrem Mann.»

«Natürlich!» Melanie Schilling sprang von ihrem Stuhl auf. «Mein Mann ist nur gerade gefahren. Er wollte mit Amelie zurück in die Pension. Vielleicht erwische ich ihn noch, sonst rufe ich ihn an und bitte ihn zurückzukommen.» Sie war schon auf dem Weg zur Tür, hielt jedoch noch einmal inne. «Aber Felix …»

«Keine Sorge, wir rufen Sie, falls etwas sein sollte», versicherte Greta ihr und lächelte den Jungen an, der erschöpft und blass im Bett lag. Es würde sicher noch eine ganze Weile dauern, ehe die Medikamente das Blei in seinem Körper vollständig neutralisiert hatten. Aber dank Marks schneller Diagnose hatte Felix gute Chancen, dass er ohne bleibende Organschäden davonkam.

Greta überlegte kurz, ob es sinnvoll war, Felix jetzt schon zu befragen. Er war noch schwach, aber sie mussten möglichst bald wissen, wie es zu der Bleivergiftung gekommen war. Deshalb beschloss sie, es zu versuchen. Sie setzte sich auf den Stuhl, von dem Felix' Mutter gerade aufgestanden war.

«Sag mal, Felix, kann es nicht vielleicht doch sein, dass du in den letzten Tagen etwas gegessen oder getrunken hast, das nicht gut für dich war? Weißt du, wir möchten dir helfen, aber das können wir nur, wenn du uns wirklich alles erzählst.»

Felix zögerte einen Moment, dann wich er ihrem Blick aus und schüttelte den Kopf. «Ich hab nichts gemacht.»

«Bist du ganz sicher?»

Er nickte. «Ich habe nur Sachen gegessen und getrunken, die ich kenne», sagte er, und es klang überzeugend.

«Okay, dann ruh dich noch ein bisschen aus», sagte Greta, weil sie ihn nicht überanstrengen wollte, und erhob sich.

Leise verließ sie das Zimmer, und als sie wieder im Flur stand, überlegte sie, wie sie Felix' Verhalten einordnen sollte. Er war sehr sicher gewesen, dass er nichts Ungewöhnliches gegessen oder getrunken hatte. Aber hatte er nicht anfangs kurz gezögert? Irgendetwas stimmte da nicht …

«Greta, schnell!» Susanne eilte ihr über den Flur entgegen. «Wir kriegen einen Notfall rein, den du sicher übernehmen willst. Er kommt nämlich aus eurer Pension.»

«Oh mein Gott!» Greta hatte plötzlich ganz weiche Knie. «Ist es mein Vater?»

«Das weiß ich nicht», sagte Susanne. «Die Nachricht ist eben erst gekommen.»

Voller Angst rannte Greta neben Susanne den Gang entlang und dann die Treppe hinunter. Ihre Gedanken überschlugen sich, und sie malte sich die schlimmsten Dinge aus. Doch als sie kurze Zeit später in die sogenannte Notfallschleuse trat, durch die Liegendanfahrten hereinkamen, sah sie zu ihrer großen Erleichterung, dass es nicht Asmus war, der gerade von zwei Rettungsassistenten auf einer Liege aus dem Krankenwagen gehoben wurde. Dennoch kannte sie den Patienten.

«Marvin!»

Der Junge war genauso alt wie Felix und mit seiner Mutter Christine Lembroich ebenfalls Gast in der Pension. Wie die Schillings waren die beiden schon seit gut zwei Wochen auf der Insel. Sie kamen aus der Nähe von Köln.

«Schatz, kannst du mich hören?», fragte Christine Lembroich, während sie aus dem Krankenwagen stieg, und eilte zurück an die Krankentrage. Marvin lag regungslos und mit geschlossenen Augen da. «Wach auf, Liebling! Bitte, wach auf!»

«Wir kümmern uns jetzt um ihn», sagte eine tiefe

Stimme hinter Greta, und als sie über ihre Schulter blickte, sah sie, dass Mark da war. Er ging an ihr vorbei zu dem Jungen, während einer der Rettungsassistenten Frau Lembroich mit sanfter Gewalt von der Trage wegschob.

Der Rettungsassistent machte die Übergabe und berichtete vom Zustand des Jungen, der bewusstlos war. Damit ging es ihm schlechter als Felix gestern, aber sonst glichen sich die Symptome, die er beschrieb.

«Wir brauchen ein großes Blutbild, und vor allem den Bleiwert», sagte Mark zu Bent, der dazugekommen war. «Außerdem ein Sono des Unterbauchs und ein …»

Er hielt inne, weil ein weißer Kastenwagen, auf dessen Seitenwand der Schriftzug der Pension Krabbe prangte, mit viel zu hohem Tempo auf den Parkplatz bog. Das Auto kam hinter dem Krankenwagen zum Stehen, und Gretas Mutter sprang heraus.

«Wie geht es Marvin?», fragte sie aufgeregt, den Blick auf den bewusstlosen Jungen gerichtet. Das Entsetzen stand ihr ins Gesicht geschrieben. «Ich habe ihn im Garten gefunden. Er ist einfach zusammengebrochen …»

«Und daran sind Sie schuld!» Marvins Mutter trat Heike in den Weg und hinderte sie daran, sich der Trage zu nähern. «Sie haben ihn vergiftet! Genau wie Felix! Aber dafür werden Sie bezahlen, das verspreche ich Ihnen. Wenn Marvin etwas passiert, dann verklage ich die Pension! Sie sind …»

«Mama!» Greta sah, wie ihrer Mutter die Farbe aus dem Gesicht wich, und sie schaffte es gerade noch, zu ihr zu laufen und sie festzuhalten, bevor Heike die Beine wegknickten und sie in sich zusammensackte.

7

Was soll das heißen, es gibt einen neuen Interessenten?» Helena starrte den Bankberater ungläubig an. Der Mann hieß Stefan Maier, hatte trotz seiner höchstens fünfunddreißig Jahre schon eine ausgeprägte Halbglatze und war für Helenas Finanzangelegenheiten zuständig, seit sie vor zehn Jahren auf die Insel gezogen war. Außerdem war seine Frau Helenas Patientin. Er war also kein Fremder für sie, und er überbrachte ihr die schlechte Nachricht offensichtlich nicht gerne, denn er knetete unablässig seine schlanken Finger.

«Das kam auch für uns überraschend, glauben Sie mir. Aber das neue Angebot liegt weit über dem eigentlichen Schätzpreis. Deshalb hat der Verkäufer sich umentschieden.»

Helena war immer noch fassungslos. «Wir wollten nächste Woche zum Notar! Der Termin steht schon, es ist alles unter Dach und Fach. Das können Sie doch nicht einfach wieder absagen!»

«Es fällt mir auch nicht leicht, Ihnen das mitzuteilen», erklärte Stefan Maier zerknirscht. «Leider kommt so etwas hin und wieder vor.»

«Hat es etwas mit dem Kredit zu tun?» Sie dachte an die vielen Verhandlungen, die wegen des Hauskaufs schon hinter ihr lagen. «Den anderen Käufer schieben Sie nur vor, weil Sie mir das Geld doch nicht leihen wollen, stimmt's? Deshalb erzählen Sie mir plötzlich, dass ...»

«Nein», unterbrach der Bankberater sie vehement. «Wir hätten das gerne mit Ihnen gemacht, Frau Doktor Folkert, bitte glauben Sie mir das. Aber der Verkäufer hat das letzte Wort, und er möchte das neue Angebot annehmen. Da kann ich nichts machen, das ist nicht meine Entscheidung.»

Helena spürte, wie sie das Gefühl der Euphorie, das sie seit der guten Nachricht für Niklas heute Mittag begleitet hatte, schlagartig verließ. Sie räusperte sich.

«Das können Sie nicht machen! Ich habe mich auf die Zusage verlassen, dass es mit dem Kaufvertrag klappt, und den Mietvertrag für meine alten Praxisräume schon gekündigt.»

Stefan Maier zuckte mit den Schultern. «Vielleicht sprechen Sie noch mal mit Ihrem Vermieter? Das lässt sich doch sicher rückgängig machen.»

Helena sprang von ihrem Stuhl auf, plötzlich übermannt von einer Welle des Zorns. «Ich will das aber nicht mehr rückgängig machen! Wissen Sie eigentlich, wie viel an dieser Sache dranhängt? Das Kapitänshaus ist ideal für das Geburtshaus, das wir eröffnen wollen und das für viele Leute auf der Insel ein wichtiges Angebot darstellt. Wenn ich es jetzt doch nicht kaufen kann, dann muss ich all meine Pläne begraben!»

Der unglückliche Gesichtsausdruck des Bankberaters verriet ihr, dass er da wirklich nichts ausrichten konnte.

«Und wer ist es?», fragte sie. «Wer hat dieses neue Angebot gemacht?»

«Das darf ich Ihnen aus Datenschutzgründen nicht sagen.» Stefan Maier verschränkte die Arme vor der Brust. Er fühlte sich nicht wohl in seiner Haut, das war offensichtlich, aber das machte Helenas hilflose Wut nicht kleiner.

«Und wie viel bietet er? Können Sie mir das wenigstens sagen?»

Der Bankberater zögerte kurz, dann nannte er eine Summe, die dafür sorgte, dass Helena sich wieder setzte.

«So viel kann ich nicht bezahlen.»

Stefan Maier zuckte mit den Schultern. «Vielleicht verstehen Sie jetzt, wieso …»

«Nein, das verstehe ich nicht», unterbrach Helena ihn und stand wieder auf. «Ich verstehe nur, dass Sie mir eine Zusage gemacht haben, die Sie jetzt zurückziehen. Und dass es Ihnen egal ist, in was für Schwierigkeiten mich das bringt.»

Sie stürmte zur Tür.

«Nein, bitte, warten Sie doch!» Stefan Maier war ebenfalls aufgestanden und hielt eine Mappe hoch. «Ich habe Ihnen hier ein paar andere Objekte aus unserem Portfolio zusammengestellt. Vielleicht finden wir ja ein geeignetes anderes Objekt, das Ihren Vorstellungen ent…»

«Ich kenne alle Objekte, die in Frage kommen», gab Helena zurück. «Was glauben Sie, warum ich mich für das Kapitänshaus entschieden hatte? Einen schönen Tag noch.» Sie schmiss die Tür hinter sich zu, so wütend und enttäuscht, dass sie ihre Umgebung erst wieder richtig wahrnahm, als sie draußen vor dem Bankgebäude stand.

Eine Windböe erfasste sie und ließ sie trotz des blauen Himmels über ihr erschaudern. Sie ging ein paar Schritte, dann blieb sie stehen und sah sich noch einmal zu dem

Bankgebäude um. Es war zwar ein Neubau, orientierte sich jedoch an den zweistöckigen Häusern mit Satteldach, die das Stadtbild hinter der Strandpromenade prägten. Nichts an der Bankfiliale wirkte protzig, aber dennoch saß dort das Geld. Dort wurde über Ideen und Träume entschieden, und Helena wurde jetzt erst wirklich klar, was der geplatzte Kauf für sie bedeutete.

Es war vorbei. Das Geburtshaus würde seine Pforten niemals öffnen, wenn ihr nicht irgendeine andere Lösung einfiel. Von dem Problem mit den bereits gekündigten Praxisräumen ganz zu schweigen. Das war einfach nicht fair! Sie schüttelte den Kopf und versuchte, sich nicht von ihrer Enttäuschung übermannen zu lassen. Herrgott, musste denn auf jede gute Nachricht gleich eine schlechte folgen?

Sie überlegte kurz, Marlene anzurufen, entschied sich jedoch dagegen. Dafür war nachher noch Zeit, jetzt musste sie erst mal zurück zu Niklas, der in der «Milchbar», einem Café an der Strandpromenade, auf sie wartete. Ihm würde sie allerdings nichts von dem Ergebnis des Bankgesprächs erzählen. Er brauchte seine Kraft, um ...

«Oh.» Erschrocken fuhr Helena zurück, als vor ihr unvermittelt eine Ladentür aufging. Eine junge Frau schob einen Kinderwagen heraus, hatte damit jedoch Schwierigkeiten, deshalb griff Helena schnell nach der Tür und hielt sie auf.

«Danke!» Die junge Frau schaffte es, den sperrigen Kinderwagen nach draußen zu bugsieren, und lächelte Helena an. In dem Moment, als ihre Blicke sich trafen, erlosch ihr Lächeln allerdings wieder.

«Stine.» Auch Helena erkannte die junge Frau jetzt: Es

war Piet Korfs Tochter. Die hellen, fast weißblonden Haare hatte Stine von ihrem Vater geerbt, doch im Gegensatz zu Piet, der sich als Pferdezüchter und Besitzer eines der größten Reitställe auf der Insel viel draußen aufhielt und entsprechend braungebrannt war, hatte Stine eher eine blasse Hautfarbe. So bleich wie jetzt hatte Helena sie allerdings noch nie gesehen. Außerdem war sie ganz außer Atem, so als wäre die Anstrengung, den Wagen aus dem Laden zu schieben, zu viel für sie gewesen.

«Meine Güte, Stine», meinte Helena erschrocken. «Du solltest dich einen Moment ausruhen. Komm, setz dich dorthin!»

Sie wollte nach Stines Arm greifen und sie zu einer der Bänke dirigieren, die ein Stück entfernt standen. Doch die junge Frau wehrte sie ab.

«Nein, danke! Es geht schon», sagte sie.

Helena ließ die Hand sinken. «Okay. Aber vielleicht kommst du bald mal in die Praxis. Wir müssen sowieso noch die Nachsorge machen, das ist wichtig nach der Entbindung, damit wir sicher sein können, dass alles gut verheilt. Und dann schaue ich gleich mal nach deinen Blutwerten. Mir scheint, dass du …»

«Ich war schon bei der Nachsorge», fiel Stine ihr ins Wort. «Auf dem Festland.»

«Aha.» Helena fühlte sich brüskiert, weil die junge Frau bisher ihre Patientin gewesen war. «Das hätte ich machen können.»

Stine schnaubte. «Du denkst doch nicht wirklich, dass ich jetzt weiter in deine Praxis komme, oder? Nach dem, wie du meinen Vater behandelt hast?»

Helena sah den verletzten Ausdruck in den Augen der

jungen Frau und erschrak. Sie hatte nicht erwartet, dass ihr Streit mit Piet auch Auswirkungen auf ihr Verhältnis zu seiner Tochter haben würde. Wer weiß, was er ihr alles erzählt hat, dachte sie beklommen.

«Stine, dein Vater und ich waren immer nur Freunde. Ich kann nichts dafür, wenn er da mehr hineininterpretiert hat und jetzt böse auf mich ist, weil ich mich für Niklas entschieden habe.»

«Du wusstest genau, was Papa für dich empfindet. Du hast mit seinen Gefühlen gespielt!» In Stines Augen brannten jetzt Tränen, sie stand offenbar kurz davor, die Fassung zu verlieren. Was Helenas Vermutung bestätigte, dass die junge Frau völlig überanstrengt war.

«Es tut mir leid», sagte Helena beschwichtigend, um die junge Frau nicht noch weiter aufzuregen. «Ich wollte deinem Vater auf keinen Fall weh tun.»

«Das hast du aber!», fauchte Stine. «Deshalb setze ich in deine Praxis keinen Fuß mehr! Und jetzt lass mich vorbei. Ich muss weiter.»

Sie schob den Kinderwagen ein Stück, blieb dann wieder stehen und starrte die Strandpromenade hinunter. Helena folgte ihrem entsetzten Blick und entdeckte Niklas, der sich seinen Weg durch die Menge der Touristen bahnte. Er überragte die meisten um ein Stück, doch es war auch die Art, wie er ging, diese selbstbewusste Lässigkeit, die ihn hervorstechen ließ.

Sein Blick war auf Helena gerichtet, deshalb achtete er gar nicht auf Stine, die ihn mit finsterer Miene fixierte, bevor sie weiterging.

«Hey.» Niklas lächelte, als er Helena erreichte, und sie ließ sich gerne von ihm umarmen, genoss das Gefühl, ihm nah zu sein. «Du hast so lange gebraucht, da dachte ich, dass ich dir schon mal entgegengehe», sagte er und musterte sie prüfend, als er sie wieder freigab. «Alles in Ordnung?»

«Ja», sagte Helena, schüttelte dann jedoch den Kopf. «Nein, ich ... habe gerade eine Patientin von mir getroffen. Die Tochter von Piet Korf.»

Sie erzählte ihm von ihrer unangenehmen Begegnung mit Stine.

«Sie hat dir Vorhaltungen gemacht?» Niklas runzelte die Stirn. «Das steht ihr überhaupt nicht zu.»

«Nein. Und weißt du, was das Schlimmste ist? Ich glaube, sie leidet an einer akuten Anämie. So etwas kommt nach Entbindungen vor und ist eigentlich gut behandelbar. Aber sie ist so wütend auf mich, dass ich sie nicht mehr untersuchen darf.»

«Das ehrt dich, dass du dir Sorgen um sie machst», meinte Niklas. «Aber sie ist alt genug und für ihre Gesundheit selbst verantwortlich.» Er legte den Arm um ihre Schultern, als sie weitergingen. «Und was wollte der Typ von der Bank von dir? Ging es um den Hauskauf?»

«Ja, es gab da noch was zu klären», sagte Helena ausweichend. «Wollen wir dann zurückfahren? Es gibt noch viel zu tun, bevor wir morgen nach Hamburg fahren.»

«Willst du wirklich mitkommen?» Er musterte sie skeptisch. «Du hast doch in der Praxis so viel zu tun.»

«Niklas, bitte – frag mich das nie wieder, okay? Natürlich komme ich mit. Keine zehn Pferde würden mich davon abhalten.»

Er nickte, und sie sah den erleichterten Ausdruck in seinen Augen.

Auf dem Weg zum Parkplatz, wo Helena ihren Wagen abgestellt hatte, mussten sie noch ein Stück über die Strandpromenade gehen. Es war so voll, dass sie sich manchmal an Gruppen von Menschen vorbeischieben mussten. An einer dieser Engstellen stieß Helena mit einer jungen Frau mit blonden langen Haaren zusammen, die es offenbar sehr eilig hatte.

«Hallo, Leonie», sagte Helena.

«Oh, hallo, Frau Doktor Folkert!» Die junge Frau lächelte entschuldigend. «Tut mir sehr leid, ich wollte Sie nicht umrennen. Ich bin mit Erik am Hafen verabredet und mal wieder zu spät dran.» Sie warf einen hektischen Blick auf die Uhr. «Viel zu spät sogar», fügte sie mit einem Seufzen hinzu.

«Na, dann lassen Sie ihn mal nicht länger warten», meinte Helena amüsiert und blickte Leonie nach, die schnell in der Menge verschwand.

«Wer war das?», erkundigte sich Niklas neugierig.

«Eine der Krankenschwestern bei uns in der Klinik», erklärte Helena. «Leonie Völler. Sie ist noch ziemlich neu auf der Insel, aber sie macht einen tollen Job, ich arbeite sehr gerne mit ihr zusammen.»

«Und dieser Erik ist ihr Freund?», wollte Niklas wissen.

«Ihr Verlobter», korrigierte Helena lächelnd. «Erik ist der Bruder von Leonies bester Freundin Greta, die auch bei uns arbeitet. Über Greta haben die beiden sich auch kennengelernt, soweit ich weiß, und ich glaube, so furchtbar lange waren sie noch gar nicht zusammen, als er ihr einen Heiratsantrag gemacht hat. Na ja, und nun sind sie verlobt, und seitdem ist Leonie immer so.»

«Wie ist sie?», fragte Niklas irritiert.

«Na, glücklich! Hast du nicht gesehen, wie sie gestrahlt hat?» Helena blickte lächelnd in die Richtung, in der Leonie verschwunden war.

«Die Liebe verändert einen ja auch.» Niklas legte den Arm um sie. «Vor allem, wenn man endlich den oder die Richtige gefunden hat.»

Helena sagte nichts, weil sie in seinen Augen dieselbe Traurigkeit sah, die auch sie empfand. Im Grunde war ihre Liebe nicht anders als die von Erik und Leonie: Auch sie kannten sich noch nicht lange, und ihre Gefühle füreinander hatten sich schnell entwickelt. Doch die jungen Leute konnten ihr Glück unbeschwert genießen. Sie hingegen mussten immer noch zittern, wie viel gemeinsame Zeit ihnen bleiben würde.

Leonie hatte ein schlechtes Gewissen, während sie sich weiter den Weg durch die Menge der Touristen bahnte. Sie mochte Helena Folkert, und normalerweise wäre sie auf jeden Fall kurz stehen geblieben und hätte mit der Ärztin geplaudert. Aber Erik hatte am Telefon so aufgeregt geklungen. Er wollte ihr etwas zeigen, und sie wollte ihn nicht noch länger warten lassen.

Oder war es die Sehnsucht, die sie so eilig in Richtung Hafen laufen ließ? Leonie lächelte versonnen, als ihr klarwurde, wie sehr sie sich darauf freute, Erik wiederzusehen. Dabei hatten sie sich gestern Abend erst gesehen! Ließ sich Liebe noch steigern, auch wenn man eigentlich schon bis über beide Ohren verliebt war? Ihr kam es manchmal so vor, als hätte sich ihr Verhältnis verändert, seit Erik ihr den Heiratsantrag gemacht hatte. Da war plötzlich mehr, ein ganz neues Vertrauen, das sie so bisher nicht gekannt hatte. Zum ersten Mal in ihrem Leben fühlte sie sich bei jemandem wirklich sicher. Sie hatte das Gefühl, angekommen zu sein, und das machte sie unglaublich glücklich. Jetzt hatte die Aussicht, hier bei ihm auf der Insel zu bleiben, nichts Abschreckendes mehr. Im Gegenteil. Sie konnte es kaum noch erwarten, bis sie endlich …

«Larissa?» Eine Hand schloss sich um ihren Arm, und sie blieb überrascht stehen.

«Was …?» Sie drehte den Kopf, sah in das Gesicht des Mannes, der sie aufgehalten hatte, und brauchte einen Moment, bis sie es zuordnen konnte.

Rolf Wiener. Oh mein Gott!

Er hatte sich kaum verändert in den sieben Jahren, in denen sie sich nicht gesehen hatten. Seine Schläfen waren grauer als früher, und er hatte insgesamt weniger Haare. Doch sein Grinsen war noch genauso unangenehm selbstzufrieden wie damals.

«Du bist es wirklich!» Er musterte sie von Kopf bis Fuß. «Ein bisschen älter geworden, aber immer noch eine Granate!»

«Lassen Sie mich sofort los», fuhr sie den Mann an, der sie mit einem Schlag in eine Zeit zurückkatapultiert hatte, an die sie nicht mehr denken wollte. Sie hatte damals den Absprung geschafft und das alles weit hinter sich gelassen. Oder zumindest hatte sie das bis eben geglaubt.

Rolf Wiener ließ ihren Arm los. «Sie? Ich dachte, wir wären schon beim Du gewesen.»

Leonie machte einen Schritt zurück. Er folgte ihr.

«Ich war richtig traurig, als Manu meinte, dass du aus Frankfurt weg bist. Hast du das Geschäft hier rauf an die Küste verlegt?»

«Ich weiß nicht, wovon Sie sprechen», sagte sie und wandte sich ab. Sie musste hier dringend weg. Doch so schnell ließ sich Rolf Wiener nicht abschütteln.

«Hey, jetzt lauf nicht weg! Behandelt man so einen alten Bekannten?» Er griff wieder nach ihrem Arm, aber diesmal wehrte Leonie sich direkt und entzog sich ihm so heftig, dass die Leute, die an ihnen vorbeigingen, sie neugierig musterten.

«Mein Name ist nicht Larissa. Und wenn Sie nicht aufhören, mich zu belästigen, dann rufe ich die Polizei!»

«Schon gut, schon gut, ganz ruhig.» Rolf Wiener starrte sie an. Er war sich seiner Sache offenbar nicht mehr ganz so sicher.

«Ich werde jetzt gehen, und Sie werden mich nicht mehr verfolgen. Ist das klar?» Leonie funkelte ihn wütend an, bis er beschwichtigend die Arme hob.

«Mein Fehler. Da habe ich Sie wohl verwechselt», sagte er und drehte sich um.

Leonie starrte ihm nach, bis er in der Menge verschwunden war. Ihr Herz raste, und sie brauchte einen Moment, bis sie weitergehen konnte. Doch selbst dann blickte sie immer wieder über ihre Schulter zurück, weil sie Angst hatte, Rolf Wiener könnte ihr folgen.

Die Sonne, die gerade noch geschienen hatte, verschwand hinter einer Wolke, und Leonie hatte das Gefühl, als würde das Wetter ihren Gemütszustand spiegeln. Dass sie vor ein paar Minuten noch so sorglos glücklich gewesen war, kam ihr jetzt lächerlich naiv vor. Sie hatte die Zeit in Frankfurt vielleicht verdrängt, aber das bedeutete nicht, dass es sie nicht gegeben hatte. Es war reines Glück gewesen, dass ihr bisher niemand von damals begegnet war. Rolf Wiener war der Erste. Und vielleicht nicht der Letzte …

Leonies Handy, das in ihrer Jackentasche steckte, vibrierte kurz, und als sie es herauszog, sah sie, dass Erik ihr eine Nachricht geschrieben hatte.

Wo bleibst du denn? Habe Sehnsucht nach dir.

Leonie schluckte und spürte, wie ihr Tränen in die Augen schossen. Wie von selbst setzte sie sich wieder in Bewegung, lief weiter in Richtung Hafen.

Erik stand an Deck der «Seestern» und blickte an der Kaimauer entlang. Dann sah er auf seine Armbanduhr und seufzte.

«Na, Skipper, lässt die Liebste dich warten?» Jens, der Matrose, den Erik vor ein paar Wochen fest angeheuert hatte, grinste breit. Dadurch sah man die breite Lücke zwischen seinen Schneidezähnen, die ihm ein jungenhaftes Aussehen gab, obwohl er wie Erik schon Ende zwanzig war.

«Ach, halt die Klappe, du bist doch bloß eifersüchtig», stichelte Erik grinsend zurück. Dann sah er noch einmal auf seine Armbanduhr. Leonie war tatsächlich schon sehr spät dran. Und das ausgerechnet heute, wo er es gar nicht mehr abwarten konnte, ihr endlich seine Überraschung zu zeigen!

«Wahrscheinlich hat sie einen Besseren gefunden als

dich», neckte Jens ihn weiter und grinste, als Erik ihm scherzhaft mit der Faust drohte. Dann untersuchte er weiter die Netze auf Beschädigungen und pfiff dabei vor sich hin, so wie er es immer machte, wenn er in etwas vertieft war.

Das Pfeifen nervte Erik manchmal, doch er sah darüber hinweg, weil er ansonsten absolut zufrieden mit Jens war, der sich als verlässlicher und wirklich fähiger Mitarbeiter erwiesen hatte. Außerdem verstand Jens etwas von Dieselmotoren. Seinem Geschick war es zu verdanken, dass die in die Jahre gekommene «Seestern» nach einigen Reparaturen wieder seetüchtig war, und schon alleine deshalb war Erik froh, dass er sich gegen seinen Vater durchgesetzt und Jens eingestellt hatte. Das löste allerdings nicht das grundsätzliche Problem, dass der Kutter eigentlich eine Generalüberholung brauchte.

Erik seufzte bei dem Gedanken daran, wie er das finanzieren sollte, vor allem, wenn er gleichzeitig auch noch über einen Hauskauf nachdachte. Aber das wird sich schon finden, dachte er und sah Leonies Gesicht vor sich.

Was sie wohl dazu sagen wird, fragte er sich, während er in die Kajüte ging, um sein Blutzuckermessgerät zu holen. Der schnelle Piks in den Finger, um den Wert zu ermitteln, war ihm längst in Fleisch und Blut übergegangen, denn seinen Diabetes Typ 1 hatte er schon als Kind bekommen. Und nachdem er vor gar nicht allzu langer Zeit nach einer Entgleisung seines Zuckerwertes fast ins Koma gefallen wäre, achtete er wieder sorgfältig darauf, seine Insulinwerte regelmäßig zu messen.

Es war alles in Ordnung, deshalb trat er zurück an

Deck und blickte erneut über den Kai. Touristen schlenderten darüber und betrachteten die Krabbenkutter, die an ihren Liegeplätzen vertäut waren. Die neugierigen Zuschauer kannte Erik schon, gerade in der Hauptsaison erregten die Kutter immer wieder das Interesse der Gäste, und er hatte schon manches Mal überlegt, ob er mit dem Krabbenfischen ganz aufhören und stattdessen lieber mit Touristen aufs Meer fahren sollte. Ein Freund von ihm drüben auf dem Festland machte das, und es war eine bedenkenswerte Alternative …

Er hielt inne, als er Leonie in der Menge entdeckte. Sie ging schneller und zielstrebiger als die anderen, und ihr blonder Pferdeschwanz schwang dabei hin und her. Erik winkte ihr zu, und sie winkte zurück, was ein vertrautes Ziehen in seiner Brust auslöste.

«Dann bis später», sagte er zu Jens und verließ den Kutter. Mit einem Lächeln auf dem Gesicht ging er seiner Verlobten entgegen, doch als er näher kam, sah er, dass sie es nicht erwiderte. Und sie ging nicht auf ihn zu, sie rannte – und fiel ihm um den Hals, als sie ihn erreicht hatte.

«Hey, nicht so stürmisch», sagte er, halb besorgt, halb erfreut über so viel Überschwang, und strich ihr über den Rücken, bis sie sich wieder von ihm löste. «Was ist denn los?»

«Nichts. Ich … ich hab dich nur vermisst.» Ihr Lächeln wirkte unsicher, und ihre Augen waren ein bisschen gerötet. Hatte sie geweint?

Bevor er nachfragen konnte, hakte Leonie sich bei ihm ein.

«Was wolltest du mir denn nun zeigen? Du hast es in deiner Nachricht ja ganz schön spannend gemacht.»

Ihre Bemerkung lenkte seine Aufmerksamkeit zurück auf das Thema, das ihn in den letzten Tagen fast pausenlos beschäftigt hatte. Plötzlich merkte er, dass er jetzt, wo er Leonie endlich einweihen konnte, ganz schön aufgeregt war.

«Wir müssen ein Stück mit dem Auto fahren», erklärte er. «Aber es ist nicht weit.»

«Okay.» Leonie begleitete ihn zum Parkplatz am Hafen, wo sein orangefarbener Volvo stand, und Erik fuhr mit ihr zum nördlichen Stadtrand. Die Häuser in dieser Gegend waren keine Villen, hier hatten früher die Matrosen gewohnt, deshalb waren die Häuser eher schlicht und auch deutlich kleiner als die Kapitänshäuser, die es an anderen Stellen der Stadt gab.

In einer Seitenstraße hielt Erik an, und sie stiegen aus. Hand in Hand gingen sie weiter und auf ein kleines, recht heruntergekommen aussehendes Häuschen zu, dessen Garten besonders verwildert wirkte.

«Das ist es», verkündete Erik stolz.

«Was?», fragte Leonie verwirrt.

«Na, das Haus. Wie findest du es?»

«Das Haus?» Leonie schien gar nicht richtig bei der Sache zu sein. «Was ist denn damit?»

«Es könnte bald uns gehören», sagte Erik. «Ich würde es nämlich gerne kaufen.»

«Kaufen?» Völlig entgeistert sah Leonie ihn an. «Ist das nicht viel zu teuer? Ich war letztens beim Makler und habe die Preise gesehen ...»

Erik winkte ab. «Ja, Häuser sind teuer auf der Insel, aber dieses wäre bezahlbar. Es hat schon einige Jahre auf dem Buckel, und es muss sehr viel renoviert werden. Das wäre allerdings nicht das Problem, so was mache ich gerne. Außerdem ist es von hier aus nicht so weit bis zum Hafen und zur Klinik. Da wären wir beide ruckzuck bei der Arbeit. Und schau, es gibt sogar eine Veranda, siehst du?» Er ging zum Haus und stellte sich auf die marode Holzfläche vor der Haustür. «Die mache ich uns wieder schön und baue eine Schaukel für zwei Personen darauf. Da sitzen wir dann abends und sehen uns den Sonnenuntergang an.»

Grinsend wandte er sich wieder zu Leonie um. «Und? Was meinst du? Sollen wir hier einziehen?»

Wenn er sich diesen Moment ausgemalt hatte, dann war ihm Leonie immer glücklich lachend um den Hals gefallen. Er war sicher gewesen, dass ihr die Idee, ihre gemeinsame Zukunft in diesem Haus zu beginnen, genauso gut gefallen würde wie ihm.

Doch Leonie lächelte nicht einmal, sondern stand nur am Zaun und kaute auf ihrer Unterlippe.

«Leonie?», hakte er nach. «Bitte, sag was, Schatz.»

Leonie spürte, dass ihr schon wieder Tränen in den Augen brannten. Sie hätte Erik so gerne gesagt, dass dieses Haus vor einer halben Stunde noch ihr absoluter Traum gewesen wäre.

Sie hatten schon ein paar Mal darüber gesprochen, dass sie eigentlich mehr Platz brauchten, wenn sie zusammenzogen, und das Haus war absolut perfekt. Oder es würde perfekt sein, wenn Erik es erst hergerichtet hatte. Er war handwerklich sehr geschickt, man brauchte sich nur das Gartenhaus seiner Eltern anzuschauen, in dem er wohnte. Dort hatte er alles selbst renoviert, und das Gleiche würde ihm ganz sicher hier auch gelingen.

Doch ein Haus zu kaufen, war eine hohe finanzielle Belastung. Sie würden sich auf Jahre festlegen, und das konnte sie Erik nicht antun. Erst musste sie ihm die ganze hässliche Wahrheit über sich erzählen, die sie ihm bis jetzt verschwiegen hatte. Nur nicht jetzt. Sie musste sich die Worte zurechtlegen, musste nachdenken darüber, wie sie es ausdrücken sollte. Schließlich hing davon ab, ob sie überhaupt noch eine gemeinsame Zukunft hatten.

«Es gefällt mir», sagte sie und hörte selbst, wie müde ihre Stimme klang. «Aber mir geht das ein bisschen zu schnell. Wollen wir damit nicht lieber noch warten?»

«Ja. Natürlich. Klar.» Der enttäuschte Ausdruck auf Eriks Gesicht schnitt ihr ins Herz. «Tut mir leid, ich wollte dich damit nicht überfahren.»

«Wir reden ein anderes Mal darüber, ja?» Sie lächelte entschuldigend. «Würde es dir etwas ausmachen, mich nach Hause zu bringen? Ich habe schlimme Kopfschmerzen, ich glaube, ich muss mich ein bisschen hinlegen.»

«Natürlich.» Erik war sofort bei ihr, doch diesmal wehrte sie ihn ab, als er den Arm um sie legen wollte, und ging schweigend neben ihm zum Auto zurück.

8

Ach, Schatz, nun lass mich!» Heike entzog Greta ihre Hand, die ihren Puls noch einmal überprüfen wollte, und richtete sich auf.

«Bleib liegen, Mama», protestierte Greta. «Mit so einem Kreislaufkollaps ist nicht zu spaßen. Du hast Doktor Ritter doch gehört, du sollst dich ausruhen.»

Mit einem Seufzen ließ Heike sich auf die Liege zurücksinken und schloss die Augen. Sie war immer noch sehr blass, und Greta hörte das Zittern in ihrer Stimme. «Aber ich muss zurück. Dein Vater wartet auf mich, und die Gäste auch.»

«Die halten es schon noch einen Moment ohne dich aus», erklärte Greta. «Du liegst hier, weil das alles zu viel Aufregung für dich war, Mama. Also lass es bitte langsam angehen.»

Mit Schrecken dachte sie an den Moment, als ihre Mutter vor ihren Augen zusammengeklappt war. Es hatte zwar nur wenige Augenblicke gedauert, bevor Heike wieder bei Bewusstsein gewesen war, deshalb gingen sie alle von einem kurzzeitigen Schwächeanfall aus. Mark hatte dennoch darauf bestanden, sie komplett durchzuchecken, wofür Greta ihm dankbar war.

«Die Untersuchungsergebnisse liegen sicher gleich

vor. Und ich schätze, ich kann dir auch schon sagen, was dabei herauskommt: Du hast zu viel Stress, Mama. Du brauchst mal eine Pause.»

Bevor ihre Mutter antworten konnte, öffnete sich die Tür, und Mark kam zurück in den Untersuchungsraum. Er lächelte Greta an, was sie als gutes Zeichen wertete, und trat dann an die Liege.

«So, Frau Paulsen, Ihre Werte sind so weit alle in Ordnung, und der Ultraschall hat auch nichts ergeben», berichtete er. «Mit so einem Kreislaufkollaps ist dennoch nicht zu spaßen. Sie müssen sich die nächsten Tage unbedingt ein bisschen ausruhen.»

«Genau das hat meine Tochter gerade auch gesagt», erwiderte Heike, was Mark dazu veranlasste, Greta anzusehen. Ihre Blicke trafen sich für einen kurzen Moment, dann wandten sie beide hastig den Kopf ab.

«Aber so einfach ist das nicht!» Heike richtete sich vorsichtig auf und rieb sich über die Stirn. «Die ganzen Sorgen um Papa, und jetzt auch noch die Sache mit den kranken Kindern der Gäste. Ich weiß wirklich nicht mehr, wo mir der Kopf steht!»

«Umso wichtiger, dass Sie sich erst mal hinlegen», sagte Mark. «Und die nächsten Tage sollten Sie sich nicht zu viel zumuten. Gibt es nicht jemanden, der Sie in der Pension unterstützen kann?»

«Ich habe schon mit Alma telefoniert», erklärte Greta, bevor ihre Mutter antworten konnte. «Das ist eine unserer Mitarbeiterinnen. Sie hilft sonst nur morgens aus, aber gleich kommt sie noch mal für ein paar Stunden, und ab morgen bleibt sie den ganzen Tag, bis es Mama wieder bessergeht.»

Als Heike von der Abmachung zwischen Greta und Alma erfahren hatte, war sie zuerst gar nicht begeistert gewesen. Doch jetzt protestierte sie nicht mehr, was vermutlich ein Zeichen dafür war, dass sie sich schlechter fühlte, als sie zugeben wollte.

«Wie geht es den Jungs?», erkundigte sie sich. «Marvin vor allem? Der Kleine war blass wie der Tod, als der Krankenwagen kam.»

«Die Untersuchungen laufen noch», erwiderte Mark ausweichend.

«Und seine Mutter? Hat sie sich beruhigt?» Heike knetete angespannt die Hände, während sie auf Marks Antwort wartete.

«Sie hat Sie nicht mehr erwähnt, falls Sie das meinen», erwiderte Mark nach einem kurzen Zögern. «Von Besuchen bei Marvin würde ich allerdings dringend abraten.»

Heike schluckte. «Aber was ist denn nun mit dem Jungen? Hat er das Gleiche wie Felix?»

Mark blickte zu Greta, die wusste, dass er das ihrer Mutter eigentlich nicht sagen durfte. Er schien Heikes Sorge jedoch zu verstehen, deshalb nickte er. «Davon gehen wir im Moment aus.»

«Herrijeget!», sagte Heike, die immer, wenn sie schockiert war, in Platt verfiel. «Wat werd dütt bloß?»

«Das finden wir raus, Mama!» Greta nahm ihre Hand, plötzlich überwältigt von einer Welle der Zuneigung für ihre Mutter. «Ich fahr dich nach Hause und kümmere mich um dich, bis Alma da ist», sagte sie, doch Heike schüttelte vehement den Kopf.

«Auf gar keinen Fall! Du musst arbeiten. Außerdem ist

es mir lieber, wenn du hier bist und nach den Jungs siehst. Ich bin wieder fit, ich komme schon klar.»

«Nein, da muss ich Greta recht geben», mischte sich Mark ein. «Auto fahren sollten Sie jetzt noch nicht selbst.»

«Dann ruft mir in Gottes Namen ein Taxi», sagte Heike. «Mehr ist wirklich nicht nötig.»

Greta kannte ihre Mutter gut genug, um zu wissen, dass das ihr letztes Wort war. Deshalb sagte sie am Empfang Bescheid, dass sie ein Taxi brauchten. Als sie zurückkam, war Mark immer noch bei ihrer Mutter, und die beiden unterhielten sich angeregt.

«... wirklich so dankbar», hörte sie Heike sagen, als sie das Zimmer wieder betrat. «Wollen Sie nicht mal wieder zum Essen kommen? Übermorgen vielleicht? Morgen geht es nicht, da kriegen wir schon Besuch, aber übermorgen passt gut. Freitag ginge auch. Was Ihnen lieber ist. Asmus würde sich so freuen, und Greta sicher auch. Nicht wahr, Schatz?» Sie wandte sich an Greta, die in der Tür stehen geblieben war. «Du würdest dich auch freuen, wenn Doktor Ritter mal wieder zum Essen kommt, oder?»

Greta sah zu Mark hinüber, der sie skeptisch musterte, und brachte kein Wort heraus. Ihr Herz schlug ihr bis zum Hals, und sie ärgerte sich, dass ihre Mutter sie in diese Lage gebracht hatte. Was sollte sie denn darauf antworten?

«Mark?» Rieke Steffens erschien hinter Greta und blickte in den Raum. «Wir müssen noch die OP von Herrn Schneider besprechen. Hast du Zeit?»

«Ich komme gleich», sagte er.

Rieke nickte und verschwand wieder, ohne Greta oder ihre Mutter eines Blickes zu würdigen.

«Es tut mir leid, Sie hören es ja, die Arbeit ruft», sagte

Mark entschuldigend und machte einen Schritt auf die Tür zu, was Greta dazu veranlasste, weiter in den Raum zu treten, um ihm Platz zu machen. «Und ich fürchte, ich kann diese Woche nicht», fügte er hinzu. «Ein andermal gern.»

«Schade.» Heike blickte ihm nach, als er gegangen war, aber Greta ließ das Thema fallen.

«Komm, wir gehen schon mal vor die Tür», sagte sie. «Das Taxi kommt sicher gleich.»

Auf dem Weg zum Ausgang hakte Heike sich bei Greta ein. «Ist es meine Schuld?», fragte sie bedrückt. «Dass die Jungs krank sind, meine ich. Habe ich irgendetwas falsch gemacht?»

«Nein, hast du nicht!» Greta strich ihrer Mutter über die Hand, die auf ihrem Arm lag. «Die Vorwürfe von Marvins Mutter sind völlig aus der Luft gegriffen. Darüber musst du dir wirklich keine Gedanken machen. Die gesundheitlichen Probleme der beiden Jungs haben nichts mit der Pension oder dir zu tun.»

Heikes Lächeln wirkte kraftlos. «Hoffentlich hast du recht.»

Sie hatten die Anmeldung erreicht, und Greta wollte gerade die Glastür öffnen, um in den Eingangsbereich des Krankenhauses zu treten. Doch jemand anderer zog von der anderen Seite an der Tür, und durch die Glasscheibe blickte sie einem blonden Mann in die Augen, der eine gesteppte blaue Weste über einem blau karierten Hemd trug. Für eine Sekunde starrten sie sich an, dann ließ er die Tür los, und Greta schob sie auf.

«Leif! Mensch, das ist ja eine Überraschung!», rief sie und betrachtete ihren Exfreund.

Er hatte sich kaum verändert, außer dass er die Haare inzwischen kürzer trug. Aber seine Gesichtszüge wirkten noch immer weich und freundlich, und wenn er lächelte, so wie jetzt, dann zeigte sich ein tiefes Grübchen auf seinem Kinn, das ihm etwas Jungenhaftes gab. Allerdings wirkte der Ausdruck in seinen blauen Augen unsicher.

«Ich hab schon gehört, dass du wieder auf der Insel bist», sagte er und nickte auch Heike zu.

«Ja, schon eine ganze Weile», erklärte Greta. «Und du? Ich dachte, du studierst in Lübeck.»

Das zumindest war ihre letzte Information. Sie hatte manchmal an Leif gedacht, wenn ein Taxi an ihr vorbeigefahren war. Leifs Vater Wilhelm Ude gehörte nämlich das einzige Taxiunternehmen auf der Insel, und damals, mit achtzehn, als Greta sich von ihm getrennt hatte, war es Leifs Plan gewesen, irgendwann in das Geschäft einzusteigen. Greta hatte mitbekommen, dass er tatsächlich eine Weile als Fahrer für seinen Vater gearbeitet hatte, bevor er dann doch noch ein Betriebswirtschaftsstudium angefangen hatte.

«Ich bin fertig», erklärte Leif sichtlich stolz. «Meine Abschlussprüfungen waren im Juni, und danach bin ich noch ein bisschen rumgereist. Aber seit ein paar Wochen bin ich wieder hier.»

Gretas Blick fiel auf das Taxi, das hinter den gläsernen Schiebetüren vor dem Eingang geparkt war.

«Und du fährst wieder?», fragte sie, als ihr klarwurde, dass ihre Begegnung kein Zufall war. Leif war der Taxifahrer, der ihre Mutter nach Hause bringen sollte.

«Ja, klar!» Leif grinste. «Neben dem ganzen organisatorischen Kram mache ich das eigentlich ganz gerne.

Und im Moment sind wir unterbesetzt, da muss ich auch selbst ran.»

Er wirkte zufrieden, wie Greta fand, und sie freute sich für ihn. Leif war ein netter Kerl, deshalb wünschte sie ihm immer noch nur das Beste.

«Wir müssen uns mal wieder treffen», sagte Leif, während sie durch die Glastür traten und zum Taxi gingen. «Es interessiert mich sehr, was du alles gemacht hast. Ich hab gehört, du warst in Irland, bevor du zurückgekommen bist?»

Greta nickte. «Ja, für eine Weile.»

«Dann bist du ja wirklich in der Welt rumgekommen, genau wie du es wolltest.»

Schwang da Bitterkeit in seiner Stimme mit? Greta suchte in Leifs Gesicht nach einem Hinweis darauf, dass er ihr das abrupte Ende ihrer Beziehung noch übelnahm. Doch sein Lächeln wirkte offen.

Er öffnete die Beifahrertür und half Heike beim Einsteigen.

«Dann melde ich mich bei dir», sagte er an Greta gewandt. «Vielleicht schaffen wir es ja mal, was trinken zu gehen.»

«Das fände ich schön.» Greta wollte ihm zum Abschied die Hand geben, doch das kam ihr plötzlich zu unpersönlich vor. Deshalb umarmte sie ihn spontan.

«Bis bald», sagte sie und lächelte ihn an. Leif blieb jedoch ernst und starrte über ihre Schulter.

Greta blickte sich um und sah, dass Mark gerade durch die Glastüren getreten war und mit langen Schritten auf sie zukam.

«Hier, der Brief für den Hausarzt.» Er beugte sich an

Greta vorbei in den Wagen und gab Heike den Umschlag, die ihn lächelnd entgegennahm. Als er sich wieder aufrichtete, stand er genau zwischen Greta und Leif. Er hatte sie quasi auseinandergedrängt. Und er ging auch nicht, sondern blieb stehen und musterte Leif so interessiert, dass Greta sich genötigt fühlte, die beiden einander vorzustellen.

«Leif, das ist Doktor Ritter, unser Chefarzt der Chirurgie. Und das ist Leif Ude, mein ...» Sie hielt inne, weil es ihr unnötig vorkam, Mark ihr Verhältnis zu Leif zu erklären. «Wir kennen uns von früher.»

«Ich bin ihr Exfreund», erklärte Leif, der damit offenbar keine Probleme hatte, und streckte Mark die Hand hin. «Freut mich.»

Mark schüttelte seine Hand und warf Greta einen Blick zu, den sie nicht richtig deuten konnte. Dann wandte er sich noch einmal an Heike.

«Ich kann übrigens doch zum Essen kommen. Donnerstag würde mir gut passen, wenn die Einladung noch gilt?»

«Ja, natürlich», bestätigte Heike strahlend. «Zwölf Uhr, so wie beim letzten Mal?»

Mark nickte, verabschiedete sich und verschwand genauso schnell wieder im Gebäude, wie er gekommen war.

Leif schloss die Beifahrertür.

«Ach, so ist das», sagte er, und Greta wurde plötzlich klar, dass er die Esseneinladung missverstanden hatte.

«Nein, so ist es nicht», versuchte sie zu erklären, aber Leif war schon um den Wagen herumgegangen und hatte die Fahrertür geöffnet.

«Bis bald, Greta», sagte er und stieg ein.

Der Motor sprang an, und Heike winkte ihr durch das Fenster zu. Dann bog das Taxi vom Parkplatz auf die Straße und ließ Greta verwirrt zurück.

Warum hatte Mark die Einladung jetzt doch angenommen? Sie konnte sich keinen Reim darauf machen. Aber die Tatsache, dass sie am Donnerstagmittag erneut neben ihm am Esstisch ihrer Familie sitzen würde, war eine Aussicht, über die sie nicht so entsetzt war, wie sie es vermutlich besser hätte sein sollen.

Mark drückte die Tür an der Anmeldung mit so viel Schwung auf, dass sie beinahe gegen die Wand schlug. Gerade noch rechtzeitig schaffte er es, das zu verhindern, doch Verena Boden, die in der Anmeldung saß, hob trotzdem den Kopf und blickte ihn durch ihre pinkfarbene Brille fragend an.

Sie hatte nichts gesagt, als er sie eben barsch darum gebeten hatte, ihm den Arztbrief für Heike Paulsen auszudrucken, den er zum Glück schon vorher in den Computer eingegeben hatte. Aber dass er damit sofort nach draußen gestürmt war, um ihn Heike Paulsen persönlich zu geben, war ihr sicher nicht entgangen, und Mark ärgerte sich darüber, weil er es selbst übertrieben fand. Den Brief hätte Greta schließlich auch nach ihrem Dienst mitnehmen können. War er nur rausgelaufen, weil er sehen wollte, in welchem Verhältnis Greta zu diesem Taxifahrer stand, den sie so erfreut begrüßt hatte?

Und seine Neugier war auch befriedigt worden, denn auf dem Weg nach draußen hatte er gerade noch gesehen, wie Greta den Mann umarmt hatte. Exfreund? Ha! So wie der Kerl sie angesehen hatte, wäre er bestimmt sofort bereit gewesen, die Beziehung wiederaufleben zu lassen!

Mark ballte die Hand zur Faust und stemmte sich gegen eine erneute Welle der Eifersucht. Die erste hatte dafür gesorgt, dass er sich zwischen die beiden gedrängt und die Einladung zum Essen bei den Paulsens doch noch angenommen hatte.

Bereute er es? Mark blieb stehen und horchte in sich hinein, nur um festzustellen, dass er sich tatsächlich auf Donnerstag freute. Und warum auch nicht? Es war schließlich nur ein Essen ...

«Mark!» Er fuhr herum und sah, dass Rieke auf dem Flur hinter ihm stand. «Was ist los?», fragte sie. «Träumst du?»

Er schüttelte den Kopf, peinlich berührt, dass er so in Gedanken gewesen war. «Nein, ich ...»

Die Glastür neben der Anmeldung öffnete sich, und Greta kam wieder herein. Ihre Blicke begegneten sich kurz über den langen Flur hinweg, dann eilte sie die Treppe hinauf zur Station.

«Mark? Wir wollten die OP besprechen.» Rieke zupfte an seinem Ärmel, und er wandte sich ihr zu.

«Natürlich», sagte er und ließ ihr den Vortritt in sein Arztzimmer.

9

Willkommen in der Parkklinik!» Die Empfangsdame, eine junge Frau mit schulterlangen dunklen Haaren, lächelte Helena und Niklas durch die Glasscheibe zu. «Professor Ritter erwartet Sie bereits.»

In wenigen Worten erklärte sie ihnen, wie man zum Büro des Professors gelangte, und wandte sich dann dem nächsten Besucher zu, während Helena und Niklas staunend weiter durch die geräumige Halle gingen.

Helena hatte zwar gewusst, dass die Parkklinik als eines der besten Krankenhäuser Hamburgs galt, aber ihr war nicht klar gewesen, dass sie offenbar auch zu den elegantesten Häusern ihrer Art gehörte. Das Herzstück bildete nämlich eine große dreistöckige Jugendstilvilla, an die in U-Form moderne Gebäudetrakte angebaut worden waren. Am Rande von Hamburg inmitten eines weitläufigen Parks gelegen, machte die Klinik ihrem Namen alle Ehre.

«Das hier sieht aus wie die moderne Version eines alten Herrenhauses», sagte Niklas beeindruckt, und Helena fand, dass er die Empfangshalle damit ziemlich präzise beschrieben hatte. Sie bestach durch ihre hohen Decken und zwei Treppen, die in einem geschwungenen Bogen hinauf in die oberen Stockwerke führten. Früher waren diese sicher aus Holz gewesen, doch die Villa musste bei Baubeginn entkernt worden sein. Nun waren die Stufen dunkel gefliest, und die Geländer hatten einen Handlauf aus Edelstahl.

Bei Einrichtung und Wandfarben dominierte ein nüchternes Weiß, kontrastiert vor allem durch die mit schwarzem Leder bezogenen Besuchersitzgruppen und die schwarzen Marmorplatten am Empfangstresen. Das alles war nicht mehr neu, soweit Helena wusste, lag die Einweihung der Klinik schon fast fünfundzwanzig Jahre zurück, aber das ungewöhnliche Konzept hatte noch nichts von seiner Strahlkraft eingebüßt.

Vielleicht bin ich ja auch nur so beeindruckt, weil ich das kleine Inselkrankenhaus gewohnt bin, dachte Helena, während sie mit Niklas die Treppe in den ersten Stock hinaufstieg.

Die Empfangsdame hatte gesagt, dass sie dort dem Gang folgen und dann bei der ersten Möglichkeit nach links abbiegen sollten. Und tatsächlich entdeckten sie schon von weitem den Hinweis, dass sich hier die Büros der Klinikleitung befanden.

Das geräumige Vorzimmer von Professor Herbert Ritter war eines der ersten, und die blonde Sekretärin hinter dem Schreibtisch, der wie ein Wachposten vor der Tür zum eigentlichen Arztzimmer stand, lächelte sie freundlich an, als sie sich vorstellten.

«Professor Ritter telefoniert im Moment noch», sagte sie. «Aber er hat gleich Zeit für Sie. Würden Sie so lange dort drüben warten?»

Sie deutete auf die Ecke vor der Fensterfront, wo drei Sessel standen, die denen unten in der Halle glichen.

Niklas setzte sich auf den direkt am Fenster, und Helena war gerade dabei, sich in den daneben sinken zu lassen, als ihr Handy klingelte. Nach einem kurzen Blick auf das Display erhob sie sich wieder.

«Da muss ich kurz rangehen», sagte sie und verließ das Vorzimmer. Erst dann nahm sie den Anruf von Hinnark Bommersen entgegen, der ihr schon seit fast zehn Jahren die Praxis in Westerwyk vermietete.

«Hallo, Frau Doktor Folkert», sagte Hinnark. Seine Stimme klang immer etwas heiser. «Ich hab Ihre Nachricht gekriegt, und ich dachte, ich meld mich besser mal gleich zurück, damit Sie Bescheid wissen.»

Helena schluckte, weil sie an seinem Tonfall schon zu erkennen glaubte, wie seine Antwort ausfallen würde.

«Es geht nicht, oder? Ich kann den Mietvertrag für die Praxis nicht noch mal verlängern?»

«Nein, leider nicht», bestätigte Hinnark. «Wenn ich früher gewusst hätte, dass Sie noch bleiben wollen, dann wäre das kein Problem gewesen. Aber ich habe die Räume inzwischen leider schon anderweitig vermietet. Ich spreche noch mal mit den Nachmietern, vielleicht wollen die ja nicht direkt einziehen, dann könnten Sie noch mal mit denen über eine Art Übergangsfrist verhandeln. Andernfalls müssen Sie leider Ende nächsten Monats raus.»

Helena schluckte. «Ja, das wäre toll, wenn Sie die Nachmieter fragen könnten. Es würde mir sehr helfen, wenn ich ein bisschen mehr Zeit hätte, etwas Neues zu finden.»

«Klar, mache ich.» Er zögerte. «Heißt das, es wird nichts mit dem Geburtshaus, das Sie geplant hatten?»

«Doch. Da … hat sich nur was verschoben», log Helena, weil sie keine Lust hatte, dieses Thema mit Hinnark zu diskutieren. Es stimmte ja, entschieden war noch nichts, und so lange würde sie die Hoffnung auch noch nicht aufgeben.

Mit einem Seufzen schob sie ihr Handy zurück in ihre Tasche und betrat erneut das Vorzimmer. Niklas saß im Sessel und blickte gedankenverloren aus dem Fenster. Als er sie hereinkommen hörte, wandte er sich zu ihr um, und sein Lächeln traf sie mitten ins Herz.

«Alles in Ordnung?», fragte er, als sie sich zu ihm setzte, doch bevor sie antworten konnte, verzog er das Gesicht und griff sich an die Brust. Der Anfall dauerte nur ein paar Sekunden, dann entspannten seine Züge sich wieder. Aber er reichte, um Helenas Sorge neu anzufachen.

«Hast du wieder Schmerzen?»

«Es geht schon.» Niklas rieb sich über die Brust.

Er hatte während eines Einsatzes als Pilot bei «Ärzte ohne Grenzen» einen Hubschrauberabsturz überlebt, war dabei jedoch schwer verletzt worden, weil sich ein Teil der Außenverkleidung in seinen Brustkorb gebohrt hatte. Die hässliche breite Narbe, die er zurückbehalten hatte, zeugte davon, wie knapp er dem Tod entronnen war. Dass Niklas die Stelle immer noch hin und wieder weh tat, machte Helena schon länger Sorgen.

«Das lassen wir gleich mit abklären, ja?», schlug sie vor. «Wenn sie dich hier unter die Lupe nehmen, dann können sie sicher auch noch mal nachsehen, was es mit deinen Brustschmerzen auf sich hat.»

Niklas wirkte nicht wirklich begeistert. «Da ist nichts, Helena. Ich bin schon oft genug geröntgt worden. Organisch ist mit mir alles in Ordnung. Ich glaube, im Moment sind die Aneurysmen wichtiger. Lass uns erst mal sehen, dass ich die ...»

Er verstummte, als sich die Tür hinter dem Schreibtisch der Sekretärin öffnete und ein großer Mann mit grau melierten Haaren, den Helena auf Mitte sechzig schätzte, das Vorzimmer betrat. Er sah Mark nicht wirklich ähnlich, aber als er auf sie zukam, stellte Helena fest, dass beide Männer sich auf die gleiche Art bewegten. Und auch das Lächeln von Professor Herbert Ritter erinnerte an das seines Sohnes.

«Frau Doktor Folkert, nehme ich an?» Er gab Helena zuerst die Hand, dann begrüßte er Niklas.

«Vielen Dank, dass Sie so schnell Zeit für mich hatten», sagte Niklas, während sie dem Arzt in das Büro folgten, das ähnlich geräumig war wie das Vorzimmer. Anders als im Inselkrankenhaus, wo in jedem Arztzimmer auch eine Untersuchungsliege stand, war dieses hier ein reines Büro. Die Einrichtung war aus dunklem Holz und wirkte wie aus einem Guss. Helena vermutete, dass es sich bei den Möbeln um Designerstücke handelte, auch wenn sie keine Ahnung hatte, wer sie entworfen haben mochte. Auf jeden Fall waren sie teuer gewesen. Außer dem Schreibtisch, vor dem zwei Besucherstühle standen, gab es noch eine Sitzgruppe in der Nähe des Fensters, die offenbar für Besprechungen aller Art gedacht war. Helena und Niklas lud Professor Ritter jedoch nicht dorthin ein, sondern bat sie, auf den Besucherstühlen Platz zu nehmen.

«Mein Sohn schickt Sie also», sagte er, während er hinter seinen Schreibtisch zurückkehrte. «So etwas tut Mark nicht oft, deshalb liegt ihm offenbar sehr viel an Ihnen. Und ich habe nicht vor, ihn oder Sie zu enttäuschen.»

Er wirkte selbstbewusst, doch es schwang auch eine Entschlossenheit in seiner Stimme mit, die Helena über das Verhältnis zwischen Vater und Sohn nachdenken ließ. Mark hatte gesagt, dass er aus privaten Gründen von hier weggegangen war. Hatte es etwas mit seinem Vater zu tun gehabt? Und wenn ja – worüber hatten die beiden sich gestritten?

«Ich habe mir die Bilder und Untersuchungsergebnisse schon angesehen, die mein Sohn mir übermittelt hat», sagte Ritter. «Und ich will nicht sagen, dass es ein Spaziergang wird. Aber es ist zu bewältigen. So etwas machen wir hier täglich.»

Helena blickte zu Niklas hinüber und wartete darauf, dass Niklas etwas sagte. Doch er betrachtete den Professor nur mit angespannter Miene. Er wirkte blass, was allerdings kein Wunder war. Schließlich ging es hier um den Eingriff, den er schon so lange fürchtete.

«Und was passiert jetzt?», erkundigte Helena sich an seiner Stelle.

Herbert Ritter lehnte sich in seinem Stuhl zurück. «Wir machen noch ein paar Tests, bevor wir operieren, zur Sicherheit. Dafür würde ich Sie ...», er wandte sich an Niklas, «... gerne direkt stationär aufnehmen, das hatte mein Sohn Ihnen ja sicher schon mitgeteilt.»

Helena dachte an den Anruf von Mark, bei dem er sie gebeten hatte, auf diese Möglichkeit vorbereitet zu sein. «Ja, wir haben alles dabei», sagte sie, wieder an Niklas' Stelle, weil er immer noch schwieg.

«Gut.» Diesmal wandte Herbert Ritter sich gleich an

Helena. «Dann operieren wir am Freitagmorgen. Ich stimme nämlich mit meinem Sohn überein, dass wir nicht mehr warten sollten.»

Helena nickte, gleichzeitig froh und entsetzt. Es war gut, dass es schnell gehen würde, dann hatte Niklas es bald hinter sich. Andererseits war es auch erschreckend, dass ihnen vorher kaum noch Zeit blieb.

«Sagen Sie, ich würde gerne irgendwo in der Nähe übernachten, damit ich bei Niklas sein kann. Können Sie mir vielleicht eine Pension oder ein Hotel empfehlen?»

«Ich denke, Sie können ein Zimmer in unserem Gästehaus drüben auf der anderen Seite des Parks bekommen. Es ist für die Unterbringung von Angehörigen gedacht, die eine weite Anreise haben», sagte der Professor, und Helena staunte innerlich noch ein bisschen mehr. Hier fehlte es wirklich an nichts. «Warten Sie, ich erkundige mich schnell, ob dort noch etwas frei ist.»

Er griff zum Telefonhörer und sprach mit seiner Sekretärin. Helena nutzte die Gelegenheit, um sich zu Niklas hinüberzubeugen.

«Hey, alles in Ordnung?», flüsterte sie. «Du bist so still.»

Er nickte, doch sein verzerrtes Gesicht strafte seine Geste Lügen. «Ich weiß nicht. Mir ist …»

«Alles klar, wir haben ein Zimmer frei. Es ist jetzt für Sie reserviert.» Herbert Ritter erhob sich lächelnd, und Helena tat es ihm gleich. «Außerdem weiß die Station Bescheid, dass Sie kommen. Gehen Sie einfach runter, dann kann Herr von Holten sich dort schon mal einrichten. Ich werde derweil …» Er hielt inne und sah Niklas an, der immer noch auf dem Stuhl saß und die Hand an seine

Stirn gelegt hatte. «Herr von Holten, geht es Ihnen nicht gut?»

Niklas blickte auf, und Helena sah den panischen Ausdruck auf seinem Gesicht. Er schien seinen Blick nicht scharfstellen zu können.

«Ich …» Er erhob sich, oder er wollte es, doch er schwankte. «Mir ist …»

Lautlos sackte er in sich zusammen und schlug neben dem Stuhl auf dem Teppichboden auf, wo er regungslos liegen blieb.

10

N*ein!*

Das Wort hallte durch Helenas Kopf, während sie auf den bewusstlosen Niklas starrte. Automatisch, weil sie die Handgriffe schon tausend Mal gemacht hatte, ging sie neben ihm in die Knie und nahm seinen Puls, überprüfte die Atmung. Doch schon nach wenigen Sekunden zitterten ihre Hände so stark, dass sie nicht mehr wirklich in der Lage war zu handeln.

Herbert Ritter hatte sofort nach Niklas' Zusammenbruch seine Sekretärin gerufen und ihr Anweisungen gegeben. Jetzt kniete er ebenfalls neben Niklas und drängte die handlungsunfähige Helena sanft zur Seite.

«Lassen Sie mich das machen.»

«Was ist mit ihm?», fragte Helena mit brüchiger Stimme. Angst schnürte ihr die Kehle zu. «Ist es das Aneurysma?»

Herbert Ritter antwortete nicht, sondern zog eine Stiftlampe aus seiner Hemdtasche und leuchtete damit in Niklas' Augen. «Herr von Holten, können Sie mich hören?»

Niklas regte sich wieder, stöhnte. «Mein Kopf ...»

«Wir kümmern uns um Sie, hören Sie?», beruhigte der Professor ihn. «Sie sind bei uns in guten Händen.»

Wie aufs Stichwort kamen zwei Pfleger herein, die zwischen sich eine Liege schoben. «Sofort ins MRT. Und reservieren Sie mir zur Sicherheit einen OP», wies Ritter sie an, während die beiden Niklas auf die Liege hoben.

Helena sah nur hilflos zu und folgte den Pflegern dann auf den Flur, lief neben der Liege her, ohne den Blick von Niklas' blassem Gesicht zu lösen. Das Gefühl, in ihrem schlimmsten Albtraum gefangen zu sein, ließ ihr Herz rasen.

«Niklas?» Sie berührte seine Hand, und er öffnete kurz die Augen, schloss sie jedoch sofort wieder.

«Ich glaube, es ist besser, wenn Sie hier warten», sagte Herbert Ritter, als sie in den MRT-Bereich kamen.

Helena schüttelte den Kopf. «Ich will bei ihm sein. Ich bin auch Ärztin.»

«Als Angehörige müssen Sie draußen bleiben, es tut mir leid.» Er umfasste ihren Arm und sah sie mit ernster Miene an. «Wir kümmern uns um ihn.»

«Aber das Aneurysma!», widersprach Helena. «Was, wenn ...»

«Wir wissen noch nicht, was seinen Zusammenbruch ausgelöst hat.» Herbert Ritter blieb ruhig, aber bestimmt. «Bitte warten Sie da vorn. Wir sagen Ihnen sofort Bescheid, wenn es etwas Neues gibt.»

Helena blieb zurück, als die Tür sich schloss. Sie war zu zittrig, um zu einem der Stühle in dem kleinen Wartebereich zu gehen, der ein Stück den Flur hinunter lag. Stattdessen lehnte sie sich an die Wand. In ihrem Kopf drehte sich alles, und sie kam sich vor wie die schlechteste Ärztin der Welt, weil sie nicht ruhig bleiben konnte, so wie sonst. Wellen der Panik durchliefen sie.

Das Klingeln ihres Handys schreckte sie auf. Hektisch suchte sie in ihrer Handtasche danach, doch sie brauchte ewig, bis sie es endlich am Ohr hatte. Der Anruf kam aus dem Inselkrankenhaus, das erkannte sie an der Nummer.

«Oh, gut, dass ich Sie erwische, Frau Doktor.» Susanne Walter klang sehr zufrieden. «Sagen Sie, ich habe hier noch für morgen einen Termin stehen. Aber Sie sagten ja, dass Sie wahrscheinlich nicht da sind. Deshalb wollte ich noch mal nachfragen, ob wir den …»

«Ich kann jetzt nicht», unterbrach Helena sie. «Niklas … mein Freund und ich … wir sind in Hamburg, und er hatte einen Zusammenbruch. Er muss wahrscheinlich operiert werden.»

«Oh, das tut mir leid.» Susanne Walter klang betroffen. «Wo genau sind Sie denn?»

Helena umriss in kurzen Worten, was passiert war.

«Ich melde mich, wenn ich mehr weiß», sagte sie und hörte noch, dass Susanne ihr alles Gute wünschte. Doch da ließ sie das Telefon schon sinken, weil in diesem Moment die Tür zum Untersuchungsraum aufging und Herbert Ritter zurück in den Flur trat.

Sofort war Helena bei ihm. «Und?»

«Es scheint sich um eine leichte Einblutung zu handeln, die sehr wahrscheinlich mit den Aneurysmen zusammenhängt. Wir müssen sofort operieren, bevor die Blutung massiver wird.»

«Was bedeutet das für ihn?», fragte Helena tonlos. «Was hat das für Folgen?»

«Als Kollegin wissen Sie, dass ich Ihnen diese Frage nicht beantworten kann. Aber wir tun alles, was in unserer Macht steht», erwiderte Herbert Ritter in diesem sachlich-ruhigen Tonfall, in dem Helena selbst oft genug mit Angehörigen sprach. Das erschien einem oft als der einzig richtige Weg, um falsche Versprechungen zu vermeiden, aber in diesem Moment hätte Helena viel darum gegeben, wenn er etwas optimistischer geklungen hätte.

Der Professor schien ihre Verzweiflung zu spüren, denn er strich ihr in einer unerwartet freundlichen Geste über den Arm.

«Er hat Glück, dass es hier passiert ist und wir sofort handeln können. Das erhöht seine Chancen erheblich.»

Er lächelte aufmunternd, und Helena wollte ihm sagen, wie dankbar sie ihm war. Doch in diesem Moment öffnete sich die Tür zum MRT-Raum erneut, und Niklas wurde zurück in den Flur geschoben.

Er war immer noch schrecklich blass. Als Helena seine Hand ergriff und drückte, bewegte er den Kopf.

«Helena?» Seine Stimme klang heiser und verwirrt.

«Ich bin hier, Niklas!», sagte sie und strich über seinen Arm, während sie neben der Liege herlief, die von den Pflegern eilig durch die Flure zum Fahrstuhl geschoben wurde.

«Helena …» Niklas war sichtlich aufgeregt, als sie im Fahrstuhl nach unten fuhren.

«Schsch.» Helena beugte sich über ihn, strich über seine Wange. «Es wird alles gut. Du wirst sehen. Dir passiert nichts», sagte sie, fast beschwörend.

Er sagte nichts mehr, und sein Kopf sank zur Seite.

«Niklas?» Panik erfasste Helena, weil sie merkte, wie seine Hand erschlaffte. Im selben Moment hielt der Fahrstuhl an, und als die Pfleger die Liege in den Flur hinausschoben, erkannte Helena, dass sie den OP-Bereich erreicht hatten.

«Sie können nicht mit rein», erklärte ihr einer der beiden Männer, und das wusste Helena natürlich. Tatsächlich war es schon ein Zugeständnis gewesen, dass sie überhaupt bis hierher hatte mitkommen dürfen, deshalb ließ sie Niklas' Hand los und sah hilflos zu, wie sich die Milchglasscheiben der automatischen Tür wieder schlossen und Niklas aus ihrem Blickfeld verschwand.

Wie in Trance stand sie da und bewegte sich erst wieder, als eine Schwester sie ansprach und aufforderte, den OP-Bereich zu verlassen. Die Frau war freundlich und erklärte ihr, dass sie erst mal gehen konnte und angerufen würde, wenn die OP vorbei war. Helena bestand jedoch darauf zu bleiben.

«Es kann aber dauern», warnte die Schwester. «Am besten setzen Sie sich drüben in die Cafeteria. Ich vermerke das, und wir informieren Sie, sobald es etwas Neues gibt. Ja?»

Helena nickte und ging mit schleppenden Schritten in die angegebene Richtung. Die Cafeteria lag in der Nähe der Eingangshalle und schien gerade erst renoviert worden zu sein. Auch hier herrschten helle, klare Farben vor, kontrastiert vom dunklen Holz der Möbel.

Helena fand einen kleinen Tisch in der Nähe der Tür. Von ihrem Platz aus konnte sie gut sehen, wenn jemand hereinkam.

Wie sie die nächsten Stunden verbrachte, hätte sie im Nachhinein nicht mehr sagen können. Irgendwann nahm sie wahr, dass sie Hunger hatte, doch als sie zur Theke ging und die belegten Brötchen und Kuchenstücke sah, bestellte sie nur einen Kaffee, den sie vor sich auf den Tisch stellte und der kalt war, als sie endlich daran dachte, ihn zu trinken.

Leute kamen und gingen, ohne dass ihr jemand im Gedächtnis blieb. Sie achtete nur auf die Ärzte und Schwestern, die hin und wieder hereinkamen. Aber keiner von ihnen brachte Nachricht von Niklas, während die Zeit unaufhaltsam verrann.

Irgendwann lehnte Helena den Kopf nach hinten gegen die Wand und schloss die Augen. Sofort sah sie wieder Niklas' Gesicht vor sich, den gequälten Ausdruck darin, kurz bevor er zusammengebrochen war. Mein Gott, wenn wir nicht hier gewesen wären, dachte sie. Wenn es draußen auf dem Hof passiert wäre, weit weg von einer Klinik wie dieser, in der ein komplizierter neurochirurgischer Eingriff möglich war ...

Helena fuhr hoch, als sie jemand am Arm berührte, und brauchte einen Moment, um sich zu orientieren.

«Was ...?»

«Ich bin's, nicht erschrecken», sagte eine vertraute Stimme, und Helena sah in das lächelnde Gesicht von Susanne Walter.

«Ich wollte eigentlich vorher anrufen und mich ankündigen», sagte die Pflegedienstleiterin und setzte sich neben Helena auf die Bank. «Aber dann dachte ich, dass Sie dann sicher sagen, dass ich nicht kommen muss. Und Sie klangen am Telefon so aufgelöst. Deshalb habe ich mich ins Auto gesetzt und bin hergefahren. Das war bestimmt alles ein ziemlicher Schock, was?»

Susanne strich ihr über den Arm, und der warme, mitfühlende Ausdruck in ihren Augen brachte Helenas

Selbstbeherrschung zum Einsturz. Sie brachte noch ein Nicken zustande, war dabei aber schon tränenblind. Einen Augenblick später lag sie in Susannes Armen und weinte sich die Sorgen von der Seele, die sie schon seit Stunden quälten.

Die Pflegedienstleiterin sagte gar nichts, war einfach da und strich Helena, die von Schluchzern geschüttelt wurde, über den Rücken. Es tat unglaublich gut, nicht mehr stark sein zu müssen.

Als Helena sich endlich beruhigt hatte, sah sie die andere Frau ein bisschen fassungslos an. Denn Susanne Walter stand ihr eigentlich nicht besonders nah. Helena kam sehr gut mit ihr zurecht und hätte ihr Verhältnis als freundschaftlich bezeichnet. Privat hatten sie jedoch kaum etwas miteinander zu tun, deshalb hätte sie niemals erwartet, dass Susanne einen so weiten Weg auf sich nahm, nur um ihr beizustehen. Das war unglaublich mitfühlend und aufmerksam von ihr, und Helena hatte plötzlich ein schlechtes Gewissen, weil sie sich nie besonders viele Gedanken über ihre Kollegin aus dem Krankenhaus gemacht hatte.

Hastig überlegte sie, was sie eigentlich über die Pflegedienstleiterin wusste, und stellte fest, dass es erschreckend wenig war. Susanne war Single und lebte mit ihrer Mutter zusammen. Sie arbeitete ziemlich viel, denn sie schob immer noch regelmäßig Dienste in der Klinik, obwohl sie davon aufgrund ihrer Position eigentlich befreit war. Außerdem war sie ein glühender Royals-Fan und besaß eine ziemlich beeindruckende Sammlung von Tassen, auf denen Mitglieder europäischer Königshäuser abgebildet waren. Ein besonderes Faible hatte Susanne für die britischen Royals, doch das war auch schon alles, was Helena an Details über ihre Kollegin einfiel.

«Danke», sagte sie und drückte Susannes Hand. «Ich wusste gar nicht, wie dringend ich jemanden brauchte. Das ist so unglaublich toll, dass Sie extra den weiten Weg auf sich genommen haben.»

«Das habe ich gerne gemacht.» Susanne machte eine abwehrende Handbewegung. «Sie haben sich am Telefon so angehört, als könnten Sie Gesellschaft dringend brauchen.»

Helena umarmte sie noch einmal. «Aber jetzt sagen wir nicht mehr Sie», beschloss sie, obwohl sie die Jüngere war.

«Okay.» Susanne nickte lächelnd, dann wurde sie wieder ernst. «Und vielleicht erzählst du mir noch mal, was dein Freund genau hat? Ich muss gestehen, dass ich das am Telefon nicht wirklich verstanden habe.»

Aber du bist trotzdem gekommen, dachte Helena mit einem warmen Gefühl in der Brust. Wann wusste man eigentlich, dass man mit jemandem befreundet war? Brauchte es immer eine lange Zeit des Kennenlernens, oder konnte auch ein einziger Augenblick reichen, um ein Verhältnis für immer zu verändern?

Sie holte tief Luft und erzählte Susanne die ganze Geschichte. Dass sie Niklas an einem regnerischen Tag draußen im Marschland vom Pferderücken direkt vor die Füße gefallen war und sich Hals über Kopf in den gutaussehenden Piloten verliebt hatte. Dass er ihr erst viel später gestanden hatte, wie es um seine Gesundheit stand, und dass sie seitdem Angst davor hatte, ihn zu verlieren. Sogar von ihrem Verlobten Gideon berichtete sie Susanne, der vor zehn Jahren kurz vor ihrer Hochzeit an einem unentdeckten Herzfehler gestorben war.

Anschließend fühlte sie sich leer, doch es hatte gutgetan, es jemandem zu erzählen. Es machte die Angst irgendwie erträglicher, vor allem, weil Susanne so viel Zuversicht ausstrahlte.

«Dein Niklas klingt, als wäre er ein Kämpfer. Wenn er diesen grässlichen Hubschrauberabsturz überlebt hat, dann schafft er das hier auch.»

«Das war bis jetzt immer mein Text», sagte Helena und legte für einen Moment müde das Gesicht in die Hände. Als sie den Kopf wieder hob, war Susanne aufgestanden.

«Ich besorge uns jetzt erst mal Kaffee und was zu essen. Du siehst aus, als könntest du eine Stärkung vertragen», verkündete sie und war zur Theke gegangen, bevor Helena sie aufhalten konnte.

Und tatsächlich, als Susanne kurze Zeit später mit einem Franzbrötchen und einer frischen Tasse Kaffee zurückkehrte, aß und trank Helena gerne, was sie vorhin noch verschmäht hatte. Sie sah sich im Raum um, den sie vorher kaum wahrgenommen hatte, und stellte fest, dass es richtig voll geworden war. Ein Blick auf die Uhr verriet ihr, dass die klassische Kaffeezeit begonnen hatte, und mit Schrecken wurde ihr klar, dass Niklas' OP jetzt schon mehr als fünf Stunden andauerte.

«Sieh mal da», sagte Susanne, die sich auch Kaffee und ein Stück Kuchen geholt hatte, und deutete auf einen gerahmten Zeitungsartikel über ihnen an der Wand.

Helena sah genauer hin und erkannte, dass Mark auf dem Foto zu sehen war. Er stand neben seinem Vater und lächelte in die Kamera.

«Da steht, dass unser Doktor Ritter eine Auszeichnung bekommen hat.» Susanne war gerade dabei, den Text zu lesen. «Einen Nachwuchspreis für Chirurgen, aha. Und das war offensichtlich nicht seine erste Auszeichnung, da steht eine ganze Liste.» Sie setzte sich wieder und trank nachdenklich von ihrem Kaffee. «Wieso hat sich jemand wie er bloß für unser kleines Inselkrankenhaus entschieden? Das fragt man sich, wenn man das sieht, oder?»

Helena nickte. «Er wird seine Gründe gehabt haben», sagte sie, zu angespannt für Spekulationen. Susanne schien das Thema jedoch zu beschäftigen.

«Drüben bei der Kasse hängt noch ein Foto, auf dem Doktor Ritter drauf ist», berichtete sie. «Ich habe die Dame hinter der Theke danach gefragt, und sie kam direkt ins Schwärmen. Offenbar war er im Haus sehr beliebt ...»

«Frau Doktor Folkert?»

Helena fuhr hoch, als sie ihren Namen hörte, und auch Susanne verstummte sofort und blickte Herbert Ritter entgegen, der gerade die Cafeteria betrat.

«Und?», fragte Helena mit zittriger Stimme, als er zu ihnen an den Tisch kam. Er trug noch seine OP-Kleidung, war also offenbar direkt zu ihnen gekommen.

«Die Operation ist gut verlaufen», erklärte er. «Wir konnten beide Aneurysmen unschädlich machen und die Blutung stillen. Jetzt müssen wir warten, bis er aufwacht.»

Helenas Knie gaben nach, und sie sank zurück auf die Bank. «Wird er bleibende Schäden haben?»

«Das können wir erst beurteilen, wenn er wieder bei Bewusstsein ist», sagte Herbert Ritter und lächelte zum ersten Mal. «Aber ich denke, wir haben Grund, optimistisch zu sein.»

Helena war so erleichtert, dass sie ihm gerne um den Hals gefallen wäre. Seine kühle Miene hielt sie jedoch davon ab. «Wann kann ich zu ihm?»

«Er kommt erst mal zur Überwachung auf die Intensivstation. Eine Schwester sagt Ihnen Bescheid, wenn wir so weit sind. In Ordnung?»

«Ja. Vielen Dank!» Helena schluckte. Als Herbert Ritter gegangen war, fiel sie Susanne um den Hals.

«Siehst du, er ist ein Kämpfer. Er schafft das, hab ich doch gesagt.» Susanne grinste. «Dann warte ich jetzt noch, bis sie dich zu ihm lassen, und dann fahre ich.»

«Zurück auf die Insel?», fragte Helena erschrocken, weil ihr wieder einfiel, was für einen weiten Weg ihre Kollegin ihretwegen auf sich genommen hatte.

«Nein, heute nicht mehr», erklärte Susanne. «Ich treffe noch eine Freundin hier in der Stadt. Der Besuch war schon lange geplant, und jetzt ziehe ich ihn einfach vor.»

«Wie schön», sagte Helena erleichtert. «Aber dann fahr jetzt gleich. Du musst nicht mehr warten.»

«Bist du sicher?» Susanne musterte sie skeptisch.

«Ganz sicher», versicherte Helena ihr. «Und danke, dass du da warst. Das vergesse ich dir nie!»

«Das habe ich gerne gemacht. Es ist wichtig, nicht allein zu sein.» In Susannes Auge schimmerten Tränen. Sie räusperte sich und stand hastig auf. «Dann alles Gute», sagte sie. «Er schafft das bestimmt, dein Niklas.»

«Hoffentlich», seufzte Helena und verabschiedete Susanne mit einer Umarmung.

Als sie sich wieder losließen, trat eine Schwester zu

ihnen an den Tisch. «Frau Doktor Folkert? Ich soll Sie holen, sagt Professor Ritter. Sie können jetzt zu Herrn von Holten.»

«Lass nur, ich mach das schon mit dem Geschirr», erklärte Susanne und winkte Helena nach, als sie der Schwester mit einem beklommenen Gefühl im Magen in Richtung Intensivstation folgte.

11

Bitte, überlegen Sie es sich noch mal. Sie müssen nicht abreisen. Dazu besteht kein Grund!» Greta trat hinter dem Empfangstresen der Pension hervor und sah das Ehepaar Schröder, das dort abfahrbereit mit seinem Gepäck stand, noch einmal flehend an. «Sie haben doch bezahlt. Sie können wirklich noch bleiben.»

Michael Schröder, ein blonder Mittdreißiger, der seine dreijährige Tochter Leni auf dem Arm hielt, schüttelte vehement den Kopf. «Es tut uns leid. Aber das ist uns wegen des Babys zu riskant. Ich hoffe, das verstehen Sie.»

Er deutete auf den Bauch seiner Frau Hannah, die im siebten Monat schwanger war.

«Komm, Michi, wir müssen los», drängte Hannah Schröder und nahm ihm die Kleine ab, damit er die Hände für das Gepäck frei hatte.

Greta wollte ihm behilflich sein und nach einem der beiden großen Koffer greifen, doch Michael Schröder wehrte ab. «Lassen Sie nur, ich mach das schon!»

«Okay.» Greta kämpfte darum, weiter freundlich zu lächeln, während sie hilflos zusah, wie die Schröders mit ihrem Gepäck das Haus verließen.

Sie hatte wirklich alles versucht, um die beiden zum Bleiben zu überreden, aber erfolglos. Und sie waren schon die dritten Gäste, die die Pension verließen. Marvins Mutter war direkt nach der Einlieferung ihres Sohnes in die Hansen-Klinik in eine andere Unterkunft gezogen – nicht ohne lautstark zu verkünden, dass es eine unentdeckte Gesundheitsgefahr in der Pension gab. Und die Lukascheks, eine Familie mit zwei kleinen Kindern aus Baden-Württemberg, waren heute Morgen nach dem Frühstück abgereist, angeblich, weil sie ihren Hund vorzeitig aus der Tierpension abholen mussten. Tatsächlich war Greta da die Ehrlichkeit der Schröders lieber, die wenigstens zugegeben hatten, dass sie den Rest ihres bereits bezahlten Urlaubs verfallen ließen, weil sie Angst hatten, dass ihr Kind in der Pension auch krank werden würde.

Sie folgte den Schröders zur Tür und blickte ihnen nach, froh darüber, dass sie das Auschecken übernommen hatte. Ihre Mutter war schon unglücklich genug über die ganze Situation, und nach ihrem Zusammenbruch machte die Familie sich immer noch Sorgen. Da war es besser, wenn sie nicht …

«Oh!», entfuhr es ihr, als Marks silberner Mercedes vor der Pension hielt. Erschrocken sah sie auf ihre Armbanduhr und stellte fest, dass es tatsächlich schon kurz nach zwölf war. Durch die überstürzte Abreise der Schröders hatte sie nicht mehr auf die Zeit geachtet!

Mark stieg aus, beugte sich noch einmal in den Wagen und holte einen Blumenstrauß heraus. Dann ging er an den Schröders vorbei, die gerade ihren Opel Kombi packten, und kam auf Greta zu, die ihm mit einem flauen Gefühl in Magen entgegensah.

Er trug ein blaues Jackett über einem weißen Hemd und dazu Jeans und Sneakers, was ihm extrem gut stand.

Aber wann hätte ihm je etwas nicht gut gestanden, dachte sie mit einem Seufzen und konnte nicht verhindern, dass ihr Herz schneller schlug.

Skipper, der alte Retriever ihrer Eltern, drängte sich an Greta vorbei und lief zu Mark, begrüßte ihn schwanzwedelnd und aufgeregt wie einen alten Freund, was ungewöhnlich war. Normalerweise war Skipper zwar freundlich zu Gästen, er reagierte allerdings selten so stürmisch.

«Hey», sagte Mark, als er mit Skipper die Tür erreicht hatte, und sein Lächeln ließ Gretas Magen Achterbahn fahren.

Sie erwiderte seinen Gruß, für einen Moment zu durcheinander, um einen klaren Gedanken zu fassen.

«Das war doch heute?», fragte er. «Das Essen?»

«Was? Ja. Heute», stotterte sie. «Aber ... ich glaube, es wäre besser, wenn wir es verschieben.»

Mark nahm die Blumen in die andere Hand und musterte sie mit einer Mischung aus Belustigung und Irritation.

«Warum? Hast du wieder aus Versehen eine Geschichte erfunden und alles komplizierter gemacht als nötig?»

Greta stöhnte innerlich, weil das ziemlich gut zusammenfasste, was bei Marks letzter Einladung zum Essen passiert war. Damals hatte sie ihrem Vater gegenüber behauptet, sie sei mit Mark zusammen, damit er den wahren Grund nicht herausfand – nämlich, dass Mark versuchen sollte, Asmus' Zustand medizinisch einzuschätzen. Es war eine Notlüge gewesen, ausgelöst durch Asmus' ausgeprägte Abneigung gegen Ärzte, und bei dem Gedanken daran, was danach alles passiert war, musste sie schlucken.

«Nein, es geht um meine Mutter», erklärte sie hastig. «Sie ist total fertig, weil schon mehrere Gäste frühzeitig abgereist sind. Die Leute haben Angst, dass ihre Kinder sich hier vergiften könnten, so wie Felix und Marvin. Die Familie da vorne fährt gerade, obwohl sie eigentlich bis Samstag gebucht hatte, und wer weiß, wer als Nächstes geht. Das setzt meiner Mutter sehr zu. Sie hat Angst um den Ruf der Pension.»

«Wäre es da nicht gerade gut, wenn der Chefarzt des Krankenhauses, in dem die Kinder behandelt werden, zum Essen kommt?», entgegnete Mark. «Vielleicht beruhigt das ja die Gemüter ein bisschen.»

So hatte Greta das noch gar nicht gesehen.

«Ja. Schon. Aber ...»

«Hat deine Mutter gesagt, dass ich nicht kommen soll?»

«Nein, aber ...»

«Doktor Ritter! Da sind Sie ja, wie schön!» Heike war hinter Greta aufgetaucht und lächelte Mark freudestrahlend an.

«Ich hoffe, es ist in Ordnung, dass ich da bin?», erkundigte sich Mark. «Ich habe gehört, Sie haben im Moment viel Stress?»

«Ja, das stimmt. Aber Sie sind ein Lichtblick. Und es ist ja schon alles vorbereitet», versicherte Heike ihm. «Bitte, kommen Sie rein.»

Mark warf Greta einen Blick zu, und sie spürte, wie ihre Wangen sich röteten, als ihr klarwurde, dass sie nicht wegen ihrer Mutter versucht hatte, Marks Besuch zu verhindern. Es war reiner Selbstschutz gewesen.

«Hier, der ist für Sie!» Mark überreichte Heike die Blumen. «Vielen Dank für die Einladung.»

«Oh, die sind ja schön!», schwärmte Heike. «Da suche ich gleich eine Vase!»

Auch Greta fand, dass es ein besonders hübscher Strauß war. Und viel größer als der vom letzten Mal. Aber sie sind nicht für dich, erinnerte sie sich, während sie Mark und ihrer Mutter in den hinteren Teil des Hauses folgte, der von der Familie bewohnt wurde.

In dem kleinen Esszimmer war der Tisch gedeckt, auch diesmal wieder mit dem guten Geschirr, das sonst Feiertagen vorbehalten war. Hier aßen sie ohnehin selten, im Alltag fanden die Mahlzeiten eigentlich in der Küche statt. Nur für Besuch wurde dieser Raum genutzt, der ähnlich friesisch eingerichtet war wie der Rest des Hauses.

«Es ist so windig, deshalb dachte ich, dass wir lieber drin essen», erklärte Heike. «Und es gibt auch nur etwas Einfaches, einen Sauerkraut-Kartoffelauflauf mit Speck.»

«Das klingt köstlich. Ich liebe Aufläufe», versicherte ihr Mark, während sie sich setzten. Greta wählte den Platz ihm gegenüber, weil sie das sicherer fand, als neben ihm zu sitzen. Doch so blickte sie ihn direkt an, und jedes Mal, wenn ihre Blicke sich trafen, spürte sie ein Ziehen im Magen.

«Möchten Sie etwas trinken?», erkundigte sich Heike, schon auf dem Weg in die Pensionsküche, die von hier aus über einen kleinen Flur erreichbar war. «Wein vielleicht?»

«Nein, danke. Wasser reicht um diese Zeit», erwiderte Mark.

Greta goss ihm etwas aus der Karaffe ein, die schon auf dem Tisch bereitstand, und füllte auch die anderen

Gläser. Einen Augenblick später kam Asmus aus dem angrenzenden Wohnzimmer.

«Wie schön, dass Sie da sind», sagte er, als er Mark begrüßte.

«Und das aus deinem Mund», scherzte Heike, die gerade den dampfenden Auflauf hereintrug. «Alleine dafür, dass Sie Asmus' Ärztephobie geheilt haben, werden wir Ihnen immer dankbar sein, Doktor Ritter.»

Mark lächelte. «Ich hoffe, dass ich ihn bald von noch mehr heilen kann. Ich habe nämlich gute Nachrichten. Die Herz-Lungen-Maschine ist bestellt. Ich weiß nicht genau, wann sie kommt, und ich muss mit der Verwaltung auch noch ein paar organisatorische Dinge klären. Aber ich hoffe, dass wir bald operieren können.»

«Oh, Gott sei Dank!» Heike setzte sich und seufzte erleichtert auf. «Ich bin so froh, wenn diese Warterei endlich ein Ende hat. Immer diese Angst, dass was passiert ...»

Asmus, der neben Mark saß, beugte sich vor und legte seine Hand auf die seiner Frau. «Jetzt ist es so lange gutgegangen, da kommt es auf die paar Tage nicht mehr an. Ich schaffe das schon, nicht wahr, Doktor Ritter?»

«Nur, wenn Sie sich schonen», erwiderte Mark. «Das müssen Sie bitte unbedingt tun.»

«Da hörst du es.» Asmus lehnte sich wieder zurück, und Heike lächelte kurz, schien allerdings nicht überzeugt.

«So, dann lasst uns essen», sagte sie und stand wieder auf, um den Auflauf auf die Teller zu verteilen.

«Wo wir Sie zu Gast haben, erzählen Sie doch mal ein bisschen von sich», meinte Asmus. «Wieso sind Sie eigentlich Arzt geworden?»

«Weil es der einzige Beruf war, den ich mir vorstellen konnte», antwortete Mark. «Mein Vater war immer mein großes Vorbild. Ich wollte werden wie er. Deshalb kam im Grunde nichts anderes in Frage.»

Greta sah ihn überrascht an. Mark hatte ihr von seinem angespannten Verhältnis zu seinem Vater erzählt. Das schien nicht immer so gewesen zu sein, denn in Marks Stimme schwang Respekt mit.

«Und wo haben Sie schon überall gearbeitet?», erkundigte sich Heike. «In der Zeitung stand, Sie wären in New York gewesen, bevor Sie hergekommen sind.»

«Das stimmt», bestätigte Mark. «Aber dann starb meine Mutter ganz plötzlich, und ...» Er zögerte kurz. «Da hat es mich wieder zurück nach Deutschland gezogen.»

«Das mit Ihrer Mutter tut mir leid», sagte Heike betroffen, und Greta konnte ihr ansehen, dass sie gerne mehr über Marks persönliche Verhältnisse erfahren hätte. Doch Marks verschlossene Miene hielt sie davon ab, weiter in ihn zu dringen.

«Waren Sie denn vorher auch schon mal im Ausland?», erkundigte sich Asmus, der immer ganz fasziniert von Leuten war, die ihre Heimat freiwillig verließen – etwas, das er selbst sich nicht vorstellen konnte.

«Ja, ein paar Mal», bestätigte Mark. Während sie den Auflauf und anschließend noch eine Schale friesische Tee-Creme zum Dessert aßen, erzählte er von den beruflichen Stationen, die er durchlaufen hatte und deren schiere Anzahl Greta beeindruckte. Während seines Studiums hatte er ein Semester in Japan und eins in Kanada verbracht, war als Arzt im Praktikum in Finnland und Schweden gewesen und später für drei Monate in den Vereinigten

Arabischen Emiraten, um dort für seine Doktorarbeit zu recherchieren.

«Was gab es da denn so Spannendes?», erkundigte Greta sich neugierig.

«Dort lief damals eine Studie zur Evaluation der Operationsmethode, um die es in meiner Arbeit ging», erklärte Mark. «Ich durfte im Rahmen eines Forschungsstipendiums hinfahren und mich daran beteiligen. Was wirklich sehr hilfreich war. Allerdings hatte ich so viel zu tun, dass ich vom Land selbst kaum etwas gesehen habe.»

Ein Forschungsstipendium, dachte Greta. So etwas bekam man nur, wenn man wirklich gut war. Das passte auch zu den zahlreichen Preisen, die er bekommen hatte. Greta wusste davon, weil sie im Internet ein bisschen über ihn recherchiert hatte, aber er selbst hatte keinen davon je erwähnt, was sie sehr sympathisch fand.

«Also, selbst wenn du dort aus dem Labor nicht rausgekommen bist, hast du auf jeden Fall mehr von der Welt gesehen als ich», sagte sie.

«Ach, das waren alles nur Ausflüge. Die meiste Zeit habe ich tatsächlich in Deutschland gelebt», erzählte Mark. «Wenn man die Zeit zusammenrechnet, bin ich immer noch ein Hamburger Jung, wie man so schön sagt.»

«Vermissen Sie die Großstadt?», wollte Heike wissen, während sie die leeren Dessertschalen zusammenräumte. «New York, Arabien, Hamburg – ich meine, dagegen muss Ihnen unsere Insel doch sehr klein vorkommen.»

«Es ist anders, das stimmt», bestätigte Mark. «Aber es gibt vieles, was mir hier sehr gut gefällt.»

Er suchte Gretas Blick, und sie hielt den Atem an. Sprach er wirklich von der Landschaft?

«Und es ist ja auch nicht weit bis Hamburg», mischte sich Asmus ein. «Da sind Sie ja schnell, wenn die Sehnsucht groß ist.»

«Das stimmt», sagte Mark. «Tatsächlich muss ich am Samstag mal wieder hinfahren. Mein Vater veranstaltet eine Wohltätigkeits-Gala zu Ehren meiner Mutter, und ich bin als Redner eingeplant. Mama wäre in diesen Tagen sechzig geworden, und das hätten wir natürlich groß gefeiert. Deshalb kam mein Vater auf die Idee mit der Gala. Der Erlös soll an ihre Stiftung für herzkranke Kinder gehen. Die Arbeit für dieses Projekt war ihr immer sehr wichtig.»

«Die Evelin-Ritter-Stiftung, stimmt's? Die kenne ich», rief Heike. «Da hat Ihre Mutter wirklich etwas Großartiges auf die Beine gestellt.»

Mark nickte. «Sie hat sich immer für andere eingesetzt. Nicht nur in diesem Bereich.»

«Sie fehlt Ihnen sicher sehr», sagte Heike, und als Greta Marks Blick über den Tisch hinweg auffing, sah sie den Schmerz in seinen Augen.

Die Sache mit seiner Mutter war ein wunder Punkt, das wusste sie, und sie hätte plötzlich gerne den Arm ausgestreckt und ihre Hand auf seine gelegt. Doch sie ließ es, nicht nur, weil ihr Vater sich in diesem Moment erhob.

«Seid mir nicht böse, aber ich muss mich hinlegen», sagte er. «Meine Kräfte sparen, damit ich fit bin für meine neue Herzklappe.» Er grinste, sah aber ziemlich blass aus.

«Ich bringe dich schnell nach oben», sagte Heike, aber davon wollte er nichts wissen.

«Das schaffe ich schon allein», erklärte er und schlurfte aus dem Zimmer.

Er war gerade erst eine Minute weg, da klopfte es, und Melanie Schilling steckte den Kopf durch die Tür. «Darf ich ganz kurz stören, Frau Paulsen? Ich habe Ihren Mann getroffen, und er meinte, es wäre okay, wenn ich …»

«Natürlich, kommen Sie herein», sagte Heike.

Melanie Schilling folgte der Einladung und nickte Doktor Ritter zu, dessen Anwesenheit sie kurz zu verwundern schien. Doch dann konzentrierte sie sich wieder auf ihr Anliegen.

«Es geht noch mal um die Sache mit Felix.» Sie hielt ihr Handy hoch. «Ich habe mir gerade die Bewertungen der Pension auf diesem Reiseportal im Internet angesehen, das im Moment so angesagt ist. Und ich wollte Ihnen sagen, dass mein Mann und ich nichts mit dem zu tun haben, was da steht. Wir glauben Ihnen, dass unser Sohn sich nicht hier vergiftet hat. Und selbst wenn wir das nicht tun würden, käme es für uns niemals in Frage, so etwas zu schreiben. Ich wollte, dass Sie das wissen.»

«Okay», sagte Heike verwirrt. «Danke.»

«Dann will ich auch nicht länger stören.» Melanie Schilling lächelte noch einmal entschuldigend, dann ging sie wieder und schloss die Tür.

«Wovon spricht sie?», fragte Heike, während Greta ihr Handy zückte und besagtes Portal aufrief.

«Wir haben eine neue Rezension für die Pension», erklärte sie nach kurzer Suche. «Eine ziemlich schlechte.»

Schlecht war noch untertrieben. Die Bewertung, anonym verfasst, ließ kein gutes Haar an der «Krabbe» und kam zu dem Schluss, dass man dort auf keinen Fall Urlaub machen durfte, wenn einem das Leben des eigenen Kindes lieb war.

«Steht da was von der Bleivergiftung der Jungs?», hakte Heike nach und stöhnte, als Greta nickte. «Mein Gott, die Leute werden denken, ich bin eine Kriminelle.» Sie war den Tränen nah. «Jetzt kommt bestimmt niemand mehr.»

«Keine Sorge, wir werden gegen diese Rezension vorgehen», versprach Greta. «Außerdem ist es nur eine. Die fällt neben den vielen guten gar nicht ins Gewicht.»

Das schien ihre Mutter nicht zu beruhigen, denn sie sackte mutlos in sich zusammen.

«Ich habe solche Angst. Diese Sache wächst mir über den Kopf. Wie soll ich denn beweisen, dass die Kinder sich nicht hier vergiftet haben?»

«Indem wir versuchen herauszufinden, wo sie es tatsächlich getan haben», sagte Mark und stand auf. «Einen Moment, ich bin gleich wieder da.»

Mit langen Schritten verließ er den Raum und kehrte nach einigen Minuten zurück. Seine Augen glitzerten zufrieden, als er sich wieder setzte.

«Ich habe noch mal mit Frau Schilling gesprochen und sie gefragt, wo genau Felix und Marvin in letzter Zeit gespielt haben. Sie hat mir die Strandabschnitte genau beschrieben.» Er wandte sich an Greta. «Musst du heute noch in die Klinik?»

Sie schüttelte den Kopf.

«Dann gehen wir jetzt zum Strand und sehen uns dort um. Vielleicht finden wir irgendeinen Hinweis darauf, wo die Bleiquelle sich befindet, die die Kinder krank gemacht hat.»

Gretas Herz schlug schneller, weil das eine verdammt gute Idee war, auf die sie wirklich selbst hätte kommen können. «Einen Versuch ist es wert.»

Heike lächelte dankbar. «Oh ja, bitte. Seht nach! Das wäre phantastisch, wenn wir das klären könnten!»

«Sollen wir den Hund mitnehmen?», fragte Mark, als sie einen Moment später vor der Haustür standen, und blickte auf den alten Retriever hinunter, der ihnen gefolgt war und schwanzwedelnd zu ihm aufsah.

«Lieber nicht», meinte Greta. «Skipper hat es an der Hüfte. Er soll nicht so viel laufen.»

«Wir können doch mit dem Auto bis zum Strand fahren. Dann ist die Strecke nicht ganz so weit», schlug Mark vor.

Greta dachte an sein schickes silbernes Sportcoupé. «Aber dann müsste Skipper auf den Rücksitz. Und er haart im Moment ganz schön.»

«Das ist kein Problem», befand Mark, und tatsächlich lag Skipper wenig später glücklich hechelnd quer auf den Ledersitzen hinten im Mercedes.

Mark warf die Tür zu und hielt dann Greta die Beifahrertür auf, bevor er den Wagen umrundete und sich hinter das Steuer setzte.

«Also, auf zum Südstrand», sagte er und ließ den Motor an.

12

«Das kann nicht sein!» Helena umfasste ihr Handy fester und legte die freie Hand auf das Balkongeländer. Das Zimmer im dritten Stock, in dem Niklas inzwischen lag, verfügte – wie alle auf dieser Etage – über einen Balkon mit einem spektakulären Blick auf die Parklandschaft, der die Klinik ihren Namen verdankte. Doch Helena nahm die Aussicht kaum wahr, weil sie immer noch mit der Nachricht beschäftigt war, die ihre Freundin Marlene Jensen ihr gerade überbracht hatte. «Und das ist ganz sicher?»

«Ja, glaub mir!» Die Stimme ihrer Freundin klang aufgeregt. «Ich habe zweimal nachgefragt. Aber Jörg war sich ganz sicher: Piet Korf ist der neue Käufer der Kapitänsvilla.»

Helena fühlte sich, als hätte ihr jemand mit voller Wucht in den Magen geboxt. Sie hatte gleich so ein ungutes Gefühl gehabt, als der Bankberater ihr von dem Interessenten erzählt hatte, der so plötzlich aus dem Nichts aufgetaucht war. Sie wäre allerdings nicht darauf gekommen, konkrete Nachforschungen anzustellen.

Marlene dagegen war sofort aktiv geworden und hatte sich umgehört. Sie war gut vernetzt auf der Insel und hatte dann auch noch das Glück gehabt, dass der Mann einer ihrer Patientinnen zufällig mit dem Verkäufer der Villa sehr gut bekannt war. So hatte sie den Namen herausbekommen – und Helenas Schock hätte nicht größer sein können.

«Alles okay, Helena?», erkundigte sich Marlene. «Du sagst gar nichts.»

«Tut mir leid, ich …» Helena ließ das Balkongeländer los und drehte sich um, blickte durch die Glastür ins Krankenzimmer, wo Niklas im Bett lag und schlief. «Ich muss das erst mal verdauen.»

«Was machen wir denn jetzt?» Marlene war, wie immer, sofort auf der Suche nach einer Lösung. «Können wir das nicht noch irgendwie verhindern? Ich meine, das geht doch nicht, dass er uns das Haus einfach so wegschnappt.»

Nein, dachte Helena. Eigentlich ging das nicht, vor allem nicht zu einem Zeitpunkt, an dem die Verhandlungen schon so weit fortgeschritten waren. Es war nur leider so, wie ihr Bankberater gesagt hatte: Erst die Unterschrift unter dem Vertrag machte den Verkauf bindend. Vorher konnte sich der Verkäufer noch umentscheiden, und das hatte er getan.

«Ich fürchte, da lässt sich rechtlich nichts machen», sagte sie. «Aber ich werde noch mal mit Piet reden. Vielleicht kann ich ihn überzeugen, sein Angebot zurückzuziehen.»

Marlene schnaubte. «Denkst du, das hat Sinn? Ich meine, das macht er doch offensichtlich, um dir zu schaden.»

Das stimmte leider, auch wenn Helena es nicht wirklich fassen konnte. Sie hatte Piet immer als Freund gesehen, auf den sie sich verlassen konnte. Herrgott, es war noch gar nicht lange her, da hatte er ihr sogar angeboten, für ihren Bankkredit zu bürgen! Doch seit sie mit Niklas zusammen war, behandelte Piet sie wie eine Fremde. Er ging grußlos an ihr vorbei, wenn sie sich in der Stadt begegneten, so als würde er sie nicht kennen. Und jetzt die Sache mit der Villa. Konnte es wirklich sein, dass er ihr das Haus, von dem ihre Zukunftspläne abhingen, wegnehmen wollte, um ihr weh zu tun? Genug Geld hatte er dazu, er war einer der wohlhabendsten Männer der Insel. Aber es war unfassbar, dass er so etwas tat, nur weil Helena seine Gefühle nicht erwiderte.

«Vielleicht gibt es ja einen anderen Grund», sagte sie, ohne wirklich daran zu glauben. Dann sah sie durch die Glasscheibe, wie Niklas sich in seinem Bett bewegte. «Du, ich muss Schluss machen. Ich melde mich wieder, ja?»

Sie beendete das Telefonat, schob das Handy in die hintere Tasche ihrer Jeans und öffnete die angelehnte Balkontür.

«Hey!» Sie trat lächelnd ins Zimmer und schloss die Tür hinter sich. «Wie geht es dir?»

Niklas lag blass in den Kissen, und durch seine kurz rasierten Haare war deutlich die frische Narbe auf der Seite seines Kopfes zu erkennen. Außerdem war er noch immer an diverse Monitore angeschlossen.

«Ich fühle mich, als hätte mir jemand den Schädel aufgesägt», sagte er heiser und lächelte leicht. Seine Augen fielen wieder zu, doch er streckte die Hand aus, die Helena ergriff. Sie setzte sich zu ihm auf den Rand des Bettes.

«Hast du Schmerzen?»

«Ich kann's aushalten.» Er öffnete die Augen wieder. «Es ist wirklich gutgegangen, oder?»

Helena nickte. «Aber du hast es ganz schön spannend gemacht. Ich darf gar nicht daran denken, was passiert wäre, wenn wir nicht schon im Krankenhaus gewesen wären, als du zusammengebrochen bist. Das verdanken wir Mark. Ohne seine Vermittlung hätten wir niemals so schnell einen Termin bekommen. Und dann wärst du ...»

Sie hielt inne, als Niklas ihre Hand drückte, und merkte erst jetzt, dass Tränen in ihren Augen standen.

«Dass ich hier war, verdanke ich nur dir», sagte er und hielt ihren Blick fest. «Ohne dich wäre ich nicht noch mal zum Arzt gegangen. Du bist meine Retterin.»

Helena beugte sich vor und küsste ihn.

«Jetzt wird alles gut», sagte er und schloss die Augen wieder.

Helena erwiderte nichts, hielt nur seine Hand und versuchte, erleichtert zu sein.

Doch auch jetzt quälte sie noch immer dieses nagende Gefühl der Angst, ihn zu verlieren. Es ließ sich einfach nicht abschütteln. Wieso schaffte sie es nicht, sich zu entspannen? Das muss der Schock sein, dachte sie. Wahrscheinlich war die Aufregung einfach ein bisschen zu viel für sie gewesen ...

Ihr Handy gab das Nachrichten-Jingle von sich, und Helena zog es wieder aus ihrer Tasche.

Hinnark Bommersen hatte ihr geschrieben. In knappen Worten, wie es seine Art war, teilte er ihr mit, dass er mit den Nachmietern ihrer Praxisräume gesprochen und leider nichts erreicht hatte. Eine Übergangsfrist war nicht möglich, die Übergabe würde pünktlich stattfinden müssen. Was bedeutete, dass ihr nicht viel Zeit blieb, um sich nach einer Alternative zum Kapitänshaus umzusehen.

«Verdammt!» Helena konnte den Fluch nicht zurückhalten, und sie weckte Niklas damit, der sie überrascht ansah.

«Was ist los?»

«Nichts, ich ...» Sie hielt inne, weil die Tür aufging und ein Arzt, den Helena nicht kannte, das Zimmer betrat. Er war um die fünfzig, hatte kurze blonde Locken und auffällig hellblaue Augen.

«Doktor Wischnewski, ich bin hier der Oberarzt», stellte er sich vor und blickte dann auf das Tablet in seiner Hand. Er wischte über die Seite, die offensichtlich Niklas' Krankenakte enthielt, und runzelte die Stirn.

«Ist was nicht in Ordnung?», fragte Helena besorgt.

Doktor Wischnewski blickte auf, ignorierte sie aber und wandte sich stattdessen an Niklas.

«Sie sind Herr von Holten?» Er konsultierte erneut sein Tablet, als Niklas nickte. «Dann müssen wir Sie dringend verlegen. Ich werde das veranlassen.» Er lächelte flüchtig und ging wieder, ohne seine Bemerkung zu erklären.

Helena sprang auf und folgte ihm auf den Flur.

«Wieso müssen Sie Niklas verlegen?», fragte sie aufgeregt. «Stimmt etwas nicht mit ihm?»

«Was? Nein, nein, das haben Sie falsch verstanden.» Wischnewski lächelte dünn. «Es geht nicht um seinen Gesundheitszustand, er liegt hier nur falsch.»

«Wieso?» Helen hielt den Arzt, der sich schon wieder abgewandt hatte, am Arm fest und zwang ihn, stehen zu bleiben. «Das hier ist doch die neurochirurgische Station, oder nicht?»

«Schon, aber dieser Bereich ist Privatpatienten vorbehalten. Und soweit ich das seiner Akte entnehmen kann, ist Herr von Holten gesetzlich versichert und hat auch keinen Zusatztarif. Deshalb hat er kein Anrecht auf ein Einzelzimmer auf dieser Station.»

Fassungslos starrte Helena den Mann an. Sie hasste Kollegen, die zwischen den verschiedenen «Klassen» von Patienten so deutlich unterschieden. Noch schlimmer fand sie allerdings seine fehlende Empathie.

«Herr von Holten ist frisch operiert, und ich mache mir immer noch Sorgen um ihn. Und da kommen Sie rein, sagen, dass er verlegt werden muss, und gehen dann einfach wieder? Ist Ihnen denn nicht klar, wie sehr Sie uns damit erschreckt haben?»

Der Ausdruck in Wischnewskis Augen blieb kalt und irgendwie teilnahmslos.

«Da haben Sie recht, tut mir leid, ich war wohl zu sehr in Gedanken», entschuldigte er sich, ohne besonders zerknirscht zu wirken. «Ihr Mann wird trotzdem verlegt. Wenn Sie mich jetzt bitte entschuldigen, ich muss weiter.»

Er wandte sich um und wollte gehen, wurde nach drei Schritten jedoch von einer Schwester aufgehalten. Er unterhielt sich mit ihr, ohne weiter auf Helena zu achten, die ihn schockiert anstarrte.

Ja, ihr war aufgefallen, dass Niklas' Zimmer sehr geräumig war, der Balkon eine tolle Aussicht hatte und es auch sonst viele Annehmlichkeiten gab, angefangen bei einem kleinen Kühlschrank bis hin zu dem wirklich großen Fernseher an der Wand, der in ein Holzpanel eingelassen war. Ohne das Krankenbett und die Kabel und Monitore hätte man tatsächlich glauben können, in einem Hotel zu sein. Aber Helena war so mit Niklas' Zustand beschäftigt gewesen, dass sie sich darüber keine Gedanken gemacht hatte. Sie war einfach davon ausgegangen, dass es sich bei der Parkklinik um ein sehr gut ausgestattetes Krankenhaus handelte. Tatsächlich schien es jedoch auch hier Unterschiede in der Unterbringung zu geben, und das ärgerte sie.

So etwas gab es auf der Insel nicht. In der Hansen-Klinik lagen alle Patienten auf einer Station, egal, was ihnen fehlte oder wie sie versichert waren. Und auch Helena selbst behandelte ihre Patientinnen grundsätzlich gleich, im Gegensatz zu diesem schrecklichen Doktor Wischnewski. Er hatte ihr das Gefühl gegeben, dass Niklas ein Patient zweiter Klasse war, der ihn nicht weiter interessierte. Und das nahm sie ihm wirklich übel.

«Frau Doktor Folkert!» Helena blickte sich um, als sie ihren Namen hörte, und sah Herbert Ritter auf sich zukommen. «Ich wollte gerade mal nach unserem Patienten sehen. Wie geht es ihm denn? Erholt er sich gut?»

«Ja, das tut er.» Helena deutete auf Wischnewski, der immer noch mit der Schwester redete. «Aber Ihr Kollege sagt, dass Niklas auf der falschen Station liegt. Er will ihn verlegen lassen.»

«Verlegen? Nein, nein!» Professor Ritter lächelte. «Kollege Wischnewski achtet immer sehr auf die Regeln, nicht wahr?» Er sah zu dem Arzt, der sich zu ihnen umgedreht hatte, als er seinen Namen hörte. «In diesem Fall habe ich das allerdings so angeordnet. Herr von Holten braucht sehr viel Ruhe, und das Zimmer war frei. Also hat das alles seine Richtigkeit.»

Wischnewski kam zu ihnen herüber.

«Darf ich vorstellen: Frau Doktor Folkert», sagte Herbert Ritter. «Sie ist eine Kollegin meines Sohnes, der mich um Hilfe bei dem Fall von Herrn von Holten gebeten hat.»

«Eine Kollegin! Ich hatte ja keine Ahnung», sagte Wischnewski und schüttelte Helena die Hand. Er war jetzt wie ausgewechselt, lächelte charmant und betrachtete Helena aufmerksam. «Das hätten Sie doch erwähnen können.»

Dazu hast du mir wenig Gelegenheit gegeben, dachte Helena, sagte aber nichts.

«Und wenn Sie Herbert kennen, dann ist das natürlich etwas völlig anderes», fuhr Wischnewski fort. «In dem Fall lassen wir natürlich alles, wie es ist.»

Er lächelte noch einmal gewinnend, dann verabschiedete er sich und verschwand über den Flur, während Herbert Ritter zu Niklas ins Zimmer ging.

Unsympathischer Kerl, dachte Helena, während sie dem Professor folgte.

«Das sieht alles gut aus», befand Herbert Ritter ein paar Minuten später. Er hatte Niklas' kognitive Fähigkeiten noch einmal getestet und schien sehr zufrieden mit dem Ergebnis. «Wenn Sie so weitermachen, dann sind Sie hier bald wieder raus.»

Als sie wieder allein waren, lehnte Niklas sich in die Kissen zurück und betrachtete Helena prüfend.

«Was war denn vorhin los?», fragte er. «Wieso hast du geflucht, als du auf dein Handy geschaut hast?»

«Ach, das!» Helenas Gedanken rasten. Sie wollte Niklas nicht mit ihren Sorgen belasten, er sollte sich erst erholen. «Das war nur die Praxis. Es gibt Probleme mit den Terminen, die verschoben werden mussten. Da geht gerade einiges durcheinander.»

«Dann fahr hin und kümmere dich darum», forderte Niklas sie auf.

«Auf keinen Fall!» Über die Antwort musste Helena gar nicht nachdenken. «Das hat Zeit. Du bist jetzt wichtiger.»

Niklas lächelte. «Dann versprich mir, dass du nicht bleibst, weil du dir Sorgen machst. Es geht jetzt nur noch aufwärts, das hat der Professor bestätigt. Also kannst du ruhig fahren, wenn du in der Praxis gebraucht wirst.»

«Ja, ich weiß. Aber ich bleibe hier.» Sie erwiderte sein Lächeln, bis ihm die Augen wieder zufielen. Dann wurde sie ernst und betrachtete sein im Schlaf entspanntes Gesicht.

Sie wusste, dass sie Zeit verlor, wenn sie blieb, die sie eigentlich nutzen musste, um neue Praxisräume zu finden. Und sie wollte auch unbedingt noch mal mit Piet sprechen und ihn zur Rede stellen. Nur dass sie den Gedanken nicht aushielt, Niklas zu verlassen.

Das Schlimmste ist überstanden, wiederholte sie wie ein Mantra in ihrem Kopf und stemmte sich gegen die völlig irrationale Angst, dass das nicht stimmte.

Du siehst Gespenster, dachte sie und atmete tief durch. Gideon war gestorben, aber Niklas lebte. Er hatte es geschafft. Und so gemein war das Schicksal nicht, dass es ihr zweimal den Mann wegnahm. Oder?

13

«Das ist doch aussichtslos.» Mark hob resigniert die Arme und ließ den Blick über den Strand gleiten, der sich vor ihnen ausbreitete. «Hier werden wir nie etwas finden.»

Greta seufzte innerlich, weil er leider recht hatte. Auf dem Abschnitt zwischen den Dünen, wo sie gerade standen, und dem Wellensaum tummelten sich heute längst nicht so viele Menschen wie sonst. Der Wind hatte deutlich aufgefrischt und trieb Wolken über den Himmel, deshalb schienen es viele Touristen vorzuziehen, in ihren Unterkünften zu bleiben. Die wenigen, die gekommen waren, saßen in Jacken gehüllt in den Strandkörben. Außerdem liefen Kinder umher und spielten Fangen, ließen Drachen steigen oder warfen sich Frisbees zu. Und weiter draußen auf dem Wasser sah man die Segel von ein paar Kite-Surfern am Himmel, für die das windige Spätsommerwetter ideal war. Das alles war ein schöner Anblick, aber es zeigte auch, wie unglaublich weitläufig der Strand war.

«Du hast recht, es ist wie die Suche nach der Nadel im Heuhaufen.» Greta steckte die Hände in die Taschen ihrer Windjacke. «Oder nach der Bleikugel im Sand, um genau zu sein.»

Sie waren jetzt über eine halbe Stunde das gesamte Gelände abgegangen, in dem die Jungs laut Felix' Mutter gerne gespielt hatten, und weder am Strand noch in den Dünen auf irgendeinen Hinweis gestoßen, woran die Kinder sich vergiftet haben könnten.

So ganz genau hatte Frau Schilling das Gebiet jedoch gar nicht eingrenzen können, sie hatte Mark nämlich erzählt, dass Felix stets ein Handy dabeihatte und sich deshalb relativ frei bewegen durfte.

«Wir können es noch mal beim Campingplatz versuchen.» Greta deutete auf den Weg durch die Dünen, der dorthin führte. «Aber mehr fällt mir auch nicht ein.»

Mark nickte und stieß frustriert die Luft aus. «Wir sind ja auch Mediziner und keine Detektive», sagte er, und Greta freute sich insgeheim über das «Wir» und dass er nicht zwischen Ärzten und Pflegepersonal unterschied. «Andererseits denken wir vielleicht auch nur falsch, weil wir die ganze Zeit annehmen, dass die Jungs aus Versehen mit etwas in Berührung gekommen sind. Was, wenn das gar nicht stimmt? Es könnte doch sein, dass sie sehr wohl wissen, was sie vergiftet hat. Und dass sie es uns nur nicht sagen, weil sie keinen Ärger bekommen wollen.»

Greta dachte an ihr Gespräch mit Felix. «Du denkst, sie haben etwas gefunden, das ihnen schadet, und verraten es uns nur nicht?»

Er nickte. «Dieses Ding, was immer es ist, könnte so interessant oder spannend sein, dass sie es auf gar keinen Fall hergeben wollen. Vielleicht haben Sie es versteckt. So etwas tun Jungs in dem Alter.»

Greta lächelte. «Sprichst du aus Erfahrung?»

«Ich erinnere mich dunkel», erwiderte er mit einem schiefen Grinsen und blickte aufs Meer hinaus. «Aber wenn Felix und Marvin wirklich etwas vor uns verstecken, dann kann es überall sein. Sie könnten es irgendwo im Sand vergraben haben.»

«Außerdem bleibt die Frage, wie das Blei in ihre Körper gelangt ist», gab Greta zu bedenken. «Denn selbst wenn sie einen bleihaltigen Gegenstand gefunden haben, hätten sie ja nur damit hantiert. Und das hätte nicht ausgereicht, um sie zu vergiften. Jedenfalls kann man damit nicht die Mengen erklären, die wir in ihrem Blut nachgewiesen haben.»

«Womit wir wieder am Anfang wären», sagte Mark.

Greta pfiff nach dem alten Retriever, der in den Dünen hinter ihnen schnüffelte und ein Stück zurückgeblieben war. Er kam sofort angelaufen, humpelte jedoch ein bisschen.

«Ich glaube, Skipper braucht mal eine Pause», sagte sie und blickte sich um.

Gar nicht weit entfernt entdeckte sie einen leeren Strandkorb. Wahrscheinlich waren die Mieter über Mittag in ihre Unterkunft zurückgekehrt oder hatten vergessen, ihn wieder abzuschließen.

«Komm, wir setzen uns mal einen Moment.» Zielstrebig ging Greta auf den Strandkorb zu und säuberte die Sitzfläche so gut es ging vom Sand, der darauf lag. Der Plastikbezug fühlte sich kalt an, als sie darauf Platz nahm, und als sie sich zurücklehnte, knirschte das Korbgeflecht leise.

Skipper legte sich sofort zu Gretas Füßen in den Sand,

offenbar froh über die Möglichkeit, sich niederzulassen. Mark hingegen zögerte einen Moment, bevor er sich neben Greta setzte.

Der Strandkorb war kleiner als gedacht, oder vielleicht hatte Greta auch nur vergessen, wie groß Mark war. Jedenfalls nahm er neben ihr überraschend viel Platz ein, und sie spannte sich unwillkürlich an, als ihre Schultern sich kurz berührten.

Der Strandkorb stand schräg, sodass sie auf das Meer und einen Teil des Strandes blickten. Eine Weile saßen sie schweigend da.

«Tut mir leid», sagte Mark dann. «Das war eine Schnapsidee von mir.»

«Es war sehr nett, dass du es überhaupt versucht hast.» Greta musterte ihn von der Seite. «Das hättest du nicht tun müssen.»

Er drehte den Kopf und sah sie an. «Ich möchte aber gerne helfen.»

«Warum?»

«Weil ich deine Eltern mag.» Seine Antwort kam prompt. «Sie sind herzlich und nehmen die Leute so, wie sie sind. Außerdem sind sie ein nettes Paar. Sie wirken glücklich miteinander.»

«Waren deine Eltern das nicht?» Die Frage war ihr herausgerutscht, wie so oft hatte sie einfach gesagt, was ihr gerade durch den Kopf ging. «Entschuldige, das geht mich natürlich nichts an. Ich wollte nicht …»

«Persönlich werden?» Er grinste. «Damit muss man bei dir doch immer rechnen. Du kannst gar nicht anders, oder?»

Er klang nicht verärgert, eher amüsiert, deshalb zuckte sie lächelnd mit den Schultern. «Du musst trotzdem nicht antworten, wenn du nicht willst.»

Mark wandte den Kopf wieder ab, und für einen Moment glaubte sie, dass er wirklich nicht antworten würde.

«Nein, ich glaube nicht, dass meine Eltern glücklich miteinander waren», sagte er dann. «Nicht so wie deine. Sie waren sich nie so nah. Meine Mutter hatte ihre Stiftung und mein Vater die Klinik. Sie haben den Schein gewahrt, aber ihre Ehe war am Ende nur noch ein Arrangement, eine Fassade, hinter der jeder sein eigenes Leben gelebt hat.» Mark stieß seine Fußspitze in den Sand. «Für meinen Vater war das okay. Er hat sein Ding gemacht. Aber meine Mutter hat darunter gelitten, das weiß ich. Ich frage mich manchmal, warum sie nicht gegangen ist. Sie hätte etwas Besseres verdient gehabt.»

Als er sich Greta wieder zuwandte, sah sie den Schmerz in seinen Augen.

«Vielleicht hat deine Mutter das nicht so gesehen», sagte sie, erschrocken darüber, wie verbittert er geklungen hatte. «Beziehungen sind schwierig. Meine Eltern hatten auch Krisen, es war nicht immer rosarot. Und nach allem, was du mir über deine Mutter erzählt hast, war sie eine starke Frau, die wusste, was sie wollte. Sie wird ihre Gründe gehabt haben, warum sie deinen Vater nicht verlassen hat. So etwas kann man von außen oft nicht beurteilen. Und dass sie deinem Vater egal war, glaube ich nicht. Immerhin organisiert er zu ihren Ehren gerade diese Gala, von der du erzählt hast.»

Mark schnaubte. «Das tut er doch nur, weil er weiß, dass es von ihm erwartet wird. Er wahrt den Schein. Deshalb will er auch, dass ich komme. Es ist ihm peinlich, dass ich nicht mehr mit ihm arbeiten will. Nur deshalb soll ich kommen. Damit der verlorene Sohn auf den Pressefotos auftaucht.»

Greta betrachtete ihn stirnrunzelnd. «Und es kann nicht sein, dass er sich einfach freuen würde, dich zu sehen? Vielleicht tut ihm euer Zerwürfnis ja leid, und er sucht nach einem Weg, sich zu entschuldigen.»

Mark starrte sie an. «Das kann nicht sein, glaub mir. Du kennst ihn nicht.»

«Nein, aber er streitet sich ganz sicher nicht gerne mit dir. Das kann ich mir jedenfalls nicht vorstellen», meinte Greta. «Und dir tut es auch nicht gut, dass euer Verhältnis so zerrüttet ist. Vielleicht solltet ihr einfach wieder einen Schritt aufeinander zugehen. Die Gala wäre dafür ein guter Anlass.»

«So?» In Marks Augen blitzte etwas auf. «Na, dann komm doch mit. Begleite mich nach Hamburg. Dann kannst du dich selbst davon überzeugen, dass ich nicht übertreibe, was meinen Vater angeht.»

«Wie bitte?» Gretas Herz schlug schneller, aber nur für einen ganz kurzen Moment. Dann wurde ihr klar, dass er sie nur provozieren wollte. «Sehr witzig», sagte sie und verzog den Mund.

«Das war ernst gemeint», erklärte Mark. «Wenn du meinen Vater erlebt hast, dann unterhalten wir uns weiter darüber, wie viel Sinn es macht, einen Schritt auf ihn zuzugehen. Außerdem könnte ich eine Tischdame brauchen. Wer weiß, wer sonst den ganzen Abend neben mir sitzt. Ich habe da schon einige unangenehme Überraschungen erlebt.»

Greta schwieg, während sich in ihrem Kopf die Gedanken überschlugen. Mit Mark nach Hamburg zu einer großen Charity-Gala zu fahren, klang wirklich aufregend. Sie war neugierig darauf, wie so eine Veranstaltung ablief, und sie hätte sehr gerne seinen Vater kennengelernt, um sich selbst ein Bild zu machen von Marks Familie. Aber das war verrückt. Sie und Mark zusammen – damit sendeten sie das völlig falsche Signal.

«Das geht nicht. Wenn das jemand hier auf der Insel mitbekommt, gibt es wieder Gerede.»

«Das gibt es sowieso schon», meinte Mark trocken. «Auf ein Gerücht mehr oder weniger kommt es nicht mehr an.»

Greta schüttelte den Kopf. «Und die Leute in Hamburg werden auch denken, dass wir ein Paar sind», wandte sie ein.

«Na, das sind wir doch schon gewohnt, oder nicht?» Mark lächelte, und Greta spürte, wie sie rot wurde, als ihr die Scharade wieder einfiel, die sie damals ihrem Vater vorgespielt hatten.

«Ach, schon gut, vergiss es. Du musst natürlich nicht, wenn du nicht willst.» Mark stand auf. «Na los, sehen wir mal, ob wir drüben beim Campingplatz mehr Glück haben.»

Greta erhob sich ebenfalls. *Du musst natürlich nicht, wenn du nicht willst.* Seine Worte hallten in ihr nach, während sie neben ihm die Dünen hinauf in Richtung Campingplatz ging, und sie fragte sich, wieso sie sich plötzlich so schlecht fühlte.

Als sie den Dünenkamm erreichten, blickte sie noch einmal zurück zu dem Strandkorb und musste unwillkürlich an ihren Traum vor ein paar Tagen denken. Nach dem Aufwachen war sie sicher gewesen, dass sie niemals mit Mark in einem Strandkorb sitzen würde. So kann man sich täuschen, dachte sie und leinte Skipper an, als sie sich dem Campingplatz näherten.

Der Platz lag direkt hinter den Dünen und war fast immer voll belegt, weil die Anbindung ans Meer wirklich phantastisch war. Es gab hier alles: Dauercamper, die ihre Wagen das ganze Jahr über am Platz ließen, Urlauber, die mit eigenen Fahrzeugen anreisten, und fest installierte Wohnwagen, die gemietet werden konnten. Entsprechend weitläufig war das Areal.

«Wo fangen wir an?», fragte Mark.

«Ich denke, es reicht, wenn wir die Leute in diesem Bereich nach den Jungen fragen. Vielleicht haben wir ja Glück, und jemand erinnert sich an sie.»

Greta war da skeptisch, doch tatsächlich reagierte gleich die erste Frau, die sie fragten, mit einem Kopfnicken, als sie die Namen der Jungs erwähnten. Sie musste so etwa Mitte dreißig sein, hatte ihr wasserstoffblondes Haar zu einem Pferdeschwanz gebunden und entsprach in ihrem bunten Trainingsanzug genau dem Klischee, das Greta mit Campern verband.

«Felix und Marvin? Ja, die Namen kommen mir bekannt vor», sagte sie in einem breiten Ruhrpott-Akzent, während sie in ihrer Vorzeltküche in einem Eintopf rührte. «Die sind mit dem Sohn unserer Nachbar-Camperin befreundet. Stimmt doch, Britta, oder?», rief sie zu einer Frau mit dunklen Haaren hinüber, die gerade auf der Nachbarparzelle aus ihrem Wohnwagen trat. «Da war'n doch immer diese zwei Jungs bei euch. Hießen die nicht

Felix und Marvin? Dat hier sind Leute vom Krankenhaus, die woll'n dat wissen.»

Die dunkelhaarige Frau, die eine Jogginghose zu einem viel zu großen T-Shirt trug, nickte und betrachtete Mark neugierig. «Was ist denn mit den beiden?»

«Sie liegen mit einer Bleivergiftung bei uns im Krankenhaus, und wir müssen die Ursache dafür finden», erklärte Mark.

«Ach, herrje!» Die Dunkelhaarige war sichtlich bestürzt. «Wie geht es ihnen denn?»

«Besser», erwiderte Greta. «Wir wüssten allerdings gerne, wie es zu der Vergiftung gekommen ist. Deshalb versuchen wir herauszufinden, mit wem die beiden zusammen waren und mit was sie vielleicht in Kontakt gekommen sind.»

«Wat soll'n dat heißen?», fragte die blonde Frau. «Glauben Se, wir hätten fremde Kinder vergiftet?»

«Nein, natürlich nicht», beruhigte Greta sie. «Aber vielleicht wissen Sie, ob es hier auf dem Campingplatz irgendwelche Gefahrenquellen gibt? Das wäre ja auch für Ihre Kinder wichtig zu wissen.»

«So wat gibt's hier nich», erklärte die Blonde. «Ich meine, gucken Se sich doch um. Wir kommen her, weil et hier so schön friedlich is und man die Kids laufen lassen kann. Wo soll'n die sich denn hier wat wechholen?»

«Entschuldigen Sie, es war wirklich nur eine Frage», betonte Greta noch einmal. «Vielleicht könnten wir ja kurz mit Ihren Kindern sprechen? Wir möchten wirklich nur rekonstruieren, wo die Jungs in der letzten Zeit waren und was sie gemacht haben. Wir wären für jeden Hinweis sehr dankbar.»

«Von mir aus», meinte die schwarzhaarige Britta, bevor die Blonde widersprechen konnte, und lächelte Mark an, der ihr offenbar gefiel. Dann wandte sie sich um. «Robin, kommst du mal!», rief sie in den recht geräumigen Wohnwagen hinein.

Einen Augenblick später erschien ein Junge in der Tür und blickte Mark und Greta skeptisch an. Er war etwa so alt wie Marvin und Felix, hatte auffallend rote Haare und ganz viele Sommersprossen im Gesicht.

«Die Leute sind vom Krankenhaus», erklärte ihm seine Mutter. «Sie kommen wegen Felix und Marvin. Denen beiden geht es nicht gut, deshalb wollen sie wissen, wo ihr in den letzten Tagen wart. Aber ihr habt nichts Verbotenes gemacht, oder?»

Greta ärgerte sich über diese Suggestiv-Frage, in der eine unverhohlene Warnung steckte. So würde der Junge ihnen sicher nicht ehrlich antworten, deshalb lächelte Greta ihn freundlich an und sagte: «Du musst keine Angst haben, niemand macht dir einen Vorwurf. Wir wollen nur wissen, was ihr so gemacht habt.»

Robin schob die Hände in die Hosentaschen und zog die Schultern hoch. «Na, gespielt. Was sonst?»

«Hier auf dem Campingplatz?», erkundigte sich Mark.

«Und in den Dünen», sagte Robin und fügte mit einem Seitenblick auf seine Mutter hinzu: «Aber das durften wir. Mama hat's erlaubt. Debbie war auch dabei.»

Während er sprach, trat ein etwas älteres Mädchen mit einem ungewöhnlich dicken geflochtenen Zopf aus dem Wohnwagen gegenüber. Greta schätzte sie auf elf oder zwölf.

«Das ist meine Tochter Deborah», erklärte die blonde

Frau und musterte das Mädchen prüfend. «Ich wusste gar nicht, dass du mit den Jungs unterwegs warst.»

«Klar! Ich hab Felix und Marvin sogar zuerst kennengelernt, noch vor Robin», verkündete Deborah stolz. Sie war deutlich selbstbewusster als ihr rothaariger Freund und schien die Begegnung mit Greta und Mark interessant zu finden, denn sie kam ein Stück näher. «Kann ich den mal streicheln?», fragte sie und deutete auf Skipper.

Greta nickte. «Habt ihr zu viert gespielt oder waren noch mehr dabei?»

«Unterschiedlich. Ich spiele immer gerne mit vielen. Dann macht unser Spiel am meisten Spaß.»

«Was für ein Spiel ist das denn?», erkundigte sich Greta.

«Das ‹Einsame Insel›-Spiel», verkündete das Mädchen stolz. «Das habe ich mir ausgedacht. Wir tun so, als wären wir verschollen und allein auf einer Insel. Dann müssen wir uns durch den Sand kämpfen und verdursten fast. Das macht voll Spaß.»

«Habt ihr dabei was gegessen oder getrunken?», erkundigte sich Mark.

«Ich gebe den Kindern meistens Süßigkeiten und was zu trinken mit», mischte sich die schwarzhaarige Britta ein. «Aber nur das, was sie sonst auch kriegen.»

«Und von mir kriegen se auch nur so was», bestätigte auch Deborahs Mutter. «Kinder vergiften, dat machen wa hier nich.»

Greta musterte die beiden Kinder, denen es offensichtlich gutging.

«Habt ihr in den Dünen irgendetwas Besonderes gemacht?», erkundigte sie sich. «Habt ihr vielleicht etwas gefunden, das ihr für euer Spiel benutzt habt?»

«Nö.» Robins Antwort kam so schnell, dass Greta ihn skeptisch musterte.

«Ihr habt nicht irgendwas im Sand entdeckt, das ihr für euer Spiel benutzt habt?»

Robin schüttelte vehement den Kopf, sagte aber nichts mehr.

«Reicht dat jetzt?», fragte die blonde Frau, die sich offenbar immer noch angegriffen fühlte. «Sie hör'n es doch, die Kinder haben nur gespielt. Und sie sind ja auch nich krank. Also müssen Sie woanders nach diesem Bleigift suchen.»

«Jetzt lass mal, Tina», mischte sich die schwarzhaarige Britta ein und lächelte Mark entschuldigend an. «Sie wollen doch nur helfen, nicht wahr?»

Mark nickte, zog Visitenkarten heraus und reichte sie sowohl Britta als auch Tina. «Falls Deborah und Robin noch etwas einfällt, würden wir uns freuen, wenn Sie uns Bescheid sagen. Wir würden gerne ausschließen, dass noch mehr Kinder krank werden.»

Während Tina weiter grimmig guckte, lächelte Britta ihn so strahlend an, dass Greta überlegte, ob Mark eventuell auch ohne weitere Hinweise einen Anruf von ihr bekommen würde. Er selbst schien die Tatsache, dass er eine neue Verehrerin hatte, jedoch gar nicht zu bemerken, denn er verabschiedete sich knapp.

«Der Junge verschweigt uns was, genau wie Felix», sagte er, als sie wieder auf dem Weg zum Strand waren. «Die haben ein Geheimnis vor uns.»

Genau diesen Eindruck hatte Greta auch. «Ich werde

noch mal mit Felix reden. Vielleicht kriege ich ihn ja dazu, mir zu sagen, was es ist.»

Mark wollte antworten, doch in diesem Moment klingelte sein Handy. Als er es herausholte, sah Greta ein Foto von Rieke Steffens auf dem Display.

«Was gibt es denn?» Mark ging ein paar Schritte zur Seite und wandte Greta den Rücken zu. Der Wind blies so kräftig, dass sie seine Stimme zwar hören, aber nicht verstehen konnte, was er sagte.

Was hatte er mit seiner Exverlobten zu besprechen? Wie nah standen die beiden sich noch? Das geht dich nichts an, dachte sie und versuchte, die Welle der Eifersucht zu unterdrücken, die sie heiß durchlief.

«Alles okay?», fragte sie, als Mark wenig später zu ihr zurückkam.

Er seufzte, während er das Handy wieder einsteckte. «Ach, es ging nur um die Gala in Hamburg am Wochenende.»

Gretas Gedanken überschlugen sich. Wenn Rieke ihn wegen der Gala anrief, dann bedeutete das vermutlich, dass sie auch eingeladen war. Natürlich, schließlich hatte Mark erzählt, dass sie die Tochter von guten Freunden seiner Eltern war. Sie verkehrte in denselben Kreisen wie er, also würde sie sicher dort sein. Und wenn Mark niemanden mitbrachte, war der Platz neben ihm für Rieke frei. Sie würde den Abend sicher nutzen, um ihn davon zu überzeugen, dass es ein Fehler gewesen war, ihre Verlobung zu lösen. Dann kamen sie vielleicht wieder zusammen, und dann …

«Ich begleite dich, wenn du willst.»

Mark blieb stehen und sah sie überrascht an.

«Zu der Gala», fuhr Greta rasch fort. «Ich hab es mir anders überlegt. Ich schulde dir noch einen Gefallen, wegen der Sache mit meinem Vater. Du warst schließlich auch bereit, zu uns in die Pension zu kommen. Also begleite ich dich nach Hamburg, wenn du das willst. Das ist nur fair.»

Mark betrachtete sie skeptisch.

«Natürlich nur, wenn du das noch willst», fügte sie rasch hinzu. «Wenn das Angebot nicht mehr gilt, dann …»

«Doch, das Angebot gilt noch», unterbrach er sie. «Ich wäre froh, wenn du mitkommst.»

«Okay. Dann also abgemacht.» Greta schluckte, als ihr klar wurde, was es bedeutete, wenn sie Mark begleitete. Es würde sich herumsprechen, vor allem, wenn Rieke tatsächlich auch da war. Dann würde es noch mehr Gerede über sie geben, und alles würde noch komplizierter. Aber sie konnte und wollte nicht mehr zurück.

Es war schließlich nur ein Abend. Da muss ja gar nichts passieren, dachte sie und konnte trotzdem nicht verhindern, dass ihr Herz schneller schlug, als sie Marks Blick auffing.

Mark stöhnte innerlich, während er in Gretas blaue Augen sah. Er wurde einfach nicht schlau aus dieser Frau!

Erst zählte sie ihm die Gründe auf, warum sie ihn auf keinen Fall nach Hamburg begleiten konnte – und jetzt, als er das Thema längst abgehakt hatte, wollte sie plötzlich doch!

Das Angebot hatte er ihr ganz spontan gemacht, aber

irgendwie hatte ihm die Idee dann gefallen. Warum eigentlich nicht? Er hatte keine Begleitung für die Gala, und er befürchtete schon länger, dass Rieke diesen Part übernehmen würde, wenn er allein kam. Ihr Anruf eben hatte das bestätigt, denn sie hatte ihn über seine Pläne für den Abend ausgefragt. Es war offensichtlich, dass sie darauf hoffte, ihn abzupassen und dann die ganze Zeit an seiner Seite zu sein, worauf er keine große Lust hatte.

Die Aussicht, dass Greta ihn zur Gala begleitete, reizte ihn dagegen, und das nicht nur, weil er gerne selbst bestimmte, mit wem er den Abend verbrachte. Er wollte tatsächlich gerne wissen, was sie über seinen Vater sagen würde. Greta war ehrlich, und ihre Meinung interessierte ihn. Deshalb wollte er sie gerne dabeihaben. Es gab da nur ein Problem.

«Ich kann dich aber nur unter einer Bedingung mitnehmen», sagte er und sah, wie ihr Blick skeptisch wurde.

«Und die wäre?»

Er war ziemlich sicher, dass sie ablehnen würde. Dafür kannte er sie inzwischen gut genug. Doch es war nötig. Deshalb holte er tief Luft und erklärte ihr, was sie vor der Gala noch tun mussten.

14

Zögernd ging Leonie durch den Garten der Pension auf den Annex zu. Das Gartenhäuschen mit dem Giebeldach, das während der vergangenen Wochen so etwas wie ihr zweites Zuhause geworden war, lag in der äußersten Ecke des Grundstücks. Die Holzfassade war dunkel gebeizt, und die rot gestrichenen Fensterrahmen bildeten einen schönen Kontrast, der sich dennoch gut in den Garten einfügte, in dem immer irgendetwas blühte. Im Moment waren die Äpfel an den beiden Bäumen direkt vor dem Annex reif und leuchteten mit den Fensterrahmen um die Wette.

Als Leonie die Haustür erreicht hatte, zögerte sie noch einen langen Moment. Aber sie musste es endlich hinter sich bringen, deshalb klopfte sie.

Sie hörte drinnen Schritte, dann ging die Tür auf, und Erik erschien im Türrahmen. Er trug seine schwarze Trainingshose und ein graues T-Shirt, das ihm locker um den Oberkörper hing.

«Leonie!» Überrascht starrte er sie an. «Warum hast du denn nicht Bescheid gesagt, dass du kommst?»

«Kann ich mit dir reden?», fragte sie beklommen und trat in den schmalen Flur, als er ihr Platz machte. Sie kannte den Weg, deshalb ging sie an dem kleinen Bad und der Abstellkammer vorbei ins Wohnzimmer, an das sich eine kleine, offene Küche anschloss. Eine Treppe führte nach oben auf den Dachboden, der ausgebaut war und in dem sich das Schlafzimmer befand. Der Annex bot von der Größe her etwas weniger Platz als ihr eigenes Apartment in Westerwyk, aber Leonie hatte es hier schon immer viel gemütlicher gefunden. Die Einrichtung war eher schlicht, mit einfachen Holzmöbeln und einer sehr gemütlichen cognacfarbenen Ledercouch, auf die Leonie sich jetzt setzte. An den Wänden hingen Bilder vom Meer und von der «Seestern», und die warmen Rottöne der Stoffe, aus denen die Kissen und die Vorhänge genäht waren, trugen zu einer sehr heimeligen Atmosphäre bei.

«Willst du was trinken?» Erik war ihr gefolgt und stand jetzt in der Tür zum Flur.

Er wirkte unsicher, was sonst nur selten vorkam. Aber was sollte er auch denken, wenn er ihr ein Haus zeigte, in das er mit ihr ziehen wollte, und sie sich daraufhin fast drei Tage nicht mehr bei ihm meldete.

«Ein Glas Wasser wäre toll», sagte sie und wartete, bis er es ihr brachte.

Er setzte sich in den einfachen stoffbezogenen Schwingsessel auf der anderen Seite des Couchtischs.

«Woher wusstest du, dass ich hier bin?», erkundigte er sich.

«Ich habe in der Pension angerufen und deine Mutter gefragt, wann du zurückkommst. Und sie meinte, du wärst heute gar nicht rausgefahren.»

«Jens liegt mit einer Grippe im Bett, und ich hatte eh noch ziemlich viel Papierkram zu erledigen.» Er betrachtete sie. «Geht es dir besser?»

Sie nickte.

«Und warum durfte ich nicht kommen und nach dir sehen?» Seine Stimme klang verletzt, und das war auch kein Wunder. Sie hatte ihn, seit sie verlobt waren, noch nie so auf Distanz gehalten.

«Ich ... war nicht wirklich krank», gestand sie. «Ich musste mir nur über ein paar Sachen klarwerden.»

«Aha.» Erik lehnte sich in den Sessel zurück. Er wirkte jetzt angespannt. «Und über was?»

«Darüber, wie es mit uns weitergeht.»

Eriks Adamsapfel bewegte sich heftig. «Willst du unsere Verlobung beenden?»

Unglücklich schüttelte Leonie den Kopf. «Nein, aber es könnte sein, dass du das willst, wenn ich fertig bin.»

Erik wollte etwas sagen, doch sie hob die Hand. «Bitte, lass mich zuerst ausreden, ja?»

Er nickte und wartete, während Leonie nach den richtigen Worten suchte. Sie hatte schon mehrfach zu Hause vor dem Spiegel geübt, was sie sagen wollte. Dennoch fiel es ihr schwer, den richtigen Anfang zu finden.

«Ich war nicht ganz ehrlich zu dir, Erik», begann sie schließlich. «Ich habe dir etwas verschwiegen, und das weiß auch niemand sonst, nicht mal meine Familie. Ich würde es sehr gerne einfach vergessen, aber mir ist klargeworden, dass ich dir die Wahrheit schulde, bevor wir heiraten.»

Sie schluckte. Es fiel ihr wirklich schwer, über diese Sache zu sprechen. Doch es musste sein, deshalb gab sie sich einen Ruck und fuhr fort.

«Ich habe dir immer gesagt, dass ich gleich nach dem Abi meine Ausbildung zur Krankenschwester angefangen habe. Das stimmt nicht ganz. Ich wusste damals noch nicht genau, was ich machen wollte. Krankenschwester zu werden, spukte mir zwar schon im Kopf rum, aber ich war noch nicht bereit, mich festzulegen. Außerdem hatte ich damals ständig Streit mit meiner Mutter, wir sind uns nur noch auf die Nerven gegangen. Deshalb bin ich einer Bekannten von mir nach Frankfurt gefolgt. Nele hieß sie, ich hatte sie auf einem Festival kennengelernt. Sie meinte, dass sie mir einen Job besorgen kann, bei dem ich sehr schnell sehr viel Geld verdiene. Also fuhr ich zu ihr.»

Leonie machte eine Pause und blickte aus dem Fenster. Als sie sich wieder Erik zuwandte, sah sie in seinen Augen, dass er ahnte, was jetzt kam. Die Ungläubigkeit, die in seinem Gesicht stand, tat ihr weh.

«Es nannte sich Escort-Service. Und es klang ganz harmlos. Wir sollten die Männer, die uns buchten, nur begleiten, hieß es. Wir müssten nichts tun, was wir nicht wollten.»

Sie schwieg und sah erneut aus dem Fenster.

«Aber so war es nicht?», fragte Erik vorsichtig, als sie nicht weitersprach.

«Doch, anfangs schon», erklärte sie. «Allerdings stellte sich schnell heraus, dass es die großen Scheine nur für ‹Zusatzleistungen› gab.»

In Eriks Gesicht arbeitete es. «Wurdest du gezwungen?»

«Es wäre schön, wenn ich das behaupten könnte.» Leonie senkte den Blick. «Nein, ich habe es freiwillig getan. Erst nur mit einem Mann, den ich ganz attraktiv fand. Später dann auch mit denen, die gut dafür zahlen konnten. Es war … ein Job. Oder zumindest habe ich mir das eingeredet.»

Sie wagte nicht aufzusehen aus Angst vor dem, was sie in Eriks Augen lesen würde.

«Wie lange ging das?» Seine Stimme klang ausdruckslos.

«Ein halbes Jahr. Etwas mehr. Sieben Monate. Dann ist Nele, vollgepumpt mit Kokain, mit dem Auto tödlich verunglückt. Zusammen mit einem ihrer ‹Kunden›. Sie war schon ein Jahr länger dabei als ich, und sie hat es nur noch mit Drogen ausgehalten. Das war mein Weckruf. Ich bin zurück nach Köln gezogen und habe dort meine Ausbildung angefangen. Und ich habe so getan, als hätte es Frankfurt nie gegeben. Ich habe es einfach aus meinem Leben gestrichen und versucht, es zu vergessen. Und das hat auch geklappt. Bis jetzt …»

Sie hob den Blick und sah Erik an. «Am Dienstag ist mir einer meiner ehemaligen ‹Kunden› begegnet. Kurz bevor ich mit dir am Hafen verabredet war. Er macht offenbar Urlaub hier auf der Insel. Da ist mir klargeworden, dass ich dir davon erzählen muss. Es kann jederzeit rauskommen, und ich wollte, dass du es von mir hörst.»

Eriks Gesicht war immer noch ausdruckslos. «Und wenn du diesen Typen nicht getroffen hättest? Hättest du es mir dann erzählt? Oder hättest du mich geheiratet, ohne es mir vorher zu sagen?»

Sie hörte die Entrüstung in seiner Stimme, und plötzlich brannten Tränen in ihren Augen. Er hatte recht, natürlich hatte er das. Schon in dem Moment, als sie seinen Heiratsantrag angenommen hatte, hätte sie ihm die Wahrheit sagen müssen. Das war nur nicht so einfach, wie es klang.

«Ich weiß es nicht», gestand sie. «Das mit uns ist alles noch so frisch. Ich hatte Angst, dass es alles ändert, wenn du es weißt. Dass du mich dann gar nicht mehr willst.» Sie schluckte und suchte seinen Blick. «Wenn es so ist, können wir die Verlobung lösen.»

Erik erhob sich und trat ans Fenster, blickte hinaus auf das weitläufige Feld, das sich hinten an das Pensionsgrundstück anschloss.

«Ja, das sollten wir wohl besser», sagte er in die Stille hinein. «Unter diesen Umständen können wir nicht heiraten.»

Leonie schluckte gegen den Kloß an, der sich in ihrem Hals gebildet hatte. «Ich verstehe. Dann werde ich meine Sachen zusammensuchen, die ich noch hier habe, und dann …»

«Nein, das wirst du nicht.» Erik wirbelte herum. «Setz dich wieder hin. Jetzt bin ich dran und möchte ausreden.»

Leonie hatte sich schon erhoben, ließ sich jedoch überrascht wieder auf ihren Platz auf der Couch sinken.

Erik kam zu ihr und setzte sich neben sie.

«Ich will unsere Verlobung nicht lösen, nur um das klarzustellen. Aber ich werde es tun, wenn du nicht endlich anfängst, mir zu vertrauen!» Er schüttelte den Kopf. «Ich habe dir gesagt, dass ich dich liebe, und das habe ich so gemeint. Du kannst mir alles sagen, egal, was es ist. Damit kann ich leben. Nur nicht damit, dass du Geheimnisse vor mir hast.»

Leonie sah ihn nur noch verschwommen durch einen Tränenschleier. Er meint es ernst, dachte sie. Er liebt mich.

Sie hatte es ihm bis jetzt nicht wirklich geglaubt, das wurde ihr plötzlich klar. Es war auch schwer zu glauben, wenn man aus einer Familie kam, in der die hässlichste Scheidung aller Zeiten jahrelang alles vergiftet hatte. Wenn einem die eigene Mutter ein Leben lang eingeredet hatte, dass Männer es nie ernst meinten und nur auf ihren eigenen Vorteil bedacht waren, dann war es schwer, einfach zu vertrauen.

Aber Erik war anders. Er war unerschütterlich, ein Fels in der Brandung. Bei ihm hatte sie sich von Anfang an sicher gefühlt, auch wenn er die Mauer aus Zweifeln in ihrem Innern nicht hatte einreißen können. Nicht mal sein Heiratsantrag hatte sie davon überzeugt, dass das alles real war: Es war ein Traum geblieben, aus dem sie am letzten Dienstag unsanft geweckt worden war. Oder zumindest hatte sie das gedacht, bis sie hergekommen war.

Sie hatte das Gespräch mit Erik schon genau vor sich gesehen. Wie er sie entsetzt anstarrte und sich dann angewidert abwandte. Um ihr dann kühl mitzuteilen, dass er unter diesen Umständen nicht mehr mit ihr zusammen sein konnte. Mit allem hatte sie gerechnet, nur nicht damit, dass sich für ihn nichts änderte.

«Ich liebe dich», sagte sie, zum ersten Mal wirklich aus vollem Herzen, und spürte, wie die Zweifel verschwanden und einem Gefühl Platz machten, das sie so noch nicht kannte. Sie wusste plötzlich, dass sie alles für Erik tun würde, und als er sie an sich zog, schlug ihr Herz so wild, dass sie zitterte.

«Und was ist mit den Leuten?», fragte sie, das Gesicht an seiner Brust vergraben. Die Angst war immer noch da, aber sie fühlte sich jetzt anders an, galt eher dem, was diese ganze Sache für Erik bedeutete. «Kannst du damit leben, wenn es herauskommt?»

Erik spürte, wie Leonie zitterte, und hielt sie noch ein bisschen fester. Er konnte immer noch nicht fassen, dass sie nicht gekommen war, um ihre Beziehung zu beenden. Davon war er ausgegangen, nachdem sie drei Tage lang jede seiner Nachrichten abgeblockt hatte. Er war ratlos gewesen, hatte verzweifelt überlegt, was er falsch gemacht hatte, und das hatte ihn richtig fertiggemacht.

Natürlich schockierte ihn, was sie ihm gerade erzählt hatte. Es würde ihn allerdings nicht davon abhalten, sie weiter zu lieben und zu begehren. Herrgott, sie hatten alle eine Vergangenheit, und sie machten auch alle mal Fehler. Und ja, der Insel-Klatsch würde brutal sein, wenn die Sache herauskam. Aber auch das ließ sich überstehen, da war er ganz sicher.

«Ich kann mit allem leben, solange du bei mir bist», sagte er, doch das reichte Leonie offensichtlich nicht, denn sie löste sich von ihm.

«Nein, ernsthaft, das ist ein Problem!», sagte sie. «Wenn die Leute erfahren, dass ich früher bei einem Escort-Service gearbeitet habe, dann werden sie ...»

«Die werden sich gefälligst aus unserem Leben raushalten», erklärte Erik. «Und außerdem muss es niemand erfahren, wenn du es nicht willst. Du entscheidest, wem du es erzählst.» Er legte eine Hand an ihre Wange. «Nur vor mir hast du ab sofort keine Geheimnisse mehr, okay?»

Leonie lächelte ihn so strahlend an, dass er für einen

Moment zu atmen vergaß. Zärtlich strich er ihr mit dem Daumen eine Träne von der Wange.

«Und das Haus? Ging dir das wirklich zu schnell – oder mochtest du es nur nicht?»

«Das Haus ist perfekt», sagte sie. «Genau wie du.»

Er lachte, unglaublich erleichtert. «Sollen wir hinfahren und es uns noch mal in Ruhe ansehen? Dazu hattest du beim letzten Mal ja noch gar nicht die Gelegenheit.»

«Später.» Leonie schmiegte sich wieder an ihn und schob eine Hand unter sein T-Shirt, ließ sie über seine Brust wandern.

Erik sog die Luft ein und spürte, wie Begehren in ihm erwachte. «Stimmt, das hat Zeit», sagte er und küsste sie.

15

Das Blau steht Ihnen ganz ausgezeichnet!» Die Verkäuferin trat hinter Greta und zog den Reißverschluss des Kleides hoch. Sie war sicher schon jenseits der fünfzig, hatte eine Kurzhaarfrisur und passte mit ihrem sehr schicken Styling perfekt in die Boutique, in der sie sich gerade befanden.

«Es betont die Farbe Ihrer Augen und passt ganz hervorragend zu Ihrem dunklen Haar», lobte die Frau weiter, die Greta nicht von der Seite wich, seit sie den Laden zusammen mit Mark betreten hatte. «Warten Sie, ich habe noch passende Schuhe dazu, die hole ich gerade. Größe achtunddreißig, richtig?»

Greta nickte und strich, immer noch sprachlos, über den glatten Taftstoff des Kleides. Er war eigentlich dunkelblau, aber im Licht der Deckenlampe changierte die Farbe durch alle Blautöne bis hin zu einem wunderbaren leuchtenden Royalblau. Was es auf eine sehr dezente Art besonders machte. Das Modell war außerdem figurbetont geschnitten, mit einem Carmenausschnitt und einem nach unten breiter werdenden Rock, der genug Beinfreiheit ließ.

In ihrem ganzen Leben hatte Greta noch nie so ein tolles Kleid angehabt – und das war auch kein Wunder, denn es kostete viel mehr, als sie dafür jemals ausgeben würde. Tatsächlich hätte sie diesen Laden, eine sehr exklusive Boutique am Jungfernstieg in Hamburg, niemals betreten, sondern die Modelle an den Schaufensterpuppen nur vom Bürgersteig aus bewundert. Ein Blick auf die Preisschilder hätte ihr gereicht.

Aber das war Marks Bedingung gewesen. Er hatte darauf bestanden, ihr ein neues Kleid zu kaufen, wenn sie ihn begleitete, und davon hatte er sich auch nicht abbringen lassen.

Zuerst war Greta ein bisschen beleidigt gewesen, schließlich hingen in ihrem Schrank ein paar Kleider für besondere Anlässe, die sie hätte anziehen können. Mark hatte ihr jedoch versichert, dass für die Gala eine besondere Art von Kleid nötig war, und wenn die Modelle in diesem Laden ein Anhaltspunkt waren, dann schien die Hamburger High Society sich wirklich in anderen Sphären zu bewegen. Für einen einzigen Abend so viel Geld auszugeben, kam ihr trotzdem unglaublich dekadent vor, zumal es bei der Veranstaltung um Spenden für einen wohltätigen Zweck ging. Wäre es nicht sinnvoller gewesen, das ganze Geld zu spenden, anstatt so viel in ein neues Outfit zu stecken? Außerdem wollte Greta nicht, dass Mark sich so in Unkosten stürzte. Und das würde sie ihm auch noch mal sagen.

Entschlossen schob sie den Vorhang zur Seite und trat vor die Kabine. Es war eine von dreien, die in einem Halbkreis angeordnet waren. Mark saß in einem der Ledersessel, die auf der gegenüberliegenden Seite einen weiteren Halbkreis bildeten, und las in einer Zeitschrift. Die ließ er jedoch sinken, als er sie bemerkte.

«Wow», entfuhr es ihm, und sein Blick war so ehrlich bewundernd, dass er ein warmes Gefühl in Greta auslöste. Das sie sofort zurückdrängte. Okay, dann stand ihr das Kleid eben gut. Das änderte nichts daran, dass es falsch war, es zu kaufen.

Mark, der keine Ahnung hatte, was ihr durch den Kopf ging, legte mit einem zufriedenen Grinsen die Zeitschrift zurück auf den Beistelltisch neben seinem Sessel.

«Das nehmen wir, das ist toll. Oder möchtest du lieber noch was anderes anprobieren?»

«Nein, ich ...» Sie ging zu ihm und beugte sich vor, damit nur er hörte, was sie sagte. «Mark, das Kleid ist viel zu teuer. Als du meintest, ich bräuchte ein neues, dachte ich an ein normales und nicht an so ein sauteures Designerkleid.»

Mark grinste amüsiert. «Es ehrt dich, dass du dir Sorgen um mein Geld machst. Aber das war die Abmachung.»

«So, hier sind die Schuhe.» Die Verkäuferin kehrte mit einem Karton zurück, in dem ein paar wunderschöne hohe Pumps lagen, deren Blauton perfekt zur Farbe des Kleides passte. «Wollen Sie mal reinschlüpfen?»

Greta ließ es zu, dass die Frau ihr in die Schuhe half, die ihr tatsächlich auf Anhieb passten.

«Und die Höhe stimmt auch, genau wie ich dachte», meinte die Verkäuferin zufrieden. «Wenn Sie diese Schuhe dazu tragen, dann müssen wir nicht mal den Saum anpassen.»

«Perfekt», meinte Mark. «Wir brauchen es nämlich schon heute Abend.»

«Oh, und mir fällt gerade ein, dass zu dem Kleid noch eine Stola gehört. Die hole ich schnell. Und eine passende Clutch hätte ich auch noch. Warten Sie, die zeige ich Ihnen kurz.»

Sie verschwand wieder, und Greta nutzte die Gelegenheit, ihr Gespräch fortzuführen.

«Mark, ernsthaft, das ist nicht nötig! Ich habe ein Kleid dabei, und ich kann wirklich ...»

«Die Diskussion hatten wir schon», unterbrach er sie. «Es ist nötig, glaub mir. Ich möchte nämlich, dass du dich heute Abend wohlfühlst. Also vertrau mir bitte und lass mich dir das Kleid kaufen.»

«Können wir es nicht leihen und wieder zurückgeben?» Greta blickte an sich herunter und strich über den edlen Stoff. «Ich habe garantiert nie wieder die Gelegenheit, so ein Kleid zu tragen.»

Er erhob sich und trat näher zu ihr. Durch die hohen Schuhe war der Größenunterschied zwischen ihnen nicht so auffällig wie sonst, auch wenn sie immer noch zu ihm aufblicken musste.

«Das weißt du doch gar nicht», sagte er und lächelte auf diese supercharmante Art, die jedes Mal ein Ziehen in ihrem Magen auslöste. «Vielleicht machen wir so etwas ja noch öfter zusammen.»

Greta hielt den Atem an, während sie in seinen grauen Augen versank. Seit er sie gefragt hatte, ob sie ihn begleiten wollte, hatte sie versucht, sich einzureden, dass es nichts bedeutete. Dass sie ihm nur einen Gefallen tat und dass es kein Date war.

Aber das war es. Sie würde das ganze Wochenende mit ihm verbringen und sogar nach der Gala in seiner Hamburger Wohnung übernachten. Natürlich im Gästezimmer. Theoretisch jedenfalls. Praktisch fiel es ihr gerade sehr schwer, den Blick von seinen Lippen zu lösen, und sie war überhaupt nicht mehr sicher, was passieren würde, wenn sie mit ihm allein war …

«So, hier ist die Stola.» Die Verkäuferin war zurück und legte ihr eine breite Stola im passenden Blauton über die Schultern. Dann drückte sie Greta eine mit silbernen Pailletten besetzte Clutch in die Hand. «Und die hier macht das Outfit perfekt. Finden Sie nicht?»

Mark war einen Schritt zurückgetreten und räusperte sich. «Ja, perfekt. Das nehmen wir alles», sagte er, und Greta hatte so weiche Knie, dass sie nicht mehr protestierte.

«Wie lange sind Sie denn schon mit Ihrem Mann zusammen?», erkundigte sich die Verkäuferin, als sie kurze Zeit später wieder in der Kabine waren und sie Greta beim Ausziehen des Kleides half.

«Äh …» Greta war drauf und dran, die Sache richtigzustellen. Aber spielte das wirklich eine Rolle bei einer Fremden, die sie nie wiedersehen würde? «Noch nicht lange.»

«Ja, das merkt man.» Die Frau lächelte versonnen. «Wissen Sie, es ist die Art, wie er Sie ansieht. Da könnte man richtig neidisch werden.»

Greta erwiderte nichts. Lernte man im Verkaufstraining, mit welchen Bemerkungen man den Kundinnen ein gutes Gefühl gab? Oder meinte sie das ernst?

Als sie das Geschäft verließen, betrachtete Greta Mark heimlich von der Seite. Oder vielleicht doch nicht heimlich, denn er bemerkte ihren Blick und schmunzelte.

«Was ist?»

«Nichts. Ich …» Sie zeigte auf die beiden großen Tüten,

die er in der Hand hielt. «Danke. Das Kleid ist wunderschön.»

«Gern geschehen.» Mark legte eine Hand auf ihren Rücken, während sie über den Jungfernstieg zurück zu dem Parkhaus gingen, in dem er den Wagen abgestellt hatte. «Wir müssen uns ein bisschen beeilen. Sonst schaffen wir es nicht mehr.»

Tatsächlich war schon früher Abend, und ihnen blieben nur noch gut zwei Stunden bis zur Gala, die um acht Uhr beginnen sollte. Dabei hatte Mark Greta wie verabredet um zwölf Uhr an der Pension abgeholt. Aber dann hatte die Fähre Verspätung gehabt, und es hatte auf dem Weg nach Hamburg mehrfach Staus gegeben. Zu guter Letzt hatten sie auch noch ewig auf das Essen in dem Restaurant gewartet, in das Mark sie eingeladen hatte, bevor sie auf Kleidersuche gegangen waren.

Doch nichts davon hatte es geschafft, Greta die Laune zu verderben. Im Gegenteil, es war ein unglaublich kurzweiliger Tag gewesen, vielleicht, weil sie einfach gerne mit Mark zusammen war. Gestern noch hatte sie Angst davor gehabt, wieder mit ihm allein zu sein, aber schon auf der Fähre hatte sich die Situation zwischen ihnen entspannt. Greta hatte Sanddornsaft für sie bestellt, das Getränk, das sie traditionell auf jeder Überfahrt trank – im Sommer kalt, im Winter heiß –, und sie hatten angefangen, sich zu unterhalten. Anfangs nur über Felix und Marvin, denen es zum Glück schon viel besserging.

Dann waren sie immer weiter abgeschweift. Mark hatte von seiner Zeit in New York erzählt, und während sie vor Hamburg im Stau standen, hatte er Greta tausend Fragen über ihren Aufenthalt in Irland gestellt. Es schien ihn wirklich zu interessieren, und es hatte ihr Spaß gemacht, ihm die Ausbildung zu beschreiben, die sie dort durchlaufen hatte. Auch im Restaurant waren ihnen die Gesprächsthemen nicht ausgegangen. Tatsächlich hatten sie die Zeit völlig aus den Augen verloren und waren viel zu spät aufgebrochen, um das Kleid zu kaufen.

Aber jetzt, als Greta neben Mark im Auto saß, die beiden großen Taschen aus dem teuren Laden vor sich im Fußraum, war die Stimmung anders. Dieser eine Moment vor der Kabine, als sie sich kurz zu nahegekommen waren, hatte Greta sehr eindrücklich daran erinnert, dass sie eben nicht nur Kollegen waren. Und auch keine Freunde. Mark war viel mehr für sie, und während sie im Vorbeifahren die hohe Fontäne auf der Binnenalster bewunderte, wurde ihr klar, dass dieses Wochenende etwas unwiderruflich verändern würde. Die Frage war nur, was es für Konsequenzen hatte, wenn sie sich einließ auf das, was sich erneut zwischen ihnen anbahnte. Sie riskierte nämlich ihr Herz, das spürte sie. Und sie war nicht sicher, ob Mark es ihr nicht brechen würde …

«Wir sind gleich da», sagte er, und Greta merkte, dass sie gar nicht wirklich darauf geachtet hatte, wohin sie fuhren.

Seine Wohnung lag in Rotherbaum, das hatte er ihr auf der Fahrt erzählt, und Greta wusste, dass die Gegend durchaus gehoben war. So sah es hier auch aus, denn an der Straße, durch die sie gerade fuhren, standen nur sehr schön renovierte alte Stadthäuser, deren Fassaden aneinandergrenzten und vor denen winzige, aber sehr gepflegten Vorgärten lagen. Autos standen überall am Straßenrand, und Greta befürchtete schon, dass es eine Weile dauern würde, bis sie einen Parkplatz fanden. Doch Mark bog auf das Grundstück eines besonders schönen Eckhauses ein, wo sich zwei Stellplätze befanden, die beide frei waren.

Während sie ausstiegen und Mark das Gepäck holte, bewunderte Greta die Villa. Sie kannte sich mit Architektur nicht gut aus, tippte allerdings darauf, dass das Haus, das in einem zarten Gelbton gestrichen war, aus dem neunzehnten Jahrhundert stammte. Es war dreistöckig, hatte hohe, weiße Fenster und gleich zwei Balkone im ersten Stock. Die Haustür, zu der einige Stufen hinaufführten, war aus wunderschön aufbereitetem hellem Holz und wirkte mindestens so alt wie das Haus. Sie hatte Glaseinsätze, in die geschwungene Muster eingraviert waren.

«Wieso hast du eigentlich eine Wohnung in Hamburg?», fragte Greta, als Mark die Tür aufschloss. «Ist das nicht viel zu teuer, wenn du hier nur manchmal zu Besuch bist?»

«Die Wohnung gehört mir. Oder eigentlich meiner Mutter», erklärte er. «Sie hat sie von ihren Eltern zur Hochzeit bekommen und an mich weitergegeben, als ich zu Hause ausgezogen bin. Es war meine erste eigene Wohnung und ist über die Jahre meine Basis in Hamburg geblieben. Ich finde es praktisch, eine Anlaufstelle zu haben, wenn ich in der Stadt bin.»

«Klar», sagte Greta, nicht sicher, ob sie es ernst meinte oder ironisch. Das war natürlich schon irgendwie praktisch – wenn man denn so viel Geld hatte, dass man sich eine Wohnung in dieser Gegend von Hamburg leisten konnte.

Mark öffnete die Tür, und sie traten in einen holzgetäfelten Vorraum, von dem eine Holztreppe mit geschnitztem Geländer, die garantiert noch das Original war, nach oben führte.

«Wir müssen in den ersten Stock.» Er nahm beide Reisetaschen, während Greta die Tüten die Treppe hinauftrug.

«Wer wohnt hier noch?», erkundigte sie sich.

«Hier unten ein alter Arzt mit seiner Frau. Doktor Schmidt. Pensionierter Orthopäde aus Köln», erzählte Mark. «Und oben hat Rieke gewohnt, bis sie mir nach New York gefolgt ist. Die Wohnung steht im Moment leer, soweit ich weiß.»

Greta sah ihn überrascht an. «War das Zufall? Dass sie eine Wohnung im gleichen Haus hatte wie du, meine ich?»

Er schüttelte den Kopf. «Sie ist da erst eingezogen, als wir schon zusammen waren.»

«Aha.» Greta runzelte die Stirn. «Wäre es dann nicht sinnvoller gewesen, dass sie gleich bei dir einzieht?»

Sie hatten die Tür erreicht, und Mark schloss auf. «Als sie entschieden hat, dass sie die Wohnung nimmt, waren wir noch nicht besonders lange zusammen. Da fanden wir es beide besser, wenn wir noch getrennt wohnen.»

«Und als ihr dann verlobt wart?», hakte Greta nach.

Er zuckte mit den Schultern. «Da haben wir es einfach so gelassen.»

Sie betraten die Wohnung, und Greta staunte darüber, wie groß sie war. An dem langen Flur, der nach rechts abging, lagen mehrere Zimmer, geradeaus ging es durch einen holzeingefassten Durchgang in ein großes Wohnzimmer, an das sich der eine Balkon anschloss, und links von ihnen lag eine schöne, helle Wohnküche, von der aus man auf den zweiten Balkon gelangte. Alles wirkte sauber, und es roch auch nicht muffig, wie es manchmal in Wohnungen vorkam, in denen selten jemand war. Wahrscheinlich hatte Mark jemanden beauftragt, hier regelmäßig nach dem Rechten zu sehen.

«Na ja, Platz für zwei wäre hier auf jeden Fall gewesen», meinte Greta und bereute ihre Bemerkung sofort, als er sie scharf ansah. «Ich meine ja nur. Ist das nicht rausgeworfenes Geld, zwei Wohnungen zu haben, wenn man verlobt ist? Dann will man doch zusammen sein.»

Für einen Moment befürchtete sie, dass sie mit ihrer Bemerkung mal wieder zu weit gegangen war. Aber Mark stellte nur lächelnd die Taschen ab.

«Das war vielleicht das Problem», sagte er. «Vielleicht wollte ich das ja gar nicht. Diese ganze Verlobung war ein großer Fehler. Das habe ich nur zu spät erkannt.»

Greta betrachtete ihn, nicht sicher, wie sie diese Information deuten sollte. Hatte es nur mit Rieke nicht geklappt? Oder wollte er sich grundsätzlich lieber nicht binden?

«Ach, verdammt, jetzt habe ich den Smoking vergessen. Der liegt noch auf dem Rücksitz.» Mark war schon auf dem Weg zur Tür. «Ich bin gleich zurück.»

Er ließ die Wohnungstür offen, und Greta hörte seine Schritte auf der Treppe.

Neugierig betrat sie das Wohnzimmer und sah sich um. Die Einrichtung war sehr geschmackvoll, anfangen bei dem hellen Fischgrätparkett über die gemütlichen, hell bezogenen Sofas und den niedrigen Couchtisch bis hin zu den hübschen Kommoden und Regalen. Einige Möbel waren Antiquitäten, und insgesamt trug alles eine feminine Handschrift, deshalb vermutete Greta, dass das meiste noch von Marks Mutter stammte. Was sie nicht schlimm fand, sie selbst hätte nichts davon ausgetauscht, wenn es ihre Wohnung gewesen wäre. Aber es war trotzdem Marks Wohnung, davon zeugten schon allein die zahlreichen medizinischen Fachbücher, die die Regale füllten. Außerdem schien er ein Faible für Unterhaltungselektronik zu haben, denn der Flachbildfernseher an der Wand gegenüber der Couch war riesig, und die Designer-Musikanlage wirkte nicht nur ziemlich schick, sondern auch sehr teuer. Dazu passte die Musiksammlung im Regal, die alles enthielt, von Klassik bis zu Rock und sogar ein paar sehr populäre Pop-Künstler wie Adele und Ed Sheeran. Und selbst zu musizieren schien Mark auch, denn in einer Ecke des Zimmers stand ein Klavier.

Fasziniert ging Greta zu dem Instrument hinüber und strich über den glänzenden schwarzen Lack. Es war ein Markenklavier von Bechstein. Davon hatte sie immer nur träumen können.

Ganz in Gedanken versunken, klappte sie den Deckel hoch. Doch als sie gerade die Finger auf die Tasten legen wollte, kehrte Mark ins Zimmer zurück. Er hielt einen Kleidersack über dem Arm, den er auf die Sessellehne legte.

Hastig schloss Greta den Deckel. «Ein tolles Klavier», sagte sie, ein bisschen verlegen, weil sie nicht vorher um Erlaubnis gefragt hatte. «Wir haben in der Pension auch eins, aber das ist uralt und im Moment auch total verstimmt.»

Mark kam zu ihr. «Spielst du?»

Sie nickte. «Als Kind war ich total fasziniert von unserem Klavier. Ich habe immer darauf rumgeklimpert und meine Eltern dann so lange genervt, bis ich Unterricht nehmen durfte. Und das hat auch immer Spaß gemacht. Aber dann habe ich die Ausbildung angefangen und war nicht mehr so oft zu Hause, und dann ist es irgendwann in Vergessenheit geraten.»

Mark klappte den Deckel wieder hoch und zog den Hocker heraus. «Willst du es mal wieder versuchen?»

«Ich weiß nicht.» Sie zögerte, doch dann war die Versuchung zu groß. Sie setzte sich und schlug ein paar Tasten an, suchte in ihrem Gedächtnis nach den Stücken von damals.

Und tatsächlich fiel ihr etwas ein, das sie besonders oft und gerne geübt hatte. Sie spielte es zuerst langsam, tastete sich zurück in die Harmonien und den Lauf der Töne. Es ging besser, als sie gedacht hatte, und nach kurzer Zeit konnte sie das Tempo steigern.

«Mozarts ‹Kleine Nachtmusik›!», meinte Mark anerkennend. Er wartete, bis sie zu Ende gespielt hatte, dann bedeutete er ihr, ein Stück zur Seite zu rücken, und setzte sich neben sie.

«Sollen wir es mal zusammen probieren?» Er lächelte, als sie ihn überrascht anstarrte. «Na los, fang noch mal an», forderte er sie auf, und als sie erneut begann, setzte er ebenfalls ein.

Greta war zuerst ein bisschen überfordert. Aber sie erinnerte sich, dass sie das Stück mit ihrer Klavierlehrerin damals auch manchmal vierhändig gespielt hatte. Und Mark machte es ihr leicht. Er spielte viel sicherer als sie und passte sich ihr an, verlangsamte das Tempo, wenn sie ins Schleudern geriet, und kam wieder mit ihr zusammen, wenn sie in die Melodie zurückfand. Am Ende klang es richtig gut, und Greta lächelte ihn nach dem letzten Akkord strahlend an.

«Das war schön!» Sie hatte vergessen, wie gut es tat, gemeinsam zu musizieren. Und dann noch mit Mark! Wer hätte gedacht, dass wir das gemeinsam haben, dachte sie und spürte, wie ihr Herzschlag sich beschleunigte, als ihr bewusst wurde, dass ihre Schultern sich berührten …

Plötzlich nervös, erhob sie sich. «Aber jetzt sollten wir uns lieber fertig machen. Wo …?» Sie schluckte. «Wo kann ich mich denn umziehen?»

«Ich zeige es dir.» Mark stand ebenfalls auf und griff nach Gretas Tasche und den Tüten. Dann ging er durch den Flur auf die andere Seite der Wohnung.

Die Tür des Zimmers ganz am Ende stand offen, und Greta konnte das große, mit dunkelgrauer Seidenbettwäsche bezogene Bett sehen, das darin stand. Wahrscheinlich sein Schlafzimmer, dachte sie. Und das Gästezimmer lag genau daneben, denn Mark öffnete die Tür rechts davon und ließ Greta den Vortritt in einen kleinen, ganz in Weiß eingerichteten Raum, in dem neben einem Einzelbett nur noch ein Schrank und eine Kommode standen. Er stellte die Tasche und die Tüten auf dem Bett ab.

«Das Bad ist auf der anderen Seite, direkt gegenüber. Ich lasse dir den Vortritt.» Er verließ das Zimmer wieder und zog die Tür hinter sich zu, fast so, als hätte er es eilig, von ihr wegzukommen. Einen Augenblick später hörte Greta, wie sich seine Schlafzimmertür schloss.

Sie ließ sich aufs Bett sinken, weil ihre Knie ganz weich waren. Dann riss sie sich zusammen und stand wieder auf.

Es wurde wirklich Zeit, deshalb beeilte sie sich, ins Bad zu kommen. Sie duschte schnell und föhnte sich die Haare, aber sie wollte das Bad nicht zu lange blockieren, deshalb schminkte sie sich im Gästezimmer vor dem Spiegel, der dort über der Kommode hing, und zog sich anschließend um. Beim Kleid gab es allerdings ein Problem, das sie alleine nicht lösen konnte. Deshalb ging sie zurück in den Flur und klopfte an Marks Tür.

Als er ihr öffnete, glänzten seine Haare noch nass von der Dusche. Er war frisch rasiert und trug jetzt einen sehr eleganten Smoking mit weißem Hemd und schwarzer Fliege. Greta hatte ihn noch nie so formell gekleidet gesehen, und sie musste gestehen, dass der Anblick ziemlich überwältigend war.

«Fertig?», fragte er und musterte sie mit einem so bewundernden Blick, dass ihr ganz warm wurde.

«Fast.» Sie drehte sich um und deutete auf ihren Rücken. «Würdest du mir helfen? Ich kriege das Kleid alleine nicht zu.»

Mark trat hinter sie, und sie spürte seine Hand an dem Reißverschluss, der ihr solche Schwierigkeiten gemacht hatte. Mit einem sanften Ruck schloss er das Kleid.

«Danke.» Greta schluckte, weil seine Finger immer noch auf dem Stoff ruhten.

«Du siehst übrigens umwerfend aus», sagte er dicht an ihrem Ohr, und ihr lief ein wohliger Schauer über den Rücken, während sie gegen das Bedürfnis kämpfte, sich gegen ihn zu lehnen.

Hastig drehte sie sich um, aber das machte es auch nicht besser, denn ihr Blick fiel sofort auf seine Lippen, und sie wusste plötzlich wieder, wie sie sich anfühlen würden auf ihren eigenen. Sie wusste wieder, wie es sein würde, wenn er die Arme um sie schlang und sie an sich zog. Und wie sein Kuss schmecken würde ...

Ein melodiöser Gong hallte durch die Wohnung. Die Türklingel, dachte Greta und merkte jetzt erst, dass sie vergessen hatte zu atmen. Ein bisschen benommen stand sie da, während Mark mit einem unterdrückten Fluch an ihr vorbei durch den Flur lief.

Er öffnete die Wohnungstür und drückte gleichzeitig den Summer für die Haustür.

«Hallo Mark, ich bin's!», rief Rieke Steffens fröhlich, und Greta schluckte beklommen.

Dass Marks Exverlobte zur Party kommen würde, hatte sie zwar gewusst, aber nicht, dass sie auch bei Mark zu Hause auftauchen würde. Na gut, dann begegnen wir uns eben schon jetzt, dachte sie und wappnete sich innerlich, während die Schritte der blonden Anästhesistin auf der Treppe immer näher kamen.

«Ich bin auf dem Weg zur Gala, und ich dachte, ich frage dich noch mal, ob wir nicht zusammen hinfahren sollen!» Riekes Stimme kam jetzt aus dem Flur. «Ich weiß, ich weiß, wir hatten schon darüber gesprochen. Aber das ist doch eigentlich albern, findest du nicht? Ich meine, du bist allein, und ich bin allein, da bietet es sich wirklich an, dass wir ...»

«Ich bin nicht allein, Rieke», unterbrach Mark ihren Redeschwall und blickte zu Greta.

Rieke machte, offensichtlich neugierig geworden, einen Schritt in die Wohnung, sodass Greta sie endlich auch sehen konnte. Schweigend musterten sie sich gegenseitig.

Rieke trug ein asymmetrisch geschnittenes dunkelrotes Kleid aus edel schimmerndem Satinstoff, das ihre Figur spektakulär in Szene setzte. Doch zum ersten Mal, seit sie sich kannten, hatte Greta nicht das Gefühl, ihr modisch unterlegen zu sein. Im Gegenteil. In ihrem blauen Kleid konnte sie locker mithalten, und sie leistete im Stillen Abbitte bei Mark, während sie Riekes feindseligem Blick standhielt.

«Frau Paulsen begleitet mich zur Gala», sagte Mark.

Rieke reagierte nicht. Sie schien nicht fassen zu können, was sie sah, und verbarg ihr Entsetzen nicht, als sie sich schließlich wieder an Mark wandte.

«Das hast du gar nicht erwähnt.» Ihre Stimme kiekste ein bisschen und klang eindeutig vorwurfsvoll, doch Mark ging nicht darauf ein.

«Tut mir leid, Rieke, du musst uns entschuldigen. Wir müssen uns noch fertig machen. Ich möchte nicht zu spät kommen. Wir sehen uns ja gleich.»

Er lächelte, aber es war ein so eindeutiger Rauswurf, dass Rieke blass wurde.

«Ja, dann ... bis später», sagte sie gepresst und warf Greta noch einen letzten, hasserfüllten Blick zu. Dann drehte sie sich abrupt um und ging.

Mark schloss die Tür wieder und lehnte sich dagegen.

«So etwas hatte ich schon befürchtet», sagte er. «Sie glaubt offenbar immer noch, dass unsere Verlobung nur ausgesetzt ist und ich es mir noch mal anders überlege, wenn sie nur hartnäckig genug ist.»

Greta schluckte, weil es genau das war, was sie auch glaubte. «Und so ist es nicht?»

«Nein, verdammt.» Er löste sich von der Tür und ging

ins Wohnzimmer, ließ sich auf das Sofa sinken. «Ich will sie nicht heiraten. Es war falsch, ihr einen Antrag zu machen, und das hätte ich vielleicht auch nicht getan, wenn ich nicht das Gefühl gehabt hätte, dass alle es von mir erwarten. Aber ich kann das nicht. Ich muss erst mal herausfinden, wohin es für mich geht, bevor ich irgendjemandem irgendetwas versprechen kann.»

Greta verschränkte die Arme vor der Brust, verwirrt über seinen Ausbruch. Was wollte er ihr damit sagen? War das eine Warnung, dass er für eine ernsthafte Beziehung nicht zu haben war? Der Gedanke versetzte ihr einen Stich, und als sie kurze Zeit später im Taxi saßen, bemühte sie sich, Abstand zu ihm zu halten.

«Alles in Ordnung?», fragte Mark, der zu spüren schien, dass sich etwas verändert hatte.

Sie nickte. «Ja, ich ... bin nur ein bisschen nervös, das ist alles. Ist schließlich meine erste Gala.»

«Wir sind da», verkündete der Taxifahrer, bevor Mark antworten konnte, und hielt an.

Mark beugte sich vor, um ihn zu bezahlen, während Greta neugierig aus dem Fenster auf die Fassade des Hotels Atlantic blickte. Sie kannte das traditionsreiche Luxushotel an der Alster natürlich dem Namen nach und war bei ihren Hamburg-Besuchen auch schon manchmal an dem großen, weißen Gebäude mit dem imposanten Eingang vorbeigegangen. Drinnen war sie jedoch nie gewesen, und der livrierte Page, der an der Treppe darauf wartete, sie zu empfangen, machte ihr fast ein bisschen Angst.

«Bereit?», fragte Mark und bot ihr lächelnd den Arm.

Für ihn ist das alles ein Spiel, dachte sie. Und er war

gut darin, kannte sich aus. Sie dagegen hatte keine Ahnung, was sie erwartete.

Aber es gab jetzt kein Zurück mehr. Deshalb hakte sie sich bei ihm ein und stieg mit ihm die Stufen zum Eingang hinauf.

16

Und?», erkundigte sich Mark, als sie den großen Saal des Atlantic betraten. «Wie findest du es?»

Greta suchte nach den richtigen Worten, während sie sich umsah. Sie hatte im Netz Bilder gefunden, aber die wurden der prunkvollen Atmosphäre, die der große, hohe Raum ausstrahlte, nicht gerecht. Die Wände und die Decke waren in Blau und Weiß gehalten, mit liebevoll restaurierten Stuckelementen und Wandmalereien, es gab einen innenliegenden Balkon mit einem hübschen weißen Geländer, und zwei riesige Kronleuchter erinnerten an die lange Tradition des über hundert Jahre alten, unter Denkmalschutz stehenden Hotels.

Und auch der Rest der Einrichtung ließ keine Wünsche offen. In der Mitte des Raums war eine große Parkettfläche verlegt, die offenbar später als Tanzfläche dienen sollte. Um das Parkett herum standen runde Tisch mit weißen Damastdecken, um die in weiße Hussen gehüllte Stühle gruppiert waren. Es gab üppige Blumendekorationen auf den Tischen, die fertig eingedeckt waren, und das Licht der Kronleuchter spiegelte sich in den perfekt geputzten Gläsern.

In Gedanken überschlug Greta, wie lange es wohl gedauert hatte, das alles so herzurichten. Ein ganzes Heer von Angestellten musste hier arbeiten, und tatsächlich entdeckte sie viele Kellner in schwarz-weißen Outfits unter den bereits anwesenden Gästen. Die würden später bestimmt gut zu tun haben, denn laut Mark wurden um die zweihundert Gäste erwartet. Etwa die Hälfte davon war schon da, und es strömten ständig neue Leute durch die großen, weit geöffneten Flügeltüren. Die Männer trugen Smoking und die Frauen lange Abendroben. Mit meinem Kleinen Schwarzen wäre ich hier definitiv fehl am Platz gewesen, dachte Greta und strich dankbar über den schimmernden Stoff ihres Kleides.

«Es ist alles ziemlich überwältigend», sagte sie. «Ich fühle mich ein bisschen wie Cinderella auf dem Ball. Inklusive des von der Fee herbeigezauberten Kleides.»

Mark grinste. «Nur dass du deins nicht um Mitternacht wieder abgeben musst.»

«Mark!», rief jemand hinter ihnen, und als sie sich umdrehten, kam ein großer Mann mit grau melierten Haaren auf sie zu. Er musste etwa Mitte sechzig sein, und man erkannte an der Familienähnlichkeit, dass es sich um Marks Vater handeln musste. «Ich hatte schon befürchtet, dass du es dir anders überlegt hast.»

«Tja, das wissen wir ja, dass du immer das Schlechteste annimmst, wenn es um mich geht.» Marks Gesicht war ausdruckslos, so als hätte er absichtlich jede Emotion daraus verbannt. «Greta, darf ich vorstellen, mein Vater, Professor Herbert Ritter. Und das ist Greta Paulsen. Sie arbeitet bei uns im Krankenhaus.»

«Freut mich», sagte Herbert Ritter und musterte Greta, während sie sich die Hand gaben. «Welches Fachgebiet denn? Auch Chirurgie?»

«Ich bin Krankenschwester», erwiderte Greta und konnte sehen, wie sein Lächeln schwand.

«Gute Pflegekräfte sind wichtig», sagte er, jetzt deutlich weniger interessiert, und die hohle Phrase machte Greta wütend. War das sein Ernst?

«Wo ist denn eigentlich Rieke?», erkundigte sich Herbert Ritter bei Mark, bevor Greta Zeit hatte, über eine passende Erwiderung nachzudenken. «Ich hatte, ehrlich gesagt, gedacht, dass du sie mitbringst.»

«Nein, warum sollte ich?», erwiderte Mark, leicht ungehalten. «Ich bin nicht mehr mit ihr verlobt. Aber das weißt du ja.»

Herbert Ritter lächelte ungerührt. «Ich weiß nur, dass Dinge sich ändern können und dass man nichts überstürzen sollte», sagte er. «Dem Patienten, den du mir geschickt hast, geht es übrigens besser. Ich war vorhin noch bei ihm. Wenn er sich weiter so gut erholt, entlassen wir ihn nächste Woche schon wieder.»

«Schön», erwiderte Mark, doch seine Augen funkelten noch wütend. Offenbar ärgerten ihn die Bemerkungen seines Vaters sehr – was Greta tatsächlich gut verstehen konnte.

«Du hättest den Mann auch selbst operieren können, wenn du geblieben wärst», meinte Herbert Ritter. «In der Parkklinik könntest du dein Potenzial voll ausschöpfen.»

«Du weißt, warum ich gegangen bin», erwiderte Mark kühl.

Einen langen Moment sahen die beiden sich an, und Greta konnte die Spannung, die in der Luft lag, beinahe spüren.

«Ich hoffe, du bist gut vorbereitet auf deine Ansprache», sagte Herbert Ritter dann. «Ich zähle auf dich.»

Mark ballte die Hände zu Fäusten. «Ich tue das nicht für dich, sondern für Mama. Ich bin ihretwegen hier.»

«Ich auch, Mark. Verdammt noch mal, ich auch! Oder warum glaubst du, organisiere ich das hier alles?» Zum ersten Mal entgleisten Herbert Ritter die Gesichtszüge, doch er hatte sich gleich darauf wieder unter Kontrolle. «Ich will mich nicht streiten. Eine Szene wäre sicher das Letzte, was Evelin gewollt hätte, wenn wir ihr zu Ehren eine Gala veranstalten.»

Er wandte sich zum Gehen, blieb dann aber noch einmal stehen. «Ach ja, du sitzt bei mir am Tisch. Es ist der direkt an er Bühne. Dann ist der Weg nicht so weit zum Rednerpult.» Er nickte Greta noch einmal zu, ohne sie wirklich anzusehen. Dann wandte er sich abrupt ab und ging.

Mark wartete, bis er außer Hörweite war. «Siehst du, genau das meine ich!» Seine Stimme bebte vor Zorn. «Er bringt einen zur Weißglut, weil immer alles an ihm abprallt. Nichts durchdringt seinen verdammten Panzer!»

Greta war nicht sicher, ob diese Einschätzung stimmte. Herbert Ritter mochte nach außen sehr beherrscht wirken, aber unter seinem «Panzer» brodelte es jetzt ganz gewaltig, da war sie sich ziemlich sicher. Es schien ihm gar nicht recht zu sein, dass Mark Hamburg verlassen und sich damit seinem Einfluss entzogen hatte. Oder dass Mark nicht die perfekte Rieke zur Gala mitgebracht hatte, die sein Vater offensichtlich sehr schätzte. Was einen Verdacht in Greta aufkeimen ließ.

«Hast du mich deswegen gefragt? Weil du wusstest, dass es deinem Vater nicht gefällt, wenn du mit einer Krankenschwester kommst?»

«Was? Nein!» Mark schüttelte den Kopf. «Der Streit mit meinem Vater hat mit uns nichts zu tun.»

Uns, dachte Greta und schluckte.

«Und worüber habt ihr euch so gestritten, dass du gehen musstest?»

«Siehst du den Mann da vorne, den großen Blonden mit den Locken?»

Greta blickte in die Richtung, in die er mit dem Kinn deutete, und entdeckte den Mann, von dem er sprach. Er war deutlich älter als Mark, bestimmt schon Ende vierzig, und die ungewöhnliche Blässe seines Gesichts wurde von seinen wässrig-blauen Augen noch unterstrichen.

«Das ist Robert Wischnewski», erklärte Mark. «Seines Zeichens Oberarzt und rechte Hand meines Vaters. Oder anders ausgedrückt: der Mann, der meine Position im Krankenhaus übernommen hat.»

«Ist er der Grund, warum du gegangen bist?»

«Er war nicht der Grund, aber der Anlass.» Mark hielt den Blick auf den verhassten Exkollegen gerichtet. «Wir hatten damals eine Patientin mit einem schweren Herzfehler, Maria Schuster, Mitte sechzig. Ich war der behandelnde Arzt, und mir war klar, dass es sehr schlecht um sie stand. Sie hätte sofort operiert werden müssen, das wäre ihre einzige Chance gewesen. Aber die Risiken waren wegen ihres schlechten Allgemeinzustands beträchtlich, und nachdem ich sie aufgeklärt hatte, wollte sie den Eingriff nicht. Sie hat ihn ausdrücklich abgelehnt, obwohl ich ihr mehrfach erklärt habe, dass ich ihr dann nicht helfen kann. Sie wollte nach Hause und dort ihre letzten Tage genießen, wahrscheinlich war ihr klar, dass sie die OP nicht schaffen würde.» Er seufzte tief. «Das musste ich akzeptieren. Ich habe ihr gesagt, dass sie mir schriftlich geben muss, dass sie keine Behandlung mehr wünscht, und das hat sie gemacht. Sie hat eine entsprechende Verfügung unterschrieben, und ich habe das Dokument in ihre Akte gelegt. Da bin ich ganz sicher, auch wenn es damals ein hektischer Tag war. Aber ich habe das nicht vergessen.»

«Und dann?», fragte Greta, weil er nicht weiterredete.

«Frau Schuster sollte zur Beobachtung dableiben, weil ich ihre Medikamente neu einstellen wollte. So sind wir verblieben, und ich bin nach Dienstschluss nach Hause gefahren. Als ich am nächsten Morgen in die Klinik kam, war sie tot. Wischnewski hatte sie notoperiert, und das hat sie nicht überlebt.»

«Aber sie wollte doch keine OP», meinte Greta.

«Das habe ich Wischnewski auch gesagt und ihn auf die Patientenverfügung hingewiesen. Die war allerdings plötzlich nicht mehr auffindbar. In der Akte stand nichts davon.» Er stieß die Luft aus, offenbar ganz in der Erinnerung gefangen. «Wischnewski hat mir schwere Vorwürfe gemacht. Er meinte, die Patientin hätte direkt operiert werden müssen und meine Nachlässigkeit hätte sie das Leben gekostet. Sein Wort stand gegen meins, denn es war niemand dabei, als Frau Schuster die Verfügung unterschrieben hat. An dem Tag war, wie gesagt, alles hektisch. Also konnte ich nicht mehr beweisen, dass ich in Frau Schusters Sinne gehandelt hatte, was für Wischnewski ein gefundenes Fressen war. Er hat behauptet, ich hätte mir das mit der Verfügung nur ausgedacht, um meine Fehldiagnose zu vertuschen.»

Entsetzt sah Greta ihn an. «Und dein Vater hat ihm geglaubt und nicht dir.»

Mark nickte. «Mein Vater hat nicht mal in Betracht gezogen, dass meine Version der Geschichte stimmen könnte. Das war schon immer unser Problem. Wenn es hart auf hart kommt, dann traut er mir nichts zu. Dann *muss* der Fehler selbstverständlich bei mir liegen. Manchmal denke ich, er hat sich sogar gefreut, mir diesen Dämpfer zu verpassen und mich daran zu erinnern, wer der Chef ist.» Mark schnaubte. «Und weißt du, was das Schlimmste ist? Dass er auch noch so unfassbar jovial war. Er hat mir gesagt, dass jeder mal Fehler macht und dass ich mir keine Sorgen machen soll, weil er es nicht an die große Glocke hängen würde. So, als hätte ich ihn gebeten, es zu vertuschen!»

«Konnte denn die Familie der Frau nichts dazu sagen?», fragte Greta. «Die müssen doch gewusst haben, wie sie über eine weitere Operation gedacht hat.»

«Frau Schuster hatte keine Familie, sie war alleinstehend. Verstehst du? Ich hatte absolut nichts in der Hand.» Mark zuckte mit den Schultern. «Das ging so weit, dass ich am Ende an mir selbst gezweifelt habe. Wenn dir alle sagen, dass etwas, das du erlebt hast, nicht stimmt, dann denkst du irgendwann selbst, dass du es dir vielleicht nur eingebildet hast. Die Einzige, die mir immer geglaubt hat, war meine Mutter. Ohne sie wäre ich damals durchgedreht.»

«Dann bist du deshalb nach New York gegangen?»

Er nickte. «Wie hätte ich denn unter diesen Umständen hier weitermachen können? Wenn selbst mein eigener Vater mir kein Vertrauen schenkt?»

Greta verstand seine Beweggründe gut. Was sie nicht verstand, war, wie es überhaupt zu diesem Eklat hatte kommen können.

«Diese Patientenverfügung muss doch irgendwo sein. Die kann sich nicht in Luft aufgelöst haben!»

Sie blickte zu Mark auf, der nicht reagierte, und sah, dass er wieder zu seinem Exkollegen hinüberstarrte, der jetzt auf sie zukam.

«Wenn du mich fragst, dann hat Wischnewski sie genommen. Es gibt eigentlich keine andere Erklärung. Aber das werde ich ihm niemals beweisen können.»

Greta schluckte. Sie verstand seine Wut jetzt viel besser. Ich wäre an seiner Stelle auch gegangen, dachte sie und blickte dem blonden Arzt entgegen, der sie bemerkt hatte und die Richtung änderte.

«Das ist so typisch», meinte Mark. «Wischnewski hat keine Probleme damit, mich bei meinem Vater schlechtzumachen. Aber mir einen guten Abend wünschen, wenn wir uns begegnen – dafür ist er zu feige.» Er seufzte. «Komm, setzen wir uns. Das Essen geht sicher gleich los ...»

«Mark! Was für eine schöne Überraschung, dich hier zu treffen!» Ein älterer Mann war bei ihnen stehen geblieben und verwickelte Mark in ein Gespräch.

«Ich bin gleich zurück», raunte Greta Mark zu, weil sie die Gelegenheit nutzen wollte, um noch einmal zur Toilette zu gehen.

Es war jetzt richtig voll, immer mehr Menschen strömten durch die Flügeltüren herein, und Greta musste sich an Gruppen vorbeidrängen, die dicht zusammenstanden und sich unterhielten.

Sie schaffte es zur Damentoilette, die ähnlich prunkvoll ausgestattet war wie der Rest des Hauses, und als sie schließlich an den Waschbecken vor dem Spiegel stand und sich die Hände wusch, bewunderte sie erneut das blaue Kleid. Sie kam sich darin wirklich ein bisschen vor wie eine Märchenprinzessin ...

«Sie können ihn nicht halten, ich hoffe, das ist Ihnen klar.»

Als sie die eisige Stimme hörte, blickte Greta sich erschrocken um und sah, dass Rieke Steffens die Toilette betreten hatte und sie mit abschätzigen Blicken musterte.

17

«Wie bitte?», fragte Greta überrumpelt.

Rieke machte einer Frau Platz, die die Toilette gerade verlassen wollte, und trat näher zu Greta. Sie senkte die Stimme, als eine weitere Frau hereinkam und an ihnen vorbei in den hinteren Teil des Raumes ging.

«Sie haben mich schon verstanden. Bilden Sie sich von mir aus ruhig ein, dass Sie sich Mark geangelt haben, aber Sie irren sich. Ein Mann wie er braucht eine Frau, die mit ihm mithalten kann.»

Greta spürte, wie ihre Überraschung in Wut umschlug.

«Also, ich habe, ehrlich gesagt, nicht den Eindruck, dass er sich mit mir langweilt.» Sie lächelte Rieke mit einem vielsagenden Lächeln an, während sie sich betont entspannt die Hände abtrocknete, und bemerkte mit einer gewissen Genugtuung, dass sich die Augen der Ärztin entsetzt weiteten. «Einen schönen Abend noch.»

Sie wollte gehen, doch Rieke hielt sie am Arm fest.

«Er langweilt sich vielleicht jetzt noch nicht, aber das wird er. Sehr bald sogar», zischte sie. «Ich kenne ihn besser als Sie. Mark braucht Herausforderungen. Und die wird er auf dieser langweiligen Insel auf Dauer nicht finden.»

Greta schluckte. «Ich halte ihn nicht auf, wenn er gehen will», sagte sie und verließ die Toilette, bevor Rieke zu einer weiteren Tirade ansetzen konnte.

Draußen ging sie zurück in Richtung Saal und blieb erst stehen, als sie eine der Flügeltüren erreicht hatte. Ihr Herz schlug wild gegen ihre Rippen und sie merkte plötzlich, wie sehr die Begegnung mit Marks Exverlobter ihr zugesetzt hatte. So aufgewühlt wollte sie nicht zurück zu Mark gehen, deshalb zog sie sich in eine Ecke zurück und versuchte, sich wieder zu beruhigen.

Um sie herum standen Gruppen von Menschen, auf die sie zunächst gar nicht achtete. Dann fielen ihr zwei Männer auf, die gerade gemeinsam durch die Flügeltür in den Saal kamen und nicht weit von ihr entfernt stehen blieben. Der eine hatte eine Halbglatze und einen Bauchansatz, der andere war der blasse Doktor Wischnewski. Beide Männer standen so, dass sie Greta den Rücken zuwandten und sie nicht bemerkten.

«... hat mir gedroht, dass sie kündigt, wenn ich nicht endlich anfange, ordentlicher zu werden», sagte der Mann mit der Halbglatze gerade. «Ich meine, wozu hat man denn eine Sekretärin, wenn man dann doch alles selbst machen soll?»

«Bei mir ist es genau umgekehrt.» Wischnewski trank den Rest aus seinem Sektglas. «Ich bräuchte eigentlich gar keine Sekretärin, ich erledige meine Ablage selbst. Da darf sie gar nicht dran, und das macht sie wahnsinnig. Sie findet nämlich, dass ich zu viel aufbewahre. Wenn ich sie lassen würde, dann hätte sie die Hälfte der Unterlagen aus meinen Aktenschränken vermutlich schon weggeworfen.»

«Na, da haben unsere Damen wohl jeweils ihr Päckchen zu tragen», meinte Halbglatze, und Wischnewski stimmte in sein Lachen ein.

Was für arrogante Säcke, dachte Greta und wollte gerade gehen, als Halbglatze eine Bemerkung machte, die sie aufhorchen ließ.

«Sag mal, ist das da nicht der Sohn vom Chef?» Er deutete mit dem Kinn in Marks Richtung. «Kommt der zurück an die Parkklinik?»

«Nein!» Wischnewskis Antwort kam prompt. «Wie kommst du denn darauf?»

«Na, weil es heißt, Vater und Sohn hätten sich versöhnt. Sie arbeiten doch jetzt wieder zusammen, hast du das noch nicht gehört?»

«Die beiden arbeiten nicht zusammen, wir haben nur einen Fall auf der Neurologie, den Ritter junior uns aus dem Kaff-Krankenhaus rübergeschickt hat, in dem er jetzt arbeitet.» Wischnewski gab sich keine Mühe, seine Verachtung zu verbergen. «Er konnte dem Mann nicht helfen und hat ihn an uns verwiesen. Mehr hat es mit dieser Sache nicht auf sich», fuhr Wischnewski fort. «Es wäre auch wirklich nicht gut, wenn er zurückkommt. Seit er weg ist, läuft es in der Parkklinik viel besser.»

«Ja, für dich.» Halbglatze grinste. «Du hast ja auch seinen Job bekommen.»

«Und ich mache ihn viel besser!», wandte der blonde Arzt sofort ein. «Seit ich übernommen habe, sind wir deutlich in die Gewinnzone gerückt. Ich wünschte nur, der Professor würde mehr wertschätzen, was ich für die Klinik leiste.»

«Darauf trinke ich», sagte sein Begleiter und deutete auf das leere Sektglas in Wischnewskis Hand. «Soll ich uns noch einen besorgen?»

«Nein, danke. Ich hab morgen Dienst und möchte keinen Kater haben, wenn ich ...»

Den Rest des Satzes verstand Greta nicht mehr, weil die Männer weitergingen. Sie starrte den beiden nach, wieder einmal froh darüber, dass es im Inselkrankenhaus nicht so arrogante Ärzte gab. Selbst Doktor Ehlert, der Chef der Inneren, der in manchen Situationen als durchaus schwierig galt, verhielt sich dem Pflegepersonal und den Angestellten gegenüber höflich und wertschätzend und würde sich niemals so abfällig äußern, da war Greta sich ziemlich sicher.

Das war jedoch nicht das Einzige, was sie an dem mitgehörten Gespräch aufregte. Noch schlimmer fand sie, wie offen feindselig Wischnewski über Mark gesprochen hatte. Das passte zu dem, was Mark ihr über ihn erzählt hatte, und Greta fragte sich, wie viel an Marks Verdacht dran war, dass Wischnewski ihm absichtlich geschadet hatte. Sie wusste, dass es nicht mehr als ein Gefühl war. Aber nach dem, was sie gehört hatte, traute sie dem blassen Arzt eine solche Intrige zu ...

«Hey, alles okay?» Mark war plötzlich bei ihr und sah sie besorgt an. «Du warst so lange weg. Ich hatte schon Angst, dass du es dir anders überlegt hast und wieder gegangen bist.»

Zwei Flügeltüren weiter betrat gerade Rieke wieder den Saal. Sie warf einen kurzen Blick zu Mark und Greta, dann ging sie weiter und verschwand in der Menge.

«So schnell vertreibt man mich nicht», meinte Greta

und spürte, wie die Anspannung von ihr abfiel, als Mark ihr Lächeln erwiderte.

Er führte sie zu ihrem Tisch am Kopfende des Saals, ganz in der Nähe der Bühne, und zog ihr einen Stuhl heraus.

«Sitzen wir nicht bei deinem Vater?», erkundigte sie sich überrascht, als sie sah, dass Herbert Ritter auf der anderen Seite saß, direkt neben Rieke.

«Ich hatte ihm gesagt, dass ich dich mitbringe, aber mein Vater hat das ignoriert und mir den Platz zwischen sich und Rieke gegeben», erklärte Mark. «Daraufhin habe ich eben mit den Leuten vom Hotel gesprochen und sie gebeten, die Sitzordnung umzuorganisieren.»

Greta lächelte ihn dankbar an, denn auf Riekes Gesellschaft konnte sie vorläufig sehr gut verzichten. Während sie Platz nahmen, hielt sie Ausschau nach Wischnewski und stellte erleichtert fest, dass er weit weg an einem Tisch auf der anderen Seite der Tanzfläche saß.

«Wie funktioniert das eigentlich mit der Gala?», erkundigte sie sich, nachdem sie der Kellnerin ihren Getränkewunsch mitgeteilt hatte. «Mit den Spenden für die Stiftung deiner Mutter, meine ich. Geht da demnächst ein Säckchen herum, in das man Geld stecken kann?»

Mark lächelte. «So etwas läuft in der Regel über das Eintrittsgeld. Eine Karte ist teurer als sie sein müsste, um die Kosten für den Abend zu decken. Was übrig bleibt, geht an die Stiftung. Und zusätzlich können die Leute während der Gala noch etwas ersteigern. Meine Mutter hatte sehr gute Kontakte in die Fashion-Szene hier in Hamburg, deshalb gibt es traditionell nach dem Essen eine Modenschau mit exklusiven Designerkleidern. Die Sachen werden von den Labels kostenlos zur Verfügung gestellt, und der Erlös geht komplett an die Stiftung. Hier, schau, da steht, wer es diesmal ist.» Er nahm eine der in Gold eingefassten Menükarten, von denen mehrere auf dem Tisch standen, und zeigte Greta den Programmablauf, der auf der Rückseite abgedruckt war.

«Wow», entfuhr es ihr, denn es handelte sich um eine sehr bekannte Marke. «Das ist ja toll, da bin ich gespannt.»

Das war sie überhaupt, denn alles auf dieser Gala war eine neue und aufregende Erfahrung für sie. Das Essen, das in mehreren Gängen am Tisch serviert wurde, nachdem Marks Vater den Abend mit einer kleinen Ansprache eröffnet hatte, war exquisit, genau wie die verschiedenen Weine, die es dazu gab und die ihr ein bisschen zu Kopf stiegen.

Es fühlte sich gut an, neben Mark zu sitzen und ihm zuzuhören, während er ihr etwas über einzelne Gäste erzählte oder sich an die Veranstaltungen erinnerte, die seine Mutter noch selbst organisiert hatte. An Rieke und ihre gehässigen Bemerkungen dachte sie kaum noch.

Das Essen verging wie im Flug, und als der Nachtisch abgeräumt war, machte Herbert Ritter Mark über den Tisch hinweg ein Zeichen.

Mark nickte und erhob sich, ging zum Rednerpult auf der Bühne. Er hatte kein Manuskript dabei, wie Greta auffiel, und er holte auch keine Zettel heraus, als er hinter dem Pult stand und das Mikrophon einschaltete.

«Meine Damen und Herren, liebe Freundinnen und Freunde! Ich will nicht viele Worte machen, ich denke,

Sie alle warten auf den Höhepunkt des Abends, den ich Ihnen nicht länger vorenthalten möchte.» Er machte eine Pause. «Eigentlich müsste hier jetzt meine Mutter stehen und zu Ihnen sprechen, so wie sie es seit der Gründung der Stiftung auf jeder Gala getan hat. Und glauben Sie mir, ich würde alles dafür geben, wenn ich noch einmal hören könnte, wie sie Ihnen auf ihre ruhige, humorvolle und dabei doch immer so leidenschaftliche Art das Geld aus der Tasche zieht.» Lacher waren zu hören, und das Gemurmel klang zustimmend.

«Sie alle kannten meine Mutter und wissen, wie sie war», fuhr Mark fort. «Wenn sie sich für etwas eingesetzt hat, dann richtig. Sie war stark und zielstrebig und hatte ein großes Herz für Kinder mit schwachen Herzen. Ihnen wollte sie helfen, und dafür hat sie unermüdlich gearbeitet.» Er machte eine Pause, und Greta sah, wie sein Adamsapfel sich bewegte. «Aber tatsächlich war sie nicht immer stark. Im Gegenteil. Damals, als ihr zweites Kind direkt nach der Geburt an einem angeborenen Herzfehler starb, war sie sogar sehr verzweifelt. Die Ärzte konnten meiner Schwester Maja nicht helfen, die Forschung war einfach noch nicht so weit. Zehn Jahre später sah das anders aus, da hätte Maja eine Chance gehabt. Als meiner Mutter das klarwurde, beschloss sie zu handeln. Sie wollte dafür sorgen, dass der Fortschritt schneller erzielt wird und dass alle profitieren können von dem, was möglich ist.» Mark hielt erneut inne und ließ den Blick durch den Saal schweifen. «Jeder Euro, den Sie an die Evelin-Ritter-Stiftung spenden, sorgt dafür, dass schwerkranke Kinder die Chance bekommen, wieder ganz gesund zu werden. Sie helfen damit, ihnen ein normales

Leben zu ermöglichen. So wie meine Mutter es sich für meine Schwester gewünscht hätte. Deshalb ist es schön, dass Sie hier sind. Meine Mutter würde sich über jeden Einzelnen von Ihnen freuen und Ihnen sagen, dass in Wahrheit Sie diejenigen sind, die für die Kinder kämpfen. Weil es Ihr Geld ist, das wir für einen guten Zweck ausgeben dürfen. Deshalb tun Sie es. Helfen Sie uns, denen zu helfen, die einen schweren Start ins Leben haben. Vielen Dank!»

Applaus brandete auf, und nach kurzer Zeit erhoben sich die Gäste von ihren Stühlen und jubelten Mark zu, der nur kurz nickte und dann an seinen Platz neben Greta zurückkehrte. Offenbar hatte er einen Nerv getroffen, doch das schien ihn nicht glücklich zu machen, denn er starrte stumm vor sich hin.

«Das mit deiner Schwester tut mir leid», sagte Greta und griff spontan nach seiner Hand. «Das wusste ich nicht.»

«Es ist lange her.» Er verschränkte seine Finger mit ihren und drückte ihre Hand fest, bevor er sie wieder freigab. «Ich bin froh, dass du hier bist.»

Greta erwiderte sein Lächeln, für einen Moment überwältigt von ihren Gefühlen für ihn.

Dann ging die Modenschau los. Der Auktionator pries die Kleider und Mäntel an, die von sehr ernst blickenden Models präsentiert wurden, und obwohl die Startpreise gesalzen waren, folgte Gebot auf Gebot. Die Leute hatten sich offensichtlich zu Herzen genommen, was Mark gesagt hatte, und am Ende kam eine stolze Summe zusammen.

Greta verfolgte das Geschehen interessiert, war sich

jedoch während der ganzen Zeit Marks Nähe beinahe schmerzhaft bewusst. Sie saßen so dicht nebeneinander, dass ihre Knie sich hin und wieder berührten, was ihr jedes Mal kurz den Atem nahm. Es lag sicher am Wein und an dieser außergewöhnlichen Umgebung, aber sie schaffte es einfach nicht mehr zu verbergen, wie sehr sie sich zu ihm hingezogen fühlte. Und ihm schien es genauso zu gehen, denn immer, wenn ihre Blicke sich trafen, erkannte sie in seinen Augen die gleiche Sehnsucht, die sie auch empfand.

«Willst du tanzen?», fragte Mark, als die Auktion vorbei war und die Musik einsetzte.

Greta nickte nur stumm und spürte, wie ihr Herz schneller schlug, als er nach ihrer Hand griff und mit ihr zur Tanzfläche ging, wo sich die ersten Tanzpaare einfanden. Das Streicherensemble, das oben auf dem Balkon stand, spielte einen langsamen Walzer, worüber Greta sehr erleichtert war. Die meisten Standardtänze beherrschte sie nämlich nicht besonders gut, weil der Tanzkurs ihrer Schulzeit schon so weit zurücklag. Aber Walzer ging, den hatte sie immer mal wieder auf Festen getanzt, und als Mark sie in seine Arme zog, folgte sie seinen Bewegungen problemlos.

Er war ein guter Tänzer, und seine Sicherheit übertrug sich auf sie, machte es ihr leicht, sich fallenzulassen. Sie war nur noch auf ihn konzentriert, spürte seinen Körper an ihrem, sah in seine Augen, während sie über das Parkett schwebten. Es kam ihr vor wie ein Traum, und als sie daran dachte, was ihr ganz zu Anfang des Abends durch den Kopf gegangen war, lächelte sie versonnen.

«Was amüsiert dich so?», erkundigte sich Mark.

«Ach, nur, dass es mich nicht wundern würde, wenn es gleich zwölf schlägt und ich in meiner Schwesternuniform auf der Station aufwache. Das hier ist alles so unwirklich.»

«Komisch, für mich ist das hier die erste Veranstaltung dieser Art, die sich echt anfühlt.» Er hielt ihren Blick fest, und sie spürte, wie sie auf der Hals-über-Kopf-verliebt-in-Mark-Ritter-Skala mindestens zwei Striche weiter nach oben rutschte.

Du wusstest es, dachte sie. Du wusstest, was passiert, wenn du ihn begleitest. Sie hatte nur unterschätzt, wie mächtig das Gefühl war, das sie zu ihm hinzog. Sie hatte dem nicht viel entgegenzusetzen, und das machte ihr immer noch Angst. Denn das hier war eine besondere Nacht, weit weg von zu Hause, wo tausend Probleme warteten, wenn sie nicht bald die Notbremse zog. Aber wie konnte etwas falsch sein, das sich so gut anfühlte?

Die Musik endete, und sie blieben stehen. Mark ließ sie jedoch nicht los, und Greta hatte es auch überhaupt nicht eilig damit. Atemlos blickte sie zu ihm auf und spürte, dass sie nur noch einen Herzschlag davon entfernt war, die Arme um seinen Hals zu schlingen und …

«Mark? Ich bräuchte dich mal kurz.»

Herbert Ritter tauchte unvermittelt neben ihnen auf und riss Greta aus dem verträumten Zustand, in dem sie geschwebt hatte. Mark wirkte ebenfalls nicht erfreut über die Störung.

«Was ist denn?», fragte er ungehalten.

«Die Presse will Fotos machen, und Frau Rieger möchte, dass du mit drauf bist.» Sein Vater deutete zur Bühne, wo eine junge, sehr zierliche Frau mit einem goldblonden Pferdeschwanz bei zwei der bekannteren Models und einer kleinen Gruppe von Fotojournalisten stand.

Agnes Rieger war die Assistentin von Evelin Ritter gewesen und hatte nach deren plötzlichem Tod die Leitung der Stiftung übernommen. Das hatte Mark vorhin erzählt und dabei erwähnt, wie froh er über diese Lösung war. Er hielt viel von der jungen Frau, und Greta hätte schwören können, dass er nur deshalb nickte.

«Wenn es der Stiftung hilft», erklärte er und griff nach Gretas Hand. Sie folgte ihm zur Bühne, wartete jedoch unten, während Mark und sein Vater zu den anderen nach oben gingen und sich für die Fotos aufstellten.

Es war offensichtlich, dass Mark das schon öfter hatte tun müssen, denn er lächelte routiniert in die klickenden Kameras und wechselte die Position, wenn die Fotografen eine andere Konstellation forderten. Als es vorbei war, sprach er noch kurz mit Agnes Rieger, während sein Vater die Bühne wieder verließ und zu Gretas großem Erstaunen zu ihr kam.

«Sagen Sie, Frau ...» Er machte eine Pause und sah sie erwartungsvoll an.

«Paulsen», ergänzte Greta, verärgert darüber, dass es ihm nicht einmal peinlich war, erneut nach ihrem Namen fragen zu müssen.

«Frau Paulsen, ich sehe, dass Ihnen etwas an meinem Sohn liegt», sagte er. «Können Sie nicht noch mal mit ihm reden und ihm erklären, dass es besser für seine Karriere ist, wenn er nach Hamburg zurückkehrt? Vielleicht hört er ja auf Sie.»

Greta starrte ihn fassungslos an. «Nein, das kann ich

nicht», antwortete sie. «Wenn Sie Ihrem Sohn etwas zu sagen haben, dann müssen Sie das schon selbst tun.»

«Wie bitte?» Ihre klaren Worte irritierten Herbert Ritter sichtlich.

«Und wo wir schon dabei sind», fuhr sie fort. «Wenn Sie auf ihn gehört und ihm geglaubt hätten, als es darauf ankam, dann wäre er ja vielleicht geblieben.»

«Also, das ist doch ...» Herbert Ritters Gesicht lief rot an. «Ich glaube nicht, dass Sie das etwas angeht.»

«Dann bitten Sie mich nicht, Partei zu ergreifen», erklärte Greta. «Ich weiß nämlich im Gegensatz zu Ihnen, auf wessen Seite ich stehe.»

Mark, der wieder zu ihnen stieß, sah besorgt zwischen ihnen hin und her. «Was ist denn hier los?»

«Dein Vater möchte, dass ich dir sage, dass du zurück nach Hamburg kommen sollst. Weil er glaubt, dass du auf mich hörst. Aber das werde ich nicht tun. Wenn er seinen fähigsten Arzt gehen lässt, weil er ihm nicht vertraut, dann ist das sein Problem, nicht meins.»

«Entschuldigt mich», sagte Herbert Ritter und ging davon, ohne auf Gretas Bemerkung zu reagieren.

Erst jetzt merkte Greta, dass sie lauter gesprochen hatte, als sie wollte. Die Leute, die in der Nähe standen, hatten sich zu ihnen umgedreht und blickten neugierig herüber.

«Tut mir leid.» Unglücklich schüttelte sie den Kopf und blickte zu Mark auf. «Ich wollte keine Szene machen. Es macht mich nur so wütend, dass er dir nicht glaubt. Ich meine, wie kann man seinem eigenen Sohn nicht glauben? Ihr seid eine Familie, du bist der Einzige, den er noch hat. Er müsste zu dir halten, egal, was passiert, und was tut er? Das ist doch nicht richtig! Das muss er …»

Sie brach ab, als Mark ihren Arm umfasste.

«Du brauchst dich nicht zu entschuldigen.» Sein Gesicht war ernst, aber in seinen grauen Augen tobte ein Sturm, der ihr den Atem nahm. Fast abrupt löste er seinen Griff um ihren Arm. «Lass uns gehen, ja?»

Sie nickte, ein bisschen verunsichert darüber, dass er plötzlich so aufgewühlt wirkte, und holte ihre Clutch und ihre Stola, die sie am Tisch zurückgelassen hatte. Dann folgte sie Mark aus dem Saal.

Marks Vater würde bestimmt wütend sein, wenn er merkte, dass sie einfach gegangen waren, ohne sich zu verabschieden. Nach ihrer letzten Begegnung hatte Greta allerdings wenig Lust, ihm noch einmal gegenüberzutreten. Und Mark schien es ähnlich zu gehen, denn er hielt zielstrebig auf den Ausgang zu, mit so großen Schritten, dass Greta Mühe hatte mitzuhalten.

Eine Reihe von Taxis wartete vor dem Hotel, und Mark hielt Greta die Tür des ersten auf, wartete, bis sie saß. Dann umrundete er den Wagen und stieg ebenfalls ein, nannte dem Fahrer die Adresse. Als das Taxi losfuhr, starrte er aus dem Fenster, und sein Gesichtsausdruck war so verschlossen, dass Greta es nicht wagte, ihn anzusprechen.

Die Fahrt dauerte nicht lange, doch für Greta zog sie sich quälend. Sie spürte die Anspannung, die in der Luft lag, aber sie wollte nicht vor dem Taxifahrer eine Diskussion anfangen. Deshalb wartete sie, bis sie vor Marks Wohnungstür standen und Mark nach dem Schlüssel suchte.

«Warum bist du auf einmal so komisch?», fragte sie, während er aufschloss. Sie folgte ihm in die Wohnung und legte die Clutch und die Stola auf das kleine Tischchen direkt neben der Garderobe. «Habe ich irgendetwas falsch ge…?»

Weiter kam sie nicht, denn Mark zog sie an sich und küsste sie.

18

Der Kuss überraschte Greta und machte sie so schwindelig, dass sie sich an Mark festhalten musste, als er sie wieder freigab.

«Du hast gar nichts falsch gemacht», sagte er mit rauer Stimme und lehnte seine Stirn an ihre. «Mein Gott, Greta, hast du eigentlich irgendeine Ahnung, wie schwer es mir gefallen ist, dich vorhin nicht zu küssen? Das will ich eigentlich schon den ganzen verdammten Tag tun, aber ich hatte Angst, dass ich dann vielleicht nicht mehr aufhören kann.» Er legte die Hände um ihr Gesicht und küsste sie erneut. «Ich dachte, ich warte lieber, bis wir allein sind», murmelte er an ihren Lippen, und Greta merkte, wie das Gewicht von ihr abfiel, das sich auf ihre Brust gelegt hatte, als Mark plötzlich so wortkarg geworden war. Gleichzeitig war da eine ganz neue Angst, denn sie stand kurz davor, die Kontrolle über ihre Gefühle zu verlieren. Deshalb hielt sie ihn auf und schob ihn ein Stück von sich weg.

«Mark, ich …»

Sie wollte ihm sagen, dass sie nicht gemacht war für das, was sich zwischen ihnen anbahnte. Dass sie keine Affäre mit ihm wollte, etwas für eine Nacht. Doch als sie in seine Augen sah, wusste sie plötzlich, dass sie jetzt nicht aufhören konnte. Mit jeder Faser ihres Herzens sehnte sie sich nach ihm, sie musste bei ihm sein, selbst wenn es nur für ein paar Stunden war. Deshalb ließ sie es zu, dass er sie wieder in seine Arme zog.

Er küsste sie hungrig, und als seine Zunge ihre Lippen teilte, brach die Mauer in ihrem Innern, die schon den ganzen Tag über Risse bekommen hatte, endgültig und überflutete sie mit heißem Verlangen, das nur er stillen konnte. Sie schlang die Arme um seinen Hals und wehrte sich nicht, als er sie hochhob und ins Schlafzimmer trug.

Vor dem Bett stellte er sie wieder auf die Füße und küsste ihren Hals und ihre Schulter, während seine Finger nach dem Reißverschluss des Kleides suchten. Greta sog die Luft ein, als sie spürte, wie der Stoff nachgab. Mark half ihr, das Kleid abzustreifen, das zu ihren Füßen liegen blieb.

«Davon, es dir wieder auszuziehen, träume ich schon, seit du in dem Laden aus der Kabine gekommen bist», sagte er und ließ seine Hände über ihre nackte Haut wandern. «Du machst mich verrückt, weißt du das? Ich kann nicht klar denken, wenn ich in deiner Nähe bin.»

Greta lächelte an seinen Lippen, als er sie erneut küsste. Sie hatte sich noch nie in ihrem Leben so begehrt gefühlt, und das setzte etwas in ihr frei, ließ sie mutig werden. Sie löste sich von ihm und schob die Hände unter seine Smokingjacke, befreite ihn davon. Dann löste sie die Fliege, knöpfte sein Hemd auf und strich begierig über seine harten Brustmuskeln, genoss es, dass er unter ihrer Berührung erbebte.

«Ich will dich auch», sagte sie und sah zu ihm auf, versank in seinen grauen Augen, die dunkel waren vor

Verlangen. Nichts anderes spielte jetzt noch eine Rolle, deshalb griff sie nach seiner Hand und trat einen Schritt zurück, nahm ihn mit zum Bett und ließ sich mit ihm darauf sinken. Sie streckte die Arme aus und schlang sie um ihn, spürte seinen warmen Körper an ihrem, als er sie dicht an sich zog. Dann lagen seine Lippen wieder auf ihren, und sie hörte auf zu denken.

Das Erste, was Greta sah, als sie die Augen öffnete, war das blaue Kleid. Es lag ein paar Schritte entfernt auf dem Boden, wo Mark es ihr ausgezogen hatte. Seine Smokingjacke und der Rest ihrer Sachen waren darum herum verteilt. Das Chaos entlockte ihr ein Lächeln. Wir hatten es wirklich eilig, dachte sie träge und drehte sich zu Mark um, dessen Wärme sie an ihrem Rücken spürte.

Er lag auf der Seite und hatte einen Arm so ausgestreckt, dass seine Hand auf Gretas Hüfte ruhte, fast so, als brauche er auch im Schlaf die Gewissheit, dass sie da war. Seine Züge waren entspannt, und während Greta ihn betrachtete, floss ihr das Herz über.

Ich liebe ihn, dachte sie, nicht länger in der Lage, sich selbst etwas vorzumachen. Sie konnte machen, was sie wollte, es würde nichts mehr ändern. Nicht nach dieser Nacht, die ihr Schicksal endgültig besiegelt hatte.

Mit einem verträumten Lächeln strich sie ihm eine Haarsträhne aus der Stirn und berührte dann sanft seine Wange, spürte die feinen Stoppeln unter ihren Fingerkuppen. Wer hätte gedachte, dass es so schön sein konnte, mit einem Mann zusammen zu sein?

Die Frage war nur, wie es jetzt weitergehen sollte. Gretas Lächeln schwand, als ihr Riekes hasserfüllte Bemerkungen wieder einfielen.

Ein Mann wie er braucht eine Frau, die mit ihm mithalten kann. Er langweilt sich vielleicht jetzt noch nicht, aber das wird er. Mark braucht Herausforderungen. Und die wird er auf dieser langweiligen Insel auf Dauer nicht finden.

Greta schluckte hart, weil ihre Konkurrentin damit genau das formuliert hatte, was sie selbst schon lange befürchtete. Es hatte sich heute Nacht zwar so angefühlt, aber passten sie und Mark wirklich zusammen? Wollte er überhaupt, dass mehr aus ihrer Beziehung wurde?

Der Gedanke ernüchterte Greta so, dass sie seine Hand von ihrer Hüfte schob und leise aufstand. Sie griff nach ihrem Slip und seinem Hemd und zog beides an. Das Hemd war ihr viel zu groß und roch nach ihm, was sofort die Bilder der letzten Nacht zurückbrachte und das dumpfe Ziehen in ihrer Brust verschlimmerte.

Barfuß lief sie in die Küche. Sie brauchte einen Kaffee, und sie war sicher, dass Mark nichts dagegen hatte, wenn sie sich einen kochte. Deshalb schaltete sie den Kaffeevollautomaten ein, der auf der Arbeitsfläche stand. Die Kaffeebohnen standen in einer Dose daneben, und da sie ein ähnliches, größeres Gerät in der Pension hatten, fand Greta schnell heraus, wie man Wasser und Bohnen nachfüllte. Sie holte eine Tasse aus dem Schrank, und kurze Zeit später ertönte das laute Mahlgeräusch und anschließend das tiefe Brummen des Brühvorgangs.

«Guten Morgen!»

Marks Stimme ließ Greta herumfahren. Er stand, mit

Shorts und T-Shirt bekleidet, in der Tür und lächelte sie so strahlend an, dass das Ziehen in ihrer Brust spontan nachließ und ihr warm ums Herz wurde.

«Hey», sagte sie und hielt ihn nicht auf, als er zu ihr kam und sie küsste.

«Machst du mir auch einen?», bat er und holte eine weitere Tasse aus dem Schrank. Er gab sie Greta und umarmte sie von hinten, während sie den zweiten Kaffee durchlaufen ließ, küsste ihre Schulter und dann ihren Hals.

«Mein Hemd sieht an dir ziemlich sexy aus», flüsterte er ihr ins Ohr, und für einen kurzen, schwachen Moment lehnte sie sich gegen ihn und genoss seine Nähe. Sie wusste, dass sie noch mal mit ihm im Bett landen würde, wenn sie ihn jetzt nicht aufhielt, und sie war kurz davor, der Versuchung nachzugeben. Aber damit würde sie alles nur noch viel schlimmer machen. Deshalb entwand sie sich ihm und reichte ihm den Kaffee.

«Können wir reden?», fragte sie und setzte sich an den Küchentisch, um Abstand zwischen sie zu bringen.

«Natürlich.» Er setzte sich zu ihr und betrachtete sie sichtlich irritiert. «Es sei denn, du möchtest mir schon wieder sagen, dass das mit uns keine gute Idee ist?»

«Doch, genau das will ich sagen», erklärte sie.

Er stieß die Luft aus. «Was zur Hölle ist denn so furchtbar an mir?»

«An dir ist überhaupt nichts furchtbar. Das ist ja das Problem.» Greta umfasste nervös ihre Tasse, spürte die Wärme an ihren Handflächen. «Ich fand den Abend gestern wunderschön. Und die Nacht auch. Wirklich. Aber das mit uns, das geht nicht.»

«Und wieso nicht?» Er lehnte sich auf seinem Stuhl zurück. «Wir sind erwachsene Menschen, und wir sind beide ungebunden. Wo ist das Problem?»

«Das Problem ist, dass ich für so etwas nicht gemacht bin», sagte sie. «Ich kann keine Affäre mit dir haben. Wenn ich mich auf jemanden einlasse, dann meine ich das ernst. Aber du nicht, und deshalb ...»

«Woher willst du wissen, dass ich es nicht ernst meine?», unterbrach er sie ein bisschen entrüstet.

«Du hast gestern gesagt, dass du dich nicht binden willst. Du meintest, du könntest niemandem irgendetwas versprechen», erinnerte sie ihn. «Und du wirst auch auf Dauer nicht auf der Insel bleiben. Du wirst wieder gehen, aber ich muss bleiben. Meine Familie braucht mich. Und deshalb ...» Sie seufzte tief und sehr verzweifelt. «Deshalb wird das mit uns nicht funktionieren.»

Mark sah sie an und fragte sich, wie sie es schaffte, ihn immer wieder aufs Neue zu überraschen.

Als sie ihm das letzte Mal gesagt hatte, dass sie keine Affäre mit ihm wollte, war er davon ausgegangen, dass sie sich mehr als eine Affäre mit ihm nicht vorstellen konnte. Er hatte geglaubt, dass sie es eben *nicht* ernst mit ihm meinte, und diese Abfuhr hatte ihn ziemlich aus der Bahn geworfen. Darauf, dass Greta ihn abgewiesen hatte, *weil* er ihr etwas bedeutete, war er einfach nicht gekommen, und diese Erkenntnis erleichterte ihn so sehr, dass es ihn selbst erstaunte. Dabei hätte er es sich denken können! Greta war ehrlich, sie spielte keine Spielchen mit ihm. Das war genau das, was ihn von Anfang an so an ihr fasziniert hatte.

Aber sie hat recht, dachte er und spürte einen unangenehmen Stich in der Brust. Er konnte noch nicht sagen, wie es für ihn weiterging. Nur: Wie stellte sie sich das vor? Verlangte sie ernsthaft von ihm, so zu tun, als hätte es die letzte Nacht nicht gegeben, wenn er es jetzt schon kaum aushielt, sie nicht zu berühren? Er wollte sie wieder in die Arme nehmen und küssen, bis sie beide vergessen hatten, warum das keine gute Idee war. Und er glaubte, auch in ihren Augen etwas von der Sehnsucht zu sehen, die sich schon wieder in ihm ausbreitete, was die Sache nicht leichter machte.

«Mark?» Greta machte sein Schweigen offenbar nervös. «Sag was, bitte.»

Er streckte die Arme aus und legte seine Hände um ihre, hielt ihren Blick fest, als sie ihn erschrocken ansah.

«Das, was ich gestern gesagt habe, bezog sich auf Rieke, nicht auf dich. Das mit uns ist ... anders. Aber du hast recht. Ich will dir nichts versprechen, was ich nicht halten kann. Können wir nicht einfach erst mal abwarten und es langsam angehen lassen? Sehen, was passiert?»

Greta fühlte die Berührung seiner Hände, und ihr innerer Widerstand schmolz.

Sie wusste, was passieren würde, wenn sie jetzt keinen Schlussstrich zog unter ihre Beziehung mit ihm. Dann würde er ihr mit ziemlicher Sicherheit das Herz brechen. Dennoch durchflutete sie eine unendliche Erleichterung, weil er ihr nicht beigepflichtet hatte. Sie wollte sich nicht von ihm trennen, sie wollte weiter mit ihm zusammen sein, auch wenn sie Angst davor hatte, was das für sie bedeuten würde.

«Okay», sagte sie. «Aber solange wir nicht wissen, was aus uns wird, erfährt es niemand.»

Mark hob die Augenbrauen. «Du meinst im Krankenhaus?»

«Ich meine generell. Ich will auch nicht, dass meine Familie etwas mitbekommt.» Sie brauchte nicht viel Phantasie, um sich auszumalen, wie sehr ihre Eltern sich über die Nachricht freuen würden, dass sie mit Mark zusammen war. Und wie groß ihre Enttäuschung sein würde, wenn es nicht klappte. Von dem Gerede im Krankenhaus ganz zu schweigen. Es war einfacher, wenn sie das mit sich selbst abmachen konnte. «Wir sagen es niemandem.»

Mark ließ ihre Hände los und lehnte sich zurück. «Einverstanden. Aber dir ist schon klar, dass wir dann genau die heimliche Affäre haben, die du nicht wolltest?»

Sie starrte ihn überrascht an, weil das leider stimmte. Doch bevor sie etwas erwidern konnte, klingelte irgendwo in der Wohnung ein Handy.

«Das ist meins», sagte Mark und sprang auf, verschwand in Richtung Schlafzimmer.

Greta erhob sich ebenfalls und öffnete die Balkontür. Mit der Kaffeetasse in der Hand lehnte sie sich gegen den Rahmen und blinzelte in die Morgensonne, die gerade hinter den Häusern auf der gegenüberliegenden Straßenseite aufging. Die noch kühle Luft ließ sie frösteln, aber sie blieb stehen und blickte in den Himmel.

Machte sie es komplizierter, als es sein musste? Vielleicht, dachte sie mit einem Seufzen. Letztlich war es nur der verzweifelte Versuch, sich zu schützen. Wenn sie es nicht tat, war sie verloren. Wahrscheinlich war sie das sowieso schon …

Sie drehte sich um, als sie hörte, dass Mark in die Küche zurückkehrte. Er legte sein Handy auf den Tisch und kam zu ihr.

«Das war Helena Folkert», berichtete er. «Sie wollte sich noch mal bedanken und mir erzählen, wie es ihrem Freund geht.»

Greta wusste von dem Fall, Mark hatte ihr auf der Hinfahrt davon erzählt. «Immer noch gut, hoffe ich?»

«Ja, zum Glück», bestätigte er. «Eigentlich würde ich gerne noch mal hinfahren, bevor wir uns auf den Rückweg machen. Aber das müssen wir nicht, wenn du lieber nicht möchtest, dass Helena uns zusammen sieht. Wir können auch …»

«Nein, schon gut», unterbrach sie ihn, weil ihr plötzlich etwas einfiel. «Das ist gar keine schlechte Idee. Vielleicht …»

Mark legte den Kopf schief, als sie nicht weitersprach. «Vielleicht was?»

«Ach, ich dachte nur.» Greta runzelte die Stirn, während die Idee in ihrem Kopf Gestalt annahm. «Wie ist das eigentlich in der Parkklinik – arbeiten da die Vorzimmerdamen auch am Wochenende, wenn der Oberarzt Dienst hat?»

«Nein», erwiderte Mark. «Jedenfalls nicht, dass ich wüsste. Warum?»

«Weil ich gestern zufällig ein Gespräch von Wischnewski belauscht habe, als ich von der Toilette kam. Er hat mit einem anderen Arzt aus der Parkklinik gesprochen und erwähnt, dass er heute Dienst hat.»

«Und?», drängte Mark. «Worauf willst du hinaus?»

Greta zögerte. «Ich weiß, das klingt total verrückt, aber ich glaube, wenn es damals wirklich Wischnewski war, der diese Patientenverfügung hat verschwinden lassen, dann muss sie noch in seinem Büro liegen.»

«Was?» Völlig entgeistert starrte Mark sie an. «Wie kommst du denn darauf?»

«In dem Gespräch ging es um die Sekretärinnen der beiden, und Wischnewski erzählte, dass seine sich immer darüber beklagt, dass er nie etwas wegschmeißt.» Greta ging an ihm vorbei und stellte ihre Tasse auf den Küchentisch. «Verstehst du? Mit etwas Glück hat er die Verfügung aufgehoben. Es klang, als wäre er der Typ für so etwas.»

«Moment mal!» Langsam schien Mark zu dämmern, worauf sie hinauswollte. «Du willst sein Arztzimmer durchsuchen? Greta, das ist verrückt, und das weißt du.»

«Aber du hast selbst gesagt, dass du nicht beweisen kannst, dass er es war», wandte sie ein. «Es wäre einen Versuch wert. Du könntest zu ihm in sein Büro gehen und ihn ablenken. Sag ihm einfach, dass etwas mit Helena Folkerts Freund ist. Oder lass Helena das machen. Wenn du sie einweihst, dann hilft sie dir bestimmt. In der Eile vergisst Wischnewski bestimmt, sein Zimmer abzuschließen. Und dann kann ich schnell hineinschlüpfen und mich umsehen. Die Gelegenheit ist günstig, am Wochenende ist nicht so viel los. Bitte, lass es uns versuchen, ja?»

Mark schüttelte den Kopf. «Als ich das letzte Mal ja zu einer von deinen verrückten Ideen gesagt habe, hat dich das in Lebensgefahr gebracht», erinnerte er sie.

«Ich sehe mich nur mal kurz um. Das ist nicht gefährlich», beharrte sie. «Willst du denn nicht beweisen können, dass es nicht dein Fehler war?»

«Natürlich will ich das. Aber ...»

«Ich bin vorsichtig, versprochen. Und vielleicht finde ich ja auch nichts. Das kann gut sein. Dann können wir es nicht ändern. Nur lass es uns bitte versuchen!»

In Marks Gesicht arbeitete es, doch sie spürte, dass sein Widerstand nachließ.

«Du bist verrückt», sagte er und zog sie an sich, schloss die Arme um ihren Rücken. «Ich weiß nicht, wieso ich mich schon wieder auf so etwas einlasse. Das ist illegal, Greta!»

«Patientenakten zu manipulieren ist auch illegal», konterte sie. «Also abgemacht?»

Er beugte sich zu ihr hinunter und küsste sie. «Ja, verdammt, abgemacht. Aber erst frühstücken wir.»

«Also ich habe eigentlich noch keinen Hunger.» Sie schlang die Arme um seinen Hals und lächelte zu ihm auf. «Jedenfalls nicht auf Frühstück.»

Seine Augen wurden dunkel.

«Ist das so?», fragte er, und sie atmete scharf ein, als er sie unvermittelt auf seine Arme hob.

«Dann essen wir eben später», sagte er und trug sie zurück ins Schlafzimmer.

19

Doktor Ritter, wie schön, dass Sie mal wieder hier sind!» Die dunkelhaarige junge Frau, die an der Anmeldung saß, strahlte über das ganze Gesicht. «Ich habe schon gehört, dass Sie wieder in der Stadt sind. Wegen der Gala gestern, oder?»

Mark nickte und wollte etwas sagen, doch die Empfangsdame war schneller.

«Falls Sie zu Ihrem Vater wollen – der ist nicht da.»

«Ich weiß», erklärte Mark, als er endlich zu Wort kam. «Tatsächlich möchte ich einen meiner Patienten besuchen. Niklas von Holten. Er liegt auf der Neurologie.»

Die Empfangsdame sah in ihrem Computersystem nach. «Ja, oben auf der Drei, Zimmer 305», bestätigte sie.

«Danke.» Mark lächelte ihr zu. «Und Doktor Wischnewski? Ist der auch da?»

Sie nickte. «Er hat heute Dienst. Sie finden ihn vermutlich in seinem Arztzimmer, falls Sie ihn sprechen müssen.»

Mark bedankte sich noch mal und ging mit Greta durch die große, ziemlich beeindruckende Halle der Parkklinik. Staunend sah Greta sich um.

«Und? Wie fühlt es sich für dich an, wieder hier zu sein?», wollte sie von Mark wissen.

Er zuckte mit den Schultern. «Merkwürdig. Fremd, irgendwie. So, als hätte es mit mir nichts mehr zu tun.»

«Aber ich glaube, du könntest jederzeit zurückkehren, wenn du willst», meinte sie und blickte zu der Empfangsdame zurück. «Wie es scheint, vermissen sie dich.»

Vor allem der weibliche Teil der Belegschaft, dachte sie und spürte einen kurzen Anflug von Eifersucht.

Mark führte sie zu den Aufzügen, doch statt einen davon zu betreten und in den dritten Stock zu fahren, ging er ein paar Schritte weiter und öffnete die Tür zum Treppenhaus. Gemeinsam liefen sie in den ersten Stock hinauf.

Dort wandte er sich nach rechts und führte Greta bis zu einer Glastür, hinter der, wie dem Schild zu entnehmen war, die Büros der Medizinischen Leitung der Klinik lagen.

«Wischnewskis Arztzimmer ist die dritte Tür links», erklärte er. «Du wartest, bis ich mit ihm vorbeigegangen bin, dann …»

«… dann gehe ich in sein Büro und sehe mich um», ergänzte sie, ein bisschen amüsiert. «Der Plan stammt von mir, schon vergessen?»

Marks Gesicht blieb ernst. «Das ist und bleibt verrückt, also *kann* die Idee nur von dir sein.»

«Aber bisher klappt doch alles», erwiderte sie zufrieden.

Denn Helena, mit der Mark noch einmal gesprochen hatte, war mehr als bereit gewesen, ihnen zu helfen. Sie hatte keine Fragen gestellt, als Mark ihr erklärt hatte, dass es um die Aufklärung einer Sache ging, über die er mehr nicht verraten konnte, und dass sie dafür Doktor

Wischnewski eine Weile an Niklas von Holtens Bett beschäftigen mussten. Tatsächlich hatte sie laut Mark sogar sehr positiv auf die Möglichkeit reagiert, dem Oberarzt eins auszuwischen. Sie schien nicht besonders gut auf ihn zu sprechen zu sein, und das sicherte ihnen genau die Unterstützung, die sie brauchten, um ihren Plan in die Tat umzusetzen.

«Ich gehe ihn jetzt holen und mache ein bisschen Alarm, das hält ihn hoffentlich davon ab, die Tür abzuschließen. Sobald wir oben sind, improvisieren Helena und ich. Uns fällt schon was ein, über das wir uns beschweren können. Zur Not streite ich mich eine Weile mit ihm, dann ist er auch beschäftigt.» Mark öffnete die Tür zu einem kleinen Lagerraum, der zu der Station auf der anderen Seite des Flurs gehörte, und schob Greta hinein. «Hier, dadrin kannst du warten. Er darf dich nicht sehen, sonst riecht er den Braten. Er hat dich schließlich gestern mit mir gesehen.»

Greta nickte, und er küsste sie noch einmal. «Und lass dich nicht erwischen. Der Kerl ist jähzornig.»

Er schaltete das Licht im Lagerraum aus und ging. Die Tür ließ er einen Spalt offen, sodass Greta mitbekam, was draußen passierte.

Es dauerte nicht lange, da kam Mark mit Wischnewski an ihr vorbei. Die beiden hatten es eilig, und Mark redete die ganze Zeit auf den anderen Arzt ein. Sie gingen zum Fahrstuhl, und als Greta hörte, wie sich die Tür der Kabine wieder schloss, verließ sie ihr Versteck und lief in den Flur.

Die Tür zu Wischnewskis Vorzimmer war – wie erhofft – nicht abgeschlossen, sodass Greta keine Probleme hatte, in sein Büro zu gelangen. Der Raum war ziemlich groß, und als sie ihn betrat, sog sie erschrocken die Luft ein.

Denn Wischnewski hatte seinem Freund gegenüber nicht übertrieben: Er führte offenbar wirklich über so gut wie alles ganz genau Buch. Im Gegensatz zu den meisten Arztzimmern, die Greta kannte, befanden sich statt medizinischer Fachbücher fast nur Aktenordner in seinen Regalen, von denen es eine stattliche Anzahl gab. Die Ordner standen Rücken an Rücken, und jeder einzelne war sorgfältig beschriftet. Das nützte Greta allerdings wenig, denn es waren einfach zu viele, um sie in wenigen Minuten durchzusehen. Und selbst, wenn sie mehr Zeit gehabt hätte: Wie sollte sie in dieser Flut von Papieren ein einzelnes Blatt finden?

Aber so schnell würde sie nicht aufgeben. Denk nach!, forderte sie sich selbst auf. Wischnewski mochte ein Typ sein, der alles sammelte, doch selbst er würde sensible Papiere, die ihn belasteten, nicht offen herumliegen lassen. Wenn er die Verfügung tatsächlich noch hatte, dann verwahrte er sie bestimmt an einem sicheren Ort, zu dem nur er Zugang hatte oder an den man nicht so schnell dachte. Oder zumindest hoffte Greta das, denn das schränkte die Suche auf zwei Orte ein: den großen grauen Aktenschrank, der in der Nähe des Fensters stand, und die Schubladen seines großen Schreibtischs.

Der Schreibtisch erschien Greta am vielversprechendsten, deshalb setzte sie sich auf den großen Bürostuhl und probierte nacheinander alle Schubladen. Nur die obersten rechts und links ließen sich abschließen, und die Schlüssel steckten, deshalb konnte Greta beide öffnen. Sie fand Mappen mit Briefwechseln und Rechnungen und Kopien von Vorträgen, alles sorgfältig archiviert und beschriftet. Aber nichts, was irgendwie verdächtig wirkte.

Also der Aktenschrank! Schnell stand Greta auf und ging zu dem großen Büromöbel, an dem absolut nichts ungewöhnlich oder auffällig war. Es war ein ganz gewöhnlicher Metallschrank, mit Schubladen, die nicht gekennzeichnet waren. Als Greta die oberste öffnete, sah sie eine Menge Hängeregister, die laut der Schilder, die daran befestigt waren, Unterlagen zu Forschungsprojekten, Studien, Korrespondenzen und Kopien von Patientenunterlagen enthielten. In der zweiten Schublade bot sich ein ähnliches Bild. Akte reihte sich an Akte.

Wenn die Verfügung von Maria Schuster dort irgendwo drinsteckte, dann hatte Greta keine Chance, sie zu finden, und das frustrierte sie. Etwas zu heftig riss sie die Schublade ganz unten auf – und erstarrte, als sie draußen Stimmen hörte. Es waren zwei Männer, die miteinander stritten, und einer davon war Mark, das erkannte sie sofort. Offenbar war Wischnewski bereits auf dem Weg zurück, und Mark versuchte, ihn noch ein bisschen zu beschäftigen.

Verdammt, verdammt, verdammt. Greta wollte die Schublade gerade wieder schließen, um sich irgendwo zu verstecken, als ihr Blick auf eine Akte ganz am Ende der Schublade fiel. Im Gegensatz zu allen anderen war das Schild bei dieser unbeschriftet, obwohl sie eindeutig eine ganze Menge Unterlagen enthielt. Das kam ihr komisch vor, denn es passte nicht zu Wischnewskis sonst so ausgeprägtem Ordnungssinn.

Einer spontanen Eingebung folgend, nahm Greta die namenlose Akte aus der Schublade und steckte sie sich unter ihre Jacke. Als sie aufstand und das Zimmer verließ, hörte sie die Männer im Flur, direkt vor der Tür zum Vorzimmer.

«... habe es satt, mir diesen Unsinn weiter anzuhören», schimpfte Wischnewski ungehalten und betrat das Vorzimmer. Doch er hatte den Kopf abgewandt, sprach mit Mark, der noch im Flur stehen musste.

Blitzschnell duckte Greta sich hinter den Schreibtisch der Sekretärin und sah gerade noch, wie Mark im Türrahmen auftauchte. Er musste sie gesehen haben, aber Wischnewski hoffentlich nicht, denn der redete unbeirrt weiter.

«Mit Herrn von Holten ist alles in Ordnung. Ich werde auf gar keinen Fall weitere, völlig unnötige Untersuchungen anordnen. Und jetzt entschuldige mich bitte. Ich habe Wichtigeres zu tun, als mir den Wochenenddienst von einem ehemaligen Kollegen versauen zu lassen, der immer noch meint, er wüsste alles besser.»

Greta hörte, wie Wischnewski die Tür zuknallte. Von ihrem Platz hinter dem Schreibtisch sah sie nur seine Schuhe und die weißen Hosenbeine. Er verharrte an der Tür, schien auf Marks Schritte zu lauschen. Dann wandte er sich um, und Greta hielt den Atem an.

Sie war nicht gut versteckt. Der Tisch stand leicht schräg, und wenn Wischnewski sich an der Tür zu seinem Büro noch einmal umdrehte, würde er sie bemerken. Doch er ging direkt hinein und schloss die Tür hinter sich.

Mit klopfendem Herzen wartete Greta noch einen

Moment, dann stand sie auf und schlich zur Tür. Zum Glück war in beiden Zimmern Teppich verlegt, deshalb hörte man ihre Schritte nicht, und auch die Tür ließ sich fast geräuschlos öffnen. Sie schlüpfte in den Flur und ging, so leise sie konnte, in Richtung Treppenhaus, wo Mark auf sie wartete.

«Verdammt, das war knapp!», fuhr er sie an. «Ich dachte, er erwischt dich!»

«Ich auch», gestand Greta. «Wieso wart ihr so schnell wieder zurück?»

«Weil dieser Mistkerl sich geweigert hat, auf Helenas Fragen einzugehen», schimpfte Mark. «Sie hat ihn damit bombardiert, hat die Medikation in Frage gestellt und sich genau nach der Operationsmethode erkundigt, aber er hat alles abgetan und ihr erklärt, dass sie sich an meinen Vater wenden soll.» Mark schüttelte den Kopf. «Und es hat auch nichts genützt, dass ich dabei war, im Gegenteil. Ich dachte, meine Anwesenheit würde Wischnewski provozieren, doch tatsächlich ist er völlig ruhig geblieben. Fast so, als hätte er Angst, irgendetwas zu sagen, woraus ich ihm einen Strick drehen könnte. Als Helena nicht nachgelassen hat, ist er unfreundlich geworden und meinte, sie sollte sich lieber nicht beschweren, schließlich bekäme ihr Freund ja schon eine bessere Behandlung, als ihm eigentlich zustünde. Dann ist er gegangen, und obwohl ich ihm sofort nachgelaufen bin und ihn weiter gelöchert habe, ist er nicht stehen geblieben. Er hat das alles an sich abprallen lassen. Erst, als wir sein Zimmer schon fast erreicht hatten, konnte ich ihn ein bisschen aus der Reserve locken. Zum Glück, sonst ...» Er zog Greta an sich, küsste ihr Haar. «Hat es sich denn wenigstens gelohnt, dass ich in der letzten halben Stunde um drei Jahre gealtert bin?»

Sie löste sich von ihm und zeigte ihm die Papiere, die unter ihrer Jacke steckten.

«Was ist das?»

«Keine Ahnung. Diese Akte war als einzige nicht beschriftet, und das kam mir komisch vor, weil der Typ sonst wirklich alles ganz genau nimmt. Deshalb habe ich sie auf Verdacht mitgenommen.» Sie schob die Akte zurück unter ihre Jacke. «Vielleicht sollten wir lieber gehen, bevor Wischnewski uns doch noch erwischt.»

Mark nickte, und sie machten sich gemeinsam auf den Weg ins Erdgeschoss. Als sie die Halle durchquerten, drehte Greta sich ein paar Mal um, weil sie die ganze Zeit damit rechnete, dass der blonde Oberarzt ihnen folgen würde. Aber niemand hielt sie auf, als sie das Krankenhaus verließen und zum Parkplatz gingen.

Im Auto zog Greta die dicke Akte wieder unter ihrer Jacke hervor und blätterte den Inhalt durch. Es waren Kopien von Laborberichten und Diagnosen von diversen Patienten, die in keinem Zusammenhang zueinander zu stehen schienen. Außerdem lagen eine ganze Reihe Ausdrucke dabei, die mit einem Tabellenprogramm erstellt worden sein mussten. Sie enthielten Zahlenkolumnen, die Greta nichts sagten.

«Und?», fragte Mark neugierig. «Was steht drin?»

«Nichts, was einen Sinn ergibt», erklärte sie unglücklich. «Ich glaube nicht, dass wir darin die Verfügung finden.»

Natürlich nicht, dachte sie enttäuscht und lehnte sich zurück. Hatte sie wirklich geglaubt, dass es so einfach sein würde, Marks Namen in den Augen seines Vaters wieder reinzuwaschen?

«Tut mir leid. Das war eine dumme Idee.» Sie schob die Papiere zurück in die Akte. «Ich hätte wissen können, dass es ...»

«Jetzt warte doch mal.» Mark hatte den Motor gestartet und war vom Parkplatz runtergefahren. Aber er bog nicht in Richtung Stadt ab, sondern hielt auf den Park zu. Er kannte sich hier offenbar bestens aus, denn er lenkte den Mercedes sicher über die Wege, die den Park durchkreuzten, und hielt schließlich auf einem kleinen, von Gebüsch umgebenen Parkplatz, wo sie allein waren.

«Zeig mal», forderte er und nahm Greta die Akte ab. Ein paar Minuten lang blätterte er schweigend darin herum, studierte nicht nur die Kopien, sondern auch die Zahlenkolumnen.

«Und?», fragte Greta, als er die Papiere irgendwann sinken ließ.

«Du hast recht, es ergibt keinen Sinn. Aber genau das macht mich stutzig. Wieso hat er so genau Buch geführt über Dinge, die nicht miteinander zusammenhängen? Er wird sich doch irgendetwas dabei gedacht ... Moment mal!»

Mark ging noch mal die Liste durch, blätterte aufgeregt hin und her. «Ich glaube, ich weiß, was das ist.»

«Was denn?», drängte Greta, weil er nicht weitersprach.

«Es ist nur eine Vermutung, und mir fehlen die offiziellen Abrechnungen der Klinik, um das zu vergleichen und wirklich zu beweisen. Aber wenn mich nicht alles täuscht, dann rechnet Wischnewski Leistungen ab, die gar nicht erbracht wurden.» Mark blickte auf. «Er betrügt die Krankenkasse, und das offensichtlich schon seit einer Weile.»

Gretas Gedanken rasten zurück zu dem Gespräch zwischen Wischnewski und seinem Kollegen. «Ich habe gehört, wie er seinem Kollegen gegenüber behauptet hat, er hätte das Krankenhaus in die Gewinnzone gebracht. Und dass dein Vater nicht genug wertschätzt, was er leistet.»

Mark klappte die Akte wieder zu. «Greta, wenn das stimmt, dann ist das hier sehr viel wichtiger als die Verfügung von Frau Schuster.»

Sie lächelte verhalten, als er ihr die Akte zurückgab. «Und was machen wir jetzt damit?»

«Wir müssen das meinem Vater zeigen. Er kann feststellen, was es damit auf sich hat.» Mark ließ den Motor an. «Und zwar jetzt sofort.»

«Bist du sicher?», fragte Greta. «Und wenn er sich wieder auf Wischnewskis Seite stellt und die Sache vertuscht?»

«Das wird er nicht», erwiderte Mark. «Wenn da was dran ist, dann kümmert er sich darum. Die Parkklinik ist sein Lebenswerk. Er wird nicht zulassen, dass jemand sie in Verruf bringt, auch Wischnewski nicht.»

Greta schluckte. Ihr war nicht ganz wohl bei dem Gedanken, dem Professor so schnell wieder zu begegnen. Mark schien jedoch überzeugt davon, dass es das richtige Vorgehen war. Deshalb sagte sie nichts, sondern hielt die Akte umklammert, während Mark den Wagen durch den Park zurück in Richtung Stadt lenkte.

20

Die Villa der Familie Ritter in Blankenese sah fast genauso aus, wie Greta sie sich vorgestellt hatte. Groß, weiß, mit einem rot geziegelten Mansardendach, hohen Sprossenfenstern und einem riesigen gepflegten Vorgarten mit getrimmten Buchsbaumhecken, an denen jedes Blatt da saß, wo es hingehörte. Die breite Einfahrt, die zum Haus führte, ließ vor dem Haus genug Platz, um mehrere Autos abzustellen, und die schwarz lackierte Haustür mit den Messingornamenten wirkte nicht nur edel, sondern auf Greta auch ein bisschen einschüchternd.

«Mein Vater ist zu Hause», sagte Mark, als er seinen Wagen neben einer deutlich größeren, schwarzen Mercedes-Limousine parkte, die schon vor dem Haus stand. «Das ist sein Wagen.»

Sie stiegen aus, und Greta hielt die Akte umklammert, während sie auf die Haustür zugingen, zu der eine kleine Treppe hinaufführte.

«Wohnt dein Vater hier allein?»

Mark schüttelte den Kopf. «Unsere Haushälterin, Frau Petrovic, lebt mit im Haus. Jedenfalls war das so, als ich zuletzt hier war. Ist schon eine Weile her.»

Er atmete noch mal durch, als sie die Tür erreichten,

und bat Greta um die Akte. Dann drückte er auf den Klingelknopf aus Messing, der seitlich der Tür angebracht war. Ein Gong hallte durch das Haus, doch eine Weile passierte nichts. Dann, als Greta gerade schon vorschlagen wollte, wieder zu fahren, öffnete eine kleine Frau mit grauen Haaren die Tür. Ihr ernstes Gesicht erhellte sich sofort.

«Mark! Was für eine Überraschung! Da wird dein Vater sich freuen!»

«Hallo, Dana.»

Mark begrüßte sie mit einer Umarmung, aus der die Haushälterin ihn gar nicht wieder entlassen wollte.

«Hach, es ist schön, dich zu sehen.» Sie legte die Hände um sein Gesicht und betrachtete ihn. «Du warst viel zu lange nicht mehr hier!»

Greta glaubte, Tränen in den Augen der Frau glitzern zu sehen, als sie sich ihr zuwandte. «Und wen hast du mitgebracht?»

«Das ist Greta Paulsen», erklärte Mark. «Wir ... arbeiten zusammen.»

Obwohl Greta selbst darauf bestanden hatte, dass niemand etwas von ihrem Verhältnis erfahren durfte, versetzte diese Erklärung ihr einen Stich. Aber die Haushälterin schien ohnehin zu ahnen, dass da mehr war zwischen ihnen, denn sie lächelte wissend, während sie Greta die Hand gab.

«Bitte, kommt doch rein!»

Greta folgte Mark in eine große, marmorgeflieste Halle, in der man locker einen Stehempfang für fünfzig Personen hätte organisieren können. Ein Durchgang führte in ein großes, elegantes Esszimmer mit einem langen

Tisch aus glänzendem Kirschholz, über dem ein Kronleuchter hing. Gemälde schmückten die hohen Wände, von denen das größte, das neben der geschwungenen Treppe in den ersten Stock hing, ein Porträt von Marks Mutter Evelin war.

Marks Blick war daran hängengeblieben, was Dana Petrovic nicht entging. «Sie fehlt uns immer noch so sehr», sagte sie und wollte noch etwas hinzufügen, doch in diesem Moment erschien Herbert Ritter oben an der Treppe.

«Dana, wer ist denn ...» Er hielt inne. «Mark?»

Sein fassungsloser Gesichtsausdruck wich einem Lächeln, als er zu ihnen nach unten kam. Nicht einmal Gretas Anwesenheit schien ihn zu stören.

«Warum setzen wir uns nicht ins Wohnzimmer? Dana, würden Sie für uns ...»

«Ich bin nur hier, um dir das hier zu geben.» Mark hielt seinem Vater die Akte hin, die dieser stirnrunzelnd entgegennahm.

«Was ist das?», wollte er wissen.

«Unterlagen von Wischnewski», erklärte Mark. «Ich glaube, es wäre gut, wenn du da mal einen Blick reinwirfst und die Unterlagen mit euren Abrechnungen vergleichst.»

Sein Vater blätterte die Akte flüchtig durch. «Woher hast du das?», fragte er misstrauisch.

Greta spürte, wie ihr Magen sich zusammenzog.

«Das tut nichts zur Sache», erklärte Mark.

«Doch, natürlich tut es das», beharrte Herbert Ritter. «Wenn ich nicht weiß, woher diese Unterlagen stammen, dann kann ich auch nicht ...»

«Sie sind aus Wischnewskis Büro», fiel Greta ihm ins Wort. «Aus seinem Aktenschrank.»

Herbert Ritter wirkte verwirrt. «Hat er Ihnen die Akte gegeben?»

«Nein, ich habe sie mir genommen», gestand Greta. «Weil ich eigentlich dachte, dass etwas ganz anderes darin wäre. Und jetzt ...»

«Soll das heißen, Sie haben in Roberts Büro herumgeschnüffelt?», unterbrach Marks Vater sie entrüstet. «Das ist ja wohl die Höhe! Das werde ich nicht ...»

«Greta wollte mir nur helfen.» Mark stellte sich vor Greta und drängte seinen Vater zurück, der einen großen Schritt auf sie zu gemacht hatte. «Und sie ist dabei, glaube ich, auf etwas sehr Wichtiges gestoßen.» Er sah seinen Vater durchdringend an. «Bitte, Papa, prüf die Unterlagen. Mehr verlange ich nicht. Wenn ich mich irre, nehme ich alles zurück und entschuldige mich bei Wischnewski. Aber ich glaube, es wäre im Sinne der Klinik, wenn du dieser Sache nachgehst.»

Herbert Ritter sah seinen Sohn lange an und schien mit sich zu ringen. Dann fiel sein Blick auf Greta. Sie schluckte unwillkürlich, doch tatsächlich war der Ausdruck in seinen Augen jetzt nicht mehr feindselig. Eher ... nachdenklich.

«Also schön. Ich seh's mir an.»

«Gut.» Mark entspannte sich sichtlich. «Mehr will ich gar nicht.» Er räusperte sich. «Wir fahren dann wieder.»

«Wollt ihr nicht noch ein bisschen bleiben?», mischte sich Dana Petrovic ein. «Ich könnte einen Kaffee kochen. Und das Essen ist fast fertig. Setzt euch rüber ins Wohnzimmer, dann bringe ich euch ...»

«Nein, danke. Wir müssen die Fähre noch bekommen», erklärte Mark und verabschiedete sich herzlich von der Haushälterin und sehr knapp von seinem Vater. Er hatte es eilig, wieder zu gehen, drängte Greta regelrecht zur Tür hinaus.

«Mark?», rief Herbert Ritter, als sie das Ende der Eingangstreppe schon erreicht hatten. Er stand in der Haustür und blickte zu ihnen herunter. «Die Spenden-Gala gestern war ein voller Erfolg. Wir haben eine Rekordsumme erzielen können.»

«Das freut mich», sagte Mark, und für einen langen Moment sahen die beiden Männer sich schweigend an. Dann schloss Ritter senior die Tür.

«Warum hast du die Einladung ausgeschlagen?», fragte Greta, als sie wieder im Auto saßen und losfuhren. «Wir hätten noch Zeit für eine Tasse Kaffee gehabt.»

«Ein entspanntes Kaffeetrinken mit meinem Vater?» Mark schnaubte. «Das kannst du vergessen.»

Greta blickte zurück zum Haus. «Was müsste er denn tun, damit du bereit wärst, dich wieder mit ihm zu versöhnen?», fragte sie. «Zu Kreuze kriechen?»

«Es würde mir schon reichen, wenn er zugibt, dass er sich geirrt hat, was Wischnewski angeht», meinte Mark. «Aber das wird er nicht.»

«Vielleicht doch, wenn du mit der Akte recht hast», erwiderte Greta. «Aber es ist nicht nur das, oder? Ich habe das Gefühl, dass es bei eurem Streit noch um etwas anderes geht. Es hat was mit deiner Mutter zu tun, oder?»

Mark hielt den Blick auf die Fahrbahn gerichtet, weil er nicht wollte, dass Greta in seinen Augen lesen konnte, wie sehr ihre Worte ihn erschütterten.

Wie zur Hölle schaffte sie es nur, den Finger immer genau auf die Stelle zu legen, die weh tat? Bisher war seine Mutter der einzige Mensch gewesen, vor dem er nichts verbergen konnte, aber Greta schien ihn genauso gut zu durchschauen, und das machte ihn auf eine unangenehme Art schutzlos. Andererseits musste er sich dann auch nicht verstellen und konnte aussprechen, was er schon lange mit sich herumtrug.

«Nein, es geht nicht nur um die Sache mit Wischnewski. Die war nur der Tropfen, der das Fass zum Überlaufen gebracht hat.» Er seufzte tief. «Ich ... bin so schrecklich wütend auf ihn. Als Kind habe ich ihn bewundert und wollte werden wie er. Herbert Ritter, der brillante Chirurg, der Menschen hilft und für andere da ist. Bis ich irgendwann gemerkt habe, dass er nur für andere da ist und nie für uns. Er war ständig auf irgendwelchen Kongressen oder in der Klinik, das war immer alles wichtiger als wir. Manchmal hatte er nicht mal Zeit, zu meinem Geburtstag zu kommen. Vielleicht bin ich Arzt geworden, weil ich wollte, dass er mich endlich wahrnimmt. Aber egal, wie gut ich war, ich konnte es ihm nicht recht machen. Er hat es nur zur Kenntnis genommen, so als würde er es voraussetzen. Als Sohn des unfehlbaren Herbert Ritter musste ich selbstverständlich in allem der Beste sein, etwas anderes kam gar nicht in Frage.»

«Du bist ein guter Arzt, Mark. Punkt. Das musst du doch wissen, auch wenn dein Vater es dir nicht sagt», meinte Greta, und der ehrliche Ausdruck in ihren Augen tat ihm gut.

«Nein, er muss es mir nicht sagen. Es wäre nur schön gewesen, es zu hören. Wenigstens ein Mal. Doch von ihm kam nie etwas in der Richtung. Meine Mutter hat ihn immer verteidigt und behauptet, dass er nur nicht zeigen könne, wie stolz er auf mich ist. Und ich habe mich damit getröstet. Ich habe es geglaubt, bis zu dem Moment, als er diesem Wischnewski mehr vertraut hat als mir. Da fiel selbst meiner Mutter keine Entschuldigung mehr für ihn ein.»

Er schüttelte den Kopf. «Ich hatte es satt, ein für alle Mal. Ich wollte einfach nicht mehr darum ringen, endlich von ihm anerkannt zu werden. Deshalb bin ich gegangen. Und jetzt denke ich oft ...»

«Was?», drängte Greta, als er nicht weitersprach.

«Ich denke oft, dass das mit meiner Mutter vielleicht nicht passiert wäre, wenn ich geblieben wäre. Dass ich ihre Krankheit früher erkannt hätte, wenn ich sie öfter gesehen hätte in der Zeit.»

«So darfst du nicht denken, Mark», sagte Greta erschrocken. «Du bist nicht daran schuld.»

«So denke ich aber», entgegnete er. «Ich denke, dass wir versagt haben, ich und mein Vater auch. Herrgott, er hat mit ihr zusammengelebt! Wie wenig muss er sie angesehen haben, wenn ihm entgangen ist, wie schlecht es ihr ging? Davon spricht er allerdings nie. Stattdessen hält er mir vor, dass ich nicht da war, als sie starb.»

«Das ist sehr ungerecht von ihm», sagte Greta. «Aber denkst du nicht, dass er sich diese Vorwürfe auch macht?»

Mark schnaubte, doch Greta sprach weiter.

«Ich kann verstehen, dass du wütend bist. Jetzt, wo ich deinen Vater kenne, sogar sehr gut. So, wie er sich mir gegenüber verhalten hat, fand ich ihn auch nicht besonders nett. Aber das ging mir mit dir am Anfang genauso. Weißt du nicht mehr, wie ungerecht du am Anfang zu allen in der Klinik warst? Vielleicht seid ihr einfach so, wenn es euch nicht gutgeht. Dann hackt ihr lieber auf anderen herum, anstatt das einfach mal zuzugeben.» Sie schüttelte den Kopf. «Eigentlich kein Wunder, dass ihr euch ständig streitet, so ähnlich, wie ihr euch seid.»

Mark starrte sie an, dann richtete er den Blick wieder nach vorn. Er fühlte sich ertappt, denn diese Parallele war ihm nie aufgefallen. Und er war noch nicht sicher, was er damit anfangen sollte.

«Du solltest mit deinem Vater reden, Mark», beharrte Greta. «Dich wieder mit ihm vertragen. Ihr macht es doch nur schlimmer, wenn ihr euch weiter anfeindet.»

Er lachte ein freudloses Lachen. «Genau das hat meine Mutter auch immer gesagt. Aber das ist das Problem. Sie ist nicht mehr da. Und ohne sie funktioniert es nicht. Sie war der Kitt, der uns zusammengehalten hat, verstehst du? Ohne sie ...» Er ließ den Satz unbeendet und spürte wieder den scharfen Schmerz des Verlustes, der irgendwie nie schwächer wurde. «Ohne sie geht es einfach nicht.»

«Ich weiß nicht, ob deine Mutter es gut finden würde, dass du so denkst», meinte Greta. «Glaubst du, sie wäre glücklich darüber, dass ihr euch gegenseitig nur noch Vorwürfe macht, anstatt gemeinsam um sie zu trauern?»

Mark starrte sie an und wollte etwas erwidern, hielt jedoch inne, weil in diesem Augenblick ihr Handy mehrere aufeinanderfolgende Töne von sich gab. Sie holte es aus ihrer Handtasche und blickte auf das Display, im selben Moment, als Marks Handy klingelte.

Er nahm den Anruf über die Freisprechanlage entgegen.

«Was gibt es denn, Bent?», fragte er, weil er schon gesehen hatte, wer ihn anrief. «Kommt ihr nicht mal ein Wochenende ohne uns ... ich meine, ohne mich aus?»

Er rechnete damit, dass sein Assistenzarzt irgendeine scherzhafte Bemerkung machen würde. Aber Bent blieb ernst.

«Ist Greta bei dir?», fragte er.

Mark blickte zu Greta, die kurz aufmerksam geworden war, als sie ihren Namen hörte. Doch sie hielt sich gerade ihr Handy ans Ohr, und die Sprachnachricht, die sie abhörte, schien wichtiger zu sein.

Mark räusperte sich. «Wie kommst du denn darauf, dass ...»

«Ich habe euch gestern an der Fähre gesehen», unterbrach ihn Bent, und Mark fluchte innerlich. Mit so etwas musste man auf der Insel leider immer rechnen. Er konnte froh sein, dass es sein Assistenzarzt gewesen war, der grundsätzlich nicht viel tratschte, und nicht Verena Boden aus der Verwaltung.

«Hör zu, Bent, das mit Greta und mir, das soll niemand ...»

«Schon klar», sagte Bent kurz angebunden. «Aber sie ist bei dir?»

«Ja», bestätigte Mark irritiert. «Wieso ist das so wichtig?»

«Weil ich mir dann einen Anruf sparen kann», erklärte

der Däne. «Es ist nämlich etwas passiert, das euch beide interessieren wird.»

«Mark!» Gretas Augen waren weit aufgerissen, und sie hielt ihm aufgeregt ihr Handy hin. «Wir müssen sofort zurück. Leonie sagt, dass weitere Kinder mit Verdacht auf Bleivergiftung bei uns eingeliefert wurden!»

21

Die kleine Ida blinzelte müde. «Wo ist Mama?», fragte sie und sah sich mit leerem Blick im Krankenzimmer um.

«Sie ist nur mal ganz kurz draußen und redet mit Doktor Ritter.» Greta lächelte das Mädchen an, während sie vorsichtig die Blutdruckmanschette löste. «Wie fühlst du dich denn heute Morgen? Schon ein bisschen besser?»

Idas Augen füllten sich mit Tränen. «Mein Kopf tut immer noch weh. Geht das wieder weg, Greta?»

«Ganz bestimmt», versprach Greta und strich der Kleinen über die Wange. «Jetzt wird alles wieder gut.»

Sie kannte Ida, die Tochter der Familie Bär, schon seit sie vor neun Jahren auf die Welt gekommen war. Die Bärs wohnten in dem Haus direkt neben der Pension, und Ida kam in den Sommermonaten oft mit ihren Freundinnen herüber, um mit den Pensionskindern zu spielen, wenn diese im gleichen Alter waren.

Umso schockierter war Greta gewesen, als sie am Tag zuvor mit Mark zurückgekehrt war und festgestellt hatte, dass Ida zu den drei Mädchen gehörte, die mit den klassischen Symptomen einer Bleivergiftung in die Hansen-Klinik eingeliefert worden waren. Die anderen beiden waren Kristin Wagner, eine gleichaltrige Freundin von

Ida, und Thea Hankwitz, die achtjährige Tochter von Pensionsgästen, die sich mit Ida und Kristin angefreundet hatte. Bei allen waren Magenschmerzen, Kopfschmerzen und Verwirrtheit aufgetreten, wobei Thea, die im Nachbarbett lag und schlief, noch am glimpflichsten davongekommen war. Der Zustand der kleinen Kristin dagegen hatte sich gegen Abend so verschlechtert, dass sie ins Intensivzimmer verlegt worden war. Heute Morgen war ihr Zustand stabil, aber sie hatte eindeutig die stärksten Symptome.

Die Laborwerte hatten schon gestern Abend den Verdacht bestätigt: Der Bleiwert im Blut war bei allen drei Mädchen viel zu hoch, und wieder gab es keine Erklärung dafür.

Laut Thea und Ida, die fit genug für eine Befragung gewesen waren, und den Aussagen der Eltern hatten die Mädchen nichts Ungewöhnliches gegessen oder getrunken. Auch sie hatten zwar oft in den Dünen am Südstrand gespielt, doch angeblich dort nichts gefunden, was man irgendwie mit Blei in Verbindung hätte bringen können ...

«... haben die beiden Glück gehabt», hörte Greta Mark sagen, als die Tür aufging und er mit Idas Mutter Kerstin Bär das Zimmer betrat. «Ich denke, es bleiben keine Schäden zurück. Aber wir müssen unbedingt die Ursache für die Vergiftung finden.»

Kerstin Bär, eine kleine Frau mit schulterlangen blonden Haaren, zuckte unglücklich mit den Schultern. «Ich kann mir das nicht erklären. Ich bin ganz sicher, dass es nicht zu Hause passiert sein kann. Was sie in den Dünen gemacht haben, weiß ich nicht genau.»

Greta runzelte die Stirn, weil ihr plötzlich ein Gedanke

kam. «Sagen Sie, waren die Mädchen da eigentlich allein? Ich meine, nur zu dritt? Oder war da noch jemand dabei?»

«Ich weiß nicht.» Kerstin Bär dachte nach. «Ja, doch, sie haben erzählt, dass da noch zwei Kinder vom Campingplatz waren, wenn ich mich richtig erinnere. Ein Junge und ein Mädchen.»

Greta wandte sich an Ida. «Hießen die beiden vielleicht Deborah und Robin?»

Ida nickte. «Debbie ist nett. Sie hat immer ganz viele leckere Sachen dabei. Die haben wir für das Spiel gebraucht. Aber Robin war doof. Genau wie die beiden anderen Jungs, die am Anfang dabei waren.»

«Marvin und Felix?», erkundigte sich Greta.

Ida nickte. «Ja. Die haben uns nicht gezeigt, was sie gefunden hatten. Das fand ich gemein.»

Greta blickte zu Mark, der auch aufgehorcht hatte. «Weißt du, was sie gefunden haben?»

«Nein. Das wollten sie uns ja nicht erzählen.» Ida gähnte und hob die Hand, in der die Infusionsnadel steckte. «Wie lange muss das Ding denn noch dadran sein?»

«Noch eine Weile», erklärte Greta. «Schlaf ein bisschen, dann wirst du schneller wieder gesund, ja?» Sie nickte Idas Mutter zu, die sich wieder ans Bett setzte, und verließ mit Mark das Zimmer.

«Die Kinder müssen sich in den Dünen vergiftet haben», meinte sie und rieb sich die Augen. «Wenn wir nur wüssten, was genau die Jungs da gemacht haben!»

«Du siehst müde aus.» Mark berührte ganz kurz Gretas Hand, was ihr einen wohligen Schauer über den Rücken schickte. «Wie geht es deiner Mutter?»

Sie seufzte tief. «Wie soll es ihr schon gehen? Sie macht sich Sorgen – um die Kinder und darum, wie es in der Pension weitergeht. Eine Familie ist gestern kurz nach der Ankunft in eine andere Unterkunft umgezogen, als sie von der Geschichte gehört hat. Langsam ist das wirklich geschäftsschädigend.»

«Wir müssen die Ursache für die Vergiftungen finden», meinte Mark. «Sonst ...»

Er hielt inne, und als Greta seinem Blick folgte, sah sie, dass Karsten Ehlert auf sie zukam. Der Chefarzt der Inneren war nicht allein, neben ihm ging eine Frau von etwa Mitte fünfzig mit auberginenrot gefärbten Haaren.

«Was macht die Börnsen denn hier?», fragte Greta erstaunt.

Die Geschäftsführerin der Krankenhausgesellschaft, zu der mehrere Standorte gehörten, hatte ihr Büro eigentlich auf dem Festland. Auf die Insel kam sie nur, wenn es etwas Wichtiges zu verkünden oder zu besprechen gab.

«Es geht bestimmt um das neue Gerät», meinte Mark. «Frau Börnsen hatte mir schon angekündigt, dass sie deswegen noch mal vorbeikommt.»

Greta schluckte. Daran, dass die OP ihres Vaters demnächst anstand, hatte sie wegen der Aufregungen des vergangenen Wochenendes gar nicht mehr gedacht.

«Wird es denn klappen?», fragte sie unsicher, aber Mark konnte nicht mehr antworten, weil Doktor Ehlert und Helga Börnsen sie in diesem Moment erreichten.

«Doktor Ritter, ich bräuchte Ihre Unterstützung!» Helga Börnsen deutete auf Ehlert. «Sie können mir sicher helfen, die Bedenken des Kollegen auszuräumen, die er bezüglich der Herz-Lungen-Maschine ...»

«Das ist eine Unverschämtheit», fiel Ehlert ihr ins Wort.

Er war Ende fünfzig, hatte grau meliertes Haar und war im Verhältnis zu Mark eher klein. Als Greta in der Hansen-Klinik angefangen hatte, war er ihr als ein höflicher und umsichtiger Arzt erschienen, der im persönlichen Umgang manchmal ein bisschen steif sein konnte. Doch seit Mark die Chefarztstelle in der Chirurgie übernommen hatte, wirkte Ehlert wie ausgewechselt. Er regte sich oft auf und stellte sich fast grundsätzlich gegen Dinge, die Mark betrafen oder die auf Marks Initiative zurückgingen. Auch jetzt baute er sich vor seinem Kollegen auf und funkelte ihn wütend an.

«Ich hatte Ihnen gesagt, dass das nicht in Frage kommt! Wir brauchen dieses Gerät nicht. Allein die Kosten ...»

«Wie ich Ihnen bereits erklärt habe, werden die Kosten komplett von dem amerikanischen Sponsor übernommen», mischte sich Helga Börnsen ein. Sie hielt ein Klemmbrett mit einem von Zahlenkolumnen bedeckten Papier in der Hand, und das konsultierte sie jetzt.

Doch Ehlert schien das nicht zu überzeugen. «Und was ist mit den Personalkosten? Wir brauchen dann auch einen Kardiotechniker, der das Gerät bedienen kann!»

«Dafür kommt der Sponsor ebenfalls auf», erklärte Helga Börnsen mit einem zufriedenen Lächeln.

Ehlert schüttelte den Kopf. «Aber das steht doch alles in gar keinem Verhältnis! Wozu sollten wir das Gerät denn überhaupt brauchen?»

«Zum Beispiel, um einem Patienten eine neue Herzklappe einsetzen», erklärte Mark mit ruhiger Stimme.

«Das kann auch auf dem Festland gemacht werden», hielt Ehlert dagegen.

«Nein, in diesem Fall nicht. Der Patient weigert sich, die Insel zu verlassen», erwiderte Mark.

«Ach, und darauf nehmen wir jetzt Rücksicht, oder was?», fuhr Ehlert ihn an.

«Jetzt beruhigen Sie sich doch, Doktor Ehlert», mischte sich Helga Börnsen ein. «Ich kann da wirklich nur Vorteile sehen. Das Krankenhaus bekommt ein teures Gerät und verbessert die medizinische Versorgung, ohne dass wir einen Cent dafür aufbringen müssen. Und denken Sie doch nur an die Außenwirkung. Ich bin mir sicher, dass die Presse sich sehr für die erste Herzklappen-OP auf der Insel interessieren wird.»

«Ach, so ist das!» Ehlerts Augen wurden schmal, und er wandte sich wieder an Mark. «Es geht Ihnen nur um die Publicity! Das war ja klar, dass jemand wie Sie einen Weg findet, im Mittelpunkt zu stehen! Und das alles hinter meinem Rücken ...»

«Sie wussten die ganze Zeit Bescheid», korrigierte Mark ihn. «Ich habe Sie per Mail über die geplante Anschaffung unterrichtet. Darauf haben Sie nicht reagiert.»

«Weil ich mir das erst mal in Ruhe ansehen wollte!», schimpfte Ehlert. «Ich konnte doch nicht ahnen, dass diese Sache derart übers Knie gebrochen wird.»

«Worauf sollen wir denn warten?», entgegnete Helga Börnsen. «Es ist kein Haken an der Sache.»

«Der Haken an der Sache ist, dass ich mich übergangen fühle», erklärte der Internist. «Ich dachte wirklich, dass mein Wort in diesem Haus nach zwanzig Jahren Gewicht hat. Doch da habe ich mich offenbar getäuscht, wenn man mich vor vollendete Tatsachen stellt.»

«Es tut mir leid, Doktor Ehlert, aber in dem Fall stehe

ich auf der Seite von Doktor Ritter», erklärte die Geschäftsführerin völlig ungerührt. «Ein derart großzügiges Geschenk werden wir auf gar keinen Fall ausschlagen.» Sie hielt das Klemmbrett jetzt gegen ihre Brust gepresst, so als wollte sie die Zahlen darauf umarmen. «Würden Sie mir dann bitte in mein Büro folgen, Doktor Ritter, ich möchte mit Ihnen noch ... Oh, einen Moment!» Sie griff in ihre Tasche und zog ihr klingelndes Handy heraus. «Da muss ich kurz drangehen.»

Sie entfernte sich ein paar Schritte, um ihr Telefonat zu führen, und diesen Moment nutzte Karsten Ehlert, um noch einmal auf Mark loszugehen.

«Das war von Anfang an der Plan, oder? Sie wollen hier alles an sich reißen. Aber Sie werden es nicht schaffen, mir mein Inselkrankenhaus kaputt zu machen. Hier bleibt alles, wie es ist, sonst ...»

«Sonst was?», fragte Mark. «Herrgott, ich bin nicht Ihr Feind, Ehlert! Wann werden Sie das endlich begreifen? Die Dinge ändern sich nun mal, und nicht jede Neuerung ist schlecht. Vielleicht sind Sie irgendwann froh, dass wir diese zusätzliche Möglichkeit der Behandlung haben.»

«Ich werde vor allem froh sein, wenn Sie endlich wieder von der Insel verschwinden.» Ehlert wandte sich um und ließ Mark stehen.

«Tut mir leid», sagte Greta, als er außer Hörweite war. «Mir war nicht klar, dass es deswegen so viel Ärger gibt.»

«Mir auch nicht.» Mark blickte immer noch Doktor Ehlert nach, der gerade die Station verließ. «Ich verstehe ihn manchmal wirklich nicht. Ich habe ihm nichts getan.»

«Wenigstens brauchst du dir jetzt keine Gedanken

mehr darüber zu machen, dass er dich bei der Geschäftsführung anschwärzen könnte.» Greta nickte mit dem Kinn in Helga Börnsens Richtung. «Ich schätze, da hast du gerade einen dicken Stein im Brett.»

Doch als Helga Börnsen zu ihnen zurückkehrte, lächelte sie nicht mehr so zufrieden wie eben. Tatsächlich wirkte sie verärgert.

«Ist was passiert?», erkundigte sich Mark.

«Kann man so sagen.» Die Geschäftsführerin steckte ihr Handy wieder in die Tasche. «Am Telefon war Frau Doktor Steffens. Sie hat mir mitgeteilt, dass sie ihre Stelle bei uns mit sofortiger Wirkung aufgibt.»

«Was?», riefen Mark und Greta gleichzeitig. «Geht das denn so einfach?», hakte Mark nach.

«Ja, leider. Frau Steffens ist noch in der Probezeit.» Die Geschäftsführerin seufzte tief. «Ich hoffe nur, wir finden schnell Ersatz.» Ihr Handy klingelte erneut, und noch während sie es wieder aus der Tasche nahm, ging sie den Flur hinunter. «Kommen Sie dann, Doktor Ritter? Ich würde gerne noch mit Ihnen besprechen, wie wir marketingtechnisch mit der Schenkung umgehen.»

«Ist das ein Problem mit Rieke?», fragte Greta, als Helga Börnsen außer Hörweite war.

«Nur für die Klinik.»

Er lächelte, und Greta wäre so gerne zu ihm gegangen und hätte ihn geküsst. Doch das ging nicht, solange sie auf dem Stationsflur standen, und die Erkenntnis versetzte ihr einen unangenehmen Stich. Es sind deine eigenen Regeln, erinnerte sie sich.

«Ich werde noch mal mit Marvin sprechen, bevor er nachher entlassen wird», meinte sie. «Vielleicht erzählt er mir ja noch, was sie tatsächlich in den Dünen gemacht haben.»

«Falls seine Mutter dich nicht vorher teert und federt», meinte Mark und erinnerte Greta daran, dass Christine Lembroich nach wie vor nicht gut auf die Familie Paulsen zu sprechen war.

Aber Greta hatte nicht vor, sich abschrecken zu lassen, deshalb ging sie, als Mark der Geschäftsführerin gefolgt war, zu Marvins Zimmer am Ende des Flurs.

Der kleine Felix war schon wieder entlassen worden und inzwischen mit seinen Eltern abgereist, seine Behandlung wurde zu Hause fortgesetzt. Marvin hatte länger gebraucht, um sich wieder zu erholen. Doch jetzt war auch er wieder auf dem Damm und würde nicht mehr lange im Krankenhaus bleiben müssen.

Auf diese Nachricht hatte Christine Lembroich mit großer Erleichterung reagiert, denn sie wollte, wie sie immer wieder betonte, so schnell wie möglich weg von der Insel. Überhaupt machte sie bei jeder Gelegenheit klar, wie wütend sie darüber war, dass ihr Sohn im Urlaub plötzlich so krank geworden war. Sie war generell ein aufbrausender Typ, und auch jetzt, als Greta das Zimmer betrat, blickte sie ihr mit zornig funkelnden Augen von ihrem Platz neben dem Bett ihres Sohnes entgegen.

Greta räusperte sich. «Frau Lembroich, ich würde Marvin gerne noch ein paar Fragen stellen zu der Sache mit der Vergiftung, wenn ich darf.»

«Nein, das dürfen Sie nicht!», erwiderte die dunkelhaarige Frau prompt. «Sie versuchen doch nur, Ihre Mutter zu entlasten.»

Greta atmete einmal durch. «Ich weiß, dass Sie das

denken. Aber so ist es nicht. Es geht nicht um die Pension, sondern darum, dass wir nicht noch mehr Kinder einer Gefahr aussetzen möchten. Gestern wurden schon wieder drei Mädchen mit Bleivergiftung eingeliefert, diesmal auch zwei, die nicht in der Pension wohnen, aber die mit Ihrem Sohn und seinen Freunden zusammen in den Dünen gespielt haben.»

Christine Lembroich verschränkte die Arme vor der Brust, aber sie wirkte nicht mehr ganz so feindselig. «Und?»

«Wir müssen unbedingt herausfinden, was die Kinder so krank macht. Und der einzige Überschneidungspunkt in allen Fällen sind ihre Spiele in den Dünen. Deshalb wäre es sehr wichtig, dass Marvin uns erzählt, was er dort gemacht hat.»

Christine Lembroich sah zu ihrem Sohn und überlegte lange. Dann nickte sie. «Also gut, von mir aus. Fragen Sie ihn. Aber ich bleibe die ganze Zeit dabei.»

«Natürlich.» Greta ging zu Marvins Bett hinüber. Der Junge, der das Gespräch verfolgt hatte, sah ihr mit einer Mischung aus Neugier und Skepsis entgegen.

«Ich weiß nichts», sagte er. «Wir waren halt in den Dünen und haben gespielt.»

«Mit Robin und Debbie?», hakte Greta nach.

Marvin nickte, sichtlich überrascht, dass Greta die Namen kannte. «Robin ist cool. Aber diese Debbie nicht. Die wollte immer bestimmen, was wir spielen. Richtig nervig war das, weil Robin meinte, dass wir nicht immer nein sagen können. Weil seine Mutter mit Debbies Mutter befreundet ist.»

Greta überlegte, wie sie ihre nächste Frage formulieren sollte – und beschloss wie so oft, dass der direkte Weg der einfachste war.

«Marvin, du musst mir bitte sagen, was ihr in den Dünen gefunden habt. Das ist wichtig.»

Marvin starrte sie erschrocken an, dann glitt sein Blick zu seiner Mutter. «Gar nichts.»

«Das stimmt nicht. Ida, so heißt eines der kranken Mädchen, hat mir erzählt, dass ihr etwas gefunden habt und ihr nicht zeigen wolltet. Was war das, Marvin?»

Bevor der Junge antworten konnte, hob sie die Hand. «Ich verspreche dir, dass dir niemand von uns böse ist. Aber wir müssen das wissen. Du hast es ja gehört, es sind noch andere Kinder krank geworden, und wir wollen nicht, dass es mehr werden. Das willst du doch sicher auch nicht, oder? Deshalb sag mir bitte, was ihr in den Dünen gefunden habt.»

Sie hielt den Atem an, wartete auf eine Reaktion.

Marvin starrte sie nur an, so lange, dass es selbst seiner Mutter irgendwann zu bunt wurde.

«Nun, sag schon, Marvin», befahl sie ihm.

Der Junge senkte den Kopf und starrte auf seine Decke. «Eine Pfeife», sagte er. «Die war im Sand vergraben.»

Das war nicht das, was Greta erwartet hatte. Und sie war auch nicht ganz sicher, was der Junge meinte. «Eine Trillerpfeife?»

«Nein, so eine wie Opa hat. Mit der man rauchen kann.»

«Habt ihr das etwa gemacht?» Christine Lembroich sah ihren Sohn entsetzt an. «Marvin, wie oft habe ich dir gesagt, dass Rauchen schlecht ist? Du hast mir versprochen, dass du das niemals machst!»

Der Junge wich ihrem Blick aus. «Wir haben nicht richtig geraucht. Nur ein bisschen Seetang drin angezündet und zum Spaß mal daran gezogen.» Unsicher sah er zu Greta. «Sind wir davon krank geworden?»

«Nein.» Greta lächelte. «Das, was euch krank gemacht hat, ist Blei. Das ist ein Metall. Außerdem haben die Mädchen, die wir gerade behandeln, das Gleiche wie ihr, und denen habt ihr die Pfeife nicht gegeben, oder?»

Marvin schüttelte den Kopf. «Nein, wir haben sie nur Debbie gezeigt. Aber sie fand das blöd. Sie war sauer auf uns, weil wir keine Lust mehr auf ihr blödes Spiel hatten. Wenn es nach ihr gegangen wäre, dann hätten wir den ganzen Tag immer nur ‹Einsame Insel› gespielt. Das war am Anfang ganz cool, aber irgendwann hing uns das echt zum Hals raus.»

Greta erinnerte sich, dass Debbie dieses Spiel ebenfalls erwähnt hatte. «Was genau muss man bei diesem Spiel noch mal machen?»

«Man muss so tun, als wäre man auf einer einsamen Insel gestrandet, und die Höhle suchen, in der die Vorräte lagern. Die versteckt Debbie immer woanders. Und wenn man sie gefunden hat, dann muss man ganz viel trinken. Mir war manchmal richtig schlecht davon.»

«Wovon?», wollte Greta wissen.

«Na, von dem Orangensaft. Debbie hat den immer dabei. Wir haben sie gefragt, ob wir nicht auch mal Wasser trinken können, weil es doch auf einer einsamen Insel gar keinen Orangensaft gibt. Da ist sie wütend geworden und hat gemeint, dass sie sich das Spiel ausgedacht hat und dass sie deshalb auch entscheidet, wie die Regeln sind.»

«Orangensaft?» Gretas Herzschlag beschleunigte sich, weil ihr plötzlich klarwurde, was sie die ganze Zeit übersehen hatten. «Aus was habt ihr den getrunken? Direkt aus der Flasche?»

Marvin schüttelte den Kopf. «Nein, Debbie hat so einen großen Becher. Den mussten wir benutzen. Auf den ist sie voll stolz, weil der so schön bunt ist. Sie nennt ihn den ‹Becher der Eingeborenen›.»

«Danke.» Greta war schon auf dem Weg zur Tür. «Vielen Dank, Marvin. Damit hast du mir sehr geholfen!»

«Was soll das heißen?», rief Christine Lembroich ihr nach. «Wissen Sie jetzt, wie die Kinder sich vergiftet haben?»

«Vielleicht. Aber dafür muss ich erst noch was überprüfen.»

Greta ging zurück in das Zimmer der Mädchen.

«Ida, habt ihr mit Debbie auch das ‹Einsame Insel›-Spiel gespielt?», fragte sie, kaum dass sie die Tür geöffnet hatte.

Ida nickte. «Ganz oft. Das ist Debbies Lieblingsspiel.»

«Und ihr habt Orangensaft aus Debbies Becher getrunken – aus diesem ‹Becher der Eingeborenen›?»

Wieder nickte das Mädchen.

«Okay. Danke, Ida.»

Greta verließ das Zimmer wieder und blieb im Flur stehen, während ihre Gedanken sich überschlugen. Das muss es sein, dachte sie. Die Vergiftungen der Kinder hatten mit diesem Spiel zu tun. Es war die Verbindung, nach der sie gesucht hatten.

«Greta?»

Sie blickte auf und sah Mark über den Flur auf sie

zukommen. Sein Meeting mit Börnsen war offenbar zu Ende, und das Timing hätte nicht besser sein können.

«Gut, dass du kommst», sagte sie erleichtert. «Wir müssen noch mal zurück zum Campingplatz, und zwar sofort.»

22

Leonie stand im Schwesternzimmer am Fenster und blickte hinunter auf den Parkplatz, als ihr Kollege Faris Kazneh hereinkam.

«Sag mal, wo wollen denn Greta und Doktor Ritter so eilig hin?» Er ließ sich auf den Stuhl vor dem Schreibtisch sinken und lehnte sich zurück. «Ich hab da doch nichts verpasst, oder?»

Leonie blickte weiter nach draußen, wo Greta gerade auf der Beifahrerseite in Ritters silbernen Mercedes einstieg.

«Nein», erklärte sie, während der Wagen draußen wendete und mit hohem Tempo vom Parkplatz fuhr. «Die beiden gehen nur einem Verdacht nach. Wegen der vergifteten Kinder.»

«Ach so.» Faris lächelte gutmütig. «Ich dachte ja nur. Weil Verena Boden ständig davon redet, dass Greta eine Affäre mit Ritter hätte. Dann stimmt das nicht?»

«Natürlich nicht», erklärte Leonie, obwohl sie da gar nicht so sicher war. Da lief irgendetwas zwischen Greta und Ritter, das spürte man. Doch solange Greta ihr noch nicht erzählt hatte, was los war, würde sie einen Teufel tun und irgendwelche Gerüchte bestätigen.

Dabei gehörte Faris sicher nicht zu denen, die alles

rumtratschten. Er war Anfang zwanzig, hatte eine füllige Figur und trug einen Vollbart. Sein schwarzes Haar und sein dunkler Teint verrieten seine syrischen Wurzeln, aber er war in Deutschland geboren und aufgewachsen. Er war immer gut gelaunt und hilfsbereit, deshalb gehörte er zu Leonies Lieblingskollegen.

Das Stationstelefon klingelte, und Leonie ging dran.

«Das war Bent», sagte sie, nachdem sie wieder aufgelegt hatte. «Wir haben einen Notfall reingekriegt. Fahrradunfall, nichts Dramatisches, nur ein gebrochener Knöchel. Er sagt, er braucht Unterstützung bei der Versorgung.» Sie sah Faris an. «Willst du oder soll ich?»

«Geh du», entschied Faris. «Unser dänischer Herzensbrecher freut sich bestimmt mehr über dich als über mich.»

Leonie lachte. «Hey, ich bin vergeben, und das weiß Bent hoffentlich inzwischen.»

Sie verließ das Schwesternzimmer und lief nach unten ins Erdgeschoss, wo die Untersuchungszimmer und auch die Notaufnahme lagen. Der Patient, den der Rettungswagen gebracht hatte, befand sich im Gipsraum, deshalb ging Leonie direkt dorthin.

Als sie ihre Hand gerade auf die Türklinke gelegt hatte, öffnete sich die Tür von innen, und sie stand vor Bent, der erfreut lächelte.

«Da bist du ja!» Er deutete hinter sich in den Raum. «Der Röntgenbefund sagt, dass der Mann Glück hatte. Bloß eine schlimme Verstauchung. Der Fuß muss ruhiggestellt werden, am besten mit einem von unseren schicken Stiefeln.»

Leonie nickte. «Dann also keine stationäre Aufnahme?»

«Bloß nicht. Der Typ ist fit.» Bent beugte sich vor und senkte die Stimme. «Und nervig. Er hat Schmerzmittel bekommen, aber er jammert, als würde ihm das Bein abfallen. Außerdem beschimpft er die ganze Zeit das kleine Mädchen, dem er ausweichen musste. Sie ist für ihn schuld an dem Unfall – obwohl die Polizei sagt, dass er auf dem Fußweg gar nicht hätte fahren dürfen.»

Na, fabelhaft, dachte Leonie. Diese Art von Patienten mochte sie genauso wenig wie Bent. Die Schiene brauchte der Mann jedoch trotzdem, deshalb ging sie an Bent vorbei in den Gipsraum und schloss die Tür.

«Hallo, ich bin Schwester Leonie. Ich lege Ihnen jetzt eine Schiene an», sagte sie zu dem Mann, der in Radlerleggins und einem Sportshirt in grellem Neongelb auf der Liege lag. Am linken Fuß trug er keinen Strumpf, und man sah auf den ersten Blick, dass der Bereich um seinen Knöchel stark angeschwollen war.

«Das wird auch Zeit.» Der Mann hatte den Arm über das Gesicht gelegt. Seine Stimme klang wehleidig – und vertraut.

Leonie blieb stehen und versuchte, ihr plötzlich wild schlagendes Herz zu beruhigen. War das etwa …

Sie ging zum Computer und blickte in die geöffnete Patientenakte, suchte nach dem Namen.

Rolf Wiener. Oh nein!

«Was ist denn nun? Ich dachte, Sie wollten …» Wiener nahm den Arm vom Gesicht und blinzelte in das Licht der Deckenlampe.

«Ach nee!» Sein Grinsen wurde breiter, als er Leonie erkannte.

Sie versuchte, ruhig zu bleiben.

«Hören Sie, ich möchte mich nicht wieder mit Ihnen auseinandersetzen müssen», sagte sie und hob abwehrend die Hand. «Bitte unterlassen Sie jede Form der Belästigung. Sonst wäre ich gezwungen, meinen Kollegen zu verständigen.»

Rolf Wiener runzelte die Stirn. Offenbar war er nicht mehr sicher, ob er es wirklich mit ‹Larissa› aus Frankfurt zu tun hatte, und wagte keine weitere Annäherung.

Gut, dachte Leonie, doch sie war trotzdem extrem angespannt, während sie die Schiene holte, die zum Fixieren von Verstauchungen benutzt wurde. Die Schiene ähnelte ein bisschen einem Skischuh und war eigentlich ganz einfach anzulegen. Aber diesmal kam Leonie der Vorgang quälend langwierig vor. Es fiel ihr schwer, Rolf Wiener zu berühren, und sie spürte seine Blicke auf sich ruhen. Er ließ sie nicht aus den Augen, und das war ihr unangenehm.

«So, fertig», verkündete sie schließlich erleichtert. «Dann dürfen Sie jetzt nach Hause.»

«Danke.» Rolf Wiener setzte sich auf und schwang die Beine von der Liege. «Ach, ja, und – netter Versuch!»

Leonie starrte ihn an, was sein Grinsen nur noch breiter werden ließ.

«Du kannst mir nichts vormachen, Larissa. Ich weiß, dass du es bist.»

Er griff blitzschnell nach ihrem Arm und zog sie zu sich, dann fasste er mit der anderen Hand in den Ausschnitt ihrer Schwesternuniform und zog ihn herunter. Damit entblößte er ein auffälliges Muttermal über ihrer linken Brust, das die Form eines schiefen Halbmondes hatte.

«Und ich kann es auch beweisen», fügte er selbstgefällig hinzu und ließ den Stoff ihres Oberteils wieder los. «Wie machst du es denn inzwischen? Tagsüber Krankenschwester und nachts Hure? Oder verbindest du beides zu heißen Doktorspielchen?» Er schloss seine Hand noch fester um ihren Arm. «Wissen deine Kollegen überhaupt Bescheid? Oder machst du hier einen auf brave Krankenschwester, hm?»

Er war ihr jetzt so nah, dass sie seinen Atem an ihrer Wange spürte. Aber sie hielt seinem Blick stand.

«Weiß deine Frau denn, dass du gerne zu Huren gehst? Wissen es deine Kollegen? Dein Chef? Wenn du hier auch nur einer Menschenseele etwas von damals erzählst, dann revanchiere ich mich, darauf kannst du dich verlassen!»

Wiener wurde blass. «Das wagst du nicht!»

«Ich würde es an deiner Stelle nicht ausprobieren», zischte sie zurück und atmete erleichtert auf, als Wiener sie losließ.

Im selben Moment kam Bent wieder zurück ins Zimmer.

«Was ist denn hier los?», fragte er. Offenbar hatte er noch gesehen, wie der Patient Leonies Arm festgehalten hatte. Besorgt blickte er sie an. «Alles in Ordnung?»

«Ja, ja», versicherte Leonie ihm mit erstaunlich ruhiger Stimme, während sie innerlich gegen eine Welle der Übelkeit ankämpfte. «Ich musste Herrn Wiener nur noch mal genau erklären, wie das funktioniert mit der Schiene. Aber er hat es jetzt verstanden. Nicht wahr, Herr Wiener?»

Rolf Wiener stieß einen zustimmenden Laut aus.

«Gut. Dann setzen Sie sich noch kurz in den Wartebereich, während wir die Papiere fertig machen.» Bent blickte zwischen Leonie und dem Patienten hin und her, offenbar noch nicht überzeugt davon, dass wirklich nichts vorgefallen war. «Falls Beschwerden auftreten, können Sie sich natürlich jederzeit noch einmal melden.»

«Es wäre allerdings besser, wenn Sie sich an Ihren Hausarzt zu Hause wenden», fügte Leonie hinzu und verschränkte die Arme vor der Brust.

«Hat der Typ dich belästigt?», wollte Bent wissen, als Rolf Wiener humpelnd und mit einem nur gemurmelten Abschiedsgruß den Gipsraum verlassen hatte. «Dann zeigen wir ihn an, Leonie. Das musst du dir nicht gefallen lassen.»

«Nein, wirklich, alles in Ordnung», versicherte Leonie ihm noch mal. «Mit Typen wie dem werde ich schon fertig.»

Sie verabschiedete sich von Bent und ging wieder hinauf zur Station. Aber sie wusste, dass sie nicht einfach so weiterarbeiten konnte, als wäre nichts gewesen. Jetzt, wo der Schock nachließ, zitterten ihre Hände unkontrolliert, und Tränen brannten ihr in den Augen. Deshalb huschte sie schnell in den Materialraum und schloss die Tür hinter sich. Im Dunkeln lehnte sie sich an eines der Regale, dann ließ sie sich zu Boden sinken, kauerte sich zusammen und schlang die Arme um ihre Knie.

Ganz ruhig, dachte sie. Es ist vorbei. Wiener war wieder weg, und so panisch, wie er sie angesehen hatte, als er gegangen war, glaubte sie nicht, dass die Sache ein Nachspiel haben würde. Zum Glück funktionierten solche Drohungen in beide Richtungen.

Leonie schloss die Augen und sah wieder Wieners Gesicht vor sich, spürte seinen widerlichen Atem auf ihrer Wange. Sie war sich so billig vorgekommen, als er an ihrem Ausschnitt gerissen hatte, weil er offensichtlich glaubte, dass er dazu immer noch das Recht hatte. Für Kerle wie ihn war sie Freiwild, und die Erkenntnis, dass sich daran nie wieder etwas ändern würde, erschütterte sie.

Denn wie lange würde es dauern, bis der nächstes ehemalige «Kunde» Urlaub auf der Insel machte und sie wiedererkannte? Wie lange, bis einer dabei war, dem ihre Drohungen egal waren und der sie bloßstellte? Dann würde sich die Nachricht wie ein Lauffeuer auf der Insel verbreiten. Konnte sie Erik das wirklich antun?

Leonie wartete, bis ihr Atem sich wieder beruhigt hatte, dann stand sie auf und zog das Oberteil ihrer Schwesternuniform zurecht.

Es half ja nichts, sie musste erst mal ihren Dienst beenden. Und dann würde sie in ihre Wohnung fahren und in Ruhe darüber nachdenken, ob sie mit diesem anhaltenden Gefühl der Angst und der Unsicherheit leben konnte.

23

Greta spürte die Blicke, die auf ihr und Mark ruhten, als sie gemeinsam über den Campingplatz liefen. Sie erregten Aufsehen, und das war auch kein Wunder, denn sie hatten sich nicht mehr umgezogen, sondern waren sofort losgefahren, trugen also noch Arztkittel und Schwesternuniform.

«Verdammt, wie soll man denn hier etwas wiederfinden?», fluchte Mark. «Hier sieht doch alles gleich aus.»

Tatsächlich gestaltete es sich schwieriger als erwartet, die Wohnwagen von Debbies und Robins Eltern wiederzufinden. Diesmal waren sie nämlich mit dem Auto zum Haupteingang des Campingplatzes gefahren und hatten das Gelände von dort aus betreten.

«Eigentlich müsste es da vorn sein», meinte Greta und zeigte auf einen kleinen Seitenweg, der an den südöstlichen Rand des Campingplatzes führte. Das war die Richtung, aus der sie bei ihrem letzten Besuch gekommen waren, und tatsächlich kamen am Ende des schmalen Weges die gesuchten Camper in Sicht.

«Hallo?» Mark klopfte laut gegen den Wohnwagen der Familie des kleinen Robin, während Greta zum Wagen von Debbies Familie weiterging. Auf ihr Klopfen reagierte jedoch niemand, und sie sah, dass der Platzplatz, auf den eigentlich das Auto gehörte, leer war.

Mark hatte mehr Glück, bei ihm öffnete die schwarzhaarige Britta die Tür.

«Oh», rief sie erfreut, als sie Mark erkannte. «Was machen Sie denn schon wieder hier?»

«Wir müssten noch mal mit Ihrem Sohn reden», erklärte Mark. «Ist er da?»

Britta Wie-auch-immer-sie-weiter-hieß nickte. «Aber es geht ihm nicht so gut. Ich fürchte, er hat sich eine Magen-Darm-Grippe eingefangen.»

Greta und Mark tauschten einen besorgten Blick. «Hat er Bauchkrämpfe? Und Kopfschmerzen?»

Die Frau nickte. «Er hat sich auch schon einmal übergeben. Das ist doch nichts Schlimmes, oder?»

Sie wirkte plötzlich verunsichert, und Greta und Mark konnten da leider keine Entwarnung geben.

«Dürfen wir zu ihm?», bat Mark.

«Natürlich. Kommen Sie rein.» Die Frau ließ sie beide in den langen und sehr geräumigen Wohnwagen eintreten. «Robin liegt ganz hinten im Schlafzimmer», sagte sie und ging durch den Wohn-Ess-Bereich bis zu einer dünnen Falttür, die sie zur Seite schob.

Dahinter sah Greta ein Bett, das fast über die gesamte Breite des Wohnwagens reichte. Der rothaarige Robin lag zusammengerollt auf der rechten Seite und hielt sich den Bauch. Er war blass und schien zu schlafen.

«Schatz, die Leute vom Krankenhaus sind noch mal gekommen. Sie wollen dich was fragen.» Robins Mutter setzte sich auf die Bettkante und legte eine Hand auf Robins Bein. «Schatz, hörst du mich?»

Robin öffnete die Augen und sah sich verwirrt um. Er schien einen Moment zu brauchen, bis er wieder wusste, wo er war. Dann blieb sein Blick an Greta und Mark hängen, die ebenfalls den Raum betreten hatten – zumindest so gut es ging, denn zwischen Tür und Bett lagen nur wenige Zentimeter.

«Ich hab nichts gemacht!», sagte Robin. «Mama, wirklich. Ich hab nichts gemacht!»

«Das hat auch niemand behauptet», sagte Greta. «Du musst dir keine Sorgen machen.»

«War er in den letzten Tagen viel mit Debbie zusammen?», erkundigte sich Mark.

Robins Mutter nickte. «Ja, ständig. Seit die beiden Jungs weg sind, macht er wieder viel mit ihr.»

«Habt ihr das ‹Einsame Insel›-Spiel gespielt?», wollte Mark von Robin wissen.

Der Junge reagierte erst, als seine Mutter die Frage wiederholte, und nickte schwach.

«Und hast du auch Orangensaft getrunken?»

Wieder nickte Robin.

«Wie viel denn? Sehr viel?»

Robin nickte, dann setzte er sich plötzlich auf. «Ich muss …»

Seine Mutter reagierte sofort und hielt ihm den Eimer hin, der neben dem Bett stand. Der Junge übergab sich mehrfach.

Wieder tauschten Mark und Greta einen Blick. «Ich rufe den RTW», sagte Mark leise. Er verließ das Zimmer und überließ es Greta, mit Robins Mutter zu reden.

«Bitte erschrecken Sie nicht, Frau …»

«Petzold», sagte Robins Mutter.

«Frau Petzold, wir glauben, dass Robin die gleiche Vergiftung hat wie die beiden anderen Jungen.»

Britta Petzold starrte sie fassungslos an. «Eine Bleivergiftung?»

Greta nickte. «Er muss dringend in die Klinik, sein Zustand ist ernst. Doktor Ritter ruft gerade den Rettungswagen.»

«Rettungswagen?» Robins Mutter wirkte fassungslos. «So schlimm? Wie kann das denn passiert sein?»

«So ganz genau können wir uns das auch noch nicht erklären», erwiderte Greta. «Aber ich fürchte, es hat auch etwas mit dem Orangensaft zu tun, den die Kinder in den Dünen getrunken haben.» Sie blickte aus dem Fenster zu dem Wohnwagen auf der anderen Seite. «Wissen Sie, wo Debbies Familie ist? Wir müssten auch dringend noch mal mit Debbie sprechen.»

«Die Herzogs?» Robins Mutter brauchte einen Moment, bis sie sich wieder konzentrieren konnte. «Ich weiß nicht. Tina ist einkaufen gefahren, glaube ich. Und Leo ist mit meinem Mann beim Hochseefischen. Die machen so einen mehrtägigen Trip.» Erschrocken sah sie Greta an. «Oh nein, ich muss ihm Bescheid sagen. Wegen Robin. Er weiß ja noch gar nicht ...» Sie hielt inne, weil draußen ein lautes Motorengeräusch zu hören war. Greta glaubte zuerst, es wäre bereits der ankommende Krankenwagen, doch tatsächlich hielt ein weißer SUV draußen neben dem Wohnwagen der Familie Herzog.

Die blonde Tina stieg aus, und Greta wäre gerne direkt zu ihr gegangen, um sie zu befragen. Sie musste nur erst einmal dafür sorgen, dass Robin versorgt wurde. Der

RTW war innerhalb von Minuten da, und der Abtransport des kleinen Patienten klappte reibungslos.

Mark gab den Rettungsassistenten noch ein paar Anweisungen und half Britta Petzold beim Einsteigen, dann fuhr der Krankenwagen zurück in Richtung Klinik.

«Was war'n da los?», erkundigte sich Tina Herzog neugierig bei Mark. Sie war noch gar nicht in ihrem Wohnwagen gewesen, sondern hatte die ganze Zeit schockiert zugesehen. «Is der Robin krank?»

«Er hat vermutlich die gleiche Vergiftung wie alle anderen Freunde von Debbie auch», erwiderte Mark. «Deshalb müssen wir dringend mit ihr sprechen. Wissen Sie, wo sie ist?»

«Meine Debbie?» Die Augen der Frau wurden schmal. «Woll'n Se damit sagen, meine Tochter hätte was damit zu tun?»

«Das wissen wir noch nicht genau», erklärte er. «Aber es könnte sein.»

Tina Herzog öffnete den Mund, um zu protestieren, doch bevor sie dazu kam, redete Mark schon weiter.

«Haben Sie den Kindern irgendeine Art von Geschirr mitgegeben? Einen Becher oder eine Tasse? Oder trinken sie den Orangensaft aus der Flasche?»

«Den Orangensaft?», wiederholte die Frau irritiert. «Woher wissen Sie denn, dass ich den Kindern ...?»

«Aus was trinken die Kinder?», unterbrach Mark sie harsch. «Bitte, das ist wichtig.»

Die Frau hob die Arme. «Na, aus Bechern, aus was denn sonst? Debbie wollte unbedingt meinen alten Coffee-to-go-Becher haben. Sie liebt den, weil da Herzchen drauf sind.» Sie überlegte kurz. «Und sie hat noch einen anderen Becher mitgenommen. Den benutzen wir nie, deswegen durfte sie den haben.»

«Was für einen Becher?», hakte Greta nach.

Die Frau zuckte mit den Schultern. «So einen großen bunten. Davon ham meine Schwiegereltern uns ma zwei aus Thailand mitgebracht. Ich fand die immer schrecklich hässlich, deshalb …»

«Haben Sie den anderen hier?», fiel Mark ihr erneut ins Wort, und für einen kurzen Augenblick befürchtete Greta, dass die Frau dichtmachen würde. Man konnte ihr ansehen, dass sie Marks Verhalten unverschämt fand, doch sie schien zu spüren, dass die Sache ernst war, denn nach kurzem Zögern nickte sie.

«Moment. Ich guck ma, wo er is.»

Sie verschwand in ihrem Wohnwagen und tauchte kurz darauf mit einem hohen Becher in der Hand wieder auf. Er war aus Keramik und außen bunt bemalt. Sie reichte ihn Mark, der ihn näher untersuchte.

«Du hattest recht», sagte er zu Greta und deutete auf das Innere. «Glasiert.»

«Ist dat denn schlimm?», fragte Tina Herzog erschrocken.

«Nein, normalerweise sind solche Glasuren unbedenklich», erklärte Greta. «Aber manche sind bleihaltig, und wenn beim Auftragen oder beim Brennen Fehler gemacht wurden, dann kann es passieren, dass Blei an die Lebensmittel abgegeben wird, die darin aufbewahrt werden. So etwas kommt besonders bei Produkten aus Fernost vor, die für den Tourismus hergestellt werden. Und Sie sagten doch, das hier wäre ein Mitbringsel aus Thailand?»

Die Frau nickte.

«Und der Orangensaft hat die Sache beschleunigt», fügte Mark hinzu. «Er enthält viel Säure, und die löst das Blei besonders schnell aus der Beschichtung heraus», fügte Mark hinzu. «Wobei es mich schon wundert, dass es so schnell gegangen ist mit den Vergiftungen. Der Orangensaft kann ja nicht lange in den Bechern gewesen sein, wenn die Kinder ihn immer direkt getrunken haben.»

«Zu dem Set gehört eine große Karaffe mit Deckel.» Tina Herzog sah ihn erschrocken an. «Die hat Debbie auch mitgenommen.»

«Wenn sie den Orangensaft darin aufbewahrt hat und er vielleicht sogar tagelang darin stand, dann würde das erklären, wieso es so schnell zu Vergiftungssymptomen kam», meinte Mark.

«Mein Gott!» Tina Herzog war sichtlich erschüttert. «Dat wusste ich nich! Ich dachte, ich tue den Kindern was Gutes mit dem Saft. Da ist doch super viel Vitamin C drin.» Sie runzelte die Stirn. «Und wieso ist dann Debbie nich krank? Die war total fit als se gegangen is.»

«Vielleicht trinkt sie den Saft nicht», überlegte Mark. «Deshalb müssen wir ja mit ihr sprechen. Damit wir herausfinden können, ob es wirklich die Glasur ist, die die Kinder krank macht, oder vielleicht doch etwas anderes.»

«Wo ist Debbie jetzt?», erkundigte sich Greta.

Tina Herzog zuckte mit den Schultern. «Spielen gegangen inne Dünen, mit einem anderen Mädchen. Josefine heißt die, glaube ich, wohnt da vorne irgendwo. Ich hab die beiden seit dem Frühstück nich mehr gesehen.» Sie deutete auf den Weg zum Strand, über den Greta und Mark beim letzten Mal gekommen waren.

«Hat Debbie ein Handy dabei?»

Die Frau nickte. «Dat is nur bestimmmt auf lautlos gestellt. Ich sach ihr dat immer, dat se dat anstellen soll, aber da isse stur.»

«Dann müssen wir sie suchen», erklärte Mark und lief los. Greta folgte ihm, genau wie Tina Herzog, die den Ernst der Lage offenbar begriffen hatte.

Doch die Suche gestaltete sich schwierig, denn an den Orten, an denen Tina Herzog ihre Tochter vermutete, trafen sie zwar auf Kinder, aber nicht auf Debbie.

«Ich versteh dat nich!», schimpfte sie. «Ich hab ihr gesacht, dass se inner Nähe bleiben soll.»

Wirklich dafür interessiert, wo dein Kind sich aufhält, hast du dich allerdings nicht, dachte Greta, sagte aber nichts.

«Wir trennen uns, dann finden wir sie schneller», entschied Mark. «Greta, du gehst runter zum Strand, und Frau Herzog und ich suchen hier oben in den Dünen weiter.»

Greta nickte und folgte dem Weg, den sie bei ihrem ersten Besuch auf dem Campingplatz heraufgekommen war, hinunter zum Strand. Anders als beim letzten Mal hatte die Ebbe gerade eingesetzt und vergrößerte die Sandfläche, ließ den Kindern, die jenseits der Strandkörbe an der Wasserkante spielten, mehr Raum für den Bau von Burgen und anderen Kunstwerken. Um diese Zeit war schon viel los, und die Touristen, die Greta begegneten, warfen ihr immer wieder erstaunte Blicke zu, die sie irritierten – bis ihr wieder einfiel, dass sie ihre Schwesternuniform trug. Sie beschloss, die Aufmerksamkeit zu nutzen und die Leute auf Debbie anzusprechen, die durch ihren dicken geflochtenen Zopf auffiel.

Doch die Leute schüttelten nur den Kopf, und nach einer Weile erkannte Greta, dass es keinen Sinn hatte. Debbie und ihre Freundin hier zu finden, war aussichtslos, deshalb bog Greta in den Dünenweg ab und stapfte durch den tiefen Sand. Nach einer Weile sah sie in der Ferne Marks hochgewachsene Gestalt auftauchen. Er war an seinem weißen Arztkittel gut zu erkennen. Neben ihm ging allerdings nur Tina Herzog, also waren die beiden bei ihrer Suche in den Dünen auch noch nicht erfolgreich gewesen.

Greta wollte ihnen gerade zuwinken, um auf sich aufmerksam zu machen, als der Wind Gelächter zu ihr herüberwehte. Oder bildete sie sich das ein?

Sie blieb stehen und lauschte. Nein, tatsächlich, da lachten Kinder. Sie blickte sich um, konnte aber niemanden entdecken, deshalb folgte sie den Stimmen, die sie jetzt deutlich hören konnte, und kletterte schließlich auf die hohe Düne links von ihr.

Als sie oben ankam, sah sie, dass dort jemand eine Vertiefung gebuddelt hatte, und darin saßen Debbie und ihre Freundin, ganz versunken in ihr Spiel.

«Hier, bitte schön, Josefine», sagte Debbie gerade und reichte dem anderen Mädchen einen Becher, der genauso aussah wie der, den Mark vorhin am Wohnwagen untersucht hatte. «Du hast bestimmt Durst nach der langen Zeit in der Wüste, oder?»

Die dunkelhaarige Josefine nickte. «Oh ja, und wie!»

«Dann trink erst mal. Du musst ja halb verdurstet sein! Es gibt genug, du kannst reichlich trinken!» Debbie holte vorsichtig eine Karaffe, die im gleichen Design bemalt war wie der Becher, aus einem Sandloch und löste die Gummibänder, die den Deckel festhielten. Dann goss sie etwas in den Becher. «Bei den Beduinen ist es üblich, dass wir uns um Fremde kümmern. Wir müssen schließlich dafür sorgen, dass in der Wüste niemand verdurstet.»

«Danke», sagte Josefine und wollte den Becher an die Lippen setzen.

«Nein!», rief Greta erschrocken. «Nicht trinken!»

Das Mädchen erschrak und ließ den Becher fallen, sodass sich der Orangensaft über Debbies T-Shirt ergoss.

«Ihh! Spinnst du?», schrie Debbie und sprang auf, die Karaffe noch in der Hand. Wütend funkelte sie Greta an, die jetzt neben der Vertiefung kniete. «Was wollen Sie hier? Lassen Sie uns in Ruhe!»

«Ich wollte euch nicht erschrecken», sagte Greta. «Aber den Saft aus der Karaffe dürft ihr auf keinen Fall trinken. Da ist etwas drin, das sehr giftig ist.»

Debbie hatte sich von ihrem Schreck eindeutig erholt, denn sie schnaubte entrüstet. «Ey, da ist Orangensaft drin! Der ist total gesund!»

«Nein, ist er nicht! Jedenfalls nicht dieser!», sagte Mark, der plötzlich neben Greta auftauchte. Er war ganz außer Atem, offenbar war er gerannt, als er Greta auf die Düne hatte klettern sehen. «Gib mir bitte die Karaffe, Debbie.»

Das Mädchen schüttelte den Kopf und wollte gerade protestieren, als auch ihre Mutter oben auf der Düne erschien.

«Mach gefälligst, was der Mann sagt! Sonst setzt es wat, hasse gehört?», fuhr sie ihre Tochter an.

Der raue Tonfall zeigte Wirkung, denn Debbie reichte Mark die Karaffe. Er hob den Deckel hoch und sah hinein.

«Noch fast voll», murmelte er, dann wandte er sich an die Mädchen. «Habt ihr davon schon etwas getrunken?»

Debbies Freundin schüttelte den Kopf. Sie hatte Tränen in den Augen und wirkte eingeschüchtert. «Ich wollte gerade. Aber dann sind Sie gekommen.»

«Auch gestern nicht? Oder davor?», hakte Greta nach.

«Josefine ist neu», erklärte Debbie anstelle ihrer Freundin. «Ich wollte ihr gerade zeigen, wie das Spiel geht.»

«Und was ist mit dir?» Mark wandte sich an Debbie. «Wie viel hast du in den letzten Wochen aus der Karaffe getrunken?»

Debbie schien jetzt zu begreifen, dass die Sache ernst war.

«Gar nicht», sagte sie. «Ich bin die Beduinenfrau. Ich hab meinen eigenen Becher und meine eigene Flasche.» Sie griff in den Korb, der neben ihr im Sand stand, und holte den Coffee-to-go-Becher mit den Herzchen heraus, den ihre Mutter vorhin erwähnt hatte. In dem Korb befanden sich außerdem noch zwei Packungen mit Butterkeksen und vier Flaschen Orangensaft, von denen eine angebrochen war. «Die da …», Debbie deutete auf die Karaffe, «… ist nur für die Besucher aus der Wüste. Da dürfen Beduinen gar nicht draus trinken.»

Tina Herzog atmete sichtbar auf, und auch Greta war erleichtert. Offenbar hatten die Spielregeln des «Einsame-Insel»-Spiels Debbie davor bewahrt, sich auch an dem Orangensaft zu vergiften.

«Du musst mit deiner Freundin trotzdem ins Krankenhaus», erklärte Mark und wandte sich an Debbies Mutter. «Sie bringen die Freundin ihrer Tochter bitte zu ihren Eltern. Und dann fahren Sie alle zusammen in die Hansen-

Klinik, damit wir den Kindern Blut abnehmen und den Bleiwert überprüfen können. Und die hier ...» Mark hielt die Karaffe hoch, «... nehmen wir für eine Untersuchung mit. Wenn das in Ordnung ist?»

Tina Herzog nickte und streckte den Arm nach den Mädchen aus. «Na, los, kommt schon. Ihr habt den Doktor gehört.»

Sie stiegen zusammen von der Düne herunter und liefen zurück. Mark und Greta blieben auf dem Campingplatz, bis auch Josephines Eltern informiert waren, dann gingen sie zurück zum Parkplatz.

Als sie wieder in Marks Wagen saßen, fiel die Anspannung der letzten Stunden von Greta ab. Sie fühlte sich ganz schwach und konnte nicht verhindern, dass ihr Tränen in die Augen stiegen.

«Es ist vorbei», sagte sie. «Oh, mein Gott, ich kann es noch gar nicht fassen. Wir haben herausgefunden, was die Kinder krank gemacht hat!»

«*Du* hast es herausgefunden!», korrigiert Mark sie lächelnd. «Das müssen wir gleich deiner Mutter erzählen. Sie wird sehr erleichtert sein, dass der Ruf der Pension gerettet ist.»

Greta wurde ernst. «Theoretisch, ja. Aber die Leute werden doch weiter glauben, dass bei uns im Haus etwas nicht stimmt. Den wahren Grund kennen sie ja nicht.»

«Dann müssen wir eben dafür sorgen, dass sie ihn erfahren.» Mark überlegte kurz. «Sobald wir den Laborbefund haben, werde ich bei der Zeitungsredaktion anrufen. Ich wette, die haben Interesse daran, über den Vorfall zu berichten. Dann schlagen wir zwei Fliegen mit einer Klappe: Die Leute werden über die Gefahren von bleihaltigen Glasuren informiert, und deine Mutter ist aus dem Schneider.»

Greta spürte, wie ihr die Kehle eng wurde. Wenn sie nicht schon so schrecklich in Mark verliebt gewesen wäre, dann hätte er spätestens jetzt ihr Herz erobert.

«Was ist?», fragte er, weil sie nicht antwortete. «Findest du, das ist keine gute Idee?»

«Doch, das ist perfekt», sagte sie und schlang die Arme um seinen Hals, küsste ihn, weil sie es einfach nicht mehr länger aushielt, sich von ihm fernzuhalten.

Mark zog sie an sich, und Greta vergaß die Welt um sich herum – bis er sich irgendwann schwer atmend wieder von ihr löste.

«Wir hören jetzt besser auf, sonst kann ich für nichts mehr garantieren», sagte er mit einem schiefen Lächeln und startete den Wagen. «Kommst du heute Abend zu mir?»

Greta zögerte. «Ich ... weiß noch nicht. Meine Eltern werden tausend Fragen haben, wenn ich zurück bin. Und ich muss meiner Mutter sicher auch noch helfen.»

Sie betrachtete sein Profil, während er zurücksetzte.

«Aber ich versuch's», fügte sie hinzu und seufzte innerlich, weil sie jetzt schon wusste, dass sie zu ihm fahren würde, sobald sie konnte. Sie sehnte sich danach, wieder mit ihm allein zu sein. Es war ihr schwer genug gefallen, ihn im Krankenhaus nicht zu berühren, und sie fragte sich, wie sie es in Zukunft aushalten sollte, Berufliches und Privates zu trennen.

Doch es war besser, diese Linie zu ziehen. Sie musste sich schützen, musste aufpassen, dass niemand merkte, wie es um ihr Herz stand, was Mark anging. Deshalb lächelte sie nur traurig, als er ihr während der Fahrt die Hand hinstreckte, und verschränkte ihre Finger mit seinen.

Erst als sie auf den Krankenhausparkplatz bogen, ließen sie sich wieder los.

24

Sieh mal, da vorne ist ein schöner Platz.» Helena hielt auf eine freie Sitzbank am Fenster zu und ließ sich darauf nieder. Niklas, der etwas langsamer die Treppe vom Autodeck heraufgestiegen war, folgte ihr und setzte sich ihr gegenüber.

Er trug eine Baseball-Kappe, die Helena ihm extra besorgt hatte, um die rasierte Stelle an seinem Kopf zu bedecken. Die Haare wuchsen schon wieder nach, doch sie wusste, dass er sich wohler fühlte, wenn ihn nicht alle Leute anstarrten. Ansonsten wirkte er fit, was Helena kaum fassen konnte, denn da heute Mittwoch war, hatte er seine OP gerade mal eine Woche hinter sich.

Helena wusste zwar, dass die Neurochirurgie in den letzten Jahren große Fortschritte gemacht hatte, aber es wunderte sie trotzdem, dass es so schnell gegangen war. Dabei hatte ihnen Herbert Ritter versichert, dass es durchaus nichts Ungewöhnliches war, dass Aneurysma-Patienten bei einer positiv verlaufenen Operation schnell wieder auf die Beine kamen. Wie knapp das alles gewesen war und wie leicht es auch hätte schiefgehen können, daran mochte sie lieber nicht denken.

«Willst du was essen?» Sie griff nach der Speisekarte und blätterte durch die laminierten Seiten. «Wie wäre es mit einem Krabbenbrötchen? Oder du nimmst den Matjes, der ist auch ganz ausgezeichnet.»

Niklas lehnte sich auf seinem Platz zurück. «Nein, danke, ich habe im Moment keinen Hunger. Außerdem ist die Küche noch gar nicht auf, oder?»

Helena drehte sich um und blickte über ihre Schulter zu der noch geschlossenen Theke hinüber, hinter der schon Angestellte mit den Vorbereitungen für die Öffnung beschäftigt waren. Der Verkauf würde jedoch – wie immer – erst losgehen, wenn die Fähre abgelegt hatte.

«Dann hole ich dir was, sobald sie aufmachen. Vielleicht hast du ja dann Hunger. Du musst …»

Helena drehte sich überrascht wieder um, als sie Niklas' Hand auf ihrer spürte. Er hatte sich vorgebeugt und sah sie an.

«Hör bitte auf, dir Sorgen um mich zu machen. Mir geht es wieder gut, und ich schaffe die Überfahrt, ohne etwas zu essen. Okay?»

Sie verschränkte ihre Finger mit seinen. «Tut mir leid. Das war nur so ein Schock, als du in Ritters Büro zusammengebrochen bist. Das macht mich immer noch fertig.»

«Ich weiß.» Niklas führte ihre Hand an seine Lippen, küsste sie, bevor er sie wieder sinken ließ und mit beiden Händen umschloss. «Aber es ist jetzt vorbei, hörst du? Ich habe es geschafft, dank dir. Und jetzt fangen wir neu an.»

Helena versuchte, sein Lächeln zu erwidern. Sie wusste, dass ihre Sorge übertrieben war. Niklas hatte recht, es ging ihm wieder gut, und es gab keinen Grund anzunehmen, dass sich daran in nächster Zeit etwas änderte. Dennoch schaffte Helena es nicht, die Angst abzuschütteln, die sie schon seit einer Woche verfolgte. Die Angst, dass es eben noch nicht vorbei war.

Eine Bewegung, die sie aus den Augenwinkeln wahrnahm, lenkte sie ab, und als sie sich umwandte, sah sie, wie sich die Tür, die hinunter zum Autodeck führte, noch einmal öffnete und zwei Nachzügler das Passagierdeck betraten.

Helena kannte sowohl den großgewachsenen Mann mit dem hellblonden, fast weißen Haar als auch die junge, ebenfalls hellblonde Frau, die ihn begleitete. Es waren Piet Korf und seine Tochter Stine, die ihren Sohn Arne in einer Trage vor der Brust trug. Das Baby weinte, und Stine war sichtlich nervös, wiegte es hin und her, so gut es in der Trage ging. Währenddessen redete sie mit ihrem Vater, doch Piet antwortete nicht. Er starrte Helena an, und Helena starrte zurück. Dann wandte Piet sich abrupt ab und ging mit Stine weiter, die immer noch auf ihn einredete und Helena gar nicht bemerkt hatte.

«Das war Piet Korf, oder?», fragte Niklas.

«Ja, genau. Und wie es aussieht, hasst er mich», meinte Helena mit einem tiefen Seufzen.

«Das belastet dich, oder?», hakte Niklas nach.

Helena nickte. «Ja, vor allem jetzt, wo er ...»

Erschrocken hielt sie inne, als ihr gerade noch rechtzeitig wieder einfiel, dass Niklas gar nichts von den Schwierigkeiten mit dem Kapitänshaus wusste. Sie hatte ihm immer noch nichts davon erzählt, und auch jetzt traute sie sich nicht, weil sie ihn nicht aufregen wollte.

«Jetzt, wo er was?», wollte Niklas wissen.

«Jetzt, wo er auch auf der Fähre ist», erklärte Helena hastig und erhob sich. «Aber weißt du was, das ist eine super Gelegenheit, endlich mit ihm zu sprechen! So kann das nicht weitergehen.»

«Soll ich mitkommen?», erkundigte sich Niklas.

Helena schüttelte den Kopf. «Nein, das muss ich allein machen. Ich bin gleich zurück, ja?»

Er nickte, und Helena ging in die Richtung, in die Piet und Stine verschwunden waren.

Als sie gerade ein paar Schritte gegangen war, spürte sie, wie der Boden unter ihren Füßen anfing zu vibrieren. Der Motor lief, die Fähre würde jeden Moment zur knapp einstündigen Überfahrt ablegen.

Helena schluckte beklommen, während sie den Gang entlang zum vorderen Teil des Schiffs ging. Es gab nicht viele Orte, an denen Stine und Piet sein konnten, denn außer dem Oberdeck, wo man draußen an der Reling stehen konnte, gab es nur dieses eine Passagierdeck, das allerdings recht weitläufig war. Bis zu den Sitzen vorne am Bug, wo man durch ein Panoramafenster auf die Nordsee blicken konnte, war es ein Stück, und Helena blickte sich auf dem Weg dorthin immer wieder um. Und dann entdeckte sie Piet und Stine endlich.

Die beiden standen vor der Tür der Damentoilette, die gleichzeitig als Wickelraum diente, und Stine verschwand gerade mit dem Baby darin, während Piet davor wartete.

Er bemerkte Helena erst, als sie ihn schon fast erreicht hatte. Sofort hob er die Arme, verschränkte sie vor der Brust und musterte Helena feindselig.

«Hallo Piet.» Helena versuchte es mit einem Lächeln, das er nicht erwiderte. Also wurde sie wieder ernst. «Ich muss mit dir reden.»

«Ich wüsste nicht, was wir uns noch zu sagen hätten», brummte er und wandte den Kopf ab.

«Also, ich schon!», meinte Helena. «Zum Beispiel könntest du mir erklären, wieso du plötzlich Interesse an dem Kapitänshaus hast, in das Marlene und ich mit unserem Geburtshaus ziehen wollten.»

Piets erschrockene Miene verriet, dass Marlenes Information stimmte. «Woher weißt du das? Wer hat dir das erzählt?»

«Auf der Insel haben selbst die Steine Ohren, Piet. Das weißt du doch.»

Er wandte das Gesicht ab. Offenbar war ihm unangenehm, dass Helena über sein Angebot für die Kapitänsvilla Bescheid wusste.

«Ich verstehe es nur nicht», fuhr Helena fort. «Wieso machst du das, Piet? Wenn ich die Villa nicht kaufen kann, dann müssen wir unsere Pläne für das Geburtshaus begraben.»

«Das tut mir leid für euch.» Piet wandte sich ihr wieder zu. Seine Miene war jetzt unbewegt. «Aber ich bin dir keine Rechenschaft schuldig, Helena. Ich habe meine Gründe.»

Flehend sah sie ihn an und machte noch einen Versuch. «Bitte, Piet. Tu mir das nicht an. Lass mir das Haus, um unserer alten Freundschaft willen. Bitte.»

Er lachte auf, doch es klang nicht fröhlich. «Wir sind keine Freunde, Helena. Nicht mehr!»

Die Tür zur Toilette ging auf, und Stine kam wieder heraus. Sie trug noch immer den kleinen Arne vor der Brust, der jetzt zu schlafen schien. Als sie Helena entdeckte, hielt sie in der Bewegung inne, und ihr Blick wurde genauso feindselig wie der von Piet, was Helena unerwartet weh tat.

«Es tut mir leid, dass du das so siehst», sagte sie, doch Piet hörte ihr schon nicht mehr zu. Er hatte seine Tochter untergehakt und ging mit ihr zu den Sitzen vorne am Bug. Am Rand waren noch zwei Plätze frei, auf die sich die beiden setzten. Weil man von dort auf das Panoramafenster schaute, wandten sie Helena damit demonstrativ den Rücken zu.

Helena machte kehrt und ging zu Niklas zurück. Sie hasste es, so hilflos zu sein, aber wenn Piet sich nicht umstimmen ließ, dann konnte sie nichts tun. Vielleicht wurde ihr in diesem Moment erst klar, wie wichtig ihr die Gründung des Geburtshauses war. Und sie würde auch noch nicht aufgeben. Das kam nicht in Frage. Dann musste sie eben eine andere Möglichkeit …

Helena blieb abrupt stehen, als sie den Tisch erreicht hatte, an dem sie vorhin gesessen hatten. Niklas' Platz war leer!

Erschrocken blickte sie sich um, suchte ihn in der Schlange vor dem Imbiss. Hatte er vielleicht doch Hunger bekommen?

Als sie ihn dort nicht entdeckte, wurde sie sofort nervös. Wo konnte er sein?

Ihr Handy vibrierte, und als sie darauf blickte, sah sie Niklas' Nachricht.

Bin auf dem Oberdeck.

Sie atmete erleichtert auf und schalt sich selbst eine Närrin. Diese Panikattacken musste sie sich unbedingt wieder abgewöhnen!

Mit schnellen Schritten lief sie zu der Treppe, die

hinauf auf das Oberdeck führte. Der Himmel war heute leuchtend blau, aber es war recht windig, deshalb waren nicht alle Plätze belegt, die es hier oben gab. Niklas saß ganz hinten, direkt an der Reling, und blickte auf das Wasser hinaus.

Helena setzte sich zu ihm. «Na, war es dir unten zu langweilig?»

Niklas antwortete mit einer Gegenfrage. «Hast du mit Piet gesprochen?»

Sie nickte. «Er ist ein alter Stockfisch», sagte sie. «Lass uns lieber über was anderes reden.»

Niklas schwieg, und ihr fiel plötzlich auf, dass er nervös wirkte. «Alles in Ordnung?»

«Nein. Noch nicht ganz», sagte er und steckte die Hand in seine Jackentasche. Als er sie wieder hervorzog, hielt er ihr ein kleines blaues Schmuckkästchen hin.

Helena nahm es entgegen und öffnete es, sah den Ring mit dem funkelnden weißen Stein, der darin steckte. «Niklas ...»

«Ich hatte den Ring schon im Krankenhaus dabei, aber ich wollte warten, bis ich wieder fit genug bin, um es richtig zu machen.» Er rutschte von der Bank und ließ sich vor ihr auf einem Knie nieder. «Ich liebe dich, Helena, und ich kann mir mein Leben ohne dich nicht mehr vorstellen. Willst du meine Frau werden?»

Tränen schossen Helena in die Augen. Ihre Stimme versagte, deshalb nickte sie nur und ließ es zu, dass er ihr den Ring an die linke Hand steckte. Dann zog sie Niklas zu sich hoch auf die Bank und fiel ihm um den Hals, küsste ihn fast verzweifelt. Ihre Kehle war wie zugeschnürt, und sie kämpfte vergebens gegen das

Schluchzen an, das ihre Schultern immer stärker beben ließ. Sie wollte aufhören und sich wieder beruhigen, aber es ging nicht.

«Hey, alles okay?» Niklas löste sich von ihr und schob sie ein Stück von sich weg, blickte sie prüfend an. «Was ist los?»

Sie schüttelte den Kopf, während ihr weiter die Tränen über die Wangen liefen. Sie war überglücklich. Niklas zu heiraten, war genau das, was sie sich wünschte. Doch da war gleichzeitig auch diese namenlose Angst, die ihr den Atem nahm.

Niklas schien zu spüren, was das Problem war. «Es ist wegen Gideon, oder?»

Helena nickte und schloss die Augen. Sofort sah sie das Bild ihres früheren Verlobten vor sich, wie er dagelegen hatte, blass und leblos. Drei Tage vor ihrer Hochzeit war er damals gestorben, an einem Herzfehler, den ein Spezialist sicher entdeckt hätte. Aber Gideon hatte seinem Hausarzt vertraut – und Helena war so mit den Vorbereitungen für die Hochzeit beschäftigt gewesen, dass sie nicht auf einer weiteren Untersuchung bestanden hatte …

Helena schaffte es nur mit Mühe, sich wieder zu beruhigen. Als ihre Schultern nicht mehr bebten, sah Niklas sie zerknirscht an.

«War ich zu schnell? Willst du lieber nicht heiraten?»

«Doch!» Helena wischte sich die Tränen von den Wangen. «Doch, das will ich. Es ist nur …» Sie holte tief Luft. «Ich will keine große Hochzeit. Und ich will auch nicht warten.»

«Gut. Ich nämlich auch nicht», sagte Niklas mit einem

erleichterten Lächeln. «Aber wir müssen nicht den Kapitän fragen, ob er uns traut, oder?»

Helena musste lachen. «Nein, so schnell dann auch wieder nicht. Nur bald. Und in ganz kleinem Kreis. Ich will keine große Feier.»

«Wir machen es so, wie du es möchtest.» Niklas strich ihr über die Wange. «Ich will, dass du glücklich bist, Helena.»

«Das bin ich», versicherte sie ihm und lehnte sich an ihn. Versonnen betrachtete sie den Ring, dann hob sie den Kopf und sah zu Niklas auf. «Hast du immer noch keinen Hunger? Ich nämlich schon. Soll ich uns nicht doch etwas holen?»

«Gerne.» Er grinste. «Du gibst ja sonst keine Ruhe.»

Helena küsste ihn noch einmal kurz, dann griff sie nach seiner Hand und zog ihn mit sich die Treppe hinunter auf das Passagierdeck und dort zu ihrem alten Platz.

«Warte hier, ich bin gleich zurück», wies sie ihn an und ging zum Bordrestaurant.

Niklas sah Helena mit einem glücklichen Lächeln nach. Die Nervosität, die ihn schon seit heute Morgen begleitete, fiel langsam von ihm ab. Er hatte eigentlich warten wollen, bis sie wieder auf dem Hof waren, doch wenn ihn diese verfluchten Aneurysmen eines gelehrt hatten, dann, dass man keine Zeit verlieren durfte. Er wollte Helena heiraten, und zwar so schnell wie möglich, und er war unendlich erleichtert darüber, dass es ihr genauso ging.

An ihr Trauma wegen ihres verstorbenen Verlobten

hatte er nicht mehr gedacht, und im Nachhinein war er froh darüber. Vielleicht hätte er sich sonst nicht getraut. Aber jetzt ist alles gut, dachte er. Jetzt werden wir …

«Ahh!» Er zuckte zusammen, als ein stechender Schmerz durch seinen Brustkorb fuhr. Er kannte das schon, so fühlte es sich immer an, wenn er einen dieser «Anfälle» hatte. Genauso schnell, wie der Stich gekommen war, verschwand er allerdings auch wieder, und alles war wieder in Ordnung, als wäre nichts gewesen.

Erschrocken blickte Niklas zu Helena hinüber, doch sie hatte ihm zum Glück den Rücken zugewandt und war auf die Wahl ihres Essens konzentriert. Er wollte sie nämlich nicht beunruhigen. Da war ja nichts. Die Ärzte hatten seinen Brustkorb schon mehrfach geröntgt und nie etwas gefunden, deshalb drückten da wahrscheinlich nur irgendwelche Verwachsungen, die durch das Narbengewebe entstanden waren. Nichts, worüber man sich Sorgen machen musste.

Aber genau das würde Helena tun, und Niklas wollte ihr keine Angst machen. Deshalb beschloss er, ihr nichts von dem Anfall zu erzählen.

Er war jetzt wieder gesund, und Helena hatte seinen Heiratsantrag angenommen. Gab es noch mehr, was er sich hätte wünschen können?

25

Der eingängige Jingle erklang so laut neben Gretas Ohr, dass sie sofort wach war. Im Halbdunkeln tastete sie nach ihrem Handy, das auf dem Nachttisch lag, und schaltete den Wecker aus. Dabei sah sie, dass es zwei Uhr morgens war. Zeit, aufzustehen ...

Mit einem tiefen Seufzen schlug sie die Decke zurück. Kühle Luft traf auf ihre nackten Beine, und sie fror, so wie immer, wenn sie Marks Bett verließ ...

«Hey.» Mark regte sich neben ihr, und ehe sie sich versah, hatte er ihren Arm ergriffen und sie wieder zu sich unter die Decke geholt.

«Geh nicht», murmelte er verschlafen, und seine Wärme war so verführerisch, dass Greta sich wieder an ihn schmiegte.

Nur noch ein paar Minuten, dachte sie und legte den Kopf auf Marks Brust, lauschte seinem ruhigen Herzschlag, während sie sich in seinem Schlafzimmer umsah.

Durch die großen Panoramafenster schien der Mond hell genug herein, dass sie die Umrisse der Möbel erkennen konnte. Da war der große Schrank mit den Schwebetüren, der eine ganze Wand bedeckte, der Stumme Diener in der Ecke, auf dem Gretas Sachen und die von

Mark unordentlich übereinanderhingen, und natürlich das Bett, in dem sie lagen.

Von hier aus konnte man nicht aus dem Fenster sehen, aber man hörte, wie die Wellen der Nordsee unten an den Strand schlugen. Das Haus, in dem Mark wohnte, stand nämlich direkt am Utsumer Kliff, und den Anblick, der sich einem hier oben und auch unten aus dem großen Wohnzimmerfenster bot, fand Greta immer wieder atemberaubend. Die einsame Lage außerhalb des Ortes hatte auch andere Vorteile, denn hier gab es keine neugierigen Nachbarn, die herumerzählen konnten, dass Gretas alter Golf in den letzten drei Wochen sehr häufig vor dem Haus parkte …

Mark bewegte sich und drehte sich so, dass ihre Gesichter nebeneinanderlagen. Im Halbdunkel des Zimmers sah Greta, dass er wach war.

«Musst du wirklich gehen?», fragte er und hob die Hand, ließ seine Finger über ihre Wange gleiten. «Ich hasse es, wenn ich morgens aufwache und du nicht mehr da bist.»

Greta schluckte. Es war das erste Mal, dass er ihr das gestand, und sie spürte ein Ziehen in der Brust, weil es ihr genauso ging. Sie wäre viel lieber geblieben, als jetzt aufzustehen und in die kalte Nacht hinauszugehen. Es ging jedoch nicht anders.

«Meine Eltern denken, ich bin auf der Geburtstagsfeier einer alten Freundin aus der Grundschule», sagte sie. «Ich habe gesagt, dass es spät wird, aber ich kann nicht einfach wegbleiben, schon gar nicht im Moment.»

Sie stöhnte innerlich, als ihr wieder einfiel, wie überrascht ihre Mutter sie angesehen hatte, als sie ihr von der vermeintlichen Einladung erzählt hatte. ‹Du hast wieder Kontakt zu Rabea?›, hatte sie gefragt, und Greta hatte es gehasst zu nicken. Wenn es irgendwie ging, versuchte sie, ihre vielen Ausreden nicht allzu sehr auszuschmücken. Es fühlte sich falsch an, ihre Eltern anzulügen, und es grenzte an ein Wunder, dass die beiden bisher so wenig nachgehakt hatten. Wahrscheinlich lag es daran, dass sich derzeit alles nur noch um Asmus' Operation drehte, die in wenigen Tagen stattfand.

«Ich hoffe, es geht alles gut am Montag», sagte sie und bereute ihre Worte sofort, als sie Marks Stirnrunzeln sah. «Nicht, dass ich glauben würde, dass du das nicht hinkriegst. Ich wünschte nur, mein Vater hätte es schon hinter sich. Das war alles ein bisschen viel in letzter Zeit.»

«Das kannst du laut sagen!» Mark drehte sich auf den Rücken und starrte an die Decke. «Wer hätte gedacht, dass eine Herzklappen-OP für so viel Wirbel sorgt?»

Greta betrachtete ihn besorgt. «Du hast das souverän gemeistert», sagte sie und dachte an den Stress, den er in den letzten Tagen gehabt hatte.

Erst hatte es Verzögerungen bei der Lieferung der Herz-Lungen-Maschine gegeben, sodass sie doch noch mal darüber nachgedacht hatten, Asmus aufs Festland zu verlegen. Doch der wollte davon nach wie vor nichts wissen, obwohl es ihm zusehends schlechterging. Aber nun war das Gerät endlich gekommen – und mit ihm eine ganze Horde Journalisten. Helga Börnsen hatte die Geschichte nämlich wie angekündigt an die Presse gegeben – und das Echo war enorm. Allein in den letzten zwei Tagen hatte Mark sechs Interviews geben müssen, unter anderem zwei überregionalen Zeitungen und einem Fernsehsender, der in der Klinik eine Reportage gedreht hatte.

Und dann war auch noch Henry Benson aus den USA angereist, um das Gerät, das er finanziert hatte, offiziell zu übergeben. Benson war ein drahtiger Mann mittleren Alters ohne Haare, dafür mit einem sehr ansteckenden Lachen, der es während des Pressetermins nicht müde geworden war zu erzählen, wie Mark ihm über dem Atlantik das Leben gerettet hatte.

Der Wirbel um seine Person war Mark sichtlich unangenehm gewesen, und er hatte immer wieder versucht, das Gespräch zurück auf die neuen Möglichkeiten der Klinik zu lenken. Die anwesenden Journalisten hatte sich allerdings auf Bensons Geschichte gestürzt – und Greta ging davon aus, dass die Wochenendausgaben heute voll davon sein würden –, was vermutlich Wasser auf Ehlerts Mühlen war, der immer noch davon ausging, dass Mark das alles für sein Ego tat.

Dabei tut er es eigentlich für meinen Vater, dachte Greta und spürte wieder eine warme Welle der Dankbarkeit. Sie hatte zwischendurch Angst gehabt, dass Asmus vielleicht auch in diesen Pressewirbel hineingezogen werden würde. Aber Mark hatte streng darauf geachtet, dass der Name Paulsen nirgendwo auftauchte.

«Du hast das großartig hingekriegt», sagte sie und meinte es auch so. «Die Hansen-Klinik kann sich glücklich schätzen, dich zu haben.»

Erst als sie den letzten Satz ausgesprochen hatte, wurde ihr klar, dass sie immer noch nicht wusste, wie Marks Zukunftspläne eigentlich aussahen. Die Hansen-Klinik feierte ihn zwar im Moment, aber hatte er überhaupt vor zu bleiben? Bisher hatte er sich dazu nicht geäußert, und Greta hatte ihn nicht danach gefragt – was sonst nicht ihre Art war. Doch in diesem Fall wollte sie es vielleicht gar nicht so genau wissen.

«Hast du eigentlich noch mal mit deinem Vater gesprochen?», fragte sie in die Stille hinein.

«Seit er mir mitgeteilt hat, dass wir recht hatten mit Wischnewski, nicht mehr», erwiderte Mark. «Wieso?»

«Weil ich dachte, dass du dich vielleicht mit ihm aussprechen willst», meinte Greta. «Ihr habt schließlich noch eine Menge zu klären.»

Sie war nicht überrascht gewesen, als Mark ihr erzählt hatte, dass sich ihr Verdacht gegen Wischnewski in vollem Umfang bestätigt hatte. Offenbar hatte Herbert Ritter den Oberarzt mit den Vorwürfen konfrontiert, die sich anhand der Akte belegen ließen. Wischnewski war gar nichts anderes übriggeblieben, als den Betrug zu gestehen. Er war daraufhin entlassen worden, und die Ermittlungen gegen ihn liefen. Dass nach diesen Entwicklungen zwischen Vater und Sohn nichts weiter passiert war, wunderte Greta dagegen sehr.

«Ich finde, dein Vater müsste sich noch bei dir entschuldigen», sagte sie. «Ihm muss doch jetzt klar sein, dass Wischnewski dich zu Unrecht beschuldigt hat.»

«Das konnten wir nicht beweisen», meinte Mark.

«Aber dein Vater wird Wischnewski doch jetzt nicht mehr glauben. Oder?» Entsetzt hob Greta den Kopf und sah ihn an. «So verbohrt kann er nicht sein!»

«Du kennst meinen Vater nicht.» Mark schlang die Arme um sie und drehte sie so, dass sie auf ihm lag. «Lass uns über was anderes reden», sagte er und küsste sie. «Oder besser noch: Lass uns gar nicht mehr reden.»

Lächelnd legte Greta ihm einen Finger über den Mund, bevor er sie noch mal küssen konnte. «Mark, ich muss jetzt wirklich gehen. Und außerdem ist am Montag Papas OP. Da musst du fit sein, also brauchst du deinen Schlaf.»

«Ich brauche *dich.*» Mark rollte sich mit ihr herum, bis sie unter ihm lag. «Und ich fühle mich sehr fit», fügte er mit einem Grinsen hinzu, weil sie spüren konnte, wie sehr er sie begehrte. Er küsste ihren Hals, wanderte dann hinauf zu ihrem Ohr, was ihr ein sehnsuchtsvolles Stöhnen entlockte. «Bleib hier. Bitte. Nur noch ein bisschen.»

Greta hatte keine Chance. Sie war Wachs in seinen Händen, und als sein Mund zurück zu ihrem wanderte und seine Zunge ihre Lippen teilte, wusste sie, dass sie gar nicht anders konnte.

Ich brauche dich auch, dachte sie, ein bisschen verzweifelt, und erwiderte seinen Kuss.

Als Greta das nächste Mal aufwachte, wurde es draußen vor dem Fenster schon langsam hell. Verdammt, sie hatte vergessen, erneut den Wecker einzustellen, und ein Blick auf ihr Handy ließ sie erschrocken erkennen, dass es schon kurz vor fünf war. Sie hätte längst fahren müssen!

Vorsichtig, um Mark nicht noch mal zu wecken, der neben ihr schlief, stieg sie aus dem Bett und suchte ihre Sachen zusammen. Im angrenzenden Bad wusch sie sich kurz und zog sich an. Dann schaltete sie das Licht wieder aus, öffnete leise die Tür und trat zurück ins Schlafzimmer.

Mark lag ganz entspannt auf dem Rücken, und während sie ihn betrachtete, wurde ihr plötzlich klar, dass sie ihn ab jetzt für den Rest des Wochenendes nicht mehr sehen würde. Henry Benson war nämlich noch bis Sonntagmorgen da und erwartete, dass Mark ihm die Insel zeigte. Und am Sonntag konnte Greta nicht, weil ihr Vater dann bereits stationär aufgenommen werden sollte und sie ihrer Mutter versprochen hatte, sich um alles zu kümmern.

Greta seufzte. Es waren nur zwei Tage, und sie wusste, dass es albern war, doch Mark fehlte ihr jetzt schon. Wenn ihre Beziehung offiziell gewesen wäre, dann hätte sie ihn und Benson nachher begleiten können. Aber so, wie die Dinge lagen, würde sie zu Hause in der Pension sitzen und ihn vermissen.

Abrupt wandte sie sich ab und ging nach unten, holte ihre Jacke und ihre Tasche und verließ das Haus.

Um diese Zeit war auf der Landstraße noch nicht viel los, deshalb brauchte sie nur ein paar Minuten zurück nach Dinkersen. Auf der Vorderseite der Pension war alles dunkel. Als Greta die Tür aufschloss und Skipper in der Empfangshalle begrüßte, sah sie jedoch, dass ein Lichtschein in das Speisezimmer fiel. Er drang unter der Tür hervor, die in die Küche führte. Wahrscheinlich hatte jemand vergessen, dort das Licht auszumachen.

Schnell durchquerte Greta das Speisezimmer und öffnete die Tür zur Küche.

«Papa?», rief sie überrascht.

Asmus saß am Küchentisch und blickte von seinem Teebecher auf. Er war offenbar in Gedanken gewesen. «Lüttje, mein Gott! Jetzt hast du mich ganz schön erschreckt.»

«Tut mir leid!» Greta setzte sich neben ihn und musterte ihn besorgt. «Wieso bist du denn um diese Zeit wach? Geht es dir nicht gut? Hast du Schmerzen?»

«Nein, ich konnte nur nicht schlafen.» Er lächelte entschuldigend. «Bin ein bisschen nervös wegen Montag.»

«Das verstehe ich.» Greta strich ihm über den Arm. «Aber du schaffst das. Es findet doch jetzt alles so statt, wie du es wolltest.»

«Mir ist trotzdem mulmig», gestand Asmus. «Schließlich ist es die erste OP dieser Art, die im Krankenhaus stattfindet. Was, wenn etwas schiefgeht?»

Greta lächelte. «Da geht nichts schief, bei Ma... bei Doktor Ritter bist du in den besten Händen.» Sie sah ihren Vater eindringlich an. «Und wir können auch nicht mehr warten. Der Eingriff muss jetzt gemacht werden.»

«Ich weiß.» Asmus seufzte tief und lehnte sich auf seinem Stuhl zurück. «Reden wir lieber von etwas anderem. Wie war's denn bei dir? Muss ja toll gewesen sein, wenn du so lange geblieben bist.»

Greta zögerte kurz.

«Ja, war ganz gut», sagte sie und hoffte, dass ihr Vater nicht weiter nachhaken würde. Doch den Gefallen tat er ihr diesmal nicht.

«Ganz gut nur?» Er hob die Augenbrauen. «Na, da werde ich wohl mal ein ernstes Wort mit deinem Doktor reden müssen. Wenn du schon so viel Zeit bei ihm verbringst, dann erwarten deine Mutter und ich, dass er dich glücklich macht.»

Entsetzt starrte Greta ihn an. «Ihr wisst von Mark und mir?»

Ihr Vater schüttelte den Kopf. «Lüttje, für wie begriffsstutzig hältst du deine alten Eltern? Glaubst du ernsthaft, wir wissen nicht, was los ist, wenn du plötzlich nicht mehr aussiehst wie sieben Tage Regenwetter, sondern über das ganze Gesicht strahlst? Und dann diese vielen Treffen mit alten Freunden bis spät in die Nacht! Da haben wir eins und eins zusammengezählt.»

Es schockierte Greta ein bisschen, dass sie so ein offenes Buch für ihre Eltern war. «Und warum habt ihr nichts gesagt?»

«Weil wir dachten, dass du es uns schon irgendwann erzählen wirst», sagte Asmus. «Langsam wundern wir uns allerdings, warum ihr so ein Geheimnis daraus macht. Will dein Doktor nicht, dass eure Beziehung bekannt wird?»

«Was? Nein, nein, im Gegenteil. Das war meine Idee», erklärte Greta. «Ich wollte nicht, dass es Gerede gibt. Im Krankenhaus würde das sofort die Runde machen, und ich möchte nicht das Gesprächsthema auf den Fluren sein.»

«Das mag ja auf das Krankenhaus zutreffen», erwiderte Asmus. «Aber deine Mutter und ich sind doch keine Tratschtanten!»

«Das weiß ich», versicherte ihm Greta. «Ich weiß nur nicht, ob das was wird mit Mark und mir. Und ich dachte, es wäre besser, wenn ihr nichts davon wisst, damit ihr nicht enttäuscht seid, wenn es nicht klappt. Ihr mögt ihn doch.»

Asmus lachte. «Ja, das stimmt, er gefällt uns. Aber du bist unsere Tochter. Wir verkraften das, wenn er nicht der Richtige für dich ist.» Er schüttelte den Kopf. «Kann es vielleicht sein, dass du gar nicht uns vor einer Enttäuschung bewahren willst, sondern dich selbst?»

Greta senkte den Blick und starrte auf ihre Hände. «Ja, vielleicht. Das mit Mark ist … kompliziert.»

«Das scheint mir auch so.» Ihr Vater blickte ernst, als sie den Kopf wieder hob. «Lüttje, so unentschlossen kenne ich dich gar nicht. Normalerweise geht bei dir nur ganz oder gar nicht. Du machst keine halben Sachen, schon gar nicht, wenn es um die Liebe geht. Und wenn du mich fragst, dann fängst du damit auch besser gar nicht an.» Er erhob sich. «Und was das Gerede angeht, lass dir von einem alten Seebären eins gesagt sein: Wenn der Sturm kommt, dann kommt er. Und dann wartet man besser nicht im Hafen auf ihn. Dann fährt man raus und wettert ihn ab.»

Er beugte sich vor und küsste Greta aufs Haar, so wie er es früher oft gemacht hatte, als sie noch ein Kind gewesen war. Dann ging er zur Tür, drehte sich dort noch einmal zu ihr um.

«Ich mag deinen Doktor zwar, aber wenn er dir weh tut, dann knöpfe ich ihn mir vor, wenn ich mich von der OP erholt habe. Dann kann er Asmus Paulsen kennenlernen.»

Er zwinkerte Greta zu, und sie lächelte, bis er die Tür hinter sich geschlossen hatte. Dann wurde sie wieder ernst.

Papa hat recht, dachte sie, immer noch ziemlich fassungslos über die offenen Worte ihres Vaters. Sie machte halbe Sachen, und das passte nicht zu ihr. In Wahrheit war es nämlich gar nicht kompliziert. Sie liebte Mark, und es würde weh tun, wenn es zwischen ihnen nicht klappte. Verdammt weh sogar. Daran würde dieses Versteckspiel auch nichts ändern.

Sie sah ihn wieder vor sich, wie er im Bett lag und schlief. Wie gerne würde sie jetzt neben ihm liegen! Und hatte er nicht gesagt, dass er sie morgens vermisste, wenn er allein aufwachte? Mussten sie sich wirklich weiter quälen? Kurzentschlossen stand Greta auf, schrieb ihren Eltern eine kurze Nachricht, die sie auf den Küchentisch legte, und verließ die Pension wieder. Der Weg nach Utsum war ihr in den letzten Wochen so vertraut geworden, dass sie gar nicht darüber nachdachte, wo sie abbiegen musste.

Die Sonne ging gerade auf, als sie Marks Haus erreichte. Mit klopfendem Herzen stieg sie aus und lief zur Tür. Sie musste dreimal klingeln, dann kam Mark die Treppe herunter und öffnete die Tür. Er war schnell in seine Jeans geschlüpft, aber sein Oberkörper war immer noch nackt.

«Greta?» Er blinzelte sie verschlafen und sichtlich verwirrt an. «Ist was passiert?»

Sie nickte und trat ein, schloss die Tür wieder hinter sich und lehnte sich dagegen. «Meine Eltern wissen Bescheid.»

«Über uns?» Er runzelte die Stirn. «Und jetzt?»

«Jetzt muss ich nicht mehr lügen.» Sie stieß sich von der Tür ab, und während sie auf ihn zuging, merkte sie erst, wie erleichtert sie über diese Tatsache war. «Jetzt kann ich bleiben. Und ich könnte auch nachher mitkommen zu Benson. Natürlich nur, wenn du willst.»

Mark schlang die Arme um sie und zog sie an sich. Doch er runzelte weiterhin die Stirn.

«Das würde mich sehr freuen. Aber was ist, wenn uns jemand aus dem Krankenhaus zusammen sieht? Ich dachte, das wolltest du nicht.»

Sie zuckte mit den Schultern. «Irgendwann würden wir sowieso auffliegen. Und ich glaube, ich möchte den Zeitpunkt lieber selbst bestimmen.»

«Soll das heißen, wir beenden das Versteckspiel?», fragte Mark immer noch ungläubig, und sein Lächeln traf sie mitten ins Herz. «Können wir dann auch zusammen essen gehen oder an den Strand?»

Sie nickte und keuchte überrascht auf, als er sie plötzlich auf die Arme nahm.

«Und du bleibst über Nacht?»

«Ja. Aber es ist nicht mehr Nacht», erinnerte sie ihn lächelnd. «Die Sonne ist schon aufgegangen.»

«Nein, da irren Sie sich, Schwester Greta.» Mark grinste, während er sie nach oben ins Schlafzimmer trug. «Die Sonne geht erst auf, wenn ich neben Ihnen aufwache und Sie lächeln sehe.»

Bei seinen Worten kribbelte es in ihrem Magen.

«Also wirklich, Doktor Ritter!» Sie schlang die Arme um seinen Hals und lächelte ihn strahlend an. «Sie sind vielleicht der Chefarzt, aber auch Sie können nicht einfach den Sonnenaufgang verschieben! Da gerät ja das ganze Universum durcheinander!»

«Da siehst du mal, was für eine Wirkung du auf mich hast.» Er legte sie auf dem Bett ab und beugte sich über sie, stützte die Arme neben ihr ab. Sein Gesicht war jetzt dicht vor ihrem. «In meinem Universum bringst du jedenfalls gerade alles gehörig durcheinander.»

Seine Blicke brannten sich in ihre, und für einen Moment konnte Greta nicht atmen, weil das geklungen hatte wie eine Liebeserklärung.

«Mark, ich ...»

Seine Lippen lagen auf ihren, bevor sie ihm sagen konnte, wie viel er ihr bedeutete, und als er sich neben sie legte und seinen Kuss vertiefte, hörte sie ganz auf zu denken.

26

Und?» Helena drehte sich um die eigene Achse, damit Marlene das eng geschnittene, lange Abendkleid von allen Seiten bewundern konnte. Dann blieb sie stehen und blickte ihre Freundin erwartungsvoll an. «Wie findest du es?»

«Total unpassend.» Marlene, die auf einem Stuhl neben den Umkleidekabinen saß, schob sich eine Strähne ihres rotblonden Haares hinter das Ohr, während sie Helena skeptisch betrachtete. «Ich meine, das ist grundsätzlich ein schönes Kleid, und es steht dir auch. Was bei deiner Figur allerdings auch kein Wunder ist. Ich würde das vermutlich nicht mal übers Knie kriegen.» Sie blickte grinsend an ihrer eher stämmigen Figur hinunter. «Aber wie ich vorhin schon sagte: Das Kleid ist grau, Helena! Also kommt es auf keinen Fall in die engere Auswahl.»

«Mir gefällt, dass es grau ist.» Helena strich über den seidigen Stoff. «Das ist doch praktisch. Dann kann ich es auch noch zu anderen Gelegenheiten anziehen.»

Marlene schüttelte den Kopf. «Du nennst es praktisch, ich nenne es unromantisch», erklärte sie. «Helena, wir reden hier von deinem Brautkleid. Das musst du nur einmal tragen.»

Helenas Lächeln erlosch, und sie hatte plötzlich das

Bedürfnis, sich zu setzen. Deshalb ließ sie sich auf den Stuhl neben dem von Marlene sinken.

«Mein letztes Hochzeitskleid habe ich gar nicht getragen», erinnerte sie ihre Freundin.

«Entschuldige. Das hatte ich ganz vergessen.» Marlene griff erschrocken nach Helenas Hand und drückte sie fest. «Aber hey, diesmal wird es anders, du wirst sehen. Mit Niklas fängst du ganz neu an, und das feiert ihr zusammen. Das wird ein Freudentag, und dafür brauchst du ein Kleid, das dem Anlass gerecht wird. Etwas, das dich strahlen lässt. Von mir aus nimm Gelb oder Grün, wenn es nichts Weißes sein soll. Aber nicht Grau. In Grau lasse ich dich nicht heiraten.»

Helena blickte in Marlenes rundes, lächelndes Gesicht und spürte, wie ein Teil der Last, die sie die ganze Zeit mit sich herumtrug, von ihr abfiel. Genau dafür liebte sie ihre Freundin: Marlene, wie sie Anfang vierzig, war unerschütterlich ehrlich und strotzte vor Optimismus und Tatendrang. Kein Wunder, dass die Hebamme auf der gesamten Insel äußerst beliebt war. Man hatte immer das Gefühl, dass einem nichts passieren konnte, wenn Marlene dabei war, und genau das brauchte Helena jetzt. Denn seit sie Niklas' Heiratsantrag angenommen hatte, war sie innerlich wie erstarrt. Da war ständig diese Angst in ihr, dass etwas schiefgehen würde. So wie damals bei Gideon, als sie am Ende nicht vor dem Altar, sondern an seinem Grab gestanden hatte. Deshalb hatte sie es einfach nicht fertiggebracht, sich um die Vorbereitungen zu kümmern. Aber das war auch gar nicht nötig gewesen, denn seit Marlene von ihren Heiratsplänen wusste, half sie ihnen mit Feuereifer dabei, das Ganze zügig in die Tat umzusetzen.

Sie verdankten es Marlenes guten Beziehungen, dass sie am nächsten Wochenende nicht nur einen Termin beim Standesamt, sondern auch noch einen in der kleinen evangelischen Kirche in Dinkersen hatten. Außerdem hatte Marlene vorgeschlagen, die Feier in der Pension «Krabbe» stattfinden zu lassen, die kurzfristig frei gewesen war. Eine Feier würde es nämlich doch geben, denn Helena hatte sich von ihrer Freundin überzeugen lassen, dass eine Handvoll Gäste nicht reichte. Inzwischen waren über dreißig Leute eingeladen, und immer, wenn Helena Angst vor ihrer eigenen Courage bekam, war Marlene da und beruhigte sie wieder. Deshalb lächelte sie ihre Freundin dankbar an.

«Also gut. Nicht das Graue», sagte sie mit einem Seufzen. «Und welches soll ich dann nehmen? Die drei, die ich davor anhatte, haben dir ja auch alle nicht gefallen.»

«Weil das Abendkleider sind», erklärte Marlene. «Wir brauchen aber etwas Besonderes.»

Helena hob die Arme und blickte sich in der Boutique um, die zu den teuersten in ganz Westerwyk gehörte und ausschließlich Abendmode führte. «Dann sind wir hier vielleicht falsch», meinte sie. «Hier gibt es eben keine Brautmode.»

«Nein, die führen wir tatsächlich nicht», bestätigte die Verkäuferin, die bis eben eine andere Kundin betreut hatte und jetzt unbemerkt zu ihnen herübergekommen war. «Sie suchen etwas für eine Hochzeit?»

Marlene nickte und zeigte auf Helena. «Sie ist die Braut. Und wir brauchen sehr dringend ein Kleid, die Trauung ist nämlich schon nächsten Samstag.»

«Oh.» Die Verkäuferin wirkte überrascht, aber sie

schaltete sofort wieder in den professionellen Modus und musterte Helena. «Und an was hatten Sie gedacht?»

Ehe Helena die Chance hatte, den Mund zu öffnen, redete Marlene schon los.

«Etwas Elegantes, das trotzdem nach Braut aussieht. Elfenbeinfarben vielleicht. Mit einem schwingenden langen Rock und Spitze. Idealerweise mit passender Bolero-Jacke, falls das Wetter nicht mitspielt.»

Helena starrte Marlene an, verblüfft über deren konkrete Vorstellungen. Sie war allerdings ziemlich sicher, dass es so etwas hier nicht gab, denn dann hätte ihre Freundin es sicher schon auf einem der Ständer entdeckt. Der Verkäuferin schien jedoch etwas einzufallen, denn ihr Gesicht erhellte sich.

«Wissen Sie was, ich glaube, da habe ich genau das Richtige. Das Kleid habe ich für eine Touristin zurückgehängt, aber sie hat es nicht abgeholt. Warten Sie kurz, ich hole es.»

Sie verschwand irgendwo hinten im Geschäft und kehrte relativ schnell mit einem Kleid über dem Arm zurück.

«Hier, das hier meine ich. Es müsste sogar die richtige Größe sein.»

Schon als sie es ihnen am Bügel zeigte, hatte Helena plötzlich eine Gänsehaut. Das Kleid war perfekt! Es war in einem zarten Elfenbeinton gehalten und bestand aus einem spitzenbesetzten Oberteil mit Herzausschnitt und einem fließenden Rock aus glänzendem Softtüll. Zarte Träger hielten das Oberteil, und dazu passend gab es eine Bolero-Jacke mit Stehkragen.

«Mein Gott, das gibt es doch gar nicht!» Marlene war

genauso fassungslos wie Helena, und als Helena ein paar Minuten später in dem Kleid aus der Kabine kam, hatten sie beide Tränen in den Augen.

«Du siehst traumhaft aus!», rief Marlene begeistert. «Da wird Niklas Augen machen!»

Helena wusste nicht, was sie sagen sollte. Immer, wenn sie in den letzten Tagen darüber nachgedacht hatte, in welchem Outfit sie heiraten würde, war das Bild von ihrem alten Brautkleid aufgetaucht, einem opulenten Modell in Weiß mit weitem Rock, in dem sie sich heute vermutlich gar nicht mehr wohlgefühlt hätte. Dieses Bild hatte alles überlagert und es ihr unmöglich gemacht, sich selbst in etwas anderem vor dem Altar zu sehen. Deshalb hatte sie nur nach Kleidern gesucht, die ganz anders waren – aus Angst, dass eines, das ihrem alten Modell nahekam, die schlimmen Erinnerungen zurückbringen würde.

Als sie sich jetzt in diesem elfenbeinfarbenen Traum sah, wurde ihr jedoch klar, dass sie sich viel zu sehr mit der Vergangenheit beschäftigt hatte, anstatt sich auf die Zukunft zu freuen. Gideon war gestorben, aber Niklas lebte. Und er verdiente eine strahlende Braut. Keine, die in Grau vor den Altar trat aus Angst, dass noch mal etwas Schreckliches passieren würde.

«Das nehmen wir», sagte sie voller Überzeugung und umarmte Marlene.

«Sehr schön!» Die Verkäuferin musterte Helena sehr zufrieden. «Und ich glaube, wir müssen auch kaum etwas ändern. Sollen wir gleich einen Absteckttermin vereinbaren?»

Helena nickte, und als sie eine halbe Stunde später mit Marlene den Laden wieder verließ, seufzte sie erleichtert.

«Wieder etwas, das wir auf der Liste abhaken können!»

«Auf der Hochzeitsliste, ja», sagte Marlene. «Aber wie sieht es eigentlich mit den anderen Sachen aus? Bist du schon weitergekommen, was die neuen Praxisräume angeht?»

Helena, die gerade noch selig gelächelt hatte, wurde schlagartig ernst. «Nein. Das ist alles nicht so einfach. Ich finde einfach nichts Geeignetes. Und dann der Umbau, der nötig ist, um mit der Praxis umzuziehen ...»

«Der wäre auch nötig gewesen, wenn wir in das Kapitänshaus eingezogen wären», erinnerte Marlene sie.

Helena blieb stehen. «Ja, aber das wäre etwas anderes gewesen. Da wollte ich hin. Mit der Praxis jetzt in irgendwelche anderen Räume zu ziehen, fühlt sich so ... falsch an. Verstehst du?» Sie schüttelte den Kopf. «Wenn ich darüber nachdenke, dann ist das wahrscheinlich schon die ganze Zeit das Problem. Ich schiebe die Suche nach der neuen Praxis vor mir her, weil ich eigentlich nirgendwo anders hinwill als in das Kapitänshaus.»

«Das wir nicht kriegen werden», erinnerte Marlene sie. «Vielleicht solltest du anfangen, den Tatsachen ins Auge zu sehen.»

«Oder ich versuche noch mal, Piet umzustimmen.» Helena spürte plötzlich eine ganz neue Energie. Sie war viel zu lange passiv gewesen, nicht nur, was die Hochzeit anging. Es war ihr Leben, verdammt, und das ging weiter. Wenn sie es schaffen konnte, ein neues schönes Brautkleid zu finden, dann schaffte sie es vielleicht auch, ihren Traum vom Geburtshaus zu retten. «Ich rede noch mal mit ihm!»

«Aber Helena, das Haus ist schon an ihn verkauft!»,

erinnerte Marlene sie, doch das konnte Helena nicht mehr von ihrem Entschluss abbringen.

«Dann bitte ich ihn, es an uns weiterzuverkaufen. Was kann es denn schaden, Marlene? Wir haben nichts zu verlieren!»

«Das stimmt!» Marlene verzog den Mund. «Trotzdem traust du dich was, wenn du noch mal in die Höhle des Löwen gehst. Nach allem, was du erzählt hast, ist er ja nicht gut auf dich zu sprechen.»

«Es gibt Schlimmeres», meinte Helena und dachte an die endlosen Stunden, in denen sie auf den Ausgang von Niklas' OP gewartet hatte. «Und weißt du was, ich fahre jetzt gleich hin. Bevor ich es mir wieder anders überlege. Auf dem Weg nach Hause komme ich sowieso an Gut Thossen vorbei.»

Eine halbe Stunde später erreichte sie den Ortsrand von Bantum, und der große Reitstall kam in Sicht. Helena kannte den Hof gut, hier hatte sie damals, als sie auf die Insel gezogen war, ihre Stute Esperanza entdeckt und von Piet gekauft. In den Jahren danach hatte Esperanza weiter bei Piet im Stall gestanden, deshalb war ihr der gesamte Gebäudekomplex noch sehr vertraut, als sie durch den Torbogen auf den mit Kopfsteinpflaster belegten Hof bog.

Direkt vor ihr erhoben sich die große Reithalle und der langgezogene Stall, rechts lagen die Scheunen, in denen neben dem Heu- und dem Strohlager auch die Pferdeanhänger und die landwirtschaftlichen Maschinen untergebracht waren. Im Gebäudeteil links von ihr befand sich das Wohnhaus der Familie Korf, wo nicht nur Piet, sondern auch seine Tochter Stine mit ihrem Mann lebte.

Für einen Samstagvormittag war jedoch erstaunlich wenig los. Normalerweise parkten um diese Zeit jede Menge Autos auf den Stellplätzen vor dem Wohnhaus und der Reithalle, denn an den Wochenenden fanden fast durchgängig Reitstunden für Einheimische und Touristen statt. Und Helena hätte eigentlich auch erwartet, einige Pferde im Hof zu sehen, die vor ihrem Einsatz gestriegelt und aufgezäumt wurden. Doch alles wirkte verlassen, und dann fiel ihr auch wieder ein, woran das lag: Heute fand der alljährliche Strandreittag statt.

Das bedeutete, dass die Reitlehrer mit den Schülern und den Pferdebesitzern, die teilnehmen wollten, hinunter zum Strand ritten und dort ab Mittag bis in den Abend Spiele und kleine Wettbewerbe veranstalteten. Es war ein Highlight im Spätsommer, das viele kannten und schätzten, und wenn ihr Verhältnis zu Piet nicht gerade so angespannt gewesen wäre, dann hätte Helena Lust gehabt, mit Niklas ebenfalls mitzureiten, einfach um ihm zu zeigen, was die Insel zu bieten hatte. Unter den momentanen Umständen war das natürlich nicht möglich, schon weil Niklas vorläufig nicht reiten durfte.

Aber das erklärte natürlich, wieso es auf dem Hof so ruhig war. Und Piet ist dann wahrscheinlich auch nicht da, dachte Helena frustriert, und wollte schon wieder fahren, als sie Piets schwarzen Geländewagen vor dem Wohnhaus stehen sah. Er stand neben dem dunkelblauen Landrover, der, wie Helena wusste, seiner Tochter Stine gehörte, und der Anblick der beiden Autos ließ sie zögern.

Piet musste nicht mitgeritten sein. Der Strandreittag war damals zwar seine Idee gewesen, allerdings konnte die Veranstaltung auch ohne ihn stattfinden. Also war er unter Umständen doch zu Hause. Und wenn ich schon mal da bin, kann ich wenigstens kurz klingeln, überlegte Helena und parkte den Wagen kurzentschlossen neben dem von Piet.

Es waren nur wenige Schritte bis zur Haustür. Als Helena klingelte, blieb es jedoch still im Haus. Oder nicht ganz, denn irgendwo weit entfernt hörte sie Baby Arne weinen. Stine musste also da sein, deshalb versuchte Helena es erneut. Außer dem Schreien des Kindes rührte sich wieder nichts, und plötzlich beschlich Helena ein ungutes Gefühl.

Sicher, vielleicht hatte Stine ihren Wagen gesehen und öffnete jetzt absichtlich nicht die Tür. Aber irgendetwas sagte Helena, dass Piets Tochter nicht der Typ war, der sich verkroch. Unwillkürlich musste sie daran denken, wie schlecht Stine bei ihrer letzten Begegnung auf der Fähre ausgesehen hatte. Und klangen die Schreie des Kindes nicht alarmierend hysterisch?

Da stimmt was nicht, dachte Helena und zögerte nur noch kurz. Dann ging sie um das Haus herum. Auf der Rückseite lag der private Garten der Korfs, der von einem hohen Holzzaun umgeben war. Das Tor war nie verschlossen, deshalb gelangte Helena ungehindert bis zur Rückseite des Hauses, wo die überdachte Terrasse lag.

Das Weinen des Babys war jetzt lauter zu hören, und als Helena die Terrasse betrat, sah sie, dass die große Glasschiebetür einen Spalt weit aufstand. Sollte sie reingehen?

Das weinende Baby gab den Ausschlag.

«Hallo?», fragte sie, während sie vorsichtig die Tür aufschob und das Haus betrat. «Stine? Bist du da?»

Es kam keine Antwort, aber das Baby weinte jetzt ganz in der Nähe. Und tatsächlich sah Helena einen Stubenwagen neben dem Sofa stehen. Sie ging darauf zu und entdeckte den kleinen Arne darin. Er war ganz rot im Gesicht und wirkte erschöpft, so als würde er schon eine ganze Weile aus Leibeskräften schreien.

Helena wollte sich gerade zu dem Jungen hinunterbeugten und ihn herausheben, als sie plötzlich Stine entdeckte.

Die hellblonde Frau lag reglos hinter dem Sofa auf dem Boden. Ihre Augen waren geschlossen, und um ihren Kopf hatte sich eine große Blutlache gebildet.

27

Stine!» Sofort ging Helena neben der jungen Frau in die Knie und überprüfte die Vitalzeichen. Der Puls war tastbar, und sie atmete, aber flach. «Stine, hörst du mich?»

Während sie versuchte, Stine zu wecken, entdeckte Helena, was die starke Blutung verursacht hatte: Am Hinterkopf der jungen Frau klaffte eine Wunde. Und Helena konnte sich auch ungefähr ausmalen, was passiert war, denn der kleine gusseiserne Beistelltisch, der neben dem Sofa stand, wies an der Kante Blutspuren auf. Offensichtlich war Stine gefallen, hatte sich dort gestoßen. Ob sie davon ohnmächtig geworden war oder eine Ohnmacht den Sturz überhaupt erst verursacht hatte, ließ sich nicht feststellen.

Helena zog ihr Handy heraus und rief den Rettungswagen.

«Gut Thossen. Junge Frau mit schwerer Kopfverletzung, bewusstlos. Sie liegt im Wohnhaus, ihr könnt über den Garten und die Terrasse rein», sagte sie in das Handy. «Hier ist auch ein Baby, aber ich glaube, das ist okay.»

Nachdem sie wieder aufgelegt hatte, machte sie sich sofort auf die Suche nach etwas, mit dem sie die Wunde versorgen konnte – und erinnerte sich daran, dass Piet ihr vor einer Weile mal von einem Erste-Hilfe-Kasten erzählt hatte, den er griffbereit im Flur stehen hatte. Tatsächlich fand sie besagten Kasten unter einer Bank in der Nähe der Haustür und eilte damit zurück zu der immer noch bewusstlosen Stine.

Mit sicheren Handgriffen deckte sie die Wunde mit einer sterilen Kompresse und versuchte erneut, Stine zu wecken, während sie gleichzeitig weiter die Vitalzeichen überwachte. Dann erklang endlich das Martinshorn draußen auf dem Hof.

«Sie muss sofort ins CT», wies sie die Rettungsassistenten an, als sie mit der Liege durch die Terrassentür kamen. «Verdacht auf Gehirnblutung nach Sturz. Und ein Blutbild brauchen wir auch. Ich kann es nicht beschwören, aber ich tippe auf eine akute Anämie, die zu einer Kreislaufschwäche geführt hat.»

Die beiden Männer, die Helena schon von anderen Einsätzen kannte, nickten. «Und das Baby?», fragte der ältere der beiden.

«Darum kümmere ich mich», sagte Helena und hob den völlig aufgelösten Arne aus seinem Stubenwagen. Der Kleine beruhigte sich sofort, offenbar hatte ihn das lange Schreien so angestrengt, dass er jetzt erschöpft die Augen schloss.

«Was ist denn hier los?» Stines Mann Matthias, ein großer, schlanker Mann mit schwarzen Haaren, stand plötzlich im Zimmer und starrte Helena und die beiden Rettungsassistenten entsetzt an. «Ich war drüben im Stall, weil eine unserer Stuten gerade fohlt. Und dann habe ich den Krankenwagen gehört.» Er blickte auf die reglose Stine. «Was ist mit meiner Frau? Es ging ihr gut, als ich gegangen bin! Mein Gott, was ist denn passiert?»

Helena schilderte ihm kurz, wie sie Stine gefunden hatte, während sie hinter den Rettungsassistenten herliefen, die die junge Frau auf einer Trage zurück in den Hof brachten.

«Kann ich mit?», fragte Matthias, als Stine im Rettungswagen lag.

«Es wäre besser, wenn du dich um Arne kümmerst», meinte Helena. «Er hat sicher gleich Hunger und braucht eine frische Windel, und ich kenne mich bei euch nicht aus. Außerdem würde ich gerne in die Klinik fahren und mich direkt um die weitere Behandlung kümmern. Vielleicht kommst du nach, wenn der Junge versorgt ist?»

«Natürlich! Klar!» Matthias schien jetzt erst bewusst zu werden, dass Helena seinen Sohn auf dem Arm hatte. «Gib ihn mir.» Er nahm ihr den Säugling ab und sah dem Rettungswagen nach, der jetzt mit Blaulicht davonfuhr. «Wie schlimm ist es?»

«Ich weiß es nicht genau», meinte Helena. «Aber es ist gut, dass sie jetzt direkt versorgt wird.»

«Ich hätte sie nicht so lange allein lassen dürfen!» Matthias stöhnte gequält auf. «Heute Morgen war ihr schwindelig, aber sie meinte, es wäre nichts. Du kennst sie ja, da lässt sie sich nichts sagen. Und als es dann losging bei Paloma, meinte sie, dass ich mir keine Sorgen machen muss und mich lieber um das Pferd kümmern soll. Wenn du nicht zufällig gekommen wärst, dann hätten wir sie vielleicht erst in ein paar Stunden gefunden ...» Er schüttelte verzweifelt den Kopf.

«Hey, es lohnt sich doch nicht, über Dinge zu spekulieren, die gar nicht passiert sind. Jetzt kümmern wir uns erst mal darum, dass Stine wieder auf die Beine kommt. Okay?»

Matthias nickte und küsste das schlafende Baby. «Ich komme in die Klinik, so schnell ich kann», sagte er und ging mit Arne wieder ins Haus. Helena dagegen lief direkt zu ihrem Wagen.

Hoffentlich irre ich mich, dachte sie, während sie den Pathfinder zurücksetzte. Sie hatte kein gutes Gefühl, was Stine anging. Die Bewusstlosigkeit machte ihr Sorgen. Aber Genaueres würden sie erst wissen, wenn die Untersuchungsergebnisse vorlagen.

«Eine Gehirnblutung?» Piet starrte Helena vom Besucherstuhl aus an. Sein Gesicht, das schon aschfahl gewesen war, als er eben in ihr Arztzimmer gestürmt war, hatte noch ein bisschen mehr Farbe verloren. «Wie schlimm ist es? Wird sie das überleben?»

Helena war sehr froh, dass sie diese Frage inzwischen guten Gewissens bejahen konnte. «Ich habe eben mit den Kollegen drüben auf dem Festland gesprochen. Die Blutung konnte während der OP gestillt werden, und sie gehen davon aus, dass Stine sich komplett erholen wird.»

Zwischendurch hatte Helena da Zweifel gehabt. Denn als nach dem CT klar gewesen war, dass in Stines Gehirn durch den Sturz ein Gefäß geplatzt war, hatte alles rasend schnell gehen müssen. Der Hubschrauber war direkt gekommen und hatte sie in eine neurochirurgische Fachklinik auf dem Festland geflogen, wo sie operiert worden war. Und zwar erfolgreich, was Helena sehr erleichterte.

«Mit solchen Kopfverletzungen ist nicht zu spaßen.»

Piet schien der Gedanke, was noch alles hätte passieren können, sichtlich zu quälen. «Wieso ist sie überhaupt gefallen? Sie ist sonst nicht so ungeschickt.»

«Sie muss ohnmächtig geworden sein», erwiderte Helena. «Matthias meinte, dass ihr am Morgen schon schwindelig war. Und dafür sprechen auch ihre Blutwerte. Ihr Eisenwert ist viel zu niedrig, was nach einer Entbindung vorkommen kann. Dann entsteht eine Anämie, und die kann zu Schwächeanfällen führen.» Helena dachte an ihre Begegnungen mit Stine. «Sie war sehr blass in letzter Zeit. Und sie wirkte erschöpft. Ich habe ihr geraten, zu mir in die Praxis zu kommen, weil ich sie gerne untersucht hätte, doch davon wollte sie nichts wissen. Sie hat behauptet, sie hätte die Geburtsnachsorge auf dem Festland machen lassen.»

Piet schüttelte den Kopf. «Davon weiß ich nichts. Und stimmt, sie war blass, das ist mir auch aufgefallen. Aber sie hat immer gesagt, es wäre alles in Ordnung. Das habe ich ihr geglaubt.»

«Es ist ja gutgegangen», meinte Helena, weil sie nicht wollte, dass er sich Vorwürfe machte. Der Schrecken saß ihm sicher noch in den Gliedern.

«Was wäre passiert, wenn wir sie erst später gefunden hätten?» Piet knetete seine Hände. «Wenn du nicht gekommen wärst? Wäre der Schaden dann größer?»

«Das lässt sich im Nachhinein immer schwer sagen», erwiderte Helena. «Auf jeden Fall war gut, dass wir sie schnell behandeln konnten.»

Piet wandte den Blick ab. «Dann … danke.»

Das letzte Wort war ihm sichtlich schwergefallen. Für

einen Moment schwiegen sie, dann runzelte er die Stirn und fixierte Helena erneut. «Warum warst du eigentlich da? Auf dem Hof, meine ich?»

«Ich wollte mit dir noch mal über das Kapitänshaus sprechen.»

Helena sah, wie Piets Gesichtszüge sich verschlossen. «Ich habe das Haus gekauft», sagte er. «Es gehört mir.»

«Das weiß ich. Ich dachte nur …» Helena hielt inne und schüttelte den Kopf. «Ach, vergiss es. Darüber müssen wir jetzt nicht sprechen. Du hast gerade andere Sorgen.»

Piet erhob sich. «Ich muss jetzt auch los. Rüber zu Stine.»

«Piet?»

Helena rief ihn noch mal zurück, als er schon fast an der Tür war. Er blickte sie fragend an, aber sie brauchte einen Moment, um zu formulieren, was ihr gerade durch den Kopf ging.

«Können wir nicht wieder wie normale, zivilisierte Menschen miteinander umgehen? Als ich vorhin bei euch war, da ist mir wieder klargeworden, wie lange wir uns schon kennen. Ich bin bei dir jahrelang ein und aus gegangen, ich kenne deine Tochter und deinen Schwiegersohn, und ich habe geholfen, deinen Enkel auf die Welt zu holen. Das kann ich nicht einfach vergessen, nur weil aus uns kein Paar geworden ist. Du warst mein Freund, Piet, einer meiner besten Freunde sogar. Und diese Freundschaft fehlt mir.» Flehend sah sie ihn an. «Wieso können wir nicht einfach da weitermachen, wo wir aufgehört haben?»

Er wich ihrem Blick aus und brummte etwas Unverständliches. Doch er ging nicht, was Helena als gutes Zeichen wertete.

«Ich heirate am Samstagnachmittag in der Kirche in Dinkersen», sagte sie. «Willst du nicht kommen? Ich würde mich freuen.»

Piet verzog den Mund.

«Ich ... bei deiner Hochzeit? Tsss.» Er stieß die Luft aus und schien sich nicht entscheiden zu können, ob er wütend sein oder sich freuen sollte über die Einladung.

Es klopfte, und noch bevor Helena «Herein» rufen konnte, öffnete Niklas die Tür. Die Männer standen sich gegenüber und starrten sich an, beide sichtlich entsetzt über den Anblick des anderen. Dann drängte sich Piet an Niklas vorbei und ging ohne ein weiteres Wort. Helena hörte seine Schritte auf dem Flur verhallen, während Niklas die Tür wieder schloss.

«Komme ich ungelegen?», fragte er.

«Du kommst nie ungelegen.» Helena stand auf und ging zu ihm, um ihn zu umarmen. Doch als sie ihn küssen wollte, hielt er sie auf und deutete zur Tür.

«Was wollte dieser Korf von dir? Ging es um das Kapitänshaus?»

Helena brauchte einen Moment, bis sie begriff, dass Niklas das mit dem geplatzten Hauskauf eigentlich gar nicht wissen sollte. Erschrocken sah sie ihn an.

«Wer hat dir davon erzählt?»

«Henning Overbeck», erklärte Niklas. «Er rief vorhin an und hat sich erkundigt, wie es mir geht. Dabei sind wir ins Plaudern gekommen.»

Helena hätte sich am liebsten vor die Stirn geschlagen, weil sie nicht daran gedacht hatte, dass Niklas den Immobilien-König der Insel von früher aus der Schule kannte. Overbeck war zwar nicht der Verkäufer des Hauses, aber er wusste natürlich Bescheid über solche Deals.

«Ich habe es dir nicht gesagt, weil ich nicht wollte, dass du dich aufregst», sagte Helena. «Du hattest die Operation vor dir, und ...»

«Und die ist jetzt schon eine ganze Weile her. Ich bin wieder fit, Helena. Deshalb sagst du mir jetzt, was bei dir los ist. Ich will alles wissen, und zwar von Anfang an. Okay?»

Helena nickte und zog ihn zu der Liege, auf der sie nebeneinandersitzen konnten. Und dann erzählte sie ihm alles: von den gekündigten Praxisräumen, dem geplatzten Hauskauf und Piets Rolle dabei. Letzteres machte Niklas wütend, doch vor allem schien ihn etwas anderes zu beschäftigen.

«Das hättest du mir sagen müssen, Helena! Wie soll ich dir denn helfen, wenn du mir so etwas verschweigst?»

«Ich weiß», gestand sie kleinlaut. «Aber dir ging es so schlecht. Und du kannst doch sowieso nichts tun.»

«Da bin ich mir gar nicht so sicher», erklärte Niklas. «Wir könnten die Praxis für eine Übergangszeit auf den Hof verlegen. Dann hättest du keine zusätzlichen Mietkosten, und wir könnten in Ruhe nach einem neuen Haus suchen, das sich für eure Zwecke eignet. Außerdem werde ich mich an der Finanzierung beteiligen. Ich habe zwar keine Millionen, aber eine ganz nette Summe ist es schon, die ich beisteuern kann. Vielleicht kommen dann ja auch andere Objekte in Frage, über die du bis jetzt noch gar nicht nachgedacht hast.»

«Das würdest du tun?», fragte Helena überrascht.

Niklas lachte. «Natürlich würde ich das! Wir heiraten in ein paar Tagen, Helena, und mir ist es sehr ernst mit dem, was ich dir dann verspreche.»

Helena spürte, wie ihr Tränen in die Augen stiegen. Sie schämte sich ein bisschen, weil er recht hatte. Sie hatte ihn wie einen unmündigen Invaliden behandelt und ihn von allem ferngehalten.

«Vielleicht war ich zu lange allein und muss mich erst wieder daran gewöhnen, dass es jemanden an meiner Seite gibt», gestand sie.

«Dann gewöhn dich lieber schnell daran, ich werde nämlich nicht wieder weggehen.» Niklas küsste sie und sah sie dann eindringlich an. «Also: Ab jetzt entscheiden wir alles gemeinsam?»

Sie nickte. «Aber beim Brautkleid mache ich eine Ausnahme. Darüber erfährst du nichts, bis es so weit ist!»

Niklas grinste. «Bedeutet das, ihr seid fündig geworden?»

Helena nickte. «Ich glaube, es wird dir gefallen», erklärte sie glücklich und wollte ihn küssen. Doch es klopfte an der Tür, und Faris steckte den Kopf herein.

«Doktor Folkert, können Sie mal kurz kommen?»

«Die Pflicht ruft.» Helena lächelte entschuldigend und erhob sich. «Lauf nicht weg, hörst du? Ich bin gleich wieder da.»

Niklas' Lächeln erlosch, sobald Helena den Raum verlassen hatte, und seine Hand wanderte automatisch zu seiner Brust. Stöhnend drückte er auf die schmerzende Stelle.

Der Stich war ganz plötzlich gekommen, genau in dem Moment, als der Pfleger geklopft hatte, doch Niklas hatte es geschafft, nicht das Gesicht zu verziehen. Helena sah so glücklich aus, und er wollte sie nicht beunruhigen.

«Verdammt!», fluchte er, weil die Attacke länger dauerte als sonst. Die Schmerzen kamen auch häufiger, fast jeden Tag quälten sie ihn jetzt, und er hatte angefangen, regelmäßig Tabletten zu nehmen, damit er es aushielt.

Wahrscheinlich musste er da tatsächlich noch mal jemanden draufschauen lassen. So ging das auf Dauer nicht weiter. Aber das hat Zeit bis nach der Hochzeit, dachte er und atmete erleichtert auf, als die Schmerzen wieder nachließen.

28

Das ist nicht dein Ernst, oder?» Asmus trat mit erhobenen Armen aus dem Bad und blickte fassungslos an sich hinunter. «Das ist ein verdammtes Nachthemd!»

«Nein, das ist ein OP-Hemd», erwiderte Greta schmunzelnd. Sie arbeitete heute nicht, hatte Leonie allerdings angeboten, ihren Vater für den Eingriff vorzubereiten, was Asmus sehr recht gewesen war. Doch wie schon zu erwarten, war er mit den Details – mal wieder – nicht einverstanden. «Das tragen alle, Papa, und du kriegst keine Extrawurst.»

Asmus ließ die Arme sinken und schüttelte den Kopf. «Nicht zu fassen, was man alles über sich ergehen lassen muss.»

«Leg dich wieder hin», befahl Greta und half ihrem Vater zurück ins Bett. Sobald er lag, sank er erschöpft in die Kissen zurück. In den letzten Tagen hatte seine Kurzatmigkeit deutlich zugenommen, und auch seine blasse Gesichtsfarbe gefiel Greta gar nicht.

«Es wird doch gutgehen?», fragte er, leiser diesmal und deutlich kleinlauter. «Ein bisschen mulmig ist mir immer noch.»

Heike, die neben seinem Bett stand, griff nach seiner

Hand und drückte sie. «Natürlich geht es gut», sagte sie und sah Greta an. «Nicht wahr, Schatz?»

Greta nickte. «In ein paar Stunden hast du alles hinter dir – und wirst dich fragen, wovor du eigentlich die ganze Zeit so große Angst hattest.»

Sie lächelte, unfassbar erleichtert darüber, dass der Eingriff jetzt kurz bevorstand. Es war ein Risiko gewesen, so lange zu warten, noch dazu zu Hause und nicht in der Klinik, das war ihr immer bewusst gewesen. Aber bei einem so schwierigen Patienten wie ihrem Vater hatten sie keine Wahl gehabt. Nun war er seit gestern Nachmittag stationär aufgenommen, hatte sein Aufklärungsgespräch über die Narkoserisiken hinter sich und trug sogar schon sein OP-Hemd. Also stand der Operation nichts mehr im Wege.

«Kommt dein Doktor eigentlich noch mal, bevor es losgeht?», erkundigte sich Asmus, der immer noch ziemlich griesgrämig dreinblickte.

«Ja, er müsste eigentlich gleich ...» Greta verstummte, weil sich in diesem Moment die Tür öffnete und Mark das Zimmer betrat.

«Guten Morgen», sagte er, und als ihre Blicke sich trafen, empfand Greta dieselbe Mischung aus Aufregung und Sehnsucht wie jedes Mal. Aber heute erwiderte sie sein Lächeln befreiter als sonst.

Sie dachte an das vergangene Wochenende, das so vieles verändert hatte. Mark und sie hatten fast den ganzen Samstag mit Benson verbracht, und das war erstaunlich entspannt gewesen, denn der Amerikaner hatte sich als relativ menschenscheu entpuppt und lediglich an einem Besuch des Naturschutzgebietes Interesse gezeigt. Deshalb hatten sie eine längere Wanderung durch das Marschland unternommen und waren an einige abgelegene Punkte der Insel gefahren. Die anderen von Mark geplanten Programmpunkte – Museumsbesuch und Stadtbummel – hatte Benson abgelehnt. Und statt des Restaurantbesuchs hatte er ihnen Essen in seine Hotelsuite bestellt. Dort hatten sie zu dritt noch bis zum Abend zusammengesessen und geredet.

Benson hatte es als selbstverständlich betrachtet, dass Greta dabei war, und auch ihre Eltern hatten Mark an ihrer Seite willkommen geheißen, als sie ihn am Sonntag mit zum Essen in die Pension gebracht hatte. Es hatte sich zum ersten Mal so angefühlt, als wären sie und Mark wirklich ein Paar, und dieses Gefühl klang noch in ihr nach, als er jetzt neben sie trat.

«Na, Herr Paulsen, bereit für die Herzreparatur?», fragte er Asmus und berührte dabei Gretas Hand, was einen wohligen Schauer in ihr auslöste. Sie seufzte innerlich und lauschte dann Mark, der noch einmal den Ablauf der Operation und den Einsatz der Herz-Lungen-Maschine erklärte. Das war alles durchaus kompliziert, aber Mark beschrieb es so, als handele es sich um einen Routine-Eingriff, und obwohl Greta genau hinhörte, entdeckte sie keine Unsicherheit in seiner Stimme. Er wusste offensichtlich, wovon er sprach.

«Also, dann sehen wir uns gleich im OP.» Mark lächelte Asmus noch einmal aufmunternd zu, dann wandte er sich an Greta. «Kann ich dich kurz sprechen?»

Sie nickte und folgte ihm in den Flur.

«Ist etwas nicht in Ordnung?», fragte sie besorgt.

«Nein, alles bestens.» Seine Augen funkelten, und er griff nach ihrer Hand, strich sanft über ihre Finger. «Ich wollte dir nur sagen, dass ich dich heute Morgen vermisst habe.»

«Es war abgemacht, dass ich zu Hause schlafe», erinnerte sie ihn lächelnd. «Damit du ausgeruht bist für die Operation.»

«Das bin ich, keine Sorge. Aber du hast mir trotzdem gefehlt.» Sein Lächeln ließ ihr Herz flattern.

Mark blickte auf seine Armbanduhr. «Ich muss jetzt runter. Wir sehen uns dann nachher.»

Sie nickte und sah ihm nach. Beim Schwesternzimmer blieb er kurz stehen und sprach mit Leonie, dann ging er weiter. Greta nahm wahr, dass Leonie auf sie zukam, doch sie schaffte es erst, den Blick von Mark zu lösen, als ihre Freundin sie schon fast erreicht hatte.

«Na?» Leonie blickte schmunzelnd über ihre Schulter. «Was schmachtest du denn unserem Doktor Ritter so hinterher?», fragte sie, und Greta wurde wieder bewusst, dass sie ihre Freundin noch gar nicht eingeweiht hatte. Das musste sie bei nächster Gelegenheit unbedingt nachholen. Aber jetzt war nicht der richtige Zeitpunkt.

Sie räusperte sich. «Bringst du meinen Vater jetzt runter zum OP?»

«Genau», erwiderte Leonie. «Möchtest du mitkommen?»

«Sicher ist sicher.» Greta verzog den Mund zu einem schiefen Lächeln. «Dass er sich wirklich operieren lässt, glaube ich nämlich erst, wenn ich ihn persönlich am OP abgegeben habe.»

Gemeinsam gingen sie zurück zu Asmus. Als sie sein Zimmer betraten, blickte er ihnen mit einer Mischung aus Skepsis und Sorge entgegen.

«So, Papa, dann wollen wir mal dafür sorgen, dass dein Herz wieder in Ordnung kommt», sagte Greta, während sie Leonie dabei half, die Bremsen am Stationsbett zu lösen.

Mark schloss sein Arztzimmer ab und machte sich auf den Weg zu den OP-Sälen. Er fühlte sich gut, tatsächlich so gut wie schon lange nicht mehr. Und das hatte viel damit zu tun, dass das Wochenende so unerwartet schön gewesen war.

Er dachte daran, wie Greta am Samstagmorgen plötzlich wieder vor seiner Tür gestanden und ihm erklärt hatte, dass sie jetzt bleiben würde. Und dass das Versteckspiel, auf das sie bestanden hatte, vorbei war. Vielleicht war ihm erst in dem Moment bewusst geworden, wie sehr ihn diese ganze Heimlichtuerei gestört hatte.

Sicher, sie würden auch in Zukunft nicht knutschend auf dem Stationsflur stehen. Dafür gab es andere Orte. Doch allein die Tatsache, dass er auch hier im Krankenhaus nicht mehr so tun musste, als wäre sie nur irgendeine Kollegin, fühlte sich befreiend an.

Ein Lächeln spielte um seine Lippen, als er an der Anmeldung vorbeiging und in den Flur abbog, an dessen Ende sich der OP-Bereich befand. Als er gerade die Tür zum Umkleideraum öffnen wollte, rief Verena Boden ihn zurück.

«Doktor Ritter!» Sie stand in der Tür zur Anmeldung und winkte ihm zu. «Ich habe eine Nachricht für Sie von Ihrem Vater!»

Mark runzelte überrascht und auch ein bisschen verärgert die Stirn. Wieso zur Hölle rief sein Vater in der Klinik an, wenn er ihn sprechen wollte? Er hatte doch seine Handynummer!

«Ich kann jetzt nicht», rief er zurück. «Sagen Sie ihm, ich melde mich, wenn ich dazu komme.»

«Nein, Doktor Ritter, Sie verstehen nicht. Ihr Vater ...»

Mark betrat den Umkleideraum und ließ die Tür hinter sich zufallen. Was immer sein Vater wollte, es musste warten. Jetzt war erst mal Asmus Paulsen dran.

Konzentriert machte er sich an die Vorbereitungen, wechselte in die OP-Kleidung und desinfizierte sich anschließend im Waschraum gründlich Arme und Hände, bevor er den OP betrat und sich von der Schwester Kittel und Handschuhe überstreifen ließ.

«Wir sind so weit», sagte Tanja Waalen. Die Leiterin der Anästhesie, eine zierliche Frau mit kurzen, rotblonden Haaren, saß am Kopfende des Operationstisches und überwachte die Vitalfunktionen des bereits intubierten Asmus Paulsen. Auch die beiden OP-Schwestern und Bent, der ihm assistieren sollte, signalisierten ihre Bereitschaft, genau wie die Kardiotechnikerin, die die Herz-Lungen-Maschine bedienen würde.

Beim Anblick des brandneuen Geräts spürte Mark eine angenehme Art von Aufregung. Diese Operation würde mehr von ihm fordern als sonst, und er freute sich darauf. Nicht, dass er die einfachen Eingriffe nicht ernst nahm, er gab immer sein Bestes, wenn er am OP-Tisch stand. Aber er musste gestehen, dass er die Herausforderung, die Asmus Paulsens Herzklappe darstellte, sehr gerne annahm.

«Gut, dann fangen wir an», erklärte er.

29

Wieso dauert das denn so lange?» Schon seit einer ganzen Weile lief Heike nervös im Warteraum hin und her.

«Du musst ein bisschen Geduld haben, Mama. Sie sagen uns sofort Bescheid, wenn es vorbei ist», erwiderte Greta, die auf einem der Stühle saß.

«Du hast ja recht.» Mit einem tiefen Seufzen ließ Heike sich neben sie sinken.

«Vielleicht hätten wir lieber in der Pension warten sollen», sagte Greta. «Da hättest du dich besser ablenken können.»

«Nein, ich will in der Nähe bleiben», erklärte Heike vehement. «Falls Asmus was passiert, muss ich da sein.» Ihre Schultern sanken nach vorn. «Aber ihm darf nichts passieren», fügte sie leise hinzu, und Greta sah Tränen in ihren Augen schimmern. «Er muss wieder gesund werden. Ohne ihn hätte das alles keinen Sinn mehr.»

Greta schluckte. Sie wusste, dass ihre Eltern sehr aneinander hingen, doch ihre Mutter so verzweifelt zu sehen, tat ihr weh.

«Mark kriegt das hin, Mama. Ganz sicher», sagte sie und kämpfte gegen das flaue Gefühl in ihrem Magen.

Denn ganz sicher war sie nicht, obwohl sie das die

ganze Zeit behauptete. Das Warten zerrte auch an ihren Nerven, und sie musste sich zwingen, nicht darüber nachzudenken, was alles schiefgehen konnte.

Jetzt hielt sie es selber nicht mehr auf ihrem Stuhl aus. «Ich hole uns einen Kaffee von der Station, ja?», sagte sie und erhob sich.

Doch Heike schüttelte den Kopf. «Nein, keinen Kaffee. Davon werde ich nur noch unruhiger. Frag lieber mal nach, wie lange sie noch brauchen.»

«Das geht nicht so einfach», erwiderte Greta. «Ich kann schließlich nicht in den OP gehen.»

«Dann schau halt mal, was du machen kannst, vielleicht kriegst du ja was raus.» Ihrer Mutter gefiel die Idee. «Bitte, versuch es mal.»

Greta nickte und wollte gerade den Warteraum verlassen, als Bent plötzlich vor ihr stand. Für einen Moment überkam sie Panik, weil sie Mark erwartet hatte und fürchtete, dass die Nachrichten schlecht sein mussten, wenn er seinen Assistenzarzt schickte. Doch Bent strahlte über das ganze Gesicht.

«Wir sind fertig!», verkündete er. «Und es ist alles gutgegangen!»

«Oh, Gott sei Dank!» Heike, die erschrocken aufgesprungen war, sank zurück auf ihren Stuhl.

«Dann hat mein Vater jetzt eine neue Herzklappe?», erkundigte sich Greta.

«Ja, die hat er, und sie sitzt genau da, wo sie sitzen soll!», berichtete Bent. «Mark hat die Klappe ohne Probleme eingesetzt, das war ein Klacks für ihn, oder zumindest wirkte es so. Ehrlich, Greta, es hieß zwar immer, dass er ein toller Chirurg ist, aber bisher war ich immer nur bei Standardeingriffen dabei. Die hat er natürlich gut hinbekommen, keine Frage, aber das heute, das war stark.» Greta hatte Bent selten so begeistert erlebt.

«Kann ich zu meinem Mann?», fragte Heike, die sich wieder erhoben hatte.

«Er ist noch im Aufwachraum und kommt gleich auf die Station.» Bent zögerte kurz. «Ach was, Sie können auch direkt zu ihm. Ihre Tochter zeigt Ihnen, wo es ist. Sie weiß ja Bescheid.»

Er wandte sich zum Gehen, doch Greta hielt ihn auf. «Wo ist denn Mark? Ist er noch im OP?», fragte sie.

Bent schüttelte den Kopf. «Nein, er ist mit mir rausgegangen. Aber Verena Boden hat ihn im Flur aufgehalten, weil sie eine Nachricht für ihn hatte. Daraufhin hat er mir aufgetragen, euch Bescheid zu sagen.»

Greta spürte, wie ein mulmiges Gefühl in ihr aufstieg. «Hat er gesagt, worum es ging?»

«Nein. War allerdings was Wichtiges, er ist sofort gegangen.»

«Aha.» Greta war völlig perplex. Was konnte Mark davon abgehalten haben, ihnen selbst zu sagen, wie die Operation verlaufen war?

«Am besten fragst du ihn», meinte Heike und lächelte, als Greta sie überrascht ansah. «Es reicht, wenn ich zu Papa gehe. Und Doktor Rebien kann mir sicher auch zeigen, wo der Aufwachraum ist. Nicht wahr?»

«Klar, kein Problem.» Bent nickte, und als er Greta zuzwinkerte, erinnerte sie sich daran, dass er über Mark und sie schon Bescheid wusste. «Ich glaube, er ist in seinem Arztzimmer.»

Greta begleitete die beiden ein Stück und bog dann in

den Flur ab, an dem die Arztzimmer lagen. Sie hatte ein flaues Gefühl im Magen, weil sie sicher war, dass Mark ihre Mutter und sie gerne selbst informiert hätte. Dass er Bent geschickt hatte, konnte nur bedeuten, dass etwas Unerwartetes geschehen war.

Als sie Marks Zimmer erreichte, atmete sie noch einmal tief durch und klopfte dann an die Tür. Sie wartete auf sein vertrautes «Herein», doch stattdessen öffnete sich die Tür, und Mark stand vor ihr.

«Hi, ich ...» Greta hielt inne, irritiert, weil er nicht lächelte. Und dann sah sie erschrocken, dass er nicht allein war. Herbert Ritter stand hinter ihm. «Oh, du hast Besuch. Da will ich nicht ...»

«Komm rein!» Mark griff nach ihrem Arm und zog sie ins Zimmer.

«Ich denke, es wäre besser, wenn Frau Paulsen draußen wartet, bis wir fertig sind», erklärte Herbert Ritter, dem Gretas Anwesenheit ganz und gar nicht zu passen schien. «Ich würde das gerne unter vier Augen mit dir besprechen.»

«Wenn du mich hier schon so überfällst, ohne vorher Bescheid zu sagen, dann musst du dich nicht wundern, wenn ich anderweitig verabredet bin», erwiderte Mark. «Ich habe gerade Gretas Vater operiert, und sie hat deshalb Anspruch auf meine Zeit. Im Gegensatz zu dir.»

«Das, was ich dir zu sagen habe, ist wichtig. Das wollte ich dir nicht am Telefon mitteilen», entgegnete sein Vater.

«Okay. Bitte.» Mark seufzte. «Was gibt es denn?»

Herbert Ritters Blick fiel erneut auf Greta.

«Ich habe keine Geheimnisse vor ihr.» Mark legte demonstrativ den Arm um ihre Schultern. «Alles, was du mir zu sagen hast, kann sie hören.»

Unter normalen Umständen hätte es Greta gefreut, dass Mark zu ihr stand. Doch die Situation war ihr unangenehm.

«Ich kann draußen warten», versicherte sie ihm.

«Nein, bleib. Bitte.» Mark sah sie an, und sie erkannte an seinem Blick, dass er das wirklich gerne wollte.

«Also gut.» Herbert Ritter wirkte genervt. «Wollen wir uns dann vielleicht setzen? Oder bin ich so wenig willkommen, dass das auch nicht möglich ist?»

«Bitte.» Mark ließ Gretas Schulter los und deutete auf den Besucherstuhl. Dann umrundete er seinen Schreibtisch und nahm dahinter Platz. Greta, die sich nicht gerne neben Herbert Ritter auf den anderen Stuhl setzen wollte, ging zu der Untersuchungsliege und lehnte sich dagegen. So war sie nicht mehr direkt in Herbert Ritters Sichtfeld, was ihr sehr recht war. Er musste nicht unbedingt merken, dass seine Feindseligkeit sie noch mehr erschütterte als bei ihrer letzten Begegnung.

«Was gibt es denn so Wichtiges?» Mark lehnte sich in seinem Stuhl zurück. «Willst du dich bei mir entschuldigen?»

Sein Vater nickte. «Ja, deshalb ich hier.»

Mark hielt in der Bewegung inne und starrte seinen Vater überrascht an.

«Ich möchte mich bei dir in aller Form entschuldigen», wiederholte Herbert Ritter. Er drehte den Kopf und warf Greta einen Blick zu. Offenbar war er immer noch nicht glücklich darüber, dass sie zuhörte. Dann konzentrierte er sich wieder auf seinen Sohn. «Du hattest die ganze

Zeit recht mit deinem Misstrauen gegen Wischnewski. Ich hätte dir glauben müssen, auch was die Behandlung dieser Patientin damals anging. Es nicht zu tun, war ein Fehler, den ich zutiefst bedauere.»

Es war offensichtlich, dass Mark mit dieser Offenheit seines Vaters nicht gerechnet hatte, und es überraschte auch Greta. Vor allem fragte sie sich, warum Herbert Ritter dafür so verdammt lange gebraucht hatte.

«Okay.» Mark beugte sich wieder vor und musterte seinen Vater aufmerksam. «Ich hätte nicht gedacht, dass du dich dazu noch durchringst. Aber okay.»

Für einen Moment herrschte Schweigen.

«War das alles?», erkundigte sich Mark. «Dann müssten wir nämlich jetzt …»

«Nein, da ist noch was», unterbrach Herbert Ritter ihn. «Ich möchte dir den Posten des Chefarztes der Chirurgie bei uns in der Parkklinik anbieten. Wir nehmen einige Umstrukturierungen vor, deshalb wird die Stelle frei, und du kannst sie haben.» Er machte eine kurze Pause, und ein verhaltenes Lächeln spielte um seine Lippen. «Ich … würde mich freuen, wenn du zurückkommst.»

Gretas Herz schlug schmerzhaft schnell, als sie begriff, was dieses Angebot bedeutete. Das war ein riesiger Karrieresprung für Mark. Dann stand er mit seinem Vater auf einer Stufe …

«Nein, danke», sagte Mark, bevor sie ihren Gedanken zu Ende denken konnte.

«Nein?» Sein Vater starrte ihn an. «Mark, ist dir klar, was du da ausschlägst? Ich mache dich zum Chefarzt …»

«Ich bin schon Chefarzt», erinnerte ihn Mark, woraufhin Herbert Ritter wütend aufsprang.

«Du willst die Position in der Parkklinik doch hoffentlich nicht mit der Stelle hier vergleichen. Wir haben ein riesiges Ärzteteam bei uns in der Chirurgie, das du leiten würdest. In dieser Klitsche hier musst du quasi alles allein machen. Dazwischen liegen Welten, Mark!»

«Die Hansen-Klinik ist ein vollwertiges Krankenhaus!» Mark war jetzt ebenfalls aufgesprungen. «In diesem Haus wird phantastische Arbeit geleistet, von einem Team, auf das ich stolz bin. Das haben wir gerade erst bewiesen, wir haben nämlich erfolgreich eine neue Herzklappe eingesetzt.»

Herbert Ritter schüttelte den Kopf. «Das könntest du bei uns jede Woche haben!»

«Ich will aber nicht», beharrte Mark. «Ich komme nicht zurück. Das habe ich dir damals gesagt, als ich gegangen bin. Und das habe ich auch so gemeint.»

«Ich habe mich entschuldigt», beharrte sein Vater.

«Weil wir dir bewiesen haben, dass du dich geirrt hast», erinnerte Mark ihn. «Von dir aus hättest du das nie getan.»

«Ich bin hier, oder nicht?» Herbert Ritter presste die Lippen zu einem schmalen Strich zusammen, und Greta sah den Ärger in seinem Blick. «Aber ich hätte mir denken können, dass mit dir nicht zu reden ist.» Er wandte ruckartig den Kopf und musterte Greta auf eine unangenehm taxierende Weise von oben bis unten. «Deine Freundin kann übrigens mitkommen», sagte er dann. «Irgendeinen Job finden wir schon für sie, wenn dir das wichtig ist.»

Greta fiel die Kinnlade herunter. Sie war so fassungslos über diese herablassende Bemerkung, dass ihr keine Entgegnung einfiel.

Herbert Ritter wandte sich wieder an Mark. «Das Angebot steht. Du kannst es dir überlegen. Ich denke, am Ende wirst du erkennen, dass es zu gut ist, um es abzulehnen.»

Er rauschte grußlos aus dem Zimmer und ließ Greta und Mark allein.

«Das war mal wieder so verdammt typisch!» Mark ballte die Hände zu Fäusten und starrte seinem Vater wütend nach. «Anstatt mich vorher zu fragen, wann mir ein Treffen passen würde, teilt er der armen Verena Boden einfach von unterwegs mit, wann er ankommt und dass er mich sprechen muss. Dass ich eine wichtige Operation hatte, war ihm egal. Er setzt sich einfach in mein Arztzimmer und erwartet, dass ich Zeit für ihn habe!»

Greta war noch zu erschüttert, um auf Marks Worte zu antworten. Sie hatte Herbert Ritters Geringschätzung ihrer Person schon beim letzten Mal sehr unangenehm gefunden, doch jetzt tat es richtig weh, dass sie für ihn offenbar nur ein lästiges Übel war, mit dem er irgendwie umgehen musste.

«Hey.» Mark kam zu ihr und zog sie an sich. «Vergiss, was er gesagt hat. Vergiss, dass er überhaupt da war. Es hat keine Bedeutung.»

«Natürlich hat es das!» Greta löste sich von ihm und sah zu ihm auf. «Du kannst Chefarzt in der Parkklinik werden, wenn du willst. Das ist ein tolles Angebot.»

«Ich will es aber nicht», erklärte Mark und seufzte. «Nicht mehr jedenfalls.»

«Dann wolltest du es früher?», hakte sie nach.

Er zuckte mit den Schultern. «Seitdem ist viel passiert. Die Dinge ändern sich.»

Greta schluckte, weil sie das nicht wirklich glauben konnte. Sagte er das vielleicht nur, weil er wütend auf seinen Vater war?

«Du solltest zumindest darüber nachdenken», beharrte sie. «Sonst tut es dir vielleicht eines Tages leid.»

«Das Einzige, was mir leidtut, ist, dass ich noch keine Zeit hatte, nach meinem Patienten zu sehen.» Mark küsste sie und schob sie in Richtung Tür. «Komm. Dein Vater ist bestimmt schon wieder wach.»

Während sie gemeinsam den Flur hinuntergingen, versuchte Greta, sich wieder zu beruhigen. Aber das Gefühl, dass Mark dabei war, einen großen Fehler zu machen, ließ sie einfach nicht los.

Warum wollte er nicht nach Hamburg gehen? Ihretwegen? Fühlte er sich verpflichtet, auf der Insel zu bleiben, weil sie hierbleiben wollte?

Das kann ich nicht zulassen, dachte sie und betrachtete ihn von der Seite. Sie musste noch mal mit ihm reden und ihn davon überzeugen, dass er die Stelle nicht einfach so ausschlagen durfte. Auch wenn das bedeutete, dass ihre gemeinsame Zeit hier dann vorüber war.

30

Ich habe mir schon gedacht, dass er dir etwas bedeutet!» Leonie rührte lächelnd in ihrem Tee. «Aber dass ihr richtig zusammen seid, habt ihr ganz schön geschickt verheimlicht!»

Greta zog schuldbewusst die Schultern hoch. «Ich hätte es dir wirklich früher sagen müssen, tut mir leid.»

Sie war froh, dass sie sich ein Herz gefasst und ihre Freundin abgefangen hatte, als diese gerade auf dem Weg zum Annex gewesen war. Bei einem Tee in der Pensionsküche hatte sie endlich reinen Tisch gemacht und Leonie alles über sich und Mark erzählt.

«Ach!» Leonie winkte ab. «Wir haben doch alle so unsere Geheimnisse.»

Für einen kurzen Moment sah sie traurig aus, und Greta überlegte, ob mehr hinter der Bemerkung ihrer Freundin steckte. Doch dann lächelte Leonie schon wieder. «Na los, jetzt will ich alles wissen», sagte sie. «Wie geht es denn weiter mit euch?»

«Wenn ich das wüsste!» Mit einem Seufzen ließ Greta sich auf ihrem Stuhl zurücksinken.

Seit Herbert Ritter gestern Morgen da gewesen war, drückte sie sich davor, noch einmal mit Mark zu sprechen. Tagsüber hatte sie kaum Gelegenheit gehabt, weil sie sich um ihren Vater hatte kümmern müssen. Und als Mark sie abends gefragt hatte, ob sie zu ihm kommen wollte, hatte sie spontan eine Ausrede erfunden und war zu Hause geblieben.

Aber so ging das nicht. Sie konnte Mark nicht ewig aus dem Weg gehen. Irgendwann würde sie ihm sagen müssen, was ihr so verdammt schwerfiel …

Die Tür zum Speisezimmer öffnete sich, und Heike erschien im Türrahmen. «Besuch für dich», sagte sie zu Greta und trat zur Seite, um Mark in die Küche zu lassen.

Er lächelte nicht, als er eintrat, und als sein Blick auf Leonie fiel, war er sichtlich irritiert. «Oh, ich … kann ich dich sprechen, Greta?», fragte er. «Oder ist es gerade ungünstig?»

«Nein, es passt wunderbar.» Leonie stand auf. «Ich muss jetzt nämlich sowieso rüber zu Erik», erklärte sie und verschwand durch die Hintertür.

«Und ich lasse euch dann auch mal allein», sagte Heike und wollte ebenfalls die Küche verlassen. Doch Greta hielt sie zurück.

«Nein, lass nur, wir können auch raufgehen», sagte sie, weil sie wusste, dass sie in ihrem Zimmer mehr Privatsphäre haben würden. Sie bedeutete Mark, ihr nach oben in den ersten Stock zu folgen.

«Schön hast du es hier», sagte er, als sie die Tür hinter ihnen geschlossen hatte, und sah sich interessiert um. Stimmt, er war noch nie in meinem Zimmer, dachte Greta. Dazu war bei seinen bisherigen Besuchen keine Gelegenheit gewesen. Aber sie kannten sich ja auch noch nicht so lange. Und das war genau das Problem …

Mark setzte sich auf den einzigen Stuhl, den es in ihrem Zimmer gab – ihren Schreibtischstuhl.

«Was ist los, Greta?», fragte er ohne Umschweife. «Wieso bist du plötzlich so abweisend? Du reagierst nicht auf meine Nachrichten, und gestern Abend hattest du plötzlich keine Zeit. Habe ich irgendwas gemacht, was dich geärgert hat?»

Er wirkte ratlos, und es tat ihr plötzlich leid, dass sie nicht gleich mit ihm gesprochen hatte, sondern ihm aus dem Weg gegangen war.

«Nein.» Sie setzte sich auf ihr Bett. «Es geht um etwas anderes.»

Fragend hob er die Augenbrauen, und Greta überlegte, wie sie die Sorge in Worte fassen sollte, die sie schon die ganze Zeit umtrieb.

«Mark, ich habe es ernst gemeint, dass du noch mal über das Angebot deines Vaters nachdenken solltest», sagte sie schließlich. «Du darfst es nicht ablehnen, das ist eine Chance, die du dir nicht entgehen lassen kannst.»

Er sah sie verständnislos an. «Ich habe schon abgelehnt, Greta. Ich arbeite nicht noch mal mit meinem Vater zusammen.»

«Das solltest du aber», beharrte sie. «Dein Vater hat recht – du hast in Hamburg viel mehr Möglichkeiten. Das ist überhaupt nicht zu vergleichen mit dem, was du hier tun kannst. Du bist ein ausgezeichneter Chirurg, du gehörst in ein großes Haus wie die Parkklinik.»

Mark schüttelte den Kopf. «Und ich dachte, du wärst ein Fan der Hansen-Klinik.»

«Das bin ich auch», versicherte sie ihm und stand

auf. «Aber das bedeutet nicht, dass du deswegen bleiben musst. Es wäre richtig, wenn du gehst.»

«Und was ist mit uns?» Mark erhob sich ebenfalls, und als sie voreinander standen, wurde Greta wieder bewusst, wie groß er war. Er füllte ihr Zimmer auf eine Weise aus, die ihr vor Augen führte, wie klein es tatsächlich war. Und so ist es auch generell, dachte sie. Hier auf der Insel ist alles zu klein für Mark. Und deshalb darf er nicht das Gefühl haben, meinetwegen bleiben zu müssen.

«Wir kennen uns doch erst seit ein paar Wochen», sagte sie. «Und du hast selbst gesagt, dass du mir nichts versprechen kannst. Du musst dich mir gegenüber nicht verpflichtet fühlen.»

Mark schnaubte. «Was soll das heißen?»

«Nur, dass du nichts überstürzen sollst», erklärte Greta. «Denk noch mal in Ruhe nach, bevor du ablehnst.»

«Ach, so ist das.» Seine Brauen schoben sich zusammen. «Du willst nicht mehr. Ist es das? Jetzt, wo es ernst wird, kneifst du lieber und versuchst, mich loszuwerden!»

«Was? Nein!» Entsetzt sah Greta ihn an. «Ich will nur nicht, dass du einen Fehler machst.»

Mark trat näher an sie heran und betrachtete sie mit brennendem Blick. «Und hier bei dir zu bleiben, wäre ein Fehler?»

Greta schluckte. «Es wäre ein Fehler, wenn du nicht alle deine Möglichkeiten ausschöpfst», sagte sie. «Das hat nichts mit uns zu tun.»

«Doch, ich fürchte, das hat es», sagte er. «Oder hast du vor mitzukommen, wenn ich nach Hamburg gehe?»

Greta dachte an den herablassenden Ausdruck auf

Herbert Ritters Gesicht. «Ich nehme ganz sicher keine Almosen-Stelle von deinem Vater an. Und außerdem brauchen meine Eltern …»

«… dich ganz fruchtbar dringend, schon klar.» Mark stieß die Luft aus. «Und ich Idiot dachte, du würdest dich freuen, wenn ich bleibe.»

«Mark, ich …»

Sie hielt inne, als er einen Schritt auf sie zu machte.

«Keine Sorge, ich hab's verstanden. Mach du einfach wieder dein Ding, und ich mache meins. So ist es vermutlich am besten.»

Er fuhr herum und verließ das Zimmer.

«Warte!» Greta lief ihm in den Flur nach.

Er war schon an der Treppe, nahm zwei Stufen auf einmal nach unten und verließ das Haus. Greta beeilte sich hinterherzukommen, doch als sie draußen stand, hatte er sein Auto schon fast erreicht. Sie rief noch einmal nach ihm, aber er reagierte nicht, sondern sprang in den Wagen und ließ den Motor aufheulen. Mit viel zu hoher Geschwindigkeit raste er davon.

«Verdammt!» Greta zog ihr Handy aus der Hosentasche und rief Marks Nummer auf. Es klingelte, dann ertönte das Besetztzeichen, und kurz darauf sprang die Mailbox an. Er hatte sie weggedrückt.

«Mark, wenn du das hörst, dann ruf mich bitte an. Du hast das alles ganz falsch verstanden.» Gretas Stimme klang aus dem Lautsprecher der Freisprechanlage. Man hörte ihre Sorge, und für einen kurzen Moment wollte er umkehren. Doch er fuhr weiter, ohne wirklich zu wissen, wohin er wollte.

Du hast selbst gesagt, dass du mir nichts versprechen kannst. Wir kennen uns doch erst seit ein paar Wochen. Es wäre richtig, wenn du gehst.

Was zur Hölle war daran falsch zu verstehen? Sie wollte ihn nicht! Nicht wirklich. Deshalb hatte sie anfangs so lange gezögert, sich überhaupt auf ihn einzulassen, und deshalb hatte sie darauf bestanden, ihre Beziehung so lange geheim zu halten. Und jetzt drängte sie ihn, die Stelle in Hamburg anzunehmen, ohne auch nur ein einziges Mal die Möglichkeit zu erwägen, dass sie mitkommen könnte! Das schien für sie nicht in Frage zu kommen. Nein, er sollte gehen – und sie würde bleiben und weitermachen wie bisher. Nur ohne ihn.

Mark schüttelte den Kopf. Wieso war er nur auf diese verfluchte Insel gekommen? Das war die dümmste Entscheidung seines Lebens gewesen! Aber das ließ sich ja korrigieren …

Sein Handy klingelte über die Freisprechanlage. Mark wollte zuerst nicht rangehen, weil er davon ausging, dass es noch einmal Greta war. Als er die Nummer sah, erkannte er jedoch, dass es sich um einen Anruf seines Vaters handelte. Er drückte die Taste am Lenkrad, mit der er das Gespräch annehmen konnte.

«Mark! Oh, gut, dass ich dich erreiche. Bitte, könntest du nach Hamburg kommen? Ich brauche dich hier.»

Mark zögerte. «Falls es wieder um die Stelle geht …»

«Nein, es geht um die Stiftung», erklärte Herbert Ritter. «Und es ist dringend.»

Mark überlegte kurz, ob das nicht vielleicht nur eine

Finte war, mit der ihn sein Vater erneut nach Hamburg locken wollte. Zuzutrauen war es ihm, dass er zu solchen Mitteln griff. Doch am Ende spielte es auch keine Rolle, denn er hatte bereits beschlossen, der Bitte Folge zu leisten. Hier würde ihn schließlich niemand vermissen, am allerwenigsten Greta.

«Ich nehme die nächste Fähre», sagte er und legte auf.

31

Was macht dein Doktor eigentlich so lange in Hamburg?» Heike blickte von der dreistöckigen Hochzeitstorte auf, die sie gerade mit Marzipanrosen dekorierte, und sah zu Greta, die am Herd stand und Grießklößchen formte.

«Er besucht seinen Vater, nehme ich an», erwiderte Greta und hoffte, dass ihre Mutter das Thema nicht weiter vertiefen würde.

Bis jetzt hatte sie alle Gespräche über Mark vermeiden können, einfach weil Heike zwischen den Besuchen bei Asmus im Krankenhaus und den Vorbereitungen für die Hochzeit kaum Zeit für etwas anderes blieb und sie deshalb nie nachgehakt hatte. Doch diesmal gab ihre Mutter sich mit ihrer vagen Antwort nicht zufrieden.

«Du nimmst es an?» Heike ließ die Hand mit der Marzipanrose sinken. «Soll das heißen, du weißt es nicht genau?»

Greta wich dem Blick ihrer Mutter aus. «Wir haben uns gestritten», gestand sie. «Ich habe ihm schon mehrere Nachrichten geschickt, aber er reagiert nicht. Ich ...» Sie zuckte mit den Schultern. «Ich schätze, er will nichts mehr mit mir zu tun haben.»

Sie blinzelte gegen die Tränen an, die plötzlich in ihren Augen brannten, und versuchte, mit ihrer Arbeit fortzufahren. Doch Heike war schon bei ihr und legte ihr den Arm um die Schultern.

«Warum hast du denn nichts gesagt?», fragte sie besorgt. «Komm, setz dich.» Sie führte Greta zum Küchentisch. «Und jetzt mal eins nach dem anderen. Wieso hast du dich mit ihm gestritten?»

Greta wusste, dass sie keine andere Wahl hatte, als ihrer Mutter alles zu beichten. Und tatsächlich sprudelten die Worte nur so aus ihr heraus, weil sie plötzlich merkte, wie gut es tat, endlich über das sprechen zu können, was sie seit ihrem Streit mit Mark quälte.

«Und er ist einfach gefahren? Ohne dir zu sagen, wohin?», fragte Heike ungläubig, als sie geendet hatte.

Greta nickte. «Er hat im Krankenhaus Bescheid gesagt, dass er für ein paar Tage nach Hamburg muss und noch nicht weiß, wann er wiederkommt.» Sie schluckte beklommen. «Ich schätze, er bespricht gerade mit seinem Vater die Details der neuen Stelle. Wahrscheinlich hat er den Vertrag sogar schon unterschrieben.»

«Na ja, nach dem, was du zu ihm gesagt hast, könnte ich ihm das nicht verübeln», meinte Heike. «Wieso hast du ihn denn so gedrängt, nach Hamburg zu gehen? Man hat ja fast den Eindruck, du willst ihn loswerden.»

«Nein, das will ich natürlich nicht!» Gretas Augen füllten sich erneut mit Tränen. «Er soll sich nur nicht meinetwegen so eine Chance entgehen lassen.»

«Wenn diese Stelle wirklich so wichtig für ihn ist, dann geh mit ihm», meinte Heike. «Unseretwegen musst du nicht bleiben, nur falls du das glaubst.»

«Aber Papa ...»

«Papa geht es bald wieder besser», fiel Heike ihr ins Wort. «Und so schön es auch ist, dich bei uns zu haben – wir wollen vor allem, dass du glücklich bist.» Sie legte den Kopf schief. «Was du ohne deinen Doktor nicht bist, oder irre ich mich da?»

Greta sah sie betroffen an. Sie war so fest davon ausgegangen, dass ihre Eltern sie brauchten, dass sie gar nicht wirklich darüber nachgedacht hatte, mit Mark nach Hamburg zu gehen.

«Aber damals bei Leif und mir ging es auch nicht», sagte sie. «Ich wollte gehen, und er wollte unbedingt bleiben. Also haben wir uns getrennt.»

«Da warst du achtzehn, und eure Beziehung war auch vorher schon schwierig gewesen», erinnerte ihre Mutter sie. «Diese Sache mit deinem Doktor fängt doch gerade erst an. Und wenn du mich fragst, dann hat sie sehr viel Potenzial.»

«Aber was, wenn …»

«Kein Aber», unterbracht Heike sie. «Wenn man jemanden liebt, dann bedeutet das immer auch Veränderung. Es ist ein Risiko, das man eingehen muss. Als ich deinen Vater kennenlernte, war ich auch nicht sicher, ob das mit uns hält. Im Gegenteil. Es gab viel, was gegen unsere Beziehung sprach, und ich musste viele Kompromisse eingehen. Aber ich wusste, dass ich ihn liebe und dass er mir wichtig ist. Ich wollte, dass es funktioniert. Von allein passiert das nicht, Greta. Wenn du mit deinem Doktor glücklich werden willst, dann musst du dafür kämpfen.» Sie strich Greta über den Arm. «Und das kannst du doch», sagte sie mit einem liebevollen Lächeln.

Greta schluckte. «Und wenn es schon zu spät ist? Er redet nicht mehr mit mir, Mama.»

«Dann rede du mit ihm», erwiderte ihre Mutter. «Kommt er nicht auch zur Hochzeit heute Abend? Er ist eingeladen, oder nicht?»

Greta nickte.

«Na, siehst du. Dann hast du ja eine Gelegenheit, mit ihm zu sprechen und die Sache geradezurücken.» Sie erhob sich. «Aber jetzt müssen wir erst mal weitermachen, sonst muss das Hochzeitsessen leider ausfallen.»

Sie machte sich wieder an die Verzierung der Torte, und Greta kehrte an den Herd zurück, um weiter Grießklößchen zu formen. Das Gespräch mit ihrer Mutter hatte sie aufgewühlt.

Wenn es doch so einfach wäre, dachte sie und sah Marks Gesicht vor sich, seinen Blick, kurz bevor er gegangen war. So wütend hatte sie ihn noch nie erlebt. Was, wenn er sie jetzt gar nicht mehr wollte?

Mit einem Seufzen ließ sie das letzte Grießklößchen in den Topf mit dem heißen Wasser gleiten. «Der Teig ist alle. Soll ich noch welchen machen?»

Heike, die gerade mit der Torte fertig war, kam zu ihr herüber.

«Nein, das reicht, die können dann gleich in die Suppe», verkündete sie nach einem Blick in den Topf. «Jetzt hoffe ich nur, dass der Hauptgang rechtzeitig geliefert wird und dass die Leute für den Service wie verabredet auftauchen.» Sie lächelte. «Ist lange her, dass wir hier eine so große Feier ausgerichtet haben.»

«Geplant war das ja auch ganz anders», erinnerte Greta ihre Mutter, denn anfangs war nur von einer ganz kleinen Hochzeit die Rede gewesen. Doch dann hatte Helena sich entschlossen, die Gästeliste noch einmal deutlich zu erweitern, und nun würden anstatt der ursprünglich eingeplanten zehn Gäste über dreißig Personen zum Essen kommen, darunter auch Leonie, Susanne, Doktor Ehlert und Mark. Heike hatte ein bisschen improvisieren müssen, was das Essen anging, und den Hauptgang bei einem Cateringservice bestellt. Für alles andere sorgte sie selbst.

«Wird dir das auch wirklich nicht zu viel, Mama?», fragte Greta besorgt.

Heike schüttelte den Kopf. «Ach was! Mir könnte es gar nicht bessergehen! Papa erholt sich so prima von der OP, außerdem ist er im Krankenhaus gut versorgt. Und die schlimme Sache mit den Bleivergiftungen ist zum Glück auch ausgestanden. Ich dachte wirklich, dass mir das noch lange nachhängen würde, aber dank des Artikels, den dein Doktor in die Zeitung gesetzt hat …»

«Mark hat der Redaktion nur das Thema vorgeschlagen und sich als Interviewpartner zur Verfügung gestellt», korrigierte Greta ihre Mutter.

«Wie auch immer», meinte Heike. «Jedenfalls scheint sich die Tatsache, dass bei uns in der Pension alles mit rechten Dingen zugeht, inzwischen sogar schon bis zu Frau Lembroich herumgesprochen zu haben. Sie hat angerufen und für das nächste Jahr gebucht, stell dir vor! Und die negative Rezension im Internet ist auch wieder verschwunden. Das sind doch alles tolle Nachrichten.»

«Das stimmt», sagte Greta und schämte sich ein bisschen, dass sie in den letzten Tagen gar nicht mehr an die Sorgen ihrer Mutter gedacht hatte, sondern nur mit ihrem eigenen Unglück beschäftigt gewesen war. Sie konnte es einfach nicht ändern, dass ihre Gedanken ständig um Mark kreisten.

Heike, die das zu ahnen schien, strich ihr lächelnd über die Wange. «Jetzt freu dich erst mal auf die Hochzeit. Das wird bestimmt ein schönes Fest! Und das mit deinem Doktor, das findet sich.»

Bevor Greta antworten konnte, öffnete sich die Hintertür, und Erik betrat die Küche.

«Was wird sich finden?», fragte er geistesabwesend.

«Ach nichts», sagte Greta hastig, weil sie das Thema nicht auch noch mit ihrem Bruder diskutieren wollte. «Dann gehe ich jetzt rauf und mache mich fertig.» Sie wandte sich an Erik. «Wann kommt eigentlich Leonie?»

«Gleich, denke ich», meinte er. «Eigentlich wollte sie schon längst da sein. Aber du weißt ja, dass sie nie pünktlich ist.»

Greta nickte. «Dann bis später», sagte sie und verließ die Küche.

Erik blickte seiner Schwester noch kurz nach, dann setzte er sich an den Tisch und holte sein Messgerät heraus. Mit routinierten Handgriffen bestimmte er seinen Blutzuckerspiegel.

Heike stellte ihm einen Teller Nudeln hin.

«Wie sieht es denn aus?», fragte sie. «Habt ihr das Ersatzteil bekommen?»

Erik schüttelte den Kopf. «Es kommt erst morgen. Und dann müssen wir es noch einbauen. Das heißt, wir verlieren noch einen Tag. Und die nächste Reparatur lässt bestimmt nicht lange auf sich warten. So geht das echt nicht mehr lange weiter.»

Es konnte schon fast nicht mehr zählen, wie oft sie in letzter Zeit wegen technischer Schwierigkeiten nicht hatten auslaufen können. Früher oder später würde er deshalb eine Entscheidung treffen müssen.

Heike setzte sich zu ihm. «Also braucht der Kutter doch eine Generalüberholung?»

«Definitiv und dringend», bestätigte Erik. «Es ist ja nicht nur der Motor. Der Kühlraum ist eigentlich auch zu klein, vor allem, wenn wir mehrere Tage rausfahren wollen. Von der übrigen Technik ganz zu schweigen. Ich habe nur keine Ahnung, wie ich das finanzieren soll.» Er seufzte. «Ich weiß nicht mal, ob sich der Aufwand überhaupt noch lohnt oder ob ich mir nicht lieber gleich was anderes suchen soll.»

Heike sah ihn erschrocken an. «Das geht nicht. Es würde Papa das Herz brechen, wenn du die Fischerei aufgibst.»

«Denkst du, das weiß ich nicht?» Erik schüttelte den Kopf. «Aber was soll ich denn tun? Mir fehlt einfach die Perspektive, verstehst du? Ich mache es nur noch, weil ich mich verpflichtet fühle.»

«Du wolltest es», erinnerte ihn Heike. «Es war deine Entscheidung. Niemand hat dich dazu gezwungen.»

«Ja, aber da wusste ich ja auch noch nicht, auf was ich mich einlasse! Mein Herz steckt einfach nicht mehr drin, Mama, und wie soll es dann auf Dauer funktionieren? Ganz ehrlich: Wenn ich die Wahl hätte, dann würde ich es lieber heute als morgen lassen.»

Für einen langen Moment herrschte Stille in der Küche, und er wagte nicht, seine Mutter anzusehen. Als er es irgendwann doch tat, erkannte er Verständnis in ihren Augen, und das machte ihm Mut auszusprechen, was er schon eine Weile mit sich herumtrug.

«Ich könnte mich erkundigen, was wir brauchen, um Fahrten für Touristen anzubieten. Dafür sind einige Genehmigungen nötig, aber dann müssten wir den Kutter nicht aufgeben. Außerdem hätte ich geregeltere Arbeitszeiten. Schließlich habe ich demnächst eine Familie, an die ich denken muss.»

Heike lächelte traurig. «Du hast recht. Du bist nicht dein Vater, und du triffst natürlich deine eigenen Entscheidungen. Ich würde mit dieser Diskussion nur gerne warten, bis er sich wieder richtig erholt hat?»

«Natürlich.» Erleichtert über die Reaktion seiner Mutter, nahm Erik die Gabel in die Hand und begann, seine Nudeln zu essen.

Leonie hörte Eriks Stimme, als sie sich der Küche näherte, und ging ein bisschen schneller. Sie war schon viel zu spät dran, aber die Zeit reichte noch, um eine Weile bei ihm zu sein, bevor sie sich für die Hochzeit umziehen musste.

«... mir fehlt einfach die Perspektive, verstehst du? Ich mache es nur noch, weil ich mich verpflichtet fühle.»

Leonie hielt inne, die Hand schon an der Küchentür, die einen Spalt weit aufstand. Mein Gott, redete Erik von ihr?

«Du wolltest es», hörte sie Heike sagen. «Es war deine Entscheidung. Niemand hat dich dazu gezwungen.»

«Ja, aber da wusste ich ja auch noch nicht, auf was ich mich einlasse! Mein Herz steckt einfach nicht mehr drin, Mama, und wie soll es dann auf Dauer funktionieren? Ganz ehrlich: Wenn ich die Wahl hätte, dann würde ich es lieber heute als morgen lassen.»

Leonie schlug sich die Hand vor den Mund, um einen Laut des Entsetzens zu unterdrücken. Dann machte sie kehrt. Die ersten Schritte taumelte sie und schaffte es gerade noch, nicht gegen einen der Tische zu stoßen. Dann hatte sie sich wieder unter Kontrolle und lief möglichst leise zurück zur Haustür und von dort hinaus zu ihrem Auto.

Als sie hinter dem Steuer saß, zitterte sie am ganzen Körper. Sie konnte immer noch nicht fassen, was sie da eben gehört hatte. Offenbar hatte Erik seiner Mutter von ihrem Geheimnis erzählt, und das, obwohl er fest versprochen hatte, niemandem etwas zu verraten! Und er hatte Heike anvertraut, was Leonies Geständnis tatsächlich in ihm ausgelöst hatte.

Ich mache es nur noch, weil ich mich verpflichtet fühle. Mein Herz steckt einfach nicht mehr drin. Wenn ich die Wahl hätte, dann würde ich es lieber heute als morgen lassen.

Seine Worte hallten durch Leonies Kopf und bohrten sich in ihr Herz. Mein Gott, sie war so naiv gewesen! Hatte sie wirklich geglaubt, dass es gutgehen würde mit ihnen, wenn sie ihm die Wahrheit sagte? Dass er sie dann trotzdem noch lieben konnte?

Sie dachte an die unangenehme Begegnung mit ihrem ehemaligen Kunden im Krankenhaus. Ein paar Tage lang hatte sie tatsächlich mit sich gehadert, ob sie die Hochzeit mit Erik nicht lieber abblasen sollte. Aber dann hatte sie sich gesagt, dass sie es schaffen konnten. Wenn Erik auf ihrer Seite war. Wenn er es ernst gemeint hatte, als er ihr versichert hatte, dass ihm ihre Vergangenheit egal war und dass er zu ihr stand. Doch ganz offensichtlich war er mit der Situation überfordert.

Tränen traten ihr in die Augen und strömten ihr über die Wangen, als sie den Motor startete. Wenigstens weiß ich jetzt Bescheid und kann die Konsequenzen ziehen, dachte sie und gab Gas.

32

«Und? Bist du startklar?» Marlene stand schon in der Wohnungstür, aber Helena trat noch einmal vor den hohen Spiegel, der im Flur an der Wand hing.

Das weiße Kleid wirkte jetzt tatsächlich wie ein Brautkleid, nachdem Marlene ihr noch einen Blumenkranz mit weißen Blüten in die Haare gesteckt hatte. Helena trug das Haar offen, sodass ihr die blonden Locken bis über die Schultern fielen, und sie sah selbst, wie ihre Augen leuchteten.

Ich freue mich, dachte sie und verbannte all die Sorgen, die sie in den letzten Wochen geplagt hatten, endgültig aus ihrem Kopf. Heute war ein guter Tag. Sie würde Niklas heiraten, den Mann, den sie über alles liebte. Das würden sie feiern, und zwar ohne Angst.

«Kommst du?», drängte Marlene.

Helena lächelte ihr Spiegelbild noch einmal an, dann folgte sie ihrer Freundin in den Hausflur.

Als sie ihre Wohnung abschloss, fühlte es sich so an, als würde sie damit auch ein Kapitel ihres Lebens endgültig beenden. Sie war in letzter Zeit kaum noch hier gewesen, und auch jetzt hatte sie das Apartment lediglich zum Umziehen und Schminken benutzt. Der Mietvertrag war schon gekündigt, und sie würde nur noch ein Mal zurückkehren, um die Wohnung endgültig aufzulösen.

Als sie schon beinahe die Haustür erreicht hatten, hörten sie draußen ein Pferd wiehern. Verdutzt sahen Helena und Marlene sich an, dann öffnete Marlene die Tür, und sie starrten beide mit offenem Mund auf eine mit Blumen geschmückte Kutsche, die auf der Straße vor dem Haus stand.

Es war ein offener Landauer, vor den zwei Friesen-Pferde gespannt waren. Die langen, gewellten Mähnen der kräftigen Rappen glänzten in der Sonne, genauso wie die goldenen Knöpfe an der Uniform des jungen Mannes, der auf dem Kutschbock saß. Helena hatte ihn noch nie gesehen, aber dafür kannte sie den Mann, der neben der Kutsche stand.

«Piet?» Ungläubig schüttelte sie den Kopf. «Was machst du denn hier?»

«Ich sorge dafür, dass du standesgemäß zur Kirche kommst», erklärte er, ein bisschen verlegen. «Betrachte es als Hochzeitsgeschenk.»

Helena wusste gar nicht, was sie sagen sollte. Fassungslos starrte sie Piet an. «Danke», stammelte sie schließlich.

Piet warf einen unsicheren Seitenblick auf Marlene. «Kann ich kurz mit dir reden?», fragte er Helena.

Marlene verstand sofort. «Ich lass euch kurz allein», sagte sie und entfernte sich ein paar Schritte.

Erst als sie außer Hörweite war, sprach Piet weiter.

«Helena, es tut mir leid, wie ich mich benommen habe. Das mit dem Hauskauf, das war nicht richtig. Ich wusste, dass du das Kapitänshaus für dein Projekt brauchst. Aber ich war so wütend und enttäuscht und wollte dir weh tun.

Und als ich dann die Gelegenheit hatte, habe ich sie genutzt.»

Helena wollte ihn unterbrechen, doch er redete schon weiter. «Ich hatte vor lauter Eifersucht vergessen, was uns verbindet. Wir sind Freunde, und auch wenn ich mir gewünscht hätte, dass mehr aus uns wird, möchte ich, dass du glücklich bist. Das schulde ich dir nach allem, was du für meine Familie getan hast. Du hast meinen Enkel in dieser furchtbaren Sturmnacht gesund auf die Welt geholt. Und du hast Stine gerettet. Ohne dich wäre sie jetzt vielleicht nicht mehr da …»

«Das war doch selbstverständlich», unterbrach Helena ihn.

«Vielleicht. Aber es hätte auch selbstverständlich sein müssen, dass ich dir nicht bei deinem Hauskauf dazwischenfunke», sagte er. «Ich habe keine Entschuldigung dafür, außer, dass ich nicht ganz bei mir war. Deshalb möchte ich dir das Kapitänshaus zum ursprünglichen Preis verkaufen. Wenn du es noch haben willst?»

«Ja, natürlich will ich es noch haben!» Helena war so erleichtert, dass ihr kurz die Worte fehlten. «Danke! Ich … ich freu mich.»

Spontan machte sie einen Schritt auf ihn zu und gab ihm einen Kuss auf die Wange.

Er räusperte sich verlegen. «Na los, dann mal rein in die Kutsche, sonst kommst du noch zu spät zu deiner eigenen Hochzeit», sagte er und hielt ihr den Schlag auf.

Helena winkte Marlene zu sich und ließ sich von Piet in die Kutsche helfen.

«Willst du nicht auch in die Kirche kommen?», fragte sie ihn. «Du bist immer noch herzlich eingeladen.»

«Nein, ich glaube, das kann ich nicht», sagte er, und der Schatten, der über sein Gesicht huschte, versetzte Helena einen Stich. Sie hatte eindeutig unterschätzt, wie tief Piets Gefühle für sie waren.

Nachdem auch Marlene in die Kutsche gestiegen war, gab Piet dem Kutscher ein Zeichen, und die Pferde zogen an.

Piet winkte ihnen nach, dann bog die Kutsche um die Kurve, und er verschwand aus ihrem Blickfeld.

«Na so was.» Marlene sah Helena neugierig von der Seite an. «Was wollte er denn?»

Aufgeregt berichtete Helena ihrer Freundin von der unerwarteten Wendung.

Marlene war fassungslos. «Dann bekommen wir ja doch noch unser Geburtshaus!»

«Ja, ist das nicht herrlich?» Helena lehnte sich glücklich in die Polster der Kutsche zurück und lauschte dem Klappern der Pferdehufe auf dem Asphalt.

Sie würden sich sehr beeilen müssen mit den Umbauarbeiten, und die Übergangszeit würde vermutlich etwas holprig werden. Aber die Hauptsache war, dass ihr Traum in Erfüllung ging.

«Jetzt kann es ja nur noch ein wunderschöner Tag werden», fand Marlene, und Helena konnte ihr da nur zustimmen.

Sie genoss die Fahrt in der Kutsche, die wie im Flug verging. Bald hatten sie den Ortsrand von Dinkersen erreicht, und kurz darauf hielt die Kutsche auf dem kopfsteingepflasterten Hof vor der kleinen evangelischen Kirche.

Die Kirche war eine der ältesten der Insel, und auf

dem Friedhof, der sie umgab, lagen einige berühmte Seefahrer begraben. Für die verwitterten Grabsteine mit den kunstvollen Steinmetzarbeiten, die als Touristenmagnet galten, hatte Helena heute jedoch keinen Blick. Ihre Augen waren nur auf Niklas gerichtet, der vor dem offenen Kirchenportal stand und auf sie wartete. Als er die Kutsche sah, kam er ihnen entgegen.

Er trug einen dunkelgrauen Cutaway zu einer etwas helleren Anzughose und einer noch helleren Weste über einem weißen Hemd. Eine passende Krawatte vervollständigte sein elegantes Outfit, das ihm unglaublich gut stand. Aber es war vor allem sein strahlendes Lächeln, das Helenas Herz schneller schlagen ließ.

«Du bist die schönste Braut, die ich je gesehen habe», sagte er, als er Helena aus der Kutsche half, und sie hatte plötzlich einen dicken Kloß im Hals. Denn seine Worte machten ihr noch einmal klar, dass sie das jetzt tatsächlich war: eine Braut. Diesmal würde sie vor den Altar treten und ja sagen zu dem Mann, den sie liebte. Nichts und niemand konnte das verhindern.

Glücklich hakte sie sich bei Niklas ein und ging mit ihm auf die Kirche zu. Sie würden gemeinsam zum Altar gehen, deshalb warteten sie vor dem Portal darauf, dass die Orgel zu spielen begann.

«Ah, verdammt!» Niklas zuckte plötzlich neben ihr zusammen und fasste sich an die Brust.

«Was hast du?», fragte Helena erschrocken. «Ist es wieder die Narbe?»

Er nickte, während seine Gesichtszüge sich langsam wieder entspannten. «Es geht schon wieder.»

«Niklas, du musst das endlich …»

«Ich lasse mich untersuchen», versprach er. «Aber jetzt heiraten wir erst mal.»

Die Orgel begann zu spielen, doch Helena zögerte und musterte Niklas. Er lächelte jetzt wieder, so als wäre nichts gewesen. Und seine Hand, die warm auf ihrem Arm lag, gab ihr Zuversicht.

«Ja. Jetzt heiraten wir», sagte sie. Dann betrat sie mit ihm die Kirche, und gemeinsam schritten sie durch den Mittelgang auf den Altar zu.

33

War das nicht eine wunderschöne Trauung?» Susanne Walter legte den Löffel in ihre leere Dessertschale und blickte verträumt zu Helena und Niklas hinüber, die im Kreis von Familie und Freunden an dem langen Brauttisch am Fenster saßen. «Helena hat so gestrahlt! Und wie er sie angeschaut hat, als er ihr den Ring angesteckt hat!» Sie seufzte. «Man konnte richtig sehen, wie sehr sie sich lieben.»

«Ja, das stimmt.» Greta blickte kurz zu dem Brautpaar hinüber, dann senkte sie den Blick und starrte auf ihr Dessert, das sie noch nicht angerührt hatte.

Nicht, dass sie sich für die beiden nicht freute. Aber die Feier lief nun schon seit ein paar Stunden, und ständig ein glücklich verliebtes Paar vor Augen zu haben, wurde langsam zu einer echten Tortur für sie. Es erinnerte sie daran, wie glücklich sie selbst vor ein paar Tagen noch gewesen war. Bis sie es geschafft hatte, alles zu ruinieren …

Marks Gesicht tauchte vor ihrem inneren Auge auf, und sie wünschte sich, er wäre hier. Er war jedoch nicht gekommen, genau, wie sie es befürchtet hatte. Was immer er in Hamburg machte, es schien ihn voll in Anspruch zu nehmen und wichtiger zu sein als das, was hier auf der Insel passierte.

Gedankenverloren strich sie über den seidigen Stoff ihres Kleides. Sie hatte sich für das blaue entschieden, das Mark ihr gekauft hatte, nicht nur, weil es das schönste in ihrem Kleiderschrank war, sondern auch, weil sie sich ihm dann näher fühlte.

Glaubte er wirklich, dass sie nicht mit ihm zusammen sein wollte? Natürlich tut er das, dachte sie verzweifelt und stöhnte innerlich bei der Erinnerung an ihr Gespräch. Ich hätte ihm sagen sollen, warum ich will, dass er geht. Woher sollte er wissen, dass sie nur das Beste für ihn wollte, wenn er keine Ahnung hatte, wie tief ihre Gefühle für ihn gingen? Da musste er doch denken, dass sie ihn loswerden wollte ...

«Ich setze mich mal kurz rüber zu Doktor Ehlert.» Susanne erhob sich. «Der arme Kerl sieht nicht so aus, als würde er sich besonders amüsieren.»

Greta blickte zum Nachbartisch, wo Karsten Ehlert neben zwei Freundinnen von Helena saß, die in eine angeregte Unterhaltung vertieft waren und ihn gar nicht beachteten. Sein Gesicht erhellte sich, als Susanne sich auf den freien Platz neben ihm setzte. Den, der eigentlich für Mark reserviert gewesen war ...

«Greta?»

Sie schreckte hoch, als sie ihren Namen hörte, und glaubte für einen Moment, Mark sei vielleicht doch noch gekommen. Aber es war ihr Bruder, der neben ihrem Stuhl stand.

«Wo ist Leonie?», fragte er und ließ den Blick suchend über die Gäste gleiten. «Ich sehe sie nirgends.»

«Sie ist nicht gekommen», erklärte Greta. «Ich habe mich auch schon gewundert, weil sie sich eigentlich so auf die Feier gefreut hatte. Ich dachte, sie wäre mit dir unterwegs.»

Erik schüttelte den Kopf. «Sie wollte hierherkommen und sich bei mir umziehen. Aber sie ist nicht aufgetaucht. Ich habe eine Weile gewartet, doch dann musste ich spontan noch mal runter zum Hafen. Ich dachte, dass sie mal wieder spät dran ist und direkt zur Kirche fährt.»

«Nein, da war sie nicht», sagte Greta. «Ich hab ihr geschrieben, aber auf die Nachricht hat sie nicht reagiert.»

«Auf meine auch nicht.» Erik war blass geworden. «Ich dachte, dass sie hier so viel Spaß hat, dass sie die Nachrichten einfach nicht gesehen hat.»

Er holte sein Handy heraus und versuchte, Leonie anzurufen.

«Mailbox», sagte er einen Augenblick später und ließ resigniert das Smartphone sinken.

Greta wurde ganz flau im Magen. Es war überhaupt nicht Leonies Art, nicht auf Nachrichten zu reagieren. Normalerweise sagte sie Bescheid, wenn ihre Pläne sich änderten. Und dass sie nicht ans Telefon ging, war auch merkwürdig.

«Vielleicht hat sie Mama eine Nachricht für dich hinterlassen», vermutete sie. «Hast du sie schon gefragt?»

Erik nickte. «Nichts. Ich sag doch, Leonie war nicht hier.» Jetzt stand Panik in seinen Augen. «Vielleicht ist ihr was passiert!»

«Nun mal langsam», beruhigte Greta ihn. «Es gibt bestimmt eine ganz einfache Erklärung. Ihr wird was dazwischengekommen sein.»

«Was denn?» Erik schüttelte den Kopf «Was kann

wichtiger sein als diese Hochzeit? Sie hat gestern von nichts anderem gesprochen, hat gehofft, dass sie hier vielleicht Anregungen für unsere eigene Feier bekommt. Wieso sollte sie dann plötzlich nicht hingehen?»

Darauf wusste Greta keine Antwort. Herrgott, warum hatte sie nicht früher nachgehakt, wo ihre Freundin abgeblieben war? Sie war in Gedanken so mit Mark beschäftigt gewesen, dass sie Leonies Fehlen zwar bemerkt, aber dann nicht weiter beachtet hatte.

«Ich fahre sie suchen!» Erik drehte sich um. Seine Hände waren zu Fäusten geballt, und Greta konnte seine Anspannung spüren. Entschlossen verließ er den Raum.

Hastig sprang Greta auf und lief ihm hinterher bis in den Eingangsbereich. Er war schon an der Tür.

«Sag Bescheid, wenn du sie findest», rief sie, doch da fiel die Tür schon hinter ihm ins Schloss.

Einen Moment lang blieb sie unschlüssig vor der Rezeption stehen und kämpfte mit ihrem schlechten Gewissen. Sie hatte überhaupt keine Lust, auf die Feier zurückzukehren, aber sie konnte es den Brautleuten auch nicht antun, jetzt schon zu gehen.

Als sie in der Tür zum Speisezimmer stand, brandete Applaus auf, und Greta sah, dass ihre Mutter die Hochzeitstorte auf einem Wagen hereinschob.

«Wir schneiden jetzt die Torte an!», verkündete Helena, was die Gäste dazu veranlasste, sich zu erheben und um das Brautpaar zu versammeln.

Greta seufzte. Wenn sie diesen Programmpunkt nicht verpassen wollte, dann musste sie jetzt schnell wieder zu den anderen gehen. Ihr fehlte jedoch die Kraft, sich wieder in Bewegung zu setzen. Alles fühlte sich auf einmal schwer an, so als würde ein Gewicht auf ihrer Brust lasten, das sie daran hinderte, richtig durchzuatmen.

Das Klingeln der Haustürglocke ging fast unter in dem Gejohle der Gäste, aber Greta hörte es und ging zur Tür, froh darüber, einen Grund zu haben, nicht zur Feier zurückzukehren. Vielleicht hatte Erik seinen Schlüssel vergessen. Oder es war Leonie. Oder sie waren es beide.

Hoffnungsvoll öffnete sie die Haustür – und erstarrte, als sie sah, wer vor der Tür stand.

«Guten Abend.» Marks Gesicht war unbewegt, doch in seinen grauen Augen flackerte etwas auf, das Greta kurz den Atem nahm.

Sie musste sich räuspern, bevor sie sprechen konnte. «Ich ... ich dachte, du kommst nicht.»

Er verzog den Mund zu einem bitteren Lächeln. «Ja, das dachte ich mir, dass dir das lieber wäre. Aber ich bin eingeladen. Also darf ich hoffentlich trotzdem reinkommen?»

«Ja, natürlich.» Greta trat zur Seite, und er ging dicht an ihr vorbei ins Haus, so dicht, dass sie den vertrauten Duft seines Aftershaves wahrnehmen konnte. Im Empfangsbereich blieb er stehen und sah sie an.

Er trug einen perfekt sitzenden hellgrauen Anzug, der seine breiten Schultern betonte und sehr gut zu seinen grauen Augen passte. Dass er zu seinem weißen Hemd keine Krawatte trug, gab seinem Outfit etwas Lässiges. Erst jetzt bemerkte Greta das hübsch verpackte kleine Geschenk, das er in der Hand hielt.

«Du hast das meiste schon verpasst», sagte sie, weil sie die Stille zwischen ihnen irgendwie füllen wollte.

«Ich habe mich spontan entschieden, doch noch zu

kommen», erwiderte er und sah dabei so grimmig aus, als würde er seinen Entschluss bereits bereuen.

Aus dem Speisezimmer drang erneut Applaus, offenbar war das Torten-Anschneiden noch in vollem Gange. Aber Mark wandte sich nicht um, sondern hielt den Blick auf Greta gerichtet.

«Schönes Kleid», sagte er.

Sie sah an sich hinunter und strich über den Stoff. Und plötzlich war alles wieder da: wie er ihr den Reißverschluss geschlossen hatte, bevor sie zu der Gala gegangen waren. Seine Finger auf ihrer Haut, sein Atem an ihrem Ohr. Und der Moment, als er den Reißverschluss später am Abend wieder geöffnet hatte ...

Sie hob den Kopf und blickte in seine Augen, die sich jetzt in ihre zu brennen schienen. Seine Brust hob und senkte sich genauso schwer wie ihre, und sein Blick wanderte zu ihren Lippen, was ein sehnsüchtiges Ziehen in ihrem Magen auslöste.

Für einen Moment standen sie einfach nur da, dann wandte Mark sich abrupt ab.

«Ich gehe dem Brautpaar besser mal gratulieren, bevor die Feier vorbei ist», sagte er und betrat das Speisezimmer.

«Nein, warte!» Ohne nachzudenken, lief Greta ihm nach und griff nach seinem Arm. Er fuhr zu ihr herum.

«Was?», fragte er, und jetzt erkannte sie, dass es Zorn war, der in seinen Augen brannte. Er war wütend auf sie, und sie hatte keine Ahnung, ob sie daran noch etwas ändern konnte. Aber sie musste es versuchen und endlich zu dem stehen, was sie empfand.

«Ich liebe dich, Mark.» Sie schluckte. «Sehr sogar. So

sehr, dass es mir Angst macht. Deshalb war ich so vorsichtig. Weil ich wusste, dass ...» Hilflos zuckte sie mit den Schultern. «Weil ich wusste, dass von meinem Herzen nichts mehr übrig bleibt, wenn du es nicht willst. Aber es gehört dir, zu hundert Prozent. Und deshalb, nur deshalb will ich, dass du nach Hamburg gehst. Weil du das tun sollst, was am besten für dich ist. Ich wollte dir nicht das Gefühl geben, dass du Rücksicht auf mich nehmen musst. Deshalb habe ich dir gesagt, dass du gehen sollst. Allerdings war mir da noch nicht klar, dass ich es hier ohne dich gar nicht aushalte. Ich liebe die Insel, aber wenn du gehst, dann komme ich mit. Wenn du ...» Sie schluckte erneut und ließ seinen Arm los. «Wenn du das überhaupt noch willst.»

Ihr Herz schlug so schnell, dass sie Angst hatte, es würde ihr gleich aus der Brust springen, während sie versuchte, in seinem Gesicht zu lesen. Sag was, flehte sie innerlich, weil sie sich noch nie in ihrem Leben so schutzlos gefühlt hatte.

Endlich schien Mark aus seiner Erstarrung zu erwachen. «Wow, Greta, das ist ...» Er schüttelte den Kopf. «Das ist ...»

Ein Schmerzensschrei ertönte und ließ sie beide zusammenzucken. Greta blickte über Marks Schulter und sah Helena, die einen Teller mit einem Tortenstück in der Hand hielt. Niklas von Holten stand mit dem Messer in der Hand neben ihr. Oder er hatte es in der Hand gehalten, denn er ließ es gerade fallen und griff sich mit schmerzverzerrtem Gesicht an die Brust.

«Niklas!», schrie Helena, als er neben ihr zusammensackte und sich stöhnend auf dem Boden krümmte.

«Wir brauchen den RTW!», sagte Mark, der sich bereits den Weg zu den Brautleuten bahnte. «Sofort!»

34

Leonie ist nicht hier!» Faris schüttelte den Kopf und musterte Erik erstaunt. «Sie wollte doch zur Hochzeit von Frau Doktor Folkert.»

«Ja, aber da ist sie nicht.» Erik spürte, wie seine Verzweiflung wuchs. «Kann sie irgendwo unten in den Untersuchungsräumen sein? Vielleicht gab es ja einen Notfall, bei dem sie helfen musste?»

«Nein. Kein Notfall. Hier ist schon den ganzen Abend alles ruhig», erwiderte Faris. «Und ich war vorhin erst unten. Da ist niemand.»

«Okay. Danke.» Erik schluckte. «Dann suche ich weiter.»

«Vielleicht ist sie ja bei sich zu Hause?», schlug Faris vor. «Hast du es da schon versucht?»

Erik nickte. «Ich habe geklingelt, aber es hat niemand aufgemacht.»

«Tja, dann.» Faris zuckte mit den Schultern, und sein mitfühlender Blick war fast zu viel für Erik.

Er bedankte sich bei dem Pfleger und verließ die Station. Während er zurück zu seinem Volvo ging, holte er sein Handy aus seiner Jackentasche und wählte erneut Leonies Nummer. Doch wie schon so viele Male zuvor landete er wieder nur auf der Mailbox. Und auch auf die

Nachrichten, die er ihr geschrieben hatte, war immer noch keine Antwort gekommen.

«Verdammt!» Erik stieg ins Auto und knallte die Tür zu. Er war hin und her gerissen zwischen Sorge und Wut. Wo zur Hölle steckte Leonie bloß? Und wo sollte er sie jetzt noch suchen?

Einen Moment lang starrte er ins Leere, dann startete er den Motor und verließ das Klinikgelände, um noch einmal zu Leonies Wohnung zu fahren. Schließlich konnte es sein, dass sie in der Zwischenzeit zurückgekommen war.

Das Apartmenthaus lag nicht weit von der Klinik entfernt. Parkplätze waren dort eher rar, und während Erik nach einer freien Lücke am Straßenrand suchte, hielt er gleichzeitig Ausschau nach Leonies rotem Ford Fiesta. Er konnte den Wagen nicht entdecken, doch das bedeutete nicht, dass sie nicht da war. Vielleicht stand das Auto unten in der Tiefgarage, zu der nur Mieter Zugang hatten. Leonie benutzte sie zwar sehr ungern, weil es dort so eng war, aber möglicherweise hatte sie ja keinen anderen Parkplatz gefunden.

Es dauerte eine Viertelstunde, dann hatte Erik den Volvo endlich erfolgreich abgestellt und ging zurück zum Haus. Er klingelte mehrfach. Wieder kam keine Reaktion.

Und wenn sie da ist und mir nicht aufmacht?, überlegte er. War es möglich, dass sie ohnmächtig in ihrer Wohnung lag?

Neue Sorge erfasste ihn, weil ihm diese Möglichkeit auf einmal sehr plausibel erschien. Aber wie sollte er in die Wohnung kommen?

Frau Faber, dachte er und fluchte innerlich, weil ihm

die alte Dame nicht schon früher eingefallen war. Sie wohnte direkt neben Leonie und hatte einen Ersatzschlüssel zu ihrem Apartment. Und sie war zum Glück zu Hause, denn als er bei ihr klingelte, hörte er fast sofort ihre immer etwas heisere Stimme über die Gegensprechanlage.

«Hallo? Wer ist denn da?»

«Ich bin es, Erik Paulsen», erklärte Erik. «Ich bin der Verlobte von Leonie Völler. Erinnern Sie sich an mich?»

«Natürlich.» Sie klang leicht pikiert.

«Ich ... bräuchte den Ersatzschlüssel zu Leonies Wohnung», sagte er. «Würden Sie mir den geben?»

Er lauschte angespannt auf ihre Reaktion, doch sie sagte nichts mehr. Stattdessen ertönte der Summer.

Erleichtert drückte Erik die Tür auf und stürmte hinauf in den dritten Stock. Außer Atem betrat er den Flur und sah, dass die alte Frau Faber schon in der Tür ihrer Wohnung stand.

«Frau Völler hat mir gesagt, dass ich Ihnen den Schlüssel geben darf. Damals, als sie ihn mir anvertraut hat. Ihnen, aber sonst niemandem.» Die zierliche alte Dame mit den lila schimmernden grauen Haaren lächelte ihn freundlich an und reichte ihm den Schlüssel. «Hat sie noch was vergessen?»

Erik, der nach einem gemurmelten Danke schon auf dem Weg zu Leonies Apartmenttür war, hielt überrascht inne.

«Vergessen?», wiederholte er.

«Na ja, weil sie heute Nachmittag mit Sack und Pack los ist», erklärte die alte Dame. «Sie musste zweimal gehen, bis sie alles im Auto hatte. Es sah aus, als wollte sie verreisen.»

Erik war zu perplex, um zu antworten. Mit wenigen Schritten war er an der Tür zu Leonies Wohnung und schloss auf.

Im Apartment sah alles aus wie immer, zumindest auf den ersten Blick. Im Wohnzimmer hatte sich nichts verändert, alles war aufgeräumt, doch im Schlafzimmer bot sich ein anderes Bild. Die Decke auf dem breiten Bett war eingedrückt, und die Umrisse der Delle darin deuteten auf einen Koffer hin. Außerdem standen die Schranktüren offen, und Erik sah sofort, dass ein Großteil von Leonies Sachen fehlte.

Hektisch suchte er nach einem Brief oder einer Nachricht und konsultierte auch noch einmal sein Handy. Aber Leonie hatte ihm immer noch nicht geschrieben. Sie hatte nur ihre Sachen gepackt und war weggefahren. Wohin, das wusste er nicht, und auch nicht, aus welchem Grund. Nur eins war völlig offensichtlich.

Sie hat mich verlassen, dachte er und spürte einen dumpfen Schmerz in der Brust, der von Sekunde zu Sekunde schlimmer wurde.

35

Niklas von Holten krümmte sich immer noch auf dem Boden, als die Rettungsassistenten eintrafen. Er war die ganze Zeit kaum ansprechbar gewesen, deshalb hatte Mark bis jetzt nur aus ihm herausbekommen, dass der Schmerz auf der linken Seite saß – also am Herzen. Seine Vitalzeichen waren jedoch in Ordnung. Noch, dachte Mark, während er von Holten einen Zugang legte. Denn der Zustand des Patienten verschlechterte sich zusehends.

«Das ist bestimmt ein Infarkt», meinte Karsten Ehlert, der sich mit Mark zusammen um von Holten kümmerte.

«Nein, das glaube ich nicht», erwiderte Mark. Sein Instinkt sagte ihm, dass sie es hier mit etwas anderem zu tun hatten.

«Das war ja klar, dass Sie wieder anderer Meinung sind», schimpfte Ehlert, zum Glück so leise, dass Helena es nicht hörte, die völlig aufgelöst zusah, wie die Sanitäter ihren Mann auf die Trage hoben. Sie hatte Ehlert und Mark nicht bei der Erstversorgung unterstützen können, doch das warf Mark ihr nicht vor. In so einer Situation konnte man als Angehöriger nicht klar denken.

«Hatte er so einen Anfall schon mal?», erkundigte Mark sich bei ihr.

Sie nickte. «Schon oft. Aber es war immer nach kurzer Zeit wieder vorbei. Ich habe ihm gesagt, dass er das untersuchen lassen muss, weil es eine Folge seiner schlimmen Brustverletzung sein könnte.»

«Brustverletzung!» Mark fiel wieder ein, dass er darüber in der Patientenakte gelesen hatte, als es um die Aneurysmen gegangen war. Bei einem Hubschrauberabsturz hatte sich ein Teil der Außenverkleidung in von Holtens Brustkorb gebohrt. «Könnte ein Fremdkörper in seiner Brust verblieben sein?»

Helena schüttelte den Kopf. «Niklas' Röntgenbilder waren ohne Befund. Deshalb behauptet er, es wäre das Narbengewebe, das ihm Probleme macht. Aber das kann doch nicht so schlimm sein, oder?»

Mark runzelte die Stirn. In New York hatte er mal einen Fall mit ganz ähnlichen Symptomen gehabt. Eine Frau mit Brustschmerzen, Tage nach einem schweren Autounfall. Wie sich herausgestellt hatte, war ein Stück Blech in ihren Brustkorb eingedrungen und hatte dort schweren Schaden angerichtet.

«Und da war wirklich nichts auf den Bildern? Ganz sicher?»

Helena nickte. «Alles unauffällig.»

«Gut. Wir schauen uns das in der Klinik genauer an.» Er wandte sich an die Rettungsassistenten, die Niklas gerade zum Wagen tragen wollten. «Ich fahre mit euch.»

«Ich will auch mit», sagte Helena.

«Wir rufen besser gleich den Heli», erklärte Ehlert. «Der Patient muss rüber aufs Festland.»

Mark war ziemlich sicher, dass sie von Holten sofort behandeln mussten. Aber er wollte Ehlert nicht erneut widersprechen. Unter Umständen war ein Transport notwendig, dann war es gut, wenn der Hubschrauber bereit war. Deshalb nickte er und folgte mit Helena den Rettungsassistenten, die von Holten nach draußen trugen. Als er an Greta vorbeikam, zögerte er.

Sie hatte auf den Notfall wie immer äußerst professionell reagiert. Als klar war, dass sie bei der Versorgung des Patienten nicht gebraucht wurde, hatte sie sich um die Gäste gekümmert, sie auf Abstand gehalten und beruhigt.

«Was ist mit ihm?», fragte sie. «Es ist kein Infarkt, oder?»

Es wunderte ihn nicht, dass sie den Fall genauso einschätzte wie er. Greta hatte schon oft sehr gute diagnostische Fähigkeiten bewiesen.

«Ich denke nicht», erwiderte er. «Aber wir müssen uns trotzdem beeilen.»

Sie nickte, und er ging weiter. Ihm war bewusst, dass er ihr noch eine Antwort schuldete. Doch dafür war jetzt keine Zeit.

Draußen stieg er eilig in den Rettungswagen, der schon mit Blaulicht auf ihn wartete.

Während der Fahrt bestätigte sich, was Mark schon befürchtet hatte. Von Holtens Kreislauf sackte mehrfach weg, aber sie schafften es, ihn mit Medikamenten zu stabilisieren.

«Der Heli verspätet sich etwas», meldete der Fahrer nach hinten. «Er hatte gerade noch einen Einsatz, aber dann kommt er direkt. Zwanzig Minuten maximal.»

Mark stöhnte. Das dauerte alles viel zu lange!

«Wir bringen ihn direkt zum Ultraschall», ordnete er an, als sie die Klinik erreichten. Doch als sie im Untersuchungsraum ankamen, sank von Holtens Blutdruck erneut alarmierend. «Verdammt, er kollabiert schon wieder!»

Für die nächsten Minuten herrschte Hektik, während das gesamte Team versuchte, den Patienten zu stabilisieren. Es gelang ihnen zwar, doch Mark war sich nicht sicher, wie lange es bis zur nächsten Krise dauern würde. Sie mussten herausfinden, was die Ursache war, deshalb griff er sich die Sonde des Ultraschallgeräts, gab Gel darauf und ließ sie über die Brust des Patienten gleiten. Der Scan zeigte genau das, was er schon befürchtet hatte.

«Da ist freie Flüssigkeit in seinem Brustkorb. Er hat innere Blutungen.»

«Wie kann denn das sein?», fragte Helena erschrocken.

«Das weiß ich nicht, aber er muss sofort in den OP.» Mark wandte sich an Faris, der inzwischen dazugekommen war. «Blut abnehmen für die Kreuzprobe. Und dann besorg so viele passende Konserven, wie wir haben, die werden wir alle brauchen.»

Tanja Waalen, die ebenfalls alarmiert worden war, wusste, was sie zu tun hatte.

«Ich bereite die Narkose vor», erklärte sie und schob von Holten aus dem Untersuchungsraum, vorbei an Karsten Ehlert, der auf einmal im Türrahmen stand. Offenbar war er ihnen mit seinem eigenen Wagen gefolgt.

«Der Heli kommt doch gleich», sagte er, sichtlich skeptisch. «Wäre es nicht besser, wenn wir ihn ausfliegen? So machen wir das sonst immer.»

«Dafür reicht die Zeit nicht», erklärte Mark.

Ehlerts Blick blieb kühl. «Wirklich nicht? Oder möchten Sie nur mal wieder den Helden spielen? Ich hoffe für Sie, dass Sie wissen, was sie tun. Denn es wird ein Nachspiel haben, falls sich herausstellt, dass Sie ...»

«Ich bin sicher!» Mark ballte die Hände zu Fäusten und sah den Kollegen durchdringend an. «Bitte, Doktor Ehlert, vertrauen Sie mir dieses eine Mal. Wir müssen operieren, und zwar jetzt sofort. Und Sie müssen mir helfen und assistieren. Würden Sie das bitte tun?»

Ehlert wirkte beeindruckt. «Also gut», sagte er. «Aber das nehmen Sie auf Ihre Kappe.»

Mark nickte und wollte mit ihm zusammen in Richtung OP gehen. Doch Helena hielt ihn auf.

«Wird Niklas sterben?», fragte sie mit dünner Stimme, und es brach ihm das Herz, sie in ihrem Hochzeitskleid so verloren auf dem Flur stehen zu sehen.

«Nein, das wird er nicht», sagte er entschlossen. «Ich werde alles tun, um das zu verhindern.»

Er überließ Helena Faris, der sie in den Wartebereich führte, und ging sich umziehen. Als er in den OP kam, lag Niklas von Holten bereits auf dem Tisch, und das OP-Team war bereit, inklusive Doktor Ehlert.

«Okay, dann legen wir los.» Mark griff nach der Sternumsäge. Doch als er das Narbengewebe auf von Holtens Brust sah, zögerte er.

«Das gibt Schwierigkeiten mit der Wundheilung, wenn Sie da noch mal durchgehen», meinte Ehlert.

«Ich weiß», erwiderte Mark. «Aber wir haben keine andere Wahl.»

Mit einem präzisen Schnitt durchtrennte er das Brustbein, dann setzte Ehlert die Sternumsperre ein, damit sie in den Brustraum sehen konnten.

«Mein Gott!» Ehlert riss erschrocken die Augen auf. «Das sieht nicht gut aus!»

Mark konnte ihm da nicht widersprechen. Aber er hatte nicht vor aufzugeben. «Das Blut absaugen, damit ich was sehen kann!», wies er die OP-Schwester an.

Dann begann er damit zu retten, was hoffentlich noch zu retten war.

36

Helena starrte ins Leere. Sie hatte keine Ahnung, wie viele Stunden sie jetzt schon im Warteraum war. Oder warum sie überhaupt hier saß und nicht in ihrem Arztzimmer, wo sie genauso gut auf den Ausgang von Niklas' OP hätte warten können. Schließlich war sie Teil dieser Klinik, ging hier fast täglich ein und aus.

Aber jetzt, in diesem Moment, fühlte sie sich nicht wie eine Ärztin. Sie war genauso hilflos wie alle Menschen, die einen Angehörigen im OP hatten, und deshalb passte es, dass sie hier saß. Da, wo Hoffnungen erfüllt wurden. Oder starben …

Die Panikattacke erfasste sie ganz plötzlich, ließ sie heftig zittern.

«Hey, ganz ruhig!» Sie spürte Arme, die sie hielten, und hörte die feste Stimme von Susanne Walter. «Er kommt wieder in Ordnung. Du wirst sehen.»

Es dauerte eine ganze Weile, bis Helena wieder normal atmete. Dankbar blickte sie Susanne an, die neben ihr saß und sie anlächelte.

Sie war als Einzige noch da. Helena hatte ihre Familie und auch Marlene schon nach kurzer Zeit nach Hause geschickt mit dem Versprechen, ihnen Bescheid zu geben, sobald es Neuigkeiten gab. Sie wusste, dass sie es alle nur gut meinten, doch sie wollte nicht, dass sie sahen, wie verzweifelt sie war. Im Moment ertrug sie nur Susanne in ihrer Nähe, vielleicht, weil sie diese Situation schon einmal zusammen durchgemacht hatten.

«Soll ich dir was zur Beruhigung geben?», bot Susanne ihr an. «Etwas Leichtes?»

Helena schüttelte den Kopf. «Es geht schon wieder», sagte sie und griff nach Susannes Hand, dankbar dafür, sie als Fels in der Brandung bei sich zu haben.

Damals, nach Niklas' Aneurysma-OP, hatte sie sich vorgenommen, Susanne zu sich einzuladen. Über den Hochzeitsvorbereitungen war dieser Plan völlig untergegangen. Und trotzdem saß Susanne wieder hier und ertrug mit stoischer Ruhe ihre Panik.

«Es tut mir leid, dass ich deine Zeit schon wieder beanspruchen muss», sagte Helena. «Aber ich ...» Tränen traten ihr in die Augen. «Ich kann das nicht allein, und du bist die Einzige, die ...»

«Schon gut.» Susanne zog Helenas Kopf an ihre Schulter und strich ihr über das Haar. «Ich bin es gewohnt, nachts aufzubleiben, das macht mir nichts aus. Und zu Hause wartet nur Arbeit auf mich. Ich verpasse nichts, wenn ich hier bin, glaub mir. Das mache ich gern.»

Helena hörte die Traurigkeit in Susannes Stimme und fragte sich, was ihr zu Hause so viel Arbeit machte. War ihre Mutter vielleicht krank und Susanne musste sie pflegen?

Sie hatte keine Kraft, darüber nachzudenken.

«Danke», sagte sie und schloss die Augen. Sofort tauchte Niklas' Gesicht vor ihr auf.

Kämpf, flehte sie ihn innerlich an. Bitte lass mich nicht allein …

Mark zog sich die OP-Haube vom Kopf und entsorgte den Mundschutz und die Handschuhe in dem dafür vorgesehenen Abfalleimer. Sein Kittel war blutig, was ihm erst jetzt auffiel, und als er zu der Wanduhr aufblickte, stellte er erstaunt fest, dass es schon früher Morgen war. Nach den vielen Stunden im OP fühlte er sich wie zerschlagen.

Ehlert, der in diesem Moment ebenfalls die Umkleide betrat, wirkte genauso müde, wie Mark sich fühlte, und ließ sich auf eine Bank sinken.

«So etwas habe ich noch nie erlebt», sagte er. «Wie kann denn das übersehen worden sein?»

«Eine Verkettung unglücklicher Umstände, nehme ich an.» Mark zog seinen Kittel aus und warf ihn ebenfalls in den entsprechenden Behälter. «Außerdem sind auch Ärzte fehlbar.»

«Ja, wohl war», murmelte Ehlert.

«Noch mal danke, Herr Kollege», sagte Mark. «Sie waren eine große Hilfe.»

Ehlert nickte und setzte an, etwas zu sagen, das sah Mark noch, als er die Umkleide verließ. Aber er wollte Helena Bescheid geben, deshalb blieb er nicht stehen, sondern ging eilig zum Wartebereich.

Außer Helena war dort nur noch Susanne Walter. Beide Frauen waren eingedöst, wachten jedoch auf, als er den Raum betrat. Sofort erhob sich Helena und kam zu ihm. Mit weit aufgerissenen Augen sah sie ihn an.

«Und?»

«Er schafft es», sagte Mark und musste sie auffangen, weil ihr die Beine wegsackten.

Susanne half ihm, Helena wieder auf einen Stuhl zu setzen.

«Was war denn mit ihm?», wollte sie wissen, während sie Helena weiter stützte.

Mark setzte sich neben Helena. «Wir haben eine kleine Plastikscherbe in seinem Brustkorb gefunden, die vermutlich noch vom Absturz stammt. Sie war ziemlich schwer zu lokalisieren, und die Blutungen ließen sich erst nicht stoppen. Aber wir haben es geschafft.»

Gerade noch, fügte er im Stillen hinzu, sprach es jedoch nicht aus. Er wollte Helena nicht damit erschrecken, wie oft das Leben ihres Mannes in dieser Nacht auf Messers Schneide gestanden hatte.

«Eine Plastikscherbe?» Helena runzelte die Stirn. «Wie konnte die denn übersehen werden?»

«Sie war auf den Röntgenbildern vermutlich nicht zu erkennen», erklärte Mark. «Ein Metallteil wäre den Kollegen sicher nicht entgangen, aber Plastik ...»

«... fällt nicht auf», beendete Helena seinen Satz. Sie wirkte immer noch fassungslos. «Das Teil war also die ganze Zeit in seiner Brust?»

Mark nickte. «Das war der Grund für seine Beschwerden. Es ist erstaunlich, dass es nicht schon vorher Schaden angerichtet hat, aber es war nur eine Frage der Zeit. Dein Mann hatte großes Glück, dass die Scherbe nicht direkt am Herzen saß. Ich fürchte, dann wäre er gestorben.»

«Er wäre auch gestorben, wenn wir ihn ausgeflogen hätten, so wie ich es wollte.» Doktor Ehlert war Mark gefolgt und stand plötzlich ebenfalls im Wartebereich. Er sah Helena ernst an. «Und wie gut seine Chancen gestanden hätten, wenn unser Kollege hier nicht so ein hervorragender und vor allem hartnäckiger Chirurg wäre, weiß ich auch nicht.»

Das Kompliment, noch dazu aus Ehlerts Mund, machte Mark ein bisschen fassungslos. Doch er kam nicht dazu, darauf zu reagieren, weil Helena ihm um den Hals fiel.

«Danke!», sagte sie mit tränenerstickter Stimme. «Du hast Niklas jetzt schon zweimal gerettet. Ohne dich ...» Sie konnte nicht weitersprechen, und er spürte am Beben ihrer Schultern, dass sie weinte.

Beruhigend strich er ihr über den Rücken. «Ich hab nur meinen Job gemacht, Helena.»

Sie löste sich wieder von ihm und wischte sich die Tränen von den Wangen.

«Ja, aber ich bin so unglaublich froh, dass du ihn hier bei uns auf der Insel machst!» Sie lächelte ihn an, und neue Tränen schimmerten in ihren Augen. «Kann ich zu ihm?»

Mark nickte. Jeder anderen Angehörigen hätte er jetzt erklärt, dass sie noch warten musste. Doch Helena als Ärztin wusste, wie sie mit einem frisch operierten Patienten umzugehen hatte. Außerdem war Mark ziemlich sicher, dass nichts und niemand Helena jetzt von ihrem Mann fernhalten konnte.

Mark verließ den Wartebereich und ging auf den Flur.

«Doktor Ritter?» Ehlert war ihm gefolgt und holte ihn ein. «Es tut mir leid», sagte er, als Mark stehen blieb. Dann zögerte er. «Sie hatten recht», fuhr er nach einer kurzen Pause fort. «Ich habe die Situation falsch eingeschätzt.»

«Ich kannte die Vorgeschichte des Patienten. Und ich hatte mal einen ähnlichen Fall in New York», sagte Mark.

Ehlert zuckte mit den Schultern. «Trotzdem ist eine Entschuldigung angebracht. Ich hatte keine besonders hohe Meinung von Ihnen, Herr Kollege. Das hat sich heute Nacht geändert. Sie sind definitiv eine Bereicherung für unser Haus, und es tut mir leid, dass ich Ihnen so viele Steine in den Weg gelegt habe. Vielleicht fangen wir einfach noch mal von vorne an?»

Er streckte Mark die Hand hin, und Mark ergriff sie.

«Gerne», erwiderte er und war ziemlich sicher, dass Ehlert und er sich zum allerersten Mal aufrichtig anlächelten.

«Zum Glück ist morgen Sonntag.» Ehlert gähnte und blickte auf die Uhr. «Heute, besser gesagt», fügte er hinzu und verabschiedete sich.

Erst, als er allein war, spürte Mark, dass auch er todmüde war. Die schlaflose Nacht steckte ihm in den Knochen, und er sehnte sich nach seinem Bett.

Aber es gab etwas, das er noch erledigen musste, bevor er schlafen konnte. Deshalb zog er sich schnell um und rief sich ein Taxi.

37

Greta schlich so leise wie möglich die Treppe hinunter. Sie hatte ein paar Stunden unruhig geschlafen, doch jetzt hielt sie es im Bett einfach nicht mehr aus. In solchen Situationen hatte bei ihr schon immer nur eins geholfen: ein Strandspaziergang. Gerade am frühen Morgen, wenn es noch leer war, liebte sie die Weite des Strandes, das Gefühl von Freiheit.

Als sie den Empfangsbereich betrat, hob Skipper den Kopf. Er lag auf seinem Platz neben dem Kamin, und normalerweise wäre er jetzt aufgestanden und hätte sie begrüßt. Aber der gestrige Abend mit den vielen Gästen und der ganzen Aufregung schien seinen Tribut zu fordern, denn der alte Hund jaulte nur leise und ließ den Kopf wieder sinken.

Greta ging zu ihm und streichelte ihn lächelnd. «Bleib liegen, alter Junge», flüsterte sie und nahm sich ihre Jacke von der Garderobe.

Die Luft war noch kühl. Es fing gerade erst an zu dämmern, doch Greta kannte jede Unebenheit des Weges und fand sich auch im Dunkeln zurecht. Als sie wenig später oben auf der Düne stand und auf die Nordsee hinausblickte, atmete sie tief durch. Noch immer spürte sie dieses Gewicht auf ihrer Brust, ein Gefühl, das nicht einmal der Anblick des Meeres ganz vertreiben konnte.

Dabei wusste sie inzwischen, dass Niklas von Holten es schaffen würde. Bevor sie losgegangen war, hatte sie es nicht mehr ausgehalten und in der Klinik angerufen. Die Kollegin von der Nachtschicht hatte die gelungene Notoperation in den höchsten Tönen gelobt. Greta war froh, dass diese Sache gut ausgegangen war, nachdem die Hochzeitsfeier auf so tragische Weise geendet hatte.

Und dann war da noch die Sache mit Mark.

Sie dachte daran, was sie ihm alles gesagt hatte. Ihr Herz hatte sie ihm geöffnet und ihm erklärt, was er ihr bedeutete. Aber er hatte nur dagestanden und sie angestarrt.

War er froh darüber, dass sie durch den Notfall gestört worden waren? Wie dachte er über ihre Beziehung? Ging es ihm wie ihr, oder hatte sie sich mit ihrem Geständnis völlig lächerlich gemacht? Es fühlte sich schrecklich an, so in der Luft zu hängen!

Gedankenverloren ging sie weiter über die Düne bis zu der Stelle, wo sie mit Mark gesessen hatte, damals, nachdem er das erste Mal bei ihrer Familie zum Essen gewesen war. Vielleicht wäre alles anders gekommen, wenn er ihr nicht geholfen hätte, ihren starrköpfigen Vater davon zu überzeugen, sich untersuchen zu lassen. Dann hätte sie ihn nicht so gut kennengelernt und sich vielleicht nicht in ihn verliebt. Und dann würde es jetzt nicht so weh tun …

«Greta!» Die Stimme, die über den Strand hallte, war ihr so vertraut, dass sie für einen Moment glaubte, sie hätte sich den Ruf nur eingebildet. Aber dann erklang er noch einmal. «Greta? Bist du hier?»

Sie erhob sich wieder und versuchte herauszufinden, woher der Ruf kam.

«Greta?»

Es klang, als käme er vom Strand.

«Mark!» Sie lief, nein, rutschte die Düne hinunter. «Hier bin ich!»

Ihr Herz schlug wild, während sie auf Verdacht in Richtung der Strandkörbe lief. Und dann sah sie Marks Silhouette vor sich auftauchen. Er kam ihr entgegen, und sie lief schneller, kämpfte sich durch den Sand, der ihre Füße festzuhalten schien.

Aber diesmal ist es kein Traum, dachte sie. Diesmal war sie wirklich hier, und Mark lief wirklich auf sie zu. Er kam zu ihr. Bedeutete das …

Kurz vor ihr blieb er stehen und rang um Atem. Er sagte nichts, doch sie sah die Antwort auf ihre Fragen in seinen Augen, an seinem Lächeln. Sie hatte keine Ahnung, wer von ihnen sich zuerst bewegte, aber eine Sekunde später lag sie in seinen Armen.

«Ich liebe dich auch», sagte er dicht an ihrem Ohr. «So sehr, dass ich nicht mal drei Tage von der Insel wegbleiben kann, ohne vor Sehnsucht beinahe zu sterben.»

Eine Welle der Erleichterung durchlief Greta, und sie hielt ihn noch ein bisschen fester. «Du warst so wütend auf mich …»

Er löste sich von ihr und sah sie an. «Ja, verdammt, das war ich. Weil ich dachte, du willst mich nicht. Weil ich dachte, es ist dir egal, wenn ich weggehe. Aber wie immer überraschst du mich, wenn ich am wenigstens damit rechne.» Lächelnd schüttelte er den Kopf. «Warum hast du mir das alles nicht gleich gesagt?»

«Ich habe dir gesagt, dass ich keine halben Sachen mache», erinnerte sie ihn. «Und du hast gesagt, dass du mir nichts versprechen kannst.»

Er nickte zerknirscht. «Weil ich mir selbst nicht mehr getraut habe. Das mit Rieke war ein riesiger Fehler, und ich weiß, dass ich ihr weh getan habe, als ich unsere Verlobung wieder auflösen musste. Das wollte ich auf keinen Fall noch einmal erleben. Ich wollte erst ganz sicher sein, dass ich mich diesmal nicht täusche. Aber irgendwie habe ich von Anfang an geahnt, dass es mit dir anders ist.»

Er beugte sich vor, und als ihre Lippen sich fanden, fühlte sein Kuss sich an wie ein aufregendes Versprechen. Glücklich lächelte Greta zu ihm auf, als er sie wieder freigab.

«Dann gehen wir also zusammen nach Hamburg?», fragte sie.

Er schüttelte den Kopf.

«Nicht?» Verwirrt starrte sie ihn an. «Aber ich dachte, du wärst in Hamburg gewesen, um den Vertrag zu unterschreiben!»

«Nein, ich war da, weil es ein Problem mit der Stiftung gab», erklärte er. «Mit der Stelle hatte das nichts zu tun.»

«Du musst sie trotzdem nehmen!», beharrte Greta. «Sie ist das Richtige für dich.»

«Genau das sagt mein Vater auch.» Mark strich ihr lächelnd eine Haarsträhne hinter das Ohr. «Aber mein Entschluss steht fest. Ich bleibe auf der Insel.»

Greta schluckte. «Bist du sicher?»

Mark nickte. «Ich will nicht zurück in mein altes Leben, das weiß ich jetzt. Früher dachte ich, das wäre mein Weg. Ich wollte unbedingt in die Fußstapfen meines Vaters treten. Dann ist meine Mutter gestorben, und plötzlich ergab das alles keinen Sinn mehr. Ich hatte das Gefühl, vom Weg abgekommen zu sein und nicht mehr zu wissen, wo ich eigentlich hinwill. Deshalb bin ich hierher auf die Insel gekommen. Es sollte eine Atempause sein, eine Auszeit, um wieder zur Besinnung zu kommen.»

Er lächelte. «Doch dann warst du plötzlich da und hast mir ordentlich die Hölle heiß gemacht. Du hast mir gezeigt, was ich nicht sehen wollte: dass ich dabei war, in Selbstmitleid zu versinken. Ich war frustriert, weil mein Vater nicht anerkennen wollte, dass ich ein guter Arzt bin, und darüber hätte ich fast vergessen, einer zu sein. Daran hast du mich damals auf ziemlich unsanfte Weise erinnert.» Er zog sie enger an sich. «Und nicht nur das: Du hast mir auch geholfen, meinem Vater zu beweisen, was ich ihm zuvor nie beweisen konnte. Du hast mir den Weg geebnet zurück in das Leben, das ich verloren hatte. Nur dass ich es jetzt, wo ich es wiederhaben könnte, nicht mehr will.»

Er griff nach ihren Händen, umschloss sie mit seinen. «Ich will bei dir sein. Du bist mein Leuchtfeuer, Greta. Mein Schiff war in Seenot, aber du hast es wieder auf Kurs gebracht. Ich ...»

Weiter kam er nicht, denn Greta stellte sich auf die Zehenspitzen und küsste ihn, diesmal sehr, sehr leidenschaftlich.

Lange standen sie eng umschlungen da, aber irgendwann löste Mark sich von ihr und lehnte seine Stirn an ihre.

«Ich würde dich jetzt sehr gerne mit zu mir nehmen und nach allen Regeln der Kunst verführen», meinte er mit einem schiefen Lächeln. «Aber ich bin leider so müde, dass ich im Stehen einschlafen könnte.»

Er schwankte leicht, und Greta wurde plötzlich klar, dass er die ganze Nacht auf den Beinen gewesen war.

«Komm, wir setzen uns einen Moment», sagte sie und zog Mark herunter in den Sand. Er gähnte und lehnte sich gegen ihre Schulter.

«Leg dich doch kurz hin», schlug sie vor und lächelte, als er sie sofort beim Wort nahm und sich mit einem tiefen Seufzen im Sand ausstreckte. Den Kopf legte er in ihren Schoß.

«Viel besser», murmelte er schläfrig, während Greta mit beiden Händen durch sein Haar strich.

«Woher wusstest du eigentlich, dass ich hier bin?», fragte sie.

«Ich habe Steinchen gegen dein Fenster geworfen, aber du hast nicht reagiert. Da dachte ich, dass du vielleicht an den Strand gegangen bist», erwiderte er mit geschlossenen Augen. «Wäre einfacher gewesen, wenn du dein Handy dabeihättest.»

Greta wurde klar, dass sie es tatsächlich zu Hause hatte liegen lassen. Genau wie an dem Tag, als sie damals Micki am Strand gefunden hatte. An dem Tag, als sie Mark näher kennengelernt hatte …

Mark murmelte etwas Unverständliches und drehte sich zu ihr, schloss die Arme um ihre Hüften.

«Schlaf ein bisschen, ich wecke dich gleich», sagte sie und lächelte, als sie merkte, wie er sich entspannte.

Die Sonne ging gerade über dem Meer auf, und das Licht, vorhin noch ein tiefes Violett, war zu einem hellen Rosa geworden, das langsam einem warmen Orange wich.

Als hätte die Natur ein Sinnbild dafür gemalt, was sich gerade in meinem Inneren verändert hat, dachte Greta. Die Nacht war verschwunden, und ein neuer Tag brach an, hier auf der Insel, wo Mark und sie nun beide bleiben würden.

Aber würde das gutgehen? Gehörte Mark wirklich hierher? Konnte er sein Talent hier ausleben?

Greta seufzte tief und schob die Zweifel beiseite. Mark liebte sie, und sie liebte ihn. Das ist doch schon mal ein guter Anfang, dachte sie, während sie ihm weiter über das Haar strich und der Sonne zusah, wie sie sich langsam über dem Meer erhob.